与大宋词人秉烛夜语

赵斌 著

上海科学技术文献出版社
Shanghai Scientific and Technological Literature Press

图书在版编目（CIP）数据

与大宋词人秉烛夜语 / 赵斌著. -- 上海：上海科学技术文献出版社, 2017

ISBN 978-7-5439-7510-1

Ⅰ. ①与… Ⅱ. ①赵… Ⅲ. ①宋词–诗歌欣赏 ②词人–生平事迹–中国–宋代 Ⅳ. ①I207.23 ②K825.6

中国版本图书馆CIP数据核字（2017）第187767号

责任编辑：王　珺　　荣　然

封面设计：龙　梅

丛 书 名：中国诗境系列

书　　名：与大宋词人秉烛夜语

赵　斌　著

出版发行：上海科学技术文献出版社

地　　址：上海市长乐路746号

邮政编码：200040

经　　销：全国新华书店

印　　刷：三河市天润建兴印务有限公司

开　　本：660 mm × 960 mm　1/16

印　　张：30.25

字　　数：335 000

版　　次：2017年9月第1版　2017年9月第1次印刷

书　　号：ISBN 978-7-5439-7510-1

定　　价：49.80元

http://www.sstlp.com

目录

亡国之君李后主

叹时光太匆匆

林花谢了春红，太匆匆，无奈朝来寒雨晚来风。

胭脂泪，相留醉，几时重，自是人生长恨水长东。

——《乌夜啼》

1

李煜，你这个亡国之君，治理国家是个外行不说，还十分疏懒怠惰。若让你只做个写诗填词的文人，倒还十分勤奋，十分称职。尤其是你当了俘虏，做了降臣之后，更是词艺大增，精品不断。现如今，大家耳熟能详的那些篇什，即出自这一时期。这当与你非同常人的经历有关，与你非同常人的体验有关。当你丧失了治理国家的权力之后，当你不必为后宫的花花草草伤身伤心伤神的时候，你就有了更多的时间来反省你的失败之因，你就有了更多的时间来品味你的亡国之痛！

反悔、追恨、遗憾，是你每天的必修课。词，则是你的课后作业，留予代代读者去给你打分定级。或者留给那些喜欢说长道短的评家注家去消磨时光，浪费口舌！

2

这天，你仍像往常一样“无言独上西楼”，带着孤独的哀愁，拖着寂寞的脚步，怀着深切的创痛。过惯了前呼后拥的皇室生活的你，此时才感到什么是孤独，什么是寂寞。往日的鼎沸喧嚣已经沉寂，往日的艳影笙歌已经凋没。

眼前，那如钩的银月勾起了你的无限遗恨。

眼前，梧桐树萧瑟着沉默，深深的庭院锁着戚戚凄凄的清秋，只有寂寞的魅影在深院中孤独地游走！

你想挥手驱之，却赶它不走；你想挥剪断之，却剪它不断。你欲稍作梳理，却越理越乱。刹那之间，一种别样的滋味涌上心头。这别样的滋味是你的专利，只有你这位前朝皇帝当朝臣虏才体味得到，深刻而又透彻，蚀心而又裂肺。

3

公元975年，宋太祖派大将曹彬率军攻陷南唐，你委曲求全，偏安一方的苟且梦宣告破灭；你穷奢极欲、醉生梦死的帝王日子从此宣告终结。在宋军的强大攻势下，你的南唐帝国不堪一击地碎了！你用写就锦绣文章的才子之笔写下了满含屈辱的罢降表。你虽受了封，实则沦落为任人宰割的阶下之囚。

宋太祖为了让你铭记亡国之耻，或者纯粹是为了降辱于你，给你封了个“违命侯”的雅号，令你这个曾经呼风唤雨的“天子”斯文扫地，遗恨难泯。这年冬天，宋太祖在“烛光斧影”里驾崩，他的弟弟赵光义继位为宋太宗，新任皇帝成了你死亡之旅的掘墓人。

自从你被封为“违命侯”之后，你就不必奢望再过舒坦的日子了。你凄苦不堪，整天长吁短叹。好在，你的叹息与众不同，这就是我们现在读到的有“亡国之音”之称的阙阙妙词了。你的凄凄哀哀的“亡国之音”恰好加速了你的亡命之速。当你的《浪淘沙》《虞美人》传到太宗耳里的时候，他便武断地以为，你不忘故国，大有卷土重来的复国危险。于是，一杯毒酒轻巧地化解了他的后顾之忧，也轻巧地结束了你这个帝王才子的生命！也许，这仅仅是他斩草除根的一个借口！你的“亡国之音”便弦断声绝了。

一代杰出词人便这样含恨饮悲地离开了这个世界，虽然这个世界曾给了你无限的欢乐、无限的奢华，也给了你莫大的创痛、莫大的耻辱，也让你才华横溢的生命过早地凋落。

但是，你哀婉凄绝的“亡国之音”仍在！

“故国”在“仓皇辞庙”的那一刻就已经成了不可逾越的隔世。亡国之君的孤独与寂寞可不是寻常百姓就有机会体味的。就此而言，作为词家的你就有着“别是一般”的悲苦与扣人心弦的戏剧情节！

往事只堪哀

往事只堪哀，对景难排。秋风庭院藓侵阶。一任珠帘闲不卷，终日谁来？

金剑已沉埋，壮气蒿莱。晚凉天净月华开。想得玉楼瑶殿影，空照秦淮！

——《浪淘沙》

1

李煜，作为皇帝，每天摆在案头的似乎只有两件事：一是管理江山社稷，打理好朝政；二是应付好后宫的那些美艳妃嫔，即使天下不够太平，你照样可以夜夜雨露甘霖，天天歌舞升平。两件事都能做好，是一个皇帝最基本的素质。即使凑凑合合，差强人意，还是可以马马虎虎地做皇帝。可是，历史上能够二者兼顾、应付自如的皇帝并不多。大多数则沉溺于后宫，风流快活远比江山社稷更为重要。尽管如此，他却没有能力或者没有功夫把后宫的那些花花草草、争风吃醋的事侍弄得得心应手、顺风顺水。

李煜，你打理朝政的事，似乎既不在行，也不太感兴趣，因而也不大愿意花多少心思。也许，在你登基的时候，你压根儿就没有搞清楚，这是确保江山社稷的根本，这也是确保你永享风流快活的前提！于是，你耽于声色，“一晌贪欢”，一不小心，自己就做了亡国之君。江山没了，身前身后的万千佳丽也就归了别人！

好在，那些佳丽们旧情难断，还不时要光顾你的梦境。在梦里还可以潇洒地欢娱，无挂无碍，自在快活。当然，说是你的痴心妄想也自在情理之中。可是，梦毕竟不长，往往在渐进高潮的时候猝然而醒，才知道眼前残酷的处境，才知道罗衾太薄，身孤影独，耐不了五更的寒冷；才知道，窗外的雨声潺潺，春天已至尾声，那单调的雨声竟独自在为这料峭的春天唱着最后的祭歌，为你这个异乡落魄亡国奴奏着伤感之曲。

独自莫凭栏，这是你这个亡国之君切肤噬魂的诗意体会。你深刻地知道：仅“一晌贪欢”的工夫，你手里的“无限江山”就已更名易姓，说没就没了。天生懦弱的你做国君既不在行更不称职，落得个江山不可复识、江山更不可复得的结局自在情理之中。此时，江山与美人都如这眼前的“落花流水”，黯然而去，从帝王到俘虏，有形同天壤的巨大落差，你这个阶下囚的日子什么时候才能熬到头呢！

往事只堪哀，对景难排。对景难排，那是春天，你吟下了一地春红，满纸胭脂，是因为你“想得玉楼瑶殿影，空照秦淮”。怎一个“悔”字可以概括你痛彻的反思，怎一个“悲”字可以写尽你复杂的心境？留给你的，只有无休无尽难遣难灭的恨了。“泪”，都因那不可挽回、无法饶恕的失国败家之“恨”：“林花谢了春红，太匆匆，无奈朝来寒雨晚来风。胭脂泪，相留醉，几时重？自是人生长恨水长东。”

现在，难耐的时光已走到了秋天。于是，那令人哀伤的往事在你心里的创痛就更加剧烈，更加蚀骨锥心，要想找个法子将它驱除那真是难上加难。

秋风肆意，在清冷的高墙深院中回旋、穿越、低鸣，绵绵秋雨培植出厚厚的苔藓，疯狂地侵蚀，步步地近逼，终于爬满了层层台阶，让你不敢涉足被秋风被秋雨被苔藓侵占的领地。任它珠帘底垂，任它秋风闲卷。这氛围，这境况，还有谁会光顾这冷寂的小院？尽管你终日引颈以盼，甚至望眼欲穿。

沉埋的不止是金剑，沉埋的还有复国信心，还乡归祖的期愿。沉埋的还有男儿的雄性，东山再起的梦呓。那气吞山河的豪情，那金戈铁马的气势，都早已抛入遍野疯长的荆棘与蒿草。就这样，慢慢地挨到天黑，终于风静云散，月华初照，浩宇新开。料想那往日的欢娱之地，那琼楼玉宇，此时该是孤影岑寂，死气沉沉，全辜负了那高悬的明月，任由她空照着曾经富丽热闹而今却冷冷清清的凄艳秦淮！

2

李煜，你若是一个日出而作、日没而息的农夫，即使今年所有的付出都付之东流，明年还有再次丰收的可能；你若是一个输红了眼的赌徒，孤注一掷地赌上一把，也许还有再翻盘的机会；你是一位文人，这一首词没有填好，还有大把的时间供你从容地吟咏，反复地修改，还有华章绽锦的时候。

但是，你是一位堂堂的皇帝，你已经从权力的巅峰跌入了噩梦的渊域。你已经完完全全是一位任人宰割的阶下囚，你不可能有东山再起卷土重来的机会，哪怕仅存生机一线。卧榻之旁岂容得了他人的鼾声！这是从你手中夺过江山、夺过权柄者的家训，他们肯定没有忘记越王勾践卧薪尝胆的故事。他们深谙此道，陈桥兵变、窃国掠权是宋朝赵氏祖宗起家兴邦的捷径，因而他们更不希望这样的故事在自己的身上重演。你的苦吟，只能加速你尽快走向生命的终点。明知道这一天不会太远，你仍不愿停止你的歌唱。明知道这一天越逼越近，你仍然没有忘记自己作为一个歌者的责任。作为一个歌者，你可以生死相赴，而作为一位皇帝，你则荒废了全部的事业。对于文化，你功勋卓著；对于人民，你则是一个千古罪人。江山易主，改朝换代，是社会演进的常律，我们对此不该过多地责诟，而于你这个文人天子，是人们寄予了太多的希望所至。所以，才有了这么多恨铁不成钢的自责与惋惜。

李煜，世间万事，唯“悔”字难书！你既然不能履行好做帝王、做国君、带领人民过安稳日子的职责，那不妨让别人去做。你的创痛与怆痛，亦算是一种贡献，在我们的文学宝库中，你为我们增添了新的内容——这帝王之哀其实还可以拿来编写反面教材，作为课外读物，好让后世那些不称职的皇帝在花天酒地的间隙去慢慢地咀读！

李煜，我们会把这笔贡献清楚地记在你的名下。谁又有资格去冒失地窃取你这份特殊的荣誉呢？

最是仓皇时刻

四十年来家国，三千里地山河。凤阁龙楼连霄汉，玉树琼枝作烟萝。几曾识干戈 。

一旦归为臣虏，沈腰潘鬓消磨。最是仓皇辞庙日，教坊犹奏别离歌。垂泪对宫娥。

——《破阵子》

1

“四十年来家国，三千里地山河”，说没就没了！坐在皇帝宝座上的你整日耽于宫廷的歌舞声色，竟忘记了自己作为一国之君的责任。“凤阁龙楼连霄汉，玉树琼枝作烟萝”正是你荒唐生活的自我展示或自我曝光，成天在腻脂香粉堆里打滚的你，曾几何时“识干戈”？曾几何时去认真地理会你的为君为政治国安天下之道？一个不懂军事、不问政治的皇帝统治下的锦绣江山又能坚持多久？

“一旦”，不管是某一天，或是某一个短暂的时刻，你的奢靡生活连同你统治下的大好河山都会灰飞烟灭，你的无限春梦都会在这一刻惊醒！现在才来孤影自顾，“沈腰潘鬓”，那才是该你活受罪！谁叫你在位时透支过度？是命运安排，或者说是上天的旨意，都没有错。就是要你“归为臣虏”以后再去慢慢地品味、吞咽这自酿的苦酒，慢慢地咀嚼残存的岁月，无奈地消磨这难堪的光景！

唉，你想起自己被俘后告别贡了祖宗庙堂的日子，那些往日里为你演奏奢靡之音的宫廷歌舞乐团还不谙世情地奏起了别离歌，叫你怎样去面别祖宗，怎样去面对自己曾经统治又万分漠视的庶民百姓？没有办法，只有对着同样无奈的宫娥垂泪而去！

这时，列祖列宗帮不了你，上天也远远地作壁上观——尽管你在你的皇城将破欲破时曾做出过最后的努力，号召全城军民齐念“救苦菩萨”，而且念佛之声盖过了流过金陵的江涛之声；尽管你也拿出了你毕生所学的真本事，亲自写了一道表文，向菩萨祷告，求菩萨大慈大悲，保佑北宋退兵，且向菩萨许下了宁愿倾其所有的重重承诺！北宋的进攻还是终止了南唐的延续，无情地粉碎了你靠菩萨护国的天真稚梦。菩萨此时也不愿再动他的菩萨心肠了，菩萨同样知道，普度众生才是他的第一要务！总不能因你的奢靡昏聩、荒淫无能而祸害众生！

你也许并不知道这一切，因为上苍说：你这样自私，拯救了你，他就违背了天理，自己还怎么还三界以公理，以后还有谁会相信上苍！

2

李煜，上天要让你作一个后世皇帝的反面教材时，还特别赋予了你如此过人的才情，有意让你用文字记下你这个不称职的倒霉皇帝的忏悔录，让那些后世帝王们风流快活够了以后去慢慢地阅读。至于他们能否从你的血泪诉说中获得警示，我们无从知晓。但是，紧接着的宋朝，也就是推翻你南唐王朝、接管你无限江山的大宋，它的帝王们前赴后继地在重复着你走过的老路，直至最后穷途末路，跳海而终！

我们从你的词中获得的，当然是你为我们开辟的感情真挚、风格幽婉哀戚的新意境！

3

李煜，李后主，在离别金陵，船至长江中心时，你不禁回望金陵：惭愧地告别你所熟悉的山河臣民，告别你曾发号司令寻欢作乐的凌绝云霄的重重宫殿，告别你供奉着列祖列宗灵位的层层庙宇……你忘不了你的特长和爱好，一首《渡中江望石城泣下》的七律便蘸着亡国弃祖的血泪写成：

江南江北旧家乡，三十年来梦一场。
吴苑宫闱今冷落，广陵台殿已荒凉。
云笼远岫愁千片，雨打归舟泪万行。
兄弟四人三百口，不堪闲坐细思量。

你现在也知道关心他人了，可是你的胸怀也未免太狭隘了。你的心里只装着你的兄弟，你的家眷，却没有给你的万千子民预留一个逼仄的位置。难怪你只顾自家快乐，却忘了天下苍生也需要过太平的日子殷实的生活；难怪你会被俘虏，阍者与弱者永远是竞技舞台上的败者！

李煜，你今天的失败、悲恸，实际在为自己曾经的荒淫与昏聩买单，只是这代价太过昂贵。你的列祖列宗的灵位、你的家眷臣民、你的江山社稷……全都赔了进去！

金剑已沉埋，壮气蒿莱。剩下的，自是人生长恨水长东了！

难敌亡国恨

春花秋月何时了，往事知多少！小楼昨夜又东风，故国不堪回首月明中。

雕栏玉砌应犹在，只是朱颜改。问君能有多少愁？恰似一江春水向东流。

——《虞美人》

1

李煜，千年以前，这首歌被你唱出之后，就一发而不可收。《虞美人》的原创曲怎样，我们今天已不可复闻。不知今人的谱曲离原创曲差了多远，它竟也很快地流行开来，成为一支传唱不衰的金曲！

记忆中，今人的谱曲大概已诞生二十个年头，已不知有多少风行一时的曲子喑哑于岁月的风尘。这阙《虞美人》感伤而又惋切的旋律仍令人时时重温，将你这位亡国之君的悼亡曲、追悔曲演变成了今天的伤感曲，或者消愁曲。

2

春花秋月，年年往复，连绵不绝。可是，那令人销魂的“往事”又还能记住多少？

在这个令人销魂蚀骨、百无聊赖的时刻，偏偏就在昨夜，那不解你意的春风又一次吹到了你居住的小楼，令你彻夜难眠。你竟忘记了“独自莫凭栏”的自我告诫，依然顾我地独上高楼。唉，明月依旧，故国江山却令人不堪回首！不堪回首，你也要回首。因为，那是你刻骨铭心的痛呀！

也许此前，多少恨，都一股脑儿地闯入你昨夜的梦中。梦中，你还是旧时模样地赏你金陵城的皇家园林吧。那车如流水马如龙的阵势足让你高兴了好一阵子。花月正春风，你也正春风呐！只可惜，那仅仅是短短一梦！

实在睡不了，想想往事那也不坏呀！料想那雕栏玉砌的宫苑楼台都应该还在吧？料想那往日供自己“贪欢”的嫔妃佳丽们也已经色凋颜衰了吧？唉，若要问自己到底有多少忧愁，就如这眼前的一江春水一般，浩浩汤汤、无休无止地无言东流！

3

是啊，作为曾经的帝王，你的皇帝梦，你的春宵梦，都已化作东流之水，一去不返。作为阶下囚的词人，你的亡国恨，你的离别愁，可谓忧愤滔滔，愁浪滚滚。只要你还有一天行走在这个世上，这“一江春水”都会照例地无言东流！

现在，让我们回头再来审视你这位亡国之君，你如春江水般流之不尽的深愁也仅仅是你失掉豪奢的帝王生活之愁，也仅仅是你贪欢不再的遗憾与无奈！

如此说来，有你这样的君王在位一天，老百姓就多遭一天罪，多吃一天苦头——要知道，你成天挥霍的都是从老百姓那儿敲骨吸髓式地搜刮来的民脂民膏呀！也许，你这个不问世事、不管苍生只贪享乐的皇帝还以为天上真会掉馅饼呢！

单就这一点，谁又会去同情你春江水般的愁和恨呢？也该你有如此厄运，连上天都不予理会，或者说，天理都不能容！

就连灭你的宋太祖赵匡胤都为你叹息说："李煜，你如果用你作诗填词的工夫来治理国家，岂能被我俘虏？"你听后又作何感想呢？

相传，你写完这首《虞美人》之后，传到了宋太宗耳里，词中的"小楼昨夜又东风""一江春水向东流"最是让他不能容忍，疑你帝王之梦不死，到了被囚禁的地步了，仍还尚存复国妄想。于是，小小的一包药粉，就终止了你缠婉哀绵的吟唱。其实，这只不过是宋太宗灭你的借口而已，一个天生治国无能的人，又哪来的能力颠覆宋室江山而复国继续过他的奢靡生活呢？你心里有的，仅仅是对往日豪奢生活的留恋与遗憾罢了。

你留恋、追忆过去的奢华生活是没有错的，错就错在你的这点可怜又可悲的爱好上。真是成亦词，败亦词。词成就了你的千古才情，词却让你失去了江山，失去了美人，以至最终过早地失去了身家性命！

其实，改朝换代，江山易主也没什么，那是社会不断推进的运行常律，只是我们要替你深深地惋惜——你若纯粹是一个昏君暴君也倒罢了，可你偏偏是一个不理江山，而整天沉迷于舞文弄墨的才子！

你在做臣虏的日子里，完成了你的亡国之君的伤感系列，这首《浪淘沙》寄寓了你同样的情怀：

往事只堪哀，对景难排。秋风庭院藓侵阶。一桁珠帘闲不卷，终日谁来。

金剑已沉埋，壮气蒿莱。晚凉天静月华开。想得玉楼瑶殿影，空照秦淮。

那是一段锥心的疼痛，"剪不断，理还乱""别是一番滋味在心头"。其间滋味，积郁于心，自是难以言说。

梅妻鹤子林和靖

同心未结

吴山青，越山青，两岸青山相送迎。谁知离别情？
君泪盈，妾泪盈，罗带同心结未成。江头潮已平。

——《长相思》

1

林逋（字和靖），你生于自古繁华的钱塘，风雅濡染，文脉浸润，而你却没有如大多数士子一般，不遗余力地去博取功名。你一生清闲，未曾做官，隐居杭州西湖，结庐孤山，驾小舟，游西湖，往来于僧友。每有客人来访，即叫门童子放飞群鹤，你一见鹤群，就赶紧划船归来。

有这样一个说法，年迈的时候，你在草庐旁边为自己修了一座墓，写诗道：湖上青山对结庐，坟前修竹亦萧疏。茂陵他日求遗稿，犹喜曾无封禅书。

你作诗随作随弃，从不留存。有人问你："何不把这些诗记下来，留给后世品读呢?"你回答说："我既然隐迹林壑，可定就不在乎一时诗名。活着的时候就不在乎这些虚名，何必在乎身后之名呢?”

但是，仍然有有心人悄悄地记录了你的诗。所以，我们今天才有机会读到你的三百多首诗词。

你去后，宋仁宗为你赐谥号“和靖先生”。

2

作为一个喝了几瓶墨水、写得几首诗词的读书人，自然生得几粒容易滋生浪漫情事的细胞。相传，你年轻的时候曾爱过一个姑娘。爱是没有错的，每一个人都有这种权利。但是，你一介书生，没权没势又没钱，这一场爱从一开始就注定有一个悲剧结局。

好在，开头一般都很浪漫，令人神往。你和她，她与你，海誓山盟，一往情深，让你着实体会了一把爱的柔情蜜意，爱的削骨蚀髓。有情人终成眷属只是人们的美好愿望而已，不是每一对有情人都这么幸运。你就是其中的一个倒霉鬼，许是上天犯了忌妒，才让你深爱着的那个姑娘被强行嫁给了她并不喜欢的陌生人。

于你来讲，这是致命一击。你不能正视现实，你不能面对这个无限繁华绮丽的伤心地。为了忘却这一段植入骨髓、烙在记忆深处的经历，你负恨远游，萍踪不定，飘泊江湖。

所幸的是，在你离开家乡的那天，为你带来爱情、带来甜蜜、带来痛苦的姑娘也偷偷地赶来为你送行。和所有的生离死别一样，你也没有逃过那一场别恨的煎熬，那一场永诀的劫难!

你，餐霜饮露，栉风沐雨。你独自一人走在漫游之途，天地晨昏，春花秋月，你从来都未曾减弱过对那个姑娘的深切思念。你们相处的日日月月、分分秒秒，成了你疗治伤痛的最佳药剂。有一天，你想那姑娘也许同自己一样，正在将自己深情地怀想，于是，这首《长相思》便脱口而出，流传至今。

3

自古钱塘，风光独秀，繁华竞逐。

吴山青青，越山葱翠，相对无语，伫立在钱塘的两岸，俨然一个深情注视的恋人。风雨不改，寒暑不易。可是，谁又能知晓它们彼此深藏心底的怨情？

相知的人呀，你热泪盈溢，满目深情；我满目深情，热泪盈溢。正该罗带轻绾，同心永结。可是，这一刻还未来临，钱塘江的潮水就早已经和岸一样平了。我们不得不在潮水的阻隔下，或者是在外在阻力的情况下含泪分离！之后，就是长长的、没有尽头的相思之苦了。

词意与词牌步调一致，共同谱就了这一曲令人伤感的相思曲！

4

在吴山与越山的隔江对视里，成就了一对恋人的相望相知与相思。可是，钱塘大潮的汹涌横亘，阻断了一对知心恋人的进一步发展——罗带结同心，就如同这永远也不能走到一起的吴山和越山一样，只能相望相知相恋却不能如愿地相聚！

吴山与越山，其实相隔甚远。熟悉吴越相争那一段史实的人都知道。在那时，钱塘江的北岸属于吴国，故称吴山；而越山则在钱塘江的南岸，属越国，故称越山。吴山也好，越山也罢，要如词中之近距离地相视相思，实在只有靠你那非凡的想象力才能完成。这，除了文人的浪漫，或许就是爱的力量吧！

正因为有了这份爱的力量，你的爱也就有了如此超乎寻常的魅力。

林逋，不是老天不公，偏偏要与你作对，大唐的白居易也有过相似的感受："泗水流，汴水流，流到瓜洲苦渡头。"吴山青，越山青，江山有情，世事无情。你就不得不接受这残酷的现实了。

暗香浮动

众芳摇落独暄妍，占尽风情向小园。
疏影横斜水清浅，暗香浮动月黄昏。
霜禽欲下先偷眼，粉蝶如知合断魂。
幸有微吟可相狎，不须檀板共金樽。

——《山园小梅》

1

林逋，你这位以梅花诗传名后世的诗人，在你的"疏影"句诞生之后，似乎再也无人可与你比肩。当然，陆游与毛泽东的咏梅词格调高标，神采卓然，当属另类。

林逋，你能把咏梅诗写到如此空前绝后的程度，与你的生活遭际、对梅的特殊偏爱有关。

当你的那位青梅竹马的恋人被别人横刀夺爱的时候，当你不得不与你热恋的姑娘、别人的新娘分离以后，你独闯天涯，身如漂萍，影如惊鸿。有一天，当你实在觉得有些累的时候，当你的漂泊只能让你劳心费神、形削骨瘦的时候，你决计找一处幽静之所，作你诗意的栖居，灵魂的寓所。你选择了西湖，选择了孤山。

此从，种梅、养鹤成了你生命的主题，生活的全部，一直坚持到生命最终的枯萎。现如今，孤山的梅花依然年年如是，已成为一大名弛遐迩的景观。放鹤亭寂然居于其间，它的静默一如你身前的无欲无求，我们通过它尚可读懂你生前的寂寞。

2

当众芳因追赶时令、追慕时尚而尽数凋谢之后，当众芳的媚颜妍香都已零落成泥之后，当严寒考验着大地考验着生命的韧性的时候，梅独自凌寒而开，凌雪而笑。她独占枝头，独领风骚。在小园，在田间，在山野，在人们萧疏了的双眼里！

“疏影横斜”是她的形，她的神；“水清浅”则是她清贫清洁的生活环境；而“暗香浮动”则是她的节，她的质；“月黄昏”则是她引人神往、让人留连的高洁之境。这是梅花的特写。这时，我们仿佛看见一个神清骨秀、气洁格高的人正行走在“疏影横斜”的小园，行吟在“暗香浮动”的黄昏。

这样的环境，这样的意境，自然不需要流俗的歌声来凑趣，不需要金樽美酒来称觞。需要的是一份与梅相谐相契的兴致，与梅相通相知的雅韵，有你的嘉赏就足了，有你的沉吟就够了。

3

至此《山园小梅》一出，后世的吟梅诗，大多受其影响，或脱胎于此，我们都能从中窥到你咏梅诗的芳影。后来的姜白石，就依了你“疏影横斜水清浅，暗香浮动月黄昏”句而自度《暗香》《疏影》等词，终成文学史上著名的咏梅词。

一家独吟，自成佳境，独步古今，这在中国诗坛，能有此造化的实在不多！而先生独以吟梅诗而立世，而傲视群雄，独步千秋，同样有“孤篇横绝”的功效！

和靖先生，你虽精通经史百家，但性格孤高，洁身自好，喜欢一人独来独往。你行走江湖，自甘贫困。很多人见你有才学，生活艰辛，就劝你出来为官，你都一一谢绝了，并且还说：“然吾志之所适，非室家也，非功名富贵也，只觉青山绿水与我情相宜。”后来，你隐居西湖孤山，终生不仕不娶。你孤身一人，当然谈不上有无子嗣后代。隐居孤山时，你最喜欢的两件事是：种梅，养鹤，并且一生与之为伴。你还自我调侃似的说：“以梅为妻，以鹤为子。”这样，人们就顺理成章地称你“梅妻鹤子”了。

多年以后，有一个盗墓者见了你孤零零的坟墓，心想：再咋的，你也算是个大文人雅士了，即便没有子嗣，未必就没有宝贝。待他一阵辛苦挖开你的坟墓，仅得一方砚台，一枚玉簪，再无他物。你当年生活的清贫可见一斑。这砚台很好解读，吟诗填词，常备之物。而这玉簪，叫人不浮想联翩都是难事。你当年既是孤身一人，且从未纳娶，何来此物？这说明，你打心底里不是没有期欲的。可能苦苦追寻，时不与你，你才自我了断了红尘之念；也可能你曾经真还有过那样一段动人心魄的艳遇，只是好景不长，像《吴山青》写的那样，故事生出了新的情节，爱情受到了不可逾越的阻碍，好事终未玉成。

总之，这一枚小小的玉簪，肯定藏着一个不为人知的故事；它的光润莹洁，给我们留下了发挥丰富想象的关键线索。

白衣卿相柳三变

忍把浮名换低唱

黄金榜上，偶失龙头望。明代暂遗贤，如何向？未遂风云便，争不恣狂荡？何须论得丧。才子词人，自是白衣卿相。

烟花巷陌，依约丹青屏障。幸有意中人，堪寻访。且恁偎红翠，风流事、平生畅。青春都一饷。忍把浮名，换了浅斟低唱。

——《鹤冲天》

1

柳永，我之所以要选择你的这首《鹤冲天》作为我品阅柳词的起点，原因是显而易见的。

古往今来，凡自恃为才子的人大多都多长了几寸傲骨。在你之前的豪放前辈、甚至以楚狂人自许的诗仙李太白就不说了，连你这个以婉约名世的柳三变也有冲冠一怒轻王侯的时候。

这不，金榜无名又有什么大不了的，没有功名也不见得你就没有那份治国平天下的能力。就是整日依红偎翠，照样享有宰相的名分。你仁宗皇帝又算老几。你不启用我，就算你有眼无珠，不识才能。老子大不了浅酌低唱，拼却青春，抛弃浮名，出没烟巷觅红粉，口吐莲花赋妙词！“风流事，畅平生”，好不快意！因为你坚信，自己就是不可一世的才子！

你算是痛快淋漓地潇洒了一回，得意忘形地风光了一次，放弃了填词吟句的惯常套路，抛弃了传统文人固有的矜持。因为你不知道，经你开篇这几句愤怒不平一声吼之后的结局。因为你是才子，同李太白一样的自信，“天生我材必有用”，你没有从他的身上看到自己将会凄绝地谢幕。于是，有了这《鹤冲天》——拔地而起，冲天一怒，你的政治生命就此宣告结束。皇帝老儿想：连江山都是我的，何况你一个小小的流行歌曲词作者，没了你柳永，地球照样天天转，宋朝依然是自己的宋朝，天下也仍是老子的天下。你自己说了：“忍把浮名，换了浅斟低唱！”那就且去填你的词吧！再说，这也符合我大宋文治天下的治国方略，还可为粉饰大宋的歌舞升平、丰富百姓的精神生活作些贡献！

有一天，当你终于明白“归云一去无踪迹，何处是前期”时，“新愁旧恨相续”已成眼前不可逆转的事实，这代价似乎太过昂贵，而你却换来了“凡有饮水处，即能歌柳词”的轰动效应和巨大成功。至于歌颂大宋江山社稷的华丽词章，你倒没写出几个像样的句子，竟辜负了仁宗皇帝的“厚望”。这是你，以及批你“且去填词”的皇帝老儿事先都不曾料到的。当然，你也未曾料到，那些曾经为了迎合皇帝的口味，而写过泱泱万言治国平天下宏韬伟略的进士状元们，千载之后，又有几人能记取他们的芳名；他们之中，又有几人最终真正地成了名传后世的仁人贤臣！

历史就是这样，它会还你一个公道。当一扇门为你关闭，另一扇门自然会为你而开启。一旦进去，你就改写了自己的人生，书写了自己的历史。你柳三变倘若当初金榜题名的话，万千人，不，当是此后的朝朝代代，人们在回望宋朝，咀读灿烂如锦的宋词时，即便翻烂整部宋词，恐怕也找不到你柳永的名字。即便有，恐怕也难以攫住我们的眼睛，难以打动我们的心，难以唤起千载之下广大读者的共鸣！我们这些后人，同样会少一样精神粮食，或者说，那精神食粮中会少一样滋养人的成分。虽然我们可能全然不知，但这将是整个文明的一份缺失。

2

当年，宋仁宗的朱笔轻轻一划，便划去了你的功名利禄，便划去了你想走的很多人梦寐以求的那条路。于是，你便成了“奉旨填词柳三变”。你高扬着这面婉约的旗帜，把你的才气、你的灵智、你对出没烟花柳巷的风尘女子的仁爱之心，挥洒得淋漓尽致，把你的风流韵事写进中华文明光辉灿烂的记忆里，写在我们津津有味的吟咏里！

柳永，你是幸运的又是幸福的，以你为蓝本，我们就该重新定义幸福的概念，重新审视幸福的内涵，重新认识你以及你生活的那个时代的世态人情！

“哀宋”再世态炎凉，再人心不古，也有它值得记取、值得羡慕的地方。你柳永就是一个典型的例子。想想你潦倒终身，甘做“白衣卿相”，终日混迹“烟花巷陌”，“幸有意中人，堪寻访”，宿花眠月，靠自己填点小词的技艺，以换取风月女子的青睐。即使你口袋干瘪的状况时时令你尴尬不已，窘态百出，仍有几个红颜伴你左右，不离不弃；仍有一大群妙龄女子在眼巴巴地盼着唱你的新词。到你穷困而亡时，仍有几个异性知己为你慷慨地掏点银两，买口薄棺，让你入土为安。年年清明，都有很多风尘女子到你的坟上，为你献上心香一炷，并且还形成了“吊柳会”的时尚。仿佛不如此，就算不得铁杆的“柳迷”！

这事要放到今日，奢望有人替你送终，休想了。在你没钱的时候，仍还有一两个红粉跟着你，你不美死，也要被别人羡慕死，被同行的妒火烧死，或者就要被小报上铺天盖地、汹涌不断、连篇累牍的口水淹死！

3

柳永，你用自己特有的方式红透“自古繁华”的都市，有饮水处的乡村，你填的词有着惊人的传唱率。可是，你仍然穷困潦倒，一贫如洗，竟没为自己余下几两裹尸的银子。哪像我们现在的某些名人，仅凭一两首歌就可以腰缠万贯，奢享终身！

替你柳词人叫屈呀，只恨生不逢时。说大宋的世态太过炎凉吧，可最后还有几个青楼女子为你收尸。说今天，已算是高度发达了吧，谁要是沦落到你柳永这种死法，又有谁能主动地为他伸出援手呢？

柳永，你的不幸我们暂且不议。当很多不幸、很多麻烦不断纠缠着你不肯离去的同时，你又有很多的幸。而最令我们羡慕的，还在于你以自己的实力，赢得了一大批铁杆的“柳迷”，时时激励你在那个时代将自己的才华有幸地发挥到了极至。你的幸还在于近千年的时光淘洗之后，仍然还有如我一般的“柳迷”在痴迷地品味着你留下的那些个不朽的韵律！

你的成名走红实属不易。想想我们今天那些走红之人，可谓绞尽了脑汁，费尽了心机，花样天天翻新：靠绯闻炒作的，傍富翁、富婆包养金钱铺路的，假名人之名暗渡陈仓的，靠铁权人物的铁拳开路的，借奇招怪招抢人眼球的……总之，一切凡能助他（她）成名的皆掠为己用。当然，也不乏靠自己的实力打拼而声名鹊起、红遍大江南北五湖四海的！只是这条路太过艰辛，令很多踌躇满志之人望而却步，知难而退；令很多人心力憔悴，万念俱灰，遗恨终身！

柳永，你仰仗的就是自己的实力，仰仗的就是自己的创造力，作品的神奇魅力，以及你由此而结下的缘分！试想，在那个交通阻滞、音讯塞闭、口目相传的时代，你能红到如此，真是匪夷所思。就是我们现在的那些名人，要红到如此地步也是一件难事。柳永，你为我们创造了一个难以逾越的奇迹！

4

柳七，你说："明代暂遗贤，如何向？"一个"暂"字颇有些耐人寻味。其实，你心底里、骨子里仍不死心。潜意识里仍希望有一天卷土重来，金榜题名，蟾宫折挂。

柳七，你说："未遂风云便，争不恣狂荡，何须论得丧？"其实，你已经在负恨论得失了，你已经决定负恨而去了。于是，才有了"青春都一饷，忍把浮名，换了浅斟低唱"！你若从心底里就贱视"浮名"，你就不会心急火燎地赶去参加仁宗老儿搞的那个人才选拔考试；就不该在前次名落孙山的情况下写这首发牢骚的鸟词。以至于这次考试之后，被你惹恼的皇帝老儿耿耿于怀，哂斥你"何要浮名"，于是，故意将你黜落，看你又奈他如何！据说，你最终还是脱离不了科考这条生活轨迹，于是改名再去应试，遂中进士，却仍沉沦下僚，始终都没辉煌过、灿烂过。换得个毫不响亮的"柳屯田"的俗名，落得个无钱裹尸的凄凉结局！

文人自古如此。他们大多自恃有经天纬地之才，有平天下安社稷之能。可是，现实却始终同他们过不去，不可能将他们悉数尽净地赶上战马或者纳入政坛的高层，那里不需要他们的斯文与酸腐，不需要他们的小肚鸡肠！现实在选择一批的同时，自然也就告诉你们，你们之中的大多数人，将到此止步，不得不接受沦为庶民百姓的现实。残酷的实现安顿不了那么多能呻吟两句的人。再说，谁又能说那些手握重权的人都是蠢才无能之辈呢？他们大多是登科及第而平步青云的。他们的肚子里大多都还装了几滴墨水，无论他们是贤臣还是奸佞，他们大多掌握了为官之道的精髓。这也可视为一种才能，一般的文人有吗？

一般的文人只会自怨自艾，怨天尤人。自视被社会所弃，沦落为这个社会最不幸的人！我要说：落第落魄的文人们，你也不要以为自己受了天大的委屈，能做几篇足可传世的文章那才是你的正事！这里没有贬低文人、贱视文人的意思，相反，我们对柳永之类的不幸文人抱着极大的同情。因为，你们活着的时候就痛饮了人生的诸多不幸，上演了一幕幕可歌可泣、惊天地泣鬼神的悲剧！你们呕心沥血的结晶早已化为文明的一部分，生生不息地滋养着你们的子子孙孙！我们还有什么理由指责你们呢？

不过，你们的经历，确确实实是我们可资借鉴的一方方宝镜，让我们去不断地完善自我，丰满羽翼，丰富人生！

柳七，你的道路你选择，不管怎样，不如意事常十之八九，这是你我不得不面对的现实，拟把疏狂图一醉的洒脱与快意，一蓑烟雨任平生的坦然与淡定，是我们在最不得意时的清心剂、镇定丸，不如意时，不妨饮几支、服几粒。

柳七，你已经很不错了，有那么多传世佳作为你的人生作最佳的评注。我说得再多，都是个人浅见，但愿无损大家心里各自的柳七。

多情自古伤离别

寒蝉凄切。对长亭晚，骤雨初歇。都门帐饮无绪，留恋处、兰舟催发。执手相看泪眼，竟无语凝噎。念去去、千里烟波，暮霭沉沉楚天阔。

多情自古伤离别。更那堪、冷落清秋节。今宵酒醒何处，杨柳岸、晓风残月。此去经年，应是良辰好景虚设。便纵有、千种风情，更与何人说。

——《雨霖铃》

1

这是一阕爱的誓言！

这是你唱给她不忍分别又不得不分别的绝唱。你的爱是多么地深挚，“执手相看泪眼，竟无语凝噎”；此番别后，竟让你失魂丧魄，“念去去，千里烟波，暮霭沉沉楚天阔”！你的眼里只有她，你的爱是何等的专一，“此去经年，应是良辰好景虚设。便纵有千种风情，更与何人说”？

你说，没有她的日子，你的生活就没了意义；没有她的日子，你的未来就暗无天日；她就是你的唯一！

此后，即使是万紫千红、百花相竞，在你眼里，都色彩顿失，全都是凡花俗脂！

没想到，能这么幸运听到这阕爱的誓言者，竟是一位生活在宋朝的青楼女子！我们记下了你的词，你的专著，你的痴情，却不知道这位青楼女子的芳名。千载之下，竟让我们遥想那个寒蝉凄切、骤雨初歇的黄昏……

2

这又是一个落魄文人同风尘女子的一次分别，时间是在近千年前的某个秋天的黄昏，地点是当时的都城汴京城外的某个长亭。这天，老天爷也特意赶来凑趣，要为你们这对有情人设置一个不宜离别的典型环境，为这一场悲剧渲染气氛。

这是三秋时节，寒蝉在为她这一年短暂的巡回表演作最后的谢幕，鸣声更加凄切。长亭向晚，骤然冷寂，先前的那一阵急促的冷雨刚刚停歇。

京城外，你们搭起帐篷，设宴饯别。可是，酒还未饮到尽兴之处，伤情足以令人悲绝时，忽然，艄翁的一声“开船了——”就催得你们伤心直颤，依恋，依恋，难舍依然。

你们手拉着手，盈盈泪眼相对，脉脉此情难述。千言万语，万语千言，都已经多余，话未到嘴边，早已是哽咽无语。料想就此别去，山一程，水一程，风一程，雨一程，邈迢千里，烟波浩淼，楚湘大地，暮霭沉沉，一片空阔，一派迷茫，那又该是一路寂寞，一路困厄！

自古以来，多情的人儿都为离情而悲，都为怨别而伤。更何况，此番作别，正遭逢这冷落萧瑟的清秋季节。料想，今夜过后，待酒醒时分，那又该是怎样的情形呢？想必是，泊舟于杨柳披拂的岸边，唯有凄厉的晨风相扰，残缺的晓月相伴！这一去，只怕是一年又一年，累月叠年，长长久久的阻隔；到那时，虽有清风明月，美景良辰，都是虚设；到那时，纵然有千般柔情，万般思念，又对谁倾诉呢？

如许浑在《谢亭送别》所言：“日暮酒醒人已远，满天风雨下西楼。”对于留下的人来说，同样是一件难过的事情。

3

说普通，在人类历史的长河中，这是千千万万次离别中的一次。然而，又非同寻常。可以这样说，你柳七以词的形式诠释了江淹的《别赋》！不仅如此，其景，“杨柳岸，晓风晓月”成了婉约词的标志或招牌用语；其情，“此去经年，应是良辰好景虚设”，简直就是至死不渝的爱的表白！

这离别，深深打动我们的，不是荆轲易水作别的悲壮与传奇，不是昭君出塞的凄绝与不可更改。这只是两个普通人之间的辞别。一个是自恃多才却仕途失意的潦倒文人，一个是貌艺情三绝的柔弱歌妓。柳七，在你之前，虽也有杜牧之流的少数叛逆者，将文人士子与青楼女子的暧昧交往写入诗歌，但都不及你写得大胆，写得有味，写得凄美。自此之后，宋朝的文人们，不管是居庙堂之高位者，还是处江湖之卑微者，都把他们的才笔伸向了基层，这当然包括以前文人们碍于斯文、想涉足而羞羞达达不曾涉足的秦楼楚馆，烟花柳巷。真真切切地写出了她们与文人们的种种千丝万缕的情感瓜葛，写出了她们以前不足以道的风月生活！

柳七，你之所以赢得了众多烟花女子的青睐，一来你是她们生计之源泉，你填的词，让她们的生活有了最基本的物质保障；二来，你为妓女们的个人填词，不压于当今的政坛要人、艺坛名星的题字，你填的词可以让她们顷刻之间身价倍增；三来，你虽自命文人，也实实在在是个真真切切的文人，但你没有一般文人的清高、虚伪，你同她们接触，你走进她们的生活，是实实在在地看得起她们，对她们真真切切明明白白的真性情。一句话，上天让你来世上走一遭，在宋朝生活了一回，仿佛就为的是婉约的宋词，仿佛就为的是那些在秦楼楚馆中挣抗的风月女子。你用你的才、你的情这把锋利的双刃剑，俘虏了你生活的那个朝代的众多青楼女子的芳心，你才是天下第一号的大众情人。你的付出没有白费，你换来的，除了她们的垂青之外，是宋词的标志性的发展，让慢词与小令并美，让词真正地走向了市民，完成了从形式到内容的里程式的革新，你让凡有饮水处都有人唱你的新词！而这首《雨霖铃》就是你的拳头产品，打出了婉约词的一片崭新的天地！

如果没有这一次看似普通实则非同寻常的别离，我们今天怎可赏读到如此精美又精绝的妙词？

4

宋玉在楚时为悲秋定了底调，江淹也早在六朝为离别定了基色。你与你的那一位红尘知己的离别仪式就在这个时候举行。不知是老天的安排，让你偶然碰上，还是你们的精心商定，倾心选择。总之，你们离别的仪式必须在这一天进行，也许是因雨，所以才延宕了些时辰。尽管时间推延了，但是，就有情人而言，这点时间与你们的爱意缠绵，与你们的别意依依所要花的时间是远远不够的！

你俩作别的地点在长亭，老套，乏有新意。作别的时间在深秋，料想，以你俩的深情，不必让凄清的季节来推波助澜，也许另有无法避及的原因。换一句话，就是到了非离别不可的地步了。所以，尽管时序三秋，明知季节的寒意犹难抵御，人生的别离则更会加重离别的伤情，你们作别在此时。寒蝉的哀鸣既是季节的哀曲，也是它短暂生命的暮歌，它的鸣声毫无疑问会加重伤别的气氛！骤雨也赶来凑趣，它仿佛还嫌你俩的泪水不够滂沱，不够淋漓，还达不到生离死别的程度与浓度。值得注意的是，这地点在都门之外。一门之隔，天差地别！门内，是多少才子的梦之所往呀，而你来了，却待不下去，被它的繁华、被它的森严彻底地挡在了门外。此番辞别，你辞别了繁华、粉碎了梦想不说，连最最心爱的人也不得不洒泪而别！你走出那道门后，就要单走江湖，独赴僻壤，孤对衰景与衰境了。此时，你顾不了这些，选择了弃门而去，果绝而不计退路。

有亭子供你话别，供你缠绵，你却偏偏不走进它的庇护，不体味前人品味过了的味道。于是，你选择了设帐而饮！看似简单的举动，却见出你与她的用心之诚，筹划之精——因为，这是你“奉旨填词柳三变”的离别，为什么要落旧窠、蹈故辙呢？足见此次离别在你心中的分量之重！

料想，古人对离别的如此看重，对情谊的如此珍视，不外乎有以下原因：

一是物质的因素。古时生产力落后，交通不便，音讯难通，人们抵御自然灾害的能力低下，在强大的自然面前，几乎束手无策，生老病死有太多的偶然，太多的不测。

二是精神上的因素。因为人们情感的交流受制于自然环境、社会环境的出奇险恶，生存环境的巨大压力，物资资源的十分匮乏，都致使人们更加看重情谊，更加珍视亲情，都无一例外地讲一个缘字。能异域绝境有个相识、结个知己，被视作是上天的恩赐，前世修来的缘分与福分！

三是思想意识上的因素。在强大的自然面前，人的力量格外渺小。连孔子那样的圣人都发出了“逝者如斯”的喟叹，一般的常人就更是宿命。人们早就在关注、探索生之奥秘，抵御死神的偷袭；人们知道，自然赋予人的生命是短暂而有限的，最大的恩赐也不过百年之期。这是永难改变，不可违逆的；一生中的任意一次别离，都有可能是永诀，都有可能是与至亲的最后的谢幕！

因而，离别成了古人生命中的不能承受之重！无论是王公显贵，才子佳人，商贾巨富，还是平民百姓，概莫能外。无怪乎，自古文人前赴后继，将他们的聪明才智锦绣妙笔浓墨重彩地倾洒在离别之上。除了上述原因之外，料想，每一个离别之人，他们心中的苦楚都与众不同，他们的差别都因人而异。他们都一致地认为，只有他自己才真正地体会到了离别之苦，只有他自己才是普天之下最不幸的人，只有他自己的文字才可以表达出自己独特的体验，才会写出离别的真谛！因而，即使前人表现离别的文字已经足可汗牛充栋了，他也仍然会不厌其烦、不假思索、不怕重复地写出属于他自己的离别之诗！

柳七，与一个风尘女子的一次离别，能成就你的代表作，能成就婉约派的扛鼎之作，能成就流行宋朝又经久不衰的金曲，正是缘于此吧？

据说，你的这章《雨霖铃》被世人列为横跨宋金的“十大金曲”，可见你的体验之独特，吟咏之绝妙，认可范围之广，影响之深远了。今天的那些周排行榜、月冠军、年度金曲怎可与之相提并论。

5

柳七，你能达此巅峰，令人不得不再次回顾你多舛的命途！你没能按最初的意愿、最初的设想如愿地走上仕途，也没有如众多的失意士子一般走向堕落。你选择了一条属于你自己、适合你自己、你自己愿意为之付出终身的非同寻常的路！

柳七，当你的名字被皇帝老儿的御笔因负气而坚决地划去时，你没有像其他无数仕途受挫的前辈那样痛不欲生，暗无天日；没有从此一蹶不振，醉生梦死，或者怨天尤人！从此心怀悲戚，怨自己怀才不遇，生不逢时！

柳七，你是一个心怀坦荡的人，你拿得起，放得下。于是，你这样调侃自己："奉旨填词！"于是，你明确了自己的发展道路：自己既然不能走向权力的高堂、政坛的巅峰，却可以心甘情愿地走向实实在在的生活，走向真真切切的民间，然后把"奉旨填词"的事业义无返顾地进行到底！

柳七，命运改变了你的生命轨迹，命运却没有击倒你的精神支柱！于是，你走向花街，走向柳巷，走向青楼，走向宋朝的大雅与大俗的汇集之地，在繁华京都暧昧的光影里，在温软的江南丝竹的煽情声中，在销魂蚀骨的温柔乡里，专心致志地享受，认认真真地填词，实实在在地做人，将你的执著与才气酣畅淋漓地挥洒到了极至——凡有井水之处，就会有人歌唱你的词！你成了那个时代最走红的人。这是多伟大的影响力！试想想，从古至今，又有几人能达此境地。即使你最终穷死乡里，无钱收尸！

柳七，你是那个时代的专业词人，可是，你不像我们今天的某些没有写出几篇像样的文章却又可以领取政府薪水的文人，你没有向大宋朝廷领取一文薪金；你的创作，尽管为那些青楼女子赚取了丰厚的银两，却没有人为你付给低廉的稿费；你获得的最大的褒奖就是歌妓的演唱与市民的传诵！你仕途的不如意，却成就了你词创作的伟大丰收，你终于以你的别样词境，成为婉约派词人的领袖人物！就连对你一贯有偏见的苏轼也不得不在心底里佩服你，以至于还不由自主地去问幕府中善于歌唱的人：自己的词比柳七怎样？这个善唱者也倒实诚，答案自然是大家熟悉的故事了：一个当由十七八岁的少女拿红牙板，敲着节拍唱"杨柳岸，晓风残月"；一个须由关西大汉持铜琵琶、铁拍板奋力相击，大声吼出"大江东去"！各有千秋呀，难怪苏子听后大笑不已——因为这是事实，苏子不承认也不行——群众的眼光是雪亮的，群众的评价是公允的。而故事中所列举的两个名句，就成了宋词婉约与豪放两派的双峰并峙，树在极顶熠然生辉的标识，而你与东坡，就是身临绝顶、彼此欣赏的两个高人。

想想宋朝的清明，自你去后，年年有无数的青楼女子自发地到你的青冢缅怀你，交通为你阻塞，鲜花香纸为你断市，妓女的眼泪为你倾泻如雨……成为一种时尚，成为一种风景。柳七，你亦应释怀而去，我们也当欣然品读你这支穿越岁月风雨跨越时代沧桑至今仍还传唱不衰的金曲！

衣带渐宽终不悔

伫倚危楼风细细，望极春愁，黯黯生天际。草色烟光残照里，无言谁会凭栏意。

拟把疏狂图一醉，对酒当歌，强乐还无味。衣带渐宽终不悔，为伊消得人憔悴。

——《凤栖梧》

1

有追求，就一定得付出；要达到目标，就一定得作出牺牲。柳七，你在这首《凤栖梧》里就讲述了这样一个故事，我们读这阕词悟出了这样的道理。

2

东风无力，软软的，细细的，如江南丝竹般绵渺而充满灵气，充满媚性。你若在此时登上高楼，那望不到尽头的无边春色犹如铺满天涯的春愁，从远远的天边悄然黯然地袭来，在你的心头弥漫开来。

草色如烟，烟云迷蒙。时光推移，都掩映在那夕阳的余晖里，你默默无言，你望极天涯，可是，有谁会理解你独自登上高楼、凭栏远眺的真意呢？

你本打算无所顾忌、无拘无束地一饮而醉。可是，有谁知道，这样把酒称觞，纵酒放歌，竟是强装的欢乐，这样的“欢乐”又有什么滋味呢？到头来还不是落落寡欢，淡而无味，白水一杯！于是，你百无聊赖；于是，你不知道该如何打发这被相思离恨浸泡着的时光；于是，不知不觉地，你的衣衫的丝带宽松了，原来这是你对她刻骨铭心的相思所至。

可是，你仍然不感到懊悔，你认为这样很值，你宁愿为她清瘦，宁愿为她憔悴，宁愿为她面目全非！

3

柳七，你是个性情中人。你一生的很多时间都挥霍在青楼的风月场了。你一生阅人无数，当然也知晓甚至体验过无数的生离死别。因而，你才有了这首《凤栖梧》中如此深刻的体悟，才有此奇崛惊心的言语！

末两句深得词赏家王国维的大力推崇，并由此引申为治学三境界之第二境界。古今凡成大事业、大学问者，莫不具备此种九死不改的追求、百折不挠的意志、坚持到底的精神。在这个过程中，自然会饱尝皮肉之苦，自然会为了心中的目标而形削骨瘦！这个写苦苦相思、忠贞爱情的句子，早已脱胎换骨，以全新的内涵、高远的意境而深深地根植于一代代欲成就大事业、大学问者的心里，并激励他们生命不息，奋斗不止！

4

相思是令有情人憔悴的利器，它的锋利程度，你柳七已有了深刻的体会，有了精彩的描述。其中的“衣带渐宽终不悔”，大概由汉乐府《古歌》“离家日趋远，衣带日趋缓”脱胎而出。也许你此前并未读过此句，完完全全、彻头彻尾是你真实的体悟！

一个陷入苦恋苦忆的痴情女，或者多情汉，能把相思病害到如此程度，着实令人感佩。若换成晏殊这个有权有钱的风流汉，那结果就大不一样了。他自己表白时说了，与其“满目山河空念远”，还“不如怜取眼前人”！你瞧瞧，若有哪个痴情女恋上了晏殊这种人，真是八辈子的倒霉。好在晏殊是个耿直之人，明知道自己受不了相思之苦，就勇敢直白地亮出自己是个负心汉的牌子，免得别人陷得太深。当然，晏殊说这话也是事出有因的，因为他曾经也尝过与你柳七相似的相思之苦：“昨夜西风凋碧树，独上高楼，望尽天涯路。”因为他有千般相思，却因“山长水阔”寄无处！实在是忍受不了，才有了及时行乐的想法，才有了对眼前人的格外珍视。

柳七，你却不同，你发誓要将这痛苦的相思坚持到底。依今天的话说就是“铁脑壳”，明明知道眼前就是南墙，明明知道此路不通，却偏偏要往墙上撞，要试试自己的“铁头功”。这执着的爱不管结果怎样都值得褒扬。尤其在今天，在一切都讲求快节奏、讲究速成速散的时候，更值得彰扬。那“伫倚危楼”的若就是你的话，我们便从中找到了你之所以是众多风尘女子心中偶像的原因所在。

这事经王国维这一番鼓捣之后，末二句便有了崭新的境界。一个人是要有所追求的。一个有所追求的人必然要具备永不言弃的素质。即使他清楚地明白，追求可以使人痴迷，因痴迷可以使人憔悴，但仍然要说：我一定要坚持，只有坚持才可能赢得最终的胜利！因为他还明白：一个有追求的人，憔悴的仅仅是他的身体，丰满的是他的智慧与精神；一个无所事事的人，即使他表面健康，他的精神与意志也未必一定健康，就未必比得过那些孜孜以求、求索不止的人！

柳七，我们应该感谢你这个成天在胭脂粉中厮混的潦倒男人，你将自己高洁的追求竟埋得如此的深刻。你的消沉堕落仅是一种表征，你欺骗了当世之人的眼睛，却让我们在咀读你的痛苦的时候，同时感受到了你的刚强，你的坚毅！

“衣带渐宽终不悔，为伊消得人憔悴。”用你苦苦相思的劲头，让凡有饮水处都有人唱你的词，值！

钱塘自古繁华

东南形胜，三吴都会，钱塘自古繁华。烟柳画桥，风帘翠幕，参差十万人家。云树绕堤沙。怒涛卷霜雪，天堑无涯。市列珠玑，户盈罗绮、竞豪奢。

重湖叠山献清佳。有三秋桂子，十里荷花。羌管弄晴，菱歌泛夜，嘻嘻钓叟莲娃。千骑拥高牙，乘醉听箫鼓，吟赏烟霞。异日图将好景，归去凤池夸。

——《望海潮》

1

柳七，读你的这篇《望海潮》，无论是内容还是文字，都可以用词中的“繁华”二字来概括。我甚至认为这是你用语言文字以词的形式为我们描绘的另一幅《明清上河图》。只是你柳七将镜头由都城汴京聚焦到了“钱塘”——我们今天的杭州罢了。犹一巨幅长卷，千年前杭州城市的景象，西湖的风光，尽收眼底，一览无余。

再就是你语言的“繁华”了，没有它们作支撑，在我们想象的原野就不可能有浓墨重彩描画出的繁荣与美丽的景象。“东南形胜”“三吴都会”“烟柳画桥”“风帘翠幕”“云树绕堤纱”“怒涛卷霜雪”“市列珠玑”“户盈罗绮”“三秋桂子”“十里荷花”“羌管弄晴”“菱歌泛夜”“醉听萧鼓”“吟赏烟霞”……真是珠玑满目，妙语灿烂，华彩联篇！这些我们耳熟能详的词语，不知被历朝历代的文人墨客不付版费地盗用或者引用了多少次！

难怪在你写出《望海潮》一百三十多年后，金国君主完颜亮听完乐工唱罢此词后，就惊讶得合不拢嘴了——为你的才华而惊，为词的华美而讶，更为无限繁华的钱塘而诧！而其中最令他动心的是“三秋桂子，十里荷花”。于是，他再也按捺不住了，再也不满足于他“天似穹庐”的塞外风光了，再也不满足他眼前的骏马与牛羊了！于是，他选派画工中的高手，混入杭州，绘了一幅杭州山水图带回金国。完颜亮遂命人装裱成屏风，他还嫌不够，于是在画上添加了他全副武装、立马西湖边上的肖像，仍嫌不够，又在自己的肖像旁题诗一首：

万里车书尽混同，江南岂有别疆封？

提兵百万西湖边，立马吴山第一峰。

“车同轨，书同文”，这就是要实现天下一统呀！雄心实在是大，野心实在不小。这首诗，实际就是完颜亮向宋朝发出的宣战书，更是不灭宋室誓不罢休的决心书！后来的事大家都略知一二了。结果呢，就有了姜白石《扬州慢》中宋室江山的难以复原与复元了。

不管这是史实还是传说，都足以证明你的这阕《望海潮》流传的时间之长、地域之广、影响之大了，也可见人们对你这首词的喜爱程度之深。

2

关于这首词的创作说法不一。

一说是，这年你上京赶考，路过这座你不曾目睹过的繁华大都市。因为你才华出众，词名远播，于是，钱塘的地方官设宴邀请你。为了答谢这位地方官的盛情，你便当场写了这阕妙词，赞美他的英明领导，赞美他领导下的这座繁华而富丽的城市。

一说，《望海潮》词牌为你首创，而创作的目的，即是要以这首词为名片或敲门砖，去拜见你曾经的朋友、现在的政要、钱塘的父母官。

这位孙何，原是你的朋友，可是，当他一发迹，当了大官，架子就大了，门就难进了。你这个昔日的老朋友今日的落难鬼想见一见他就难了。即使你自报家门，看门的人见你一身穷酸相，亦拒不替你通报。于是，你就选择了旁门左道，精心写了这首《望海潮》，找到钱塘城里最走红的歌妓楚楚说：自己想见孙何，却没有门路，只有烦楚楚姑娘在下一次孙何设宴召你去时，请你在席上演唱这首词，如果孙何问是谁写的，你就说是柳七。

中秋那日，孙何举行宴会，果然又请楚楚前去替他捧场，为他助兴。楚楚也毫不含糊地唱了这首《望海潮》。孙何听罢，美滋滋的：不仅词太精彩，还赞美了他这个父母官。孙何一高兴，果然问及楚楚：词的作者是谁？楚楚答：柳七。孙何一下子想起了你这位昔日好友，立即遣人请你赴宴。

以上说法是否可信，已不重要，重要的是你在那个时候，凭你的超凡才智、凭你的生花妙笔，全景式地记录了近千年前的这座仙境般的锦绣城市，留下了这首另类《清明上河图》般的绝妙好词！

你在词中所写的，都是千真万确的事实。可是，生活在这座城市里的人却浑然不知，这正好应了东坡“不识庐山真面目，只缘身在此山中”这句诗所表达的意思。城里的居民们欣喜异常，原来自己祖祖辈辈生活的这座城市，自己天天看到的街衢楼宇竟是如此的绝美！于是，他们将这首歌唱了又唱，传了又传，一夜之间，你的这首《望海潮》便传遍了钱塘的大街小巷。

这首歌也长了翅膀一般，很快地传到了北方，传到了金主完颜亮的耳里，传说他因此才起了“投鞭渡江”的野心，才有了宋朝不可避免的劫难。

3

钱塘，你这东南之域的险要峻美之地，三吴之郡的繁华大都市，自古以来，就分外繁华。

杨柳轻笼，如烟似雾；彩桥如画，凌波飞跨；大街小巷，清风送爽，珠帘道道，迎风轻摇；碧纱重重，摇曳生姿；屋宇错落，鳞次栉比。这里竟居住了十万人家！

烟云笼罩，郁郁嘉木环绕着长长的江堤；大潮汹涌，波涛飞卷，白浪滚滚，道道巨浪排空而去，迫向天涯。

热闹的集市上，珠宝玉器，琳琅满目；家家户户，绫罗充盈，有说不尽的豪华，比不完的奢侈。

里湖与外湖相连，近山与远山相叠，分外秀美，格外姝丽。那三秋的桂树香远益清，那初夏的碧荷亭亭玉立，娇艳的荷花铺展十里。横笛悠扬，飘荡在丽日晴空；渔歌互答，荡漾在皓月幽湖。尽情嬉乐的是那垂钩的渔翁，恣情欢歌的是那采莲的姑娘。

而那出巡的太守，千骑相拥，彩旗飞舞，一路喧哗，好不风光。金杯美酒，觥筹交错，笑语欢歌；大家趁着微醺的兴致，吹箫打鼓，好不畅快；吟诗作赋，绘湖光山色之胜，描晨霞暮烟之媚，好不惬意。

待他日，将这钱塘的美丽富足，将这百姓的风流自在淋漓尽致地描绘出来，回到朝廷，在皇帝那儿好好地夸耀一番！

4

柳七，说这是宋朝另一种形式的《清明上河图》，许是我的偏爱。但是，当我反复诵读这章《望海潮》的时候，在我想象的大野，就真真实实地再现出了这幅人间仙境。我的语言有些贫乏，但我的想象却完全可以抵达你为我们勾画出的壮锦、妙景与绝境。

金人完颜亮的铁蹄滚滚而至，不料却在扬州附近的瓜洲受阻。他的雄心与野心还不曾彻底征服江南的时候，他的部下就折杀了他空前暴涨的雄心与野心，让他提早上了西天。生命不可能重新开始，野心家的勃勃雄心也不可能复生。不然，他能否如愿“立马吴山第一峰”也真还未可知。为此，宋人谢驿专门赋诗一首：

莫把杭州曲子讴，荷花十里桂三秋。
岂知草木无情物，牵动长江万里愁。

完颜亮地下有知，亦当为他的雄心与野心而自责吧。然而，历史不可以重新来过，他完颜亮的暴行早已记入史册而不可更改了。

不可更改的，还有你柳七写下的这首词，真真切切地记录了这座城市曾经有过的高度繁华的过去。这是不能抹去的功绩，今天，乃至以后的杭州，当会因你的记录而荣耀，因曾经的繁华而自强不息。

柳七，你在杭州待的日子并不长，但杭州至少应该吸纳你为永久的居民，至少是荣誉市民！

不忍登高临远

对潇潇暮雨洒江天，一番洗清秋。渐霜风凄紧，关河冷落，残照当楼。是处红衰翠减，苒苒物华休。惟有长江水，无语东流。

不忍登高临远，望故乡渺邈，归思难收。叹年来踪迹，何事苦淹留？想佳人、妆楼凝望，误几回、天际识归舟？争知我、倚阑干处，正恁凝愁？

——《八声甘州》

1

柳七，我深深地替你惋惜。在宋朝，你写出了那么多锦绣华章，可是，偏偏有一些自命不凡的文人、锦衣玉食的士大夫却看不起你的词。一些道貌岸然的伪道士则死守着他们所谓的正统文学不肯松手。

据说，有个叫刘季高的高官，有一次在开封大相国寺吃饭，席间，与同桌的人闲谈你的词。此刘领导全不顾及自己的领导身份，破口大骂你的词，且欲骂欲甚。此时，有一位老宦官听得实在过意不去了，就拿来纸笔，跪在刘高官面前说：你认为柳词不行，那就烦请你填一首给大家看看吧！刘高官顿时无语。他这时或许才明白，自己肚子里的那几滴墨水实在少得可怜，即使搜肠刮肚，也难写出几个差强人意的句子，而你的词是多么地受人喜爱，你是多么地受人尊重，受人追捧。

与你同时代的文豪东坡居士够牛的吧，虽然一向瞧不起你，还责备他的门生秦观："不意别后，公却学柳七作词。"仿佛向你学习写词就是莫大的羞耻。当他读罢你的这章《八声甘州》之后，也就只好服气，且赞赏说：人们都说柳耆卿的词俗，我看不是这样；这《八声甘州》中的"霜风凄紧，关河冷落，残照当楼"，意境苍凉，气象宏伟，其高明之处一点也不亚于唐人！此后，还将学生秦观与你并提："山抹微云秦学士，露华倒影柳屯田。"其喜爱乃至钦佩之情溢于言表。

2

那些不喜欢你的词，甚至恶意攻击的原因，归结起来，不外乎以下三点。

一是认为你所写的词，乃“淫冶讴歌之曲”，也即是一般市民喜欢的流行歌曲，真正的下里巴人。如果这事放在今天，那就是天大的好事，因为你创作的是老百姓喜闻乐见的作品。你创作的那些词能唱遍大街小巷，凡有饮水处都能听到有人唱你的歌，在今天就是特通俗特流行的歌曲。你要是生活在今天，指不定要拿“五个一”或别的多项创作大奖。一些人斥之为“淫冶”正体现了他们自己的虚伪。一方面，他们嫖妓狎娼乐此不疲，一方面又要冠冕堂皇地鄙弃你那些表达真情实感的丽词，是彻头彻尾的伪君子作为。

二是说你写了大量的表现妓女生活的作品，格调不高。后来，你最终还是走上了仕途。可是，满朝上下都知道你曾写词得罪了仁宗皇帝。所以，一直让你沉浮下僚，当不了像样的官。你一不服气，就找到时任宰相的大词人晏殊。晏殊不冷不热地说：“你挺喜欢填词吧？”你一听，就知道是自己先前写词顶撞皇帝坏的事。于是，你答道：“宰相大人，你不也喜欢填词吗？”晏老爷子说：“我虽填词，可我没有写出‘针线闲拈伴伊坐’这种句子！”原来，大家（个别有点官职的文人）一直认为你写的词太过鄙俗，因而鄙视甚至排斥你！其实，晏老爷子是不懂生活情趣，老眼昏花看走了眼，这句话语出自你的《定风波》。而这首词正是通过平常的生活细节来表现年轻夫妇的恩爱生活，以此表现少妇对征夫强烈的思念之情。倘若家庭生活不和谐美满，就不可能有别后的苦苦相思！

在那些伪道者看来，你整天与歌女厮混，为她们作歌词，就是彻底的堕落，就是十足的卑俗！只要我们认真去读读你那些写给妓女的作品，就不难见出你对歌妓的同情，感情真挚，绝无上层文人的那种假正经。你对宋词的发展，现在是人所共知，而在你生活的时代，只怪他们有眼无珠、见识浅卑、鼠目寸光而已。好在，人们的眼光是雪亮的，时间是最公正的裁判，人们不因个别高层文人的反对与声讨，而削减了对你的追捧热情。

三是说你在创作时采用了大量的街巷俚俗之语，常常在词中不加掩饰地表明你自己的喜好！这正体现了我们现在所提倡的深入生活，深入基层，从群众中来到群众中去的创作原则，才逐渐形成了你自己的风格，才有那么多人甘愿成为你的“粉丝”！也才让后人真切地了解到了宋朝的真实生活。

总之，你的创作态度、创作原则、创作手法，都是我们今天积极倡导的！你的作品老百姓喜欢，长久地流传，自在情理之中。你的作品远远胜过那些躲在象牙塔里的宦官文人酒足饭饱、闲来无事的无病呻吟！

3

这是一个最易令人伤感、最易引发人忧思的季节。

你打着“奉旨填词柳三变”的幌子，在秦楼楚馆、烟花柳巷风流快活够了吧，你有些厌倦这样依红偎翠吸膏吮脂的生活了吧？你一路吟着“杨柳岸，晓风残月”走来，这时，已是秋天！

你伫立江楼，江流滚滚，幕雨潇潇。那潇潇的暮雨仿佛想一下子就将这冷清寂寥的残秋洗劫一空。

你伫立寒秋，渐渐地雨敛云收，秋风丝毫没有懈怠的意思，一阵紧似一阵地驱赶着仅存的这点秋意。山河冷落，残阳如血，染红了这座暮色笼罩的江楼。

你环顾左右，花残叶凋，凄凉满目，曾经的繁华已经衰颓，曾经的丰颜已经枯萎，仿佛一切都丧失了生机，丧失了应有的斗志。在“渐霜风凄紧”的当儿，都丢盔卸甲地逃遁或者就地投诚。只有你身边的大江，似有无尽的忧伤，一言不发地向东奔流，奔流。

这也绝对是一个不宜登高眺远的季节。

前人说了，楼高莫独倚，独自莫凭栏。这也同样是你难以忍受的。你不忍心在此暮雨洒江天、物华削减、关河冷落之时，独立江岸，背江楼而望远，故乡在落照之外，在天涯之外，在你思念可以抵达的地方，正一遍遍地唤你“回来”！这时，你即使想及时将心中的归思收敛，也已是不可能了。那欲归的羽翼在满目秋色、满目凄凉的天地间任性地飞翔而不可遏止。你清楚地知道，一年又一年，你行踪不定，你飘萍万里。在年年的秋声秋色里，你都会如期疯长思归的情绪。年年的秋声秋色里，你都要反反复复地责问自己，我为什么要如此长久地滞留异地？我为什么要如此苦辛地飘泊异域？栉风沐雨，餐霜饮露。

你倍加思念千山阻隔的故乡，倍加思念万水横亘的亲人。她整日里独伫楼头，凝眸那天水相接之处。多少次，她把别人的风帆误作自己返家的归舟。她又怎么知道，此时，你也正倚栏远望，心底里凝蓄着深深的思念，浓浓的忧愁！

此时，乡关冷寂，河津疏落。

此时，乡路遥迢，归期邈杳。

此时，游子亦正怅怀悠悠，归思难收。

4

落叶终要归根。这棵深深植入游子心底的大树，飘泊的年岁越长，干就越壮，枝就越密，叶就越茂！

家，是你的起点。那时，你踌躇满志，你意气风发，你怀揣经时济世的高远理想，作别双亲，作别娇妻，作别故里，你义无返顾，长鞭一抖，打马绝尘而去。

家，那又是你梦绕魂萦的终点。多年以后，当你满脸沧桑、满怀悲怆的时候，你知道，家才是你最期待的地方，家才是你最安全最温暖的避风港。只有从它跳跃抑或宁静的灯火里，你才感受得到生的幸福，才明晰家的真谛！

而现在，一叶落地，天下皆秋。

一叶落地，惊起了满天下的秋意与萧疏。

一叶落地，惊起了普天之下无数游子士子心中的悲凉与忧愁。

一叶落地，又再一次惊起了你内心深处的波澜。你对自己说，是时候了，应该及早地归去。尽管你曾经那么执着地要去求取功名，尽管你自以为一事无成，尽管你浪迹江湖身陷红尘，尽管你的华章锦词曾被无数的封建文人嗤之以鼻，尽管你的绝代妙词曾传遍街头巷里风靡山野乡村，尽管你眼下囊中羞涩甚至一贫如洗……这时，你想起了它——家，那才是你最牵挂、最不能忘怀的地方！

你决计要义无返顾地走向家的方向，走向它的灯火，走向它的庇护，走向它的安详。

家，是你飘泊魂魄最终栖息的地方！

据说，你最终没有能力回到你一直期待的地方……你的遗憾就留在那些充满传奇的传说中，让人们去反复地怀想。

5

颇不安宁的宋朝，为宋词中的离别主题增添了十分丰富的内容和素材。因而，离别的悲怆，离别的凄迷，离别的无奈便充盈其间。某一段时间，甚至成为这种文学题材的专利。要不是东坡居士的一声“大江东去”，辛稼轩先生的“气吞万里如虎”，宋词，恐怕我们都只能握一把素纸读你了。

频繁出没烟楼柳巷的你，真切地体悟到了最基层百姓的疾苦，他们的生离死别，他们的悲欢离合，他们的喜聚怨散，都深刻地影响着你，再加之你最切身切肤的体验与经历，你将宋词中的离别演绎得最具时代气息，演绎得最合老百姓的口味，以至于，凡有井水处，人们都能唱几句柳词！可以这样说，你是那个时代造就的最走红的明星。如果再加上今天各种媒体铺天盖地的炒作的话，你不红满天才怪呢！

幸好，你生活在那个媒体落后的时代，不然，我们就没有机会听到与你同行的其他歌者的声音了。

那又是另一种悲哀！这不是我们愿意看到的结果。而你在这一首词里，并没有如你的《雨霖铃》一般写得悲悲切切，愁愁惨惨。相反，写得悲壮，写得高远，连东坡这样的大腕也不得不心悦诚服，欣然而赞。

先忧后乐范仲淹

登高难已相思泪

碧云天，黄叶地，秋色连波，波上寒烟翠。山映斜阳天接水，芳草无情，更在斜阳外。

黯乡魂，追旅思，夜夜除非，好梦留人睡。明月楼高休独倚，酒入愁肠，化作相思泪。

——《苏幕遮》

1

范文正公，你我的初次照面，当是我坐在家乡山村中学那简陋的课堂。少不更事，懵懵懂懂。你的那篇千古不锈、精光四射的《岳阳楼记》却令我至今记得，在案头弄墨习字时，还常常拿来练笔。尤其“先天下之忧而忧，后天下之乐而乐”，让人过目不忘。拿今天的话说，讲的就是一个奉献，求的就是一个担当。正应了那句“铁肩担道义，妙手著文章”的妙对。

当一个人能坦然面对进退得失到你这等程度，那也就功德圆满、修成正果了。这种修为，这等境界，在今天，恐怕只有孔繁森、牛玉儒这样道行合一的人才可与你比肩了。不过，他们在立言方面却有些遗憾。哪像你，二者俱美，彪炳千秋。

在我的猜想里，你一直是一位正襟危坐、不苟言笑的人。有时，还有点苦大愁深、忧容戚戚。一句话，平头百姓难以接近，你不是我们常说的那种平易近人的人。尽管你胸怀天下，心系庶民。

不过，现实的人都有七情六欲，真正的人都不会拒绝生活的惠顾。你也如此。你有铁骨，同时又兼备柔心；你有忠义，同时兼擅钟情。据说，你在鄱阳为官期间，曾十分中意一位官妓，离任之后，你还旧情难断，情缘未了，还赠以胭脂赠以诗。这章《苏幕遮》或许就是你相思难耐时的结晶吧？既疗治了你的相思之苦，也滋润了我们的眼睛，让我们从另一个角度去读我们的范大先贤。

2

苍天如洗，白云无瑕，天阔地远，莽然无限。

漠风凄厉，枯叶纷纷，铺天盖地，将浓重的秋色推到了极至。

秋色无边，遥接淼淼秋水。秋江之上，寒烟蒸腾，将漫江秋波点染成一江澄澈的冷翠。

更有那一轮凌空遨游的赤日，在奔向西山的那一刻，蓦然回首，把萧瑟、把苍凉洒满它所能抵达的无限山川。山接水，水连天，天光与水色，秋色与秋意，有机地交融在一起。

更有那漫山遍野的萋萋芳草，肆意又快意地铺向天边，铺向夕阳的尽处。芳草无情，却牵动了有情人的一怀忧思一腔幽情，他的心也跟随芳草走过的道路，一直延伸向斜阳以外的天际。

范公，那登高临远之人可就是你？你所思念，你所牵挂，你所期盼的，可就是传说中的那位官妓？“悲哉秋之为气，萧瑟兮草木摇落而变衰！”真难为你了，在此时还能将她想起。即使远在夕阳之外的她全然不知，她也仍是幸运的。

遥山远水，苍天斜晖，芳草寒烟，不由得勾起了你的一缕缕乡思，令你情怀难禁，黯然伤神。

最是天涯孤旅之愁，日日相叠，夜夜相续，令你无计消除。思乡之情，萦萦于怀，令你无法排遣。只有夜夜幽梦，指引你踏上返乡的道路，或许可以为你换取片刻的安睡。

明月凌空，照临高楼，辉映万水千山。每当这时，你总是告诫自己，这样的时刻，千万莫要去登楼远望。不然，自己的乡思之火就会燃得更加浓烈。

这样的时刻，你夜不能寐，楼不能倚，远不能望，就只有一杯接一杯地饮酒。谁知道，这用以解忧化愁的酒刚一下肚，就被自己千回百结的愁肠酿成了相思之泪。点点滴滴，无休无止。

3

范公，关于乡思与相思，你的另一首词《御街行》或许可以作为阅读这首词的背景材料，或可互相参照，互为补充。

纷纷坠叶飘香砌。夜寂静，寒声碎。珍珠帘卷玉楼空，天淡银河垂地。年年今夜，月华如练，长是人千里。

愁肠已断无由碎。酒未到，先成泪。残灯明灭枕头攲。谙尽孤眠滋味。都来此事，眉间心上，无计相回避。

“愁肠已断无由碎”，因为，“眉间心上，无计相回避”。愁之难排，很难让人想起你就是那个写过先忧后乐的范希文。然而事实如此，铁血男儿亦有千般柔情，令之后的异性词人李清照眼馋心惊，在她的《一剪梅》中动情地回应："此情无计可消除，才下眉头，却上心头。"被你的丽句俘获，才女易安不由自主地就做了你的"粉丝"。

"明月楼高休独倚，酒入愁肠，化作相思泪"，此番又"酒未到，先成泪"！真应了那句，伟丈夫也敌不过相思的磨蚀，铁石心也有他最柔弱的部分。这样，我们才真正地认识了一个真实的你。

人在千里，你无计消除心中的愁思。

一去千年，你惊撼千古的绮情仍然深深地打动着我们，让我们无法避过你情感的冲击。

白发征夫归无计

塞下秋来风景异，衡阳雁去无留意。四面边声连角起，千嶂里，长烟落日孤城闭。

浊酒一杯家万里，燕然未勒归无计。羌管悠悠霜满地，人不寐，将军白发征夫泪。

——《渔家傲》

1

范公，有人把你的《苏幕遮》视作另类是有道理的。一则，你是北宋著名的政治家、思想家、军事家，为政清廉，体恤民情，刚直不阿，力主改革，以资政殿学士为陕西经略副抚使，驻守边塞，威震敌胆，铸就了你的钢筋铁骨，只有《渔家傲》这样的壮词才可与你相匹。一则，你又是北宋著名的文学家，你写下了千古范文《岳阳楼记》，先忧后乐的政治标范与道德选择，已为你作了定论，谁也无法更改。

其实，这些人忽视了一个最重要的因素，你是现实的，是同样充满七情六欲的普通人。你的感情世界，你的文学创作理应是丰富多彩。

范公，你的这章《渔家傲》，唱出了宋词豪放派的先声，直到东坡先生的一声“大江东去”，才在若干年后激出一片壮浪浩阔的回声。从这一点讲，你的贡献连同你戍守边塞的功勋一道，早已铭铸青史。

2

卧榻之旁，岂容他人鼾声！这是宋朝皇室的家训。可是，宋朝的皇帝们一开始就没有认真去贯彻落实这条家训，一直都在怠惰苟且之中经营着他们的江山社稷。卧榻之旁，不仅鼾声未除，反而还汹涌着异族挟着血腥滚滚而来的嘶鸣与狂吠！与辽国订立“澶渊之盟”后，皇帝老儿便天真地以为天下从此太平，宋室上下便忘记了居安思危的古训，放松了那根紧绷的神经，大宋江山的边疆线上便长期放松了戒备，大宋江山的疆域便千疮百孔，大宋的统治便危机四伏，不堪一击。到了宋仁宗时，西北方的西夏经常入侵，成为北宋的边防大患。

在你赴边镇守之前，有宋帅范雍的延州兵败。此番，你“受命于败军之际，奉命于危难之间”，要的就是在事关国家存亡、百姓安危的紧要关头挺身而出，勇于担当。你用自己的行动践行了自己倡导的忧乐观。千年时光的淘洗，无情岁月的磨蚀，你的人，你的文，连同这章豪放词，更加光彩灼灼，风神熠熠。

范公，你坐镇西北，你治军严明，体恤士卒，修工事，筑高墙，整兵甲，厉兵刃，虽竭尽全力，却仍然无法彻底消除西夏之患。因为，宋室王朝守内虚外，崇文抑武，以至于国力虚弱，丧尽大国威仪。你镇守四年，虽无外敌进犯之患，却有敌国虎视之忧。你孤掌难鸣，孤军难战，对敌人不得不打出了持久战、对垒战的战牌，彼此消磨锐气，消耗军力，都不得不无奈地选择将对峙进行到底的下下之策。你的作为迫使西夏人相互告诫说：小范老子（指的就是你了），胸中自有兵甲百万，不比大范老子（指的当然是吃了败仗的范雍了）可欺也。在当时的西北边境传唱着这样的民谣："军中有一韩（韩琦），西域闻之心胆寒；军中有一范（当然指你范公了），西域闻之惊破胆。"

四年，时间长河的瞬间。可是，于你来讲，却令你浊酒消愁，白发倍添。因为，你的目标并不仅仅限于此。"燕然未勒归无计"才是你心中的死结，谁也无法替你解开。于是，仍有人不予理解。

3

西北边塞，秋天又一次如期而至。

景色，一派荒凉，简直没有商量。

还是飞过衡阳的那一队征雁吗？此时，飞过你驻守的边关，竟然没有一丝儿留恋之意。排空而去，留下满目的怆然与凄然。

这时，西风呼啸，驼马嘶鸣，兵士低吟，衰草哀咽。

这时，座座军营，号角响起，声声相接，连绵不断。

群山绵亘，千峰竞雄。狼烟四起，暮霭苍茫。落日镕金，孤城紧闭。范公，这就是你兀立城头、环顾四野所见的苍凉萧瑟之景。可是，仍然还有人报以怨诽。

范公，你此时唯一可做的，就是端起一杯酒，化解自己心底的绵绵乡思之外，去化解麾下军士的无限忧愁与无边的幽怨。可是，谁又抵挡得了决堤乡思的泛滥呢？再说，敌我胶作，谁又能干净利落地去消除外患，建功立勋呢？

责任在肩，谁又能轻意言归呢？硝烟，狼烟，暮烟，烟琐长河，烟笼大漠，烟罩孤城。羌笛悠悠，不期而鸣，如诉如怨，挥之不去，驱之不散。冷月横空，寒光匝地，犹满地的霜降。

这样的长夜，这样的荒塞绝域，范公，你又如何能安心地就此睡去？

长夜漫漫，孤城兀立，你早已白发满头，而紧紧追随你的将士们，早已是热泪滚滚，乡思澎湃。

而你，这一切自觉早已无法就此更改！

4

是的，就宋朝的国力而言，就你的处境而言，怎不令英雄摧眉，怎不令志士失意？

尽管宋仁宗未给你下死命令灭掉西夏，彻底根除边祸，但心怀天下的你岂能心安？也没有人强迫你一定要浊酒浇愁，寒霜染发，挥泪长啸。

你愁，浊酒一杯家万里，以浊酒疗治乡愁。

你愁，燕然未勒归无计，以浊酒麻醉功业未建之忧。

你愁，羌管悠悠霜满地，那挥之不去的悠悠羌管，催发了你的枭雄之泪——男儿有泪不轻弹，英雄之泪更是千金难换。可是，你流泪了，在这样的时刻！燕然未勒，让多少好汉美梦破灭，英雄气短；归期无期，让多少志士俊颜耗尽，热血枯竭，醉卧沙场，泪祭塞风。

范公，此词一出，不懂边塞生活的欧阳修便不无讥讽地说，此为“穷塞主之词”也！此语一出，便招来历朝历代的评家、注家、读家的反对。看来，欧阳翁这个文坛巨星也有走眼的时候。当然，欧阳决不属眼下专与名人“较劲”以抬高自己的某些下流文人之类。事情到此并未完结，欧阳翁也好为人师，竟写了首《渔家傲》词，想必是要为范公作作示范，写篇范文吧？不料，却弄巧成拙，大失水准，大打折扣，损了他文坛领袖的面子。

5

殊不知，范公，你的词虽受欧阳文豪的嘲笑，却不意中开了宋朝边塞词的先河，尽得唐人边塞诗之风流不说，竟也唱出了宋朝豪放词的先声，欧阳翁地下有知，岂不尴尬不已？

陆游说得好，事非经过不知难。范公，你的词正好印证了这一点。他欧阳文豪虽身居文坛盟主之位，却没有切肤的边塞生活体验，难以理解你《渔家傲·秋思》之词的深刻内涵；若要说超越，更是难上加难。

好在，这一切都成了历史，但愿今人不要重蹈欧阳翁覆辙，落下一个千古不灭的话柄！

风流蕴藉张三影

持酒伤景

《水调》数声持酒听，午醉醒来愁未醒。送春春去几时回？临晚境，伤流景，往事后期空记省。

沙上并禽池上暝，云破月来花弄影。重重帘幕密遮灯，风不定，人初静，明日落红应满径。

——《天仙子》

1

张先，你是个难得的高寿之人，竟活到了八十八岁。在生活质量不算太好的古代，实属不易。加之，你宦海沉浮，一直都郁郁不得志，尽管你也很卖力。如此高寿，实在了不起。

数年寒窗苦读，数度名落孙山，直到过了不惑之年的四十一岁，才中进士。比你小一岁的晏殊，早已是政坛明星。此时正好是你张先的主考。时运不济啊，你张先也只好自认倒霉。之后，仕途一直不畅，在一些没有多少实权的官位上辗转颠簸，起伏腾挪，如晏殊一般的大福大贵总是与你绝缘，竟使你不知富贵为何物。也许，在你看来，一切美好圆满之物都如不实之影，尽管炫目耀眼，却总是变幻不定，难以捉摸，不易把握。因而，竟让你对这个跳跃不定，令人眼花缭乱、意乱神迷的“影”字情有独钟。在你现存的一百六十余首诗词中，一个“影”字竟出现过二十余次。而其中尤以这首词中的“云破月来花弄影”，以及“娇柔懒起，帘卷压花影”（《归朝欢口》）、“柳经无人，堕轻絮无影”（《减牡丹》）三句成名，竟得了个“张三影”的金字雅号。

其实，后两句中的“影”远不及“隔墙送过秋千影”（《青门引》）、“无数杨花过无影”（《木兰花》）中的高妙。许是你成名之时，这两个佳句尚未在你的生花妙笔下诞生。

其实，最初，有人曾建议你为“张三中”，因你的《行香子》词中有“心中事、眼中泪、意中人”这样的句子。顺势，你就毫不谦虚地给自己取了个“张三影”，因为这“影”的内里，有着丰富的意趣。

直到七十二岁这年，你带着“张三影”这张响亮的名片来到京城开封，比你的郎中官职大一些的工部尚书宋祁很看重你，不惜屈尊来拜访你，叫仆人先行通报说：“尚书想见‘云破月来花弄影’郎中。”你在屏风后听见，立即答道：“莫不是‘红杏枝头春意闹’尚书吧！”两人遂欣喜而见，惺惺相惜，摆酒言欢，诗词唱和，结为好友。

我们读你的词，阅你的人生，品你的性情，大抵可以通过这个“影”字来参悟一二。

2

这是一个美酒氤氲的暮春的午后。为了推辞一个令你有些尴尬的聚会，你亲自经营了这样一个诗意浓郁的下午。

在这阕优美的《水调》曲中，美酒微醺，你一边浅饮，一边聆听，一边低吟……不知不觉中，你竟昏昏地睡去。一觉醒来，中午的醉意虽然已经消除，可是，你心底的愁思仍难以排解。

又是一度春光去，叹春盛装几时回？时光，并没有因你的叹惜而稍作停留，她依然顾我地按她的惯常步幅朝前走去。你不禁黯然伤神，对镜自怜，青春的丰颜正慢慢地从自己的脸上谢去：时光啊，你为什么偏偏要流逝得如此神速？待自己稍不留神，一切美好的东西都成了过眼烟云；回忆固然美好，但那已是不可挽回的过去，徒劳地记住这些又有什么用呢？未来的事情谁又说得清，道得明？

一个好端端的下午就在你的叹惋中悄然而逝！

暮色降临，你池边漫步，那些白天在沙滩上嬉戏的对对鸳鸯，此时亦正交颈而眠，安然地享受着他们的如意爱情，恬然地消磨他们的幸福时光。暮色四合，烟霭沉沉，早先被浓云遮住的月亮剖开一道缝隙，洒下一地碎银。风渐起，婆娑的花枝也多情地卖弄着她们的魅影，摇花拽翠，煞是撩人。

你孤履踟躇，独自回屋。竹帘层层低垂，怎也挡不住户外的美景。恰在此时，灯油将尽。晚风仍然松一阵紧一阵地来敲打你的窗棂。此时，夜色渐浓，人声初定。料想，到明天，又该是落红无数，花满小径了吧？

3

你实在不愿意参加这一次有众多高层人士参与的盛会，于是，你在词前小序中说：“时为嘉禾小倅，以病眠，不赴府会。”

“嘉禾”，即今天的浙江嘉兴。“小倅”，比县令低一些的副职。“病眠”，卧床不起。卧床不起才是最好的托辞。试想，谁又会和一个生病在床的人过意不去呢？再说，你又不是什么重要的角色。别人下个帖子请你，许是看到你还有一点文采，写过几首像样的小词，又在政坛摸爬滚打得有点年月了吧。你填一首妙词回应，也还算对得起别人递过来的那一张帖子。

伤春伤时总是人们的共性，总是文学作品唱吟不衰的主题。你以此为话题，填词以寄，总能博得主人的几分同情。加之，你写此词时，已是一个五十多岁的小老头了，即使词写得不怎样，自然也会取得他人的谅解。再说，这还是一首难得的妙词，深得后人的推崇与赞美。王国维在《人间词话》中对着“云破月来花弄影”一句叹曰：“着一‘弄’字而境界全出矣。”真是别具慧眼！别人都在为你的“影”而叫好时，王氏却看到了让这个“影”字活起来、情趣起来、精彩起来、魅力起来的关键所在。试想，没有这个生动极了、妩媚极了、风骚极了的“弄”字，这花影还撩人心神、动人心魄吗？这花影自然就丧失了人性的柔美、缺乏了女性的嘉仪，自然也不会令你“伤流景，往事后期空记省”，自然就不会对景伤神，动情地去期想春花的命运、红颜的易逝、年华的流转了。

那不定的风在为我们送来万紫千红、欣欣向荣的景象的同时，她也在人们最不愿意的时候折去花的娇颜，剥去绿的盛装，夺去人的希望。

你如此这般地一路写来，也自有你的道理：半生挣扎，仅混得一个最基层最垫底的小吏；年之已老，仍然位卑不起；看将来，更是前途渺茫，让人信心尽失。春天的逝去，正暗自契合了你此时的心境，“云破月来花弄影”的美景，也仅仅是暂时的风光一现，谁知道明天、明年又会怎样呢？其中的辛酸，只有你张先自知！

4

张先，你的这首伤春惜时之作让你蜚声文坛，就不多说了，而你的惜别之词一样不同凡俗。

“愿身能似月亭亭，千里伴君行。”（《江南柳》），洗去柔腻的儿女之情，大丈夫志在四方，好男儿志在千里，闺中之人自当心意相随。

“心似双丝岗，中有千千结。”（《千秋岁》）愁之无绪，愁之繁复，让人无以自解。

“分付与春休细看，条条尽是离人怨。”（《蝶恋花》）“离愁正引千丝乱，更东陌，飞絮濛濛。”（《一丛花令》）异曲同工，那柳丝千条万缕，条条是离人之怨，寸寸是离人之愁。愁深似海，正如那濛濛飞絮，让人无力把握。

你能把男女之情写到如此程度，也许与你的风流且丰富的亲身体验有关。据说，你一生至少纳过六个小妾。其中，在你八十五岁时就还春心不死，纳一小妾。在你与东坡的诗词唱和中也有如下记录。一次，东坡问你八十五岁得一美妾有何感想，你也不无风趣、不无幽默地说：“我年八十卿十八，卿是红颜我白发。与卿颠倒本同庚，只隔中间一花甲。”东坡也不含糊，当即和打油诗一首：“十八新娘八十郎，苍苍白发对红妆。鸳鸯被里成双夜，一树梨花压海棠。”东坡回到家后竟还意犹未尽，又补充道：“诗人老去莺莺在，公子归来燕燕忙。”

张先，你仕途不如意，情场却大获全胜，连苏轼都羡慕不已。想来，你的这些个风流韵事，当与你的众多妙词一道，一直要流传下去。不知你当初是否已经料到这些。文人嘛，一不小心弄一点花花草草的事也算不得什么，权当我们读你的词的参考资料，至少可以添一点情趣的佐料！你不介意吧？

秋千送影

乍暖还轻冷，风雨晚来方定。庭轩寂寞近清明，残花中酒，又是去年病。

楼头画角风吹醒，入夜重门静。那堪更被明月，隔墙送过秋千影。

——《青门引》

1

这是一个最易引发人伤怀的季节。再加上“乍暖还轻冷”“近清明”，于是，你旧病复发，无药可治。你知道，治也难断根本。

所以你说，乍暖还寒时节，整天里来，风雨交加，深植内心的那些个不安分的思绪、情怀又潜滋暗长。再看看自家院子，空落落满是寂寞。时近清明，残花满地，对此饮酒，岂不是自寻烦恼。一杯，两杯下肚，跟去年一样的老毛病从内心深处一下子跳出来，肆虐，横行，跟止不住的落花一样，残瓣满地，不堪收拾。

自然更迭，人世沧桑，都是无力回避的事实。美好的东西也难长相厮守，还有很多愿想也不尽人意。这都是种下病根的罪魁祸首。

正因无药可救，于是饮酒。饮酒又难以自持，往事又袭心头，内伤更重。这样的待遇也不是头一回，于是，黯然伤神，无以自拔。

这时，城楼头，春风游走，画角嘶鸣，让你从沉醉中惊醒，才发现，这一次醉得不轻，竟已至深夜。这时，层层大门紧闭，院子里更加寂静。本就心绪不宁，月光袭来，隔着薄薄的窗纸，把那朦胧的秋千影投射过来，一直投影在你的床前。

人去影空，那秋千就隔着窗纸，似在等待远去的那人。

于是，我们知道了你年年伤感的缘起，知道了令你心痛的病根。

这一夜，春风，月光，画角的嘶鸣，空空的秋千影，都是让你难以入眠的死敌。你驱赶不了她们，你就只有束手就擒。

于是，你的病痛又加重了一层。

2

春将尽，花已残，都不是你伤春的真正原因。

怀旧，才是这一场伤痛种下的因缘。因为怀旧，所以借酒消愁，所以一醉到夜半，所以，你才在最后，道出这一场病的病因。

现在，人影远去，只留下月光下空空秋千的影子，隔着墙，它轻轻地晃荡，落寞地伫立，它是你去不掉的心病。

往日的欢愉，往日的相守，换来了年年的伤怀，换来了此刻的伤神。

往事只待成追忆，人去秋千影，怅惘无尽时。

3

龙头舴艋吴儿竞，笋柱秋千游女并。芳洲拾翠暮忘归，秀野踏青来不定。

行云去后遥山暝，已放笙歌池院静。中庭月色正清明，无数杨花过无影。

——《木兰花》

你自称“张三影”，“隔墙送过秋千影”（《青门引》）和这首词中的“无数杨花过无影”，都不是你自号“张三影”的依据。这两句中的“影”的确别有妙趣，大抵是在你成名之后才有了这两个佳句。

除此外，你还在《题西溪无相院》诗中写过“浮萍破处见山影”，加上你“张三影”由来的那三句，六个佳句，留下六道炫目的影子，六道映照人心的幽痕。于是，在中国文学史上，也有了你抹不去的影子。

你这阕《木兰花》前还有个标题：“乙卯吴兴寒食。”我们由此获悉了你写这阕词的相关信息。

这是一幅宋时寒食节风俗画，又是一曲耄耋老者的夕阳颂。上片，处处流淌着欢乐；下片，回归到欢乐后的宁静。上片，是一个老者的冷眼旁观，景象热闹，心情宁静；下片，月光清宁，柳絮暗飞，妙境入心，心绪静怡。

特别是，杨花飞舞，花过无影，朦胧中又加注了迷离的因子，词中人内心的恬淡，怡然，如那飘飞的柳絮，自得而畅神。

“中庭月色正清明，无数杨花过无影。”据说，你写这阕词时，已经八十六岁高龄。有了这样的心境，笔下，才有这样的景致。

此外，你还在《一丛花令》中写下了“沉恨细思，不如桃杏，犹解嫁东风”这样的妙句，比拟新颖，风趣满纸，把闺中怨女的心理刻画得细腻、生动。文坛领袖欧阳修读后，特喜欢这三句，就另外送给你了一个雅号——“桃杏嫁东风郎中”。

岁月沉淀，你最终赢得了这份可贵的宁静。

宰相词人晏殊

不如怜取眼前人

一向年光有限身，等闲离别易消魂，酒筵歌席莫辞频。

满目山河空念远，落花风雨更伤春，不如怜取眼前人。

——《浣溪沙》

1

时光无尽，周而复始；韶华有限，转瞬即逝。

在这样的情况下，即使是很平常的一次离别，也容易让人销魂落魄。

在这样的情况下，有酒当喝尽管喝，千万莫要担心或烦恼这样的享乐太频繁。因为真正属于自己的欢聚本来就不太多。

苍山满目，大河奔流，离去的人呀，你在何方？而自己的思念却无由抵达你的手上，你的心中！

此刻，东风无情，百花凋残；眼前，阵雨无力，春天渐远。这景致，这氛围，让人伤情更添。

唉，与其徒劳地怀念那远在天涯的人，还不如把握机遇，与眼前之人及时行乐；还不如抓紧时间，与身边的人及时寻欢！这样，或许才对得起自己短暂的芳华，才对得起这美好的景致!

与其把自己搞得愁深似海，寝不安眠，食不甘味，还不如彻底地将那些不快统统地忘记，痛痛快快地把握眼前，享受当下！

2

大晏，你仅十四岁，便与来自全国各地参加科举考试的高手同场竞技。俗话说，自古英雄出少年。你虽算不得英雄，但与这些老大不小、身经百战的士子相比，却是凭了初生牛犊不怕虎的闯劲，精神焕发，沉着应对。所著之文下笔即成，深得皇帝老儿的赏识，毫不吝啬地就赐你为进士。你是一个实实在在的俊才。

从此，你便一路风光，一生显贵。而更为幸运的是，在你为官的时候，正是大宋最为繁华、相对稳定的时代。加之从最高统帅开始，形成了重文轻武的政治气候，对文官的政策相对宽松，还鼓励他们先富起来。也许就是现在一些人鼓吹的所谓“高薪养廉”吧。希望大宋的官员们过上特别富裕的日子后，就醉心于填词作赋。即便水平差点，也无所谓，就当是附庸风雅；希望大宋的官员们案牍劳神之余就忙着去寻花问柳。这样做的目的显而易见，免得这些高官们有时间有精力去思考动摇赵氏江山的事儿。

纵观两宋，我们也不难发现，除了柳三变、姜白石等极个别布衣文人外，其他的文坛鸿儒、词坛巨腕，大多是政坛显要。而大唐就不同了，虽也有官员文人，但其领军人物、诗坛的主力或者主流，则不乏蛰居下层的庶民百姓。其实，就连柳永，也是因为他那首桀骜不逊的《鹤冲天》惹恼了皇帝，才玉笔亲批说：“此人花前月下，好去‘浅斟低唱’，何要浮名，且填词去。”于是，他便索性打着“奉旨填词柳三变”的招牌去当他的填词专业户去了。后来，他尽管也更名入仕，走上仕途后，填词方面却无甚作为。

大晏，你当时还比较年轻，收入也还比较低，估计没有多少经济实力与其他官员较劲，或者去红灯区风流快活。你每天下班归来，就只好躲进书斋，特卖劲地去干另一件事——读书，填词；再读，再填词。后来，职位升高了，积蓄雄厚了，其他的应酬也就多了起来，你的那些吟风弄月的词便流传得又快又广了。这归结为你的职位升迁和填词技艺的提高。

你的这首《浣溪沙》大约就是在这种状况下写成的吧？

3

“一向年光有限身”，大约是你在酬唱应和、高兴快活之余的感叹吧：你不是在伤春惜时，你叹的是属于自己的这种潇洒日子太短。亦即，风光无限，风流无限，而生命有限，供自己消遣的时间有限。“等闲离别易销魂”，对于你来说，就是少了一个陪你喝酒取乐的玩伴，举杯投箸之间，少了一个借酒助兴的人而已。因而“销魂”也极为短暂，这种“销魂”自然是大打折扣了。好在，那个远行之人并不知晓这些，也没有机会来找你的麻烦。

这不，刚刚才说完“易销魂”，马上就说：“酒筵歌席莫辞频。”喝自己的酒去，管你此时是平安还是困厄，是漂泊还是安定。喝吧，痛快地喝吧，反正属于自己的快活日子并不多；反正人事无常，明天又会怎样，大家都说不准；反正离去的人远天远地，也不知道自己正醉生梦死！痛快地喝吧，反正中央政府营造了这样一个适于饮酒作乐的大好环境！而且，你还特别叮嘱了一句，千万“莫辞频”——有酒当喝直须喝，尽管喝，莫待无酒空握杯，只有喝西风的份儿！

你如此殷勤地劝人贪欢，还有你自己的理由，那就是“满目山河空念远，落花风雨更伤春”！青山横亘，大河奔流，远行的人呀，你又在何方？自己的伤感、怀念、追思都是白搭。再加之，雨打花落，风吹枝折，感叹时光的流逝会轻易地取代对远行人的思念。“不如怜取眼前人”就成了你得出的必然结论。

说得冠冕堂皇一点，就是把握眼前，珍惜当下。说得消极一点，就是要及时行乐，忘恩负义，斩断旧情。就让那独闯天涯的孤魂野鬼去浪迹江湖、泪洒异乡、亡命异域吧！

4

大晏，你在富贵乡里食惯了山珍海味，过惯了穿花着锦的富贵日子，怎体味得到普通百姓们的生离死别之痛。你们以此为题材填词作赋，说白了，就是酒足饭饱之后生出的闲情，仅仅是为了寻开心而已。这也算是一种别样的体验吧。说白了，就是自个儿待在那里意淫。

大晏，你说“不如怜取眼前人”是不是与你在《玉楼春》里说的“天涯地角有穷时，只有相思无尽处”自相矛盾呢？你在这里又唯情至上，唯情至尊了。叹天地有限，相思无已。问世间情为何物，难怪让代代文人都搞不懂，还呼天抢地地问天问地，为什么偏偏要让人生死相许！一旦另一方远离，或者永久地分离，一方便食不甘味，暗无天日。这个世上，就再也别无留恋，别无生趣了！

于是，有了“曾经沧海难为水，除却巫山不是云”的固执与坚守，有了“望尽天涯路”的追寻与坚持，有了“为伊消得人憔悴”的煎熬与惊喜，更可能有“那人却在灯火阑珊处”的圆满与快意！而大多数情况，则往往是事与愿违，天不遂人。于是，就有了这些摧心蚀魂的哀曲怨词，让代代读者意乱情迷，深陷其中而难以自拔，心有千结而无力自释！

“满目山河空念远”，是一种悲的极致，“一寸还成千万缕”，也是为情所苦，为爱所困的另一番无奈！不同的风景，共同的源头。叫谁，都难以圆满化解。何况，你又不是不食人间烟火的圣人——我们也没有责怪你的意思，你怎么写是你的权利。至于别人怎么读，那就由不得你了。

还得补上一句，大晏，你的大多数词都是在酬唱中完成的，除了词藻、技巧与意境之外，若还要求你的词有多高的格度，就有点勉为其难了。

鱼书欲寄何由达

油壁香车不再逢，峡云无迹任西东。
梨花院落溶溶月，柳絮池塘淡淡风。
几日寂寥伤酒后，一番萧瑟禁烟中。
鱼书欲寄何由达，水远山长处处同。

——《无题》

1

晏殊，你在仕途上真可谓一路顺风，当是古时许多文人士子渴盼神往的范儿。

你七岁能文，十四岁的时候，当别人还在十年寒窗的苦读中暗无天日地为功名煎熬的时候，你已经以神童身份受到皇帝的常识而赐你同进士出身。此后，你一路平步青云，直到宰相之职。

你自己春风得意，仕途坦荡，在施才为政、辅弼国君的同时，还没忘记提拔后进，荐贤举能。范仲淹、欧阳修等政坛铁腕、文坛泰斗、先贤圣哲，都有你的荐举之功！你是读懂了、悟透了、践行了"长江后浪推前浪"这句话的。他们终是青出于蓝而远胜于蓝，你因此获得了更多的尊重与褒扬。

你在繁忙的政务之累后，始终没有放弃吟诗填词的雅兴，而且著述甚丰，更不乏传世佳篇。真可谓政治建设与精神建设两不误，两手抓，两手都硬得让人钦羡，硬得让一些皓首穷经之人失去自信，硬得让那些怀才不遇之人倍感受到天大的委屈。当然，你的出彩，更让很多准备踏上仕途的读书人倍添了豪气，痛下决心，就像有人为文作诗要"语不惊人死不休"一般，不达目的决不死心！范进就是因为有了这根精神支柱，才紧绷着弦，一直坚持到白发中举的那一天。以至于喜极而疯，喜极而狂，正是多年的压抑所至。当到了爆发的这天，就成了无法掌控的大决堤、大泛滥、大崩溃！看你这楷模当的，竟让人难断好歹。

不管普天之下的读书人如何的艰辛备尝，而你，独自徘徊于自家小园那铺满鲜花的香径，悠闲地吟着"一曲新词酒一杯……"在众多读书人的眼里，你走成了一种优裕而儒雅的风景！当然，你的这首题之《无题》实有题的诗，绝不会是在这种养尊处优的境况下写成的！诗中沛然流溢的无限深情，是无法用淡定或自慰的方式一笔抹去而不留余痕的。

2

那架她乘过的油壁车，你再也没有看见。其实，你怀念的不仅仅是华美的宝辇。你的醉翁之意当然在乎车上它所承载过的那位妙龄女子，她就像巫峡之上缥缈的云霓，行踪不定。现在，她又飘到了哪里？

你在深院里独自追寻。院落里，梨花如雪，沐浴在那一片如水的月光里；池塘边，晚风阵阵，柳絮曼舞，超然绝尘。

这几天，你寂寞无寄，全然不顾过度饮酒伤身的危险，借着盏盏寡酒来打发这无聊的时间。可偏偏又赶上寒食禁烟日，满目里一派萧瑟索然。

你匆匆写好书信，想寄给她，可是又不知道如何才能送达。唉，山重水复，山长水阔，通往她的路又是这般的渺远，你绞尽脑汁，却无计将这封心万重、思万般的书信投寄到她的手中！

3

这是一个索然无味的春天，因为你所思念的她不在眼前，因为你所思念的她行踪不定，音信杳然。

月色溶溶，春风淡淡，梨花飞雪，柳絮飘烟。多么地富有诗情画意啊，有情人本该将幸福的手儿相换相牵。可是此时，你形只影单，孑然茕立，叹惋不断。因为她“峡云无迹任西东”，因为“几日寂寥伤酒后”，因为“鱼书欲寄何由达”！再加之，寒食节的萧索寡味，再加之通往她的道路“水远山长”！

读到此处，让人深切地体味到了“问世间，情为何物？直教人生死相许”的痴情与绝然。真个的爱难成欢，思难寄达，无计可施，柔肠寸断！

老晏，这凄绝的相思背后，定有一个不为人知的“故事”，你仅以“无题”轻描淡写含糊其辞地搪塞了事，却让后世读者生出许多绯思。那“峡云无迹”的女子，定是你的一次绯色邂逅，目光交错的刹那，灵犀相通的片刻，光影照耀的瞬间，便成了日后相思无已的熬煎——仅片刻的投影，心中的电光石火便燎原成了熊熊燃烧的烈焰！这让人不由得想起现代诗人徐志摩的《偶然》来，相逢偶然，瞬间的烈焰把日后的相思点成了不可遏止的必然。

其实，你受这点苦也挺值的，因为这一段缥缈的情缘至少在装点了你的绯梦以后，又装点了我们咀读这章诗篇的心情，香了我们的口齿，还点装了我们的遐思。

4

后人在评说你的这首《无题》诗时，颇费了些心思，说你的这首诗洋溢着难以掩饰的富贵之气。在批评你的同时，还列举了白居易的“歌声归院落，灯火下楼台”。其实，香山居士的这两句诗，表面上看去光艳亮丽，实是走向没落、走向颓败前的瞬间浮华。

你的“梨花院落溶溶月，柳絮池塘淡淡风”，虽然没有歌飞伎舞的热闹与喧腾，没有华灯艳影的变幻与煽情，但成片成片的似雪梨花，有柔柳飘絮的池塘，这样的深宅大院，这样的豪华人家确是寻常百姓不能拥有的。也只有那衣食无忧的富贵人家，他们才可能体味得到溶溶月色的温馨可人，才能感受得到清风淡淡的爽心适意。也只有富贵人家，才有财力去营构这样美妙大气的景致，才有心思去感受这些景色的妙处。

你为我们营造的这种景致，更有书卷气，更有浪漫情调。只有如你这般极富风雅的人，只有真正的有心人有情人，才会发现眼前这些司空见惯的风景中所充盈四溢的诗意，盎然丰沛的情趣。否则，再美的风景也仅仅是他（她）眼里的一件华美却极寻常的摆设而已。如果是人力所为，那他（她）炫耀的，就仅仅是他（她）占有的银两的多少而已了。对于他们，再美的景都是虚设，再美的时光都是虚掷！

老晏，你不只有一双慧眼，更有一颗慧心，所以，你的这首诗就充满了浓郁的富贵气息，这也特符合你的贵族文人与文人贵族的特殊身份。

“梨花院落溶溶月，柳絮池塘淡淡风”，显贵的闲雅，文人的逸趣，尽在其中。

独上高楼

槛菊愁烟兰泣露。罗幕轻寒，燕子双飞去。明月不谙离别苦，斜光到晓穿朱户。

昨夜西风凋碧树。独上高楼，望断天涯路。欲寄彩笺无尺素，山长水阔知何处？

——《蝶恋花》

1

老晏，据说这章《蝶恋花》词是你在一次宴客之余的遣兴之作。似乎与你的高官身份不符，但我们不必苛责，在整个宋王朝，连最高统治者皇帝，都是重文轻武的。写惯了表章奏折一类的公文，适当写点吟风弄月的文字调剂调剂也未尚不可。你自己也曾说过："余每吟富贵，不言金玉锦锈而惟说其气象。"

是啊，你自十四岁起，履终南捷径而平步青云，官至宰相，过惯了花团锦簇般大富大贵的生活，自然也缺失某些真实的生活体验，比如这一般人为生计为功名因奔波而生出的离愁别恨。这章《蝶恋花》即是替离人言愁诉恨的"闲情闲文"，是典型的酒足饭饱之后生出的余事。

你一生荣华富贵，重情谊而轻钱财。每有朋友拜访，你一定要十分卖力地留住，设宴款待。因此，常常是家宴不断，几乎达一日不行家宴便不习惯的地步。家宴上，常有歌女献声，有乐队助兴，自己与客人谈笑风生，快意自如。待到酒喝得差不多的时候，你就登场亮相了：你们的表演已经够份了，是该轮到我们献艺的时候了！于是，便有了你来我往的唱和应对，把儒雅气、富贵气演绎得风流蕴藉，痛快淋漓。有了这样的家宴，我们也便看到了你这个高官生活的另一面，也便有了《蝶恋花》般深婉含蓄的妙词了。

2

这是一个特别的日子，仿佛是专为离人而设置。

回廊外，花墙旁，昨日的菊花笼罩在淡淡的晨雾中，朦朦胧胧地吐露出愁苦之容。幽兰着露，晶莹剔透，酷似佳人脸上挂着的泪痕。

现在，虽然只是清晨，但罗幕低垂，薄薄的轻纱透出阵阵寒气。燕子似乎也忍受不了这突然袭来的清寒，双双弃巢而去。

你不能忍受这离别之苦，你彻夜未眠。只有那冷清的月光伴着你。天快亮了，但凄寒的月光仍穿过窗棂，洒在你的床前。

别人说了，独自莫凭栏。你偏不信，独上高楼，远眺天涯。满眼里山色凄迷，万物凋零。无情的西风竟残酷地吹了一夜，残酷地吹去了满树的碧叶。眼前是，枯叶纷纷，漫天飞舞。那些荫浓冠峨的树早已是叶凋枝折，她（他）走过的道路遥接天涯。

这怎不令人惆怅，更使你倍添凄凉。想给远方的那人寄封信去，可是，山杳杳，路迢迢，水淼淼。不是找不到信使，实在是不知道断肠人现在究竟在何方！

山一程水一程，楼外路遥空断魂。

风萧萧水啸啸，人生聚散如飘萍。

思不尽梦不成，只见长亭更短亭。

楼高莫临今又登临，风满天涯，叶满征程。

3

不管那登楼远眺之人是谁，离恨成了他或者她不得不面对的难解的课题。

为心中的那人，这个被相思折磨得不能自已的人，从昨夜的冷月凄清熬到今晨的西风渐紧，从罗帏轻寒的屋内登上枯寒的楼头，目睹了秋菊的愁容，幽兰的泣痕，忍看了斜月的西沉，双燕的东飞，想到了以彩笺寄相思，以尺素表别恨。可是，现实却偏偏要与有情的人儿作对，偏偏不给她（他）任何表达的机会！

最后，只有我们这些千载之下的今人替她（他）瞎思眩想了：但愿明月有知，明月会为你的虔诚动心，替你传达这难平难了的相思；但愿西风不要太过绝情，在它横扫八荒的时候，也顺便捎去你这无止无息的笃情！即便山再长，水再阔，路再远，你们相知的心也能感受到彼此的存在，彼此的牵挂，彼此的忠贞！

大晏，不管那个登楼远眺的人是不是你，不管这首词是不是你酒足饭饱后的遣兴唱和，这都是一件不可多得的珍品。经你的一番铺张，一番推波助澜的煽情，就俘获了一代代读者多愁善感的心。当然，也俘获了像王国维这样的词评家，这样的大腕巨星！

4

你被列为婉约派四大旗帜之一，号“别恨”。这名号的由来不是想颁就颁，想给就给的。即使你名扬一时，后人也不答应。你的“恨别”之称，到今天也别无异议，那是你在此类题材上的成就所致。

你的这阕《蝶恋花》初衷还是写离别。王国维却读出了别样的旨意。他在《人间词话》里这样写道：“古今之成大事业、大学问者，必经过三种境界：‘昨夜西风凋碧树，独上高楼，望尽天涯路。’此第一境也；‘衣带渐宽终不悔，为伊消得人憔悴。’此第二境也；‘众里寻他千百度，蓦然回首，那人却在，灯火阑珊处。’此第三境也。”王氏从言离愁别恨的浩瀚篇牍之中，读出了修身立志成就大业的境界或者要素，这不能不令人佩服王氏的修为之深。正是因为王氏的独具慧眼与别具惠心，才有此触类旁通的再创造，才有此别具一格眼目一新的升华！

不管你，还是柳永、辛弃疾的初衷是不是有这些意思，也不管你们是否愿意、是否认同王国维的“猜读”是不是“多此一举”，这体现出来的是读者的功夫，这也是读者的权利。你们只管完成初创，至于读者怎么读，那就由不得你们了。不过，你们还应感谢王国维这样的有心人，让你们的作品有了新的内涵、新的活力、新的生命。一般的读者又何乐而不为呢？

大晏，你曾在《踏莎行》词中写过：“当时轻别意中人，山长水远知何处？”又在《无题》诗中写过“鱼书欲寄何由达，山远水长处处同”的句子，与你在本词的结句“欲寄彩笺兼尺素，山长水阔知何处”措辞颇近，但均不及这二句意蕴深长。再览读你的同类词作，诸如《踏莎行·小径红稀》《玉楼春·绿杨芳草长亭路》《浣溪纱·一向年光有限身》等篇什，你对这种了无着落的愁思、近乎绝望的怨恨题材，颇为偏爱，许是你过惯了优裕舒坦的日子，要到这纸上世界、词里天地寻找些另类的刺激、别样的体验吧！

“满目山河空念远”，现在是，落叶西风更伤秋！

你喜欢描写无奈的凄然，仿佛不如此，就不足以表现离愁别恨的愁惨无寄，就不足以让读者怅然戚然地陷于无助之境，让人彻底地无药可救！

撇开别的话题不谈，还是来说说笔者的一厢情愿吧。我个人更愿意把这首词看作一章写实的日记来读，当然是诗化了的现实。因为，我早已陷入了故事的意境，早已陷入了那惊心的凄美！我们在读到它标本式的宋词的婉约，体味到其中的美丽与哀愁、痴情与绝望的同时，我们还同时感受到了它的高妙与精绝、深刻与含蓄、寥阔与高远、大气与恢宏……

大晏，不管你是否认同，这是我的选择，我的权利！

最是无奈

一曲新词酒一杯，去年天气旧亭台。夕阳西下几时回？

无可奈何花落去，似曾相识燕归来。小园香径独徘徊。

——《浣溪纱》

1

听一曲新歌，赋一阕新词，喝一杯淡酒，这样的日子实在舒心惬意。仿佛还像是去年一样的天气，同样的亭台。可是，转眼之间，却又是一年光景匆匆而去。

你就这样就着新歌，吟着新词，饮着淡酒，打发这优裕而寂寥的时光，不知不觉间，就已经日落西山了。可是，远去的她又要等到什么时候才会回来呢？属于自己的这样美好的夕阳又还有几多呢？

东风无力百花残，实在没有办法，你无力挽回这春花的凋谢，那和着季节的律吕重又飞回的燕子真好似曾经的老相识。

唉，你只有独自踏着铺满落花的园中小路，徘徊，流连，孤影自怜，独自追忆去年和她在一起的那个春天的下午，你们一起饮酒听歌的乐事！

2

夕阳西下，明天又会如期升起；春花凋谢，来年还会香满花园、春满天涯；她离去了，也可能再次回到你的身边，只是时间的早晚而已，当然还有一种大家不愿看到的结局！

可是，时光飞逝，属于自己的青春年华，属于自己的昂扬意气，却随了一春又一春的轮回而无情地流逝。时光在"去""来"之间温柔地夺去了本该属于你的东西，现在想想，"一曲新词酒一杯"的日子在自己的沉醉中、自适中、不经意中就掠去了自己的锐气和斗志，你们在与时光的竞走中一败涂地。然而，你们却不应该将自己的疏忽自己的随意强加在时间身上，你们也该自我拷问自己的过失！

老晏，"小园香径"就印下了你独自思索、独自检讨、独自沉吟的身影。你的徘徊，你的追寻，让我们心绪难平：我们的生命原本是由有限的时间组成，在"一曲新词酒一杯"的大意中，时间完成了一年的轮回，我们的百年之限就又减少了一年。过去，我们曾埋怨那些伤时恨别的人或由他们吟出的惊心的文字，怨他们太过软弱，太缺乏锐气与意志。现在，我们终于明白，一切针对时间的叹惜与怨恨，都是在目睹自己的生命无情流逝后情不自禁的自责与惋惜！当明白这一点的时候，我们已为之支付了昂贵的学费！

现在，我们终于明白：事物，连同可贵的时间，都在按自己的规律运行，我们想刻意地加以改变，那只是我们的单相思；我们可以做的，就是在花开花谢之间，燕子去了又来之后，主宰属于自己的时间，把握属于自己的机缘。所谓人定胜天，近乎童话寓言，或者痴人说梦。我们努力，是在有限之中去创造生命的无限。

3

这阕词中最出彩的还是"无可奈何花落去，似曾相识燕归来”这一联。据说，下联并非你的原创。

有一次，你到杭州视察工作，途经扬州大明寺。大明寺乃当世名寺古刹，你身为文化名人，就顺道拜访了大明寺。那时候，大多数寺院中都会设一块“诗板”，方便过往文人墨客题诗赋词，留作纪念。但凡文人，也乐意将自己的“原创”公开发表在这里，以提高自己的知名度。寺院收集起来，就是一笔宝贵的文化财富。

晏殊，你往那里一站，身边秘书就逐一为你诵读诗板上的诗。大多随意凑合，有一首《扬州怀古》引起了你的注意。一番“点评”之后，你想见见诗的作者，便叫大明寺僧人将作者招来。原来，这首诗的作者正是扬州主簿王琪。

你设宴款待了王琪。宴后，你和王琪在大明寺前散步，话题很快就转到了诗词上来。你慢悠悠地说：“很久以前，我得了个上句，苦思多日，却未得出下句，你看能不能帮个忙？”王琪忙问上句，你说：“无可奈何花落去。”他沉吟片刻，说道：“用‘似曾相识燕归来’，您看如何？”你一听，觉得这两句放在一起浑然天成，赞赏不已，就越发看重王琪，就把他提拔到自己身边任职。

你特别钟爱这两句诗，在写《浣溪沙》一词时，就顺势把这两句妙对写了进去，竟成了你这阕词的点睛之笔，成了传诵千古的名句。

后来，你还写了首《示张寺丞王校勘》：“元巳清明假未开，小园幽径独徘徊。春寒不定斑斑雨，宿醉难禁滟滟杯。无可奈何花落去，似曾相识燕归来。游梁赋客多风味，莫惜青钱选万才。”以此记述这事，你对这两句诗的喜爱程度，你的为人襟怀，由此可见一斑。

4

日子依旧，你都不想重复，甚至拒绝重复。日子依旧，你却无法让它稍作停留，至于逝去，就只有叹惜的份儿了，你又不得不无奈地面对重复：

“一向年光有限身，等闲别离易销魂！”《浣溪沙》

“当歌对酒莫沉吟，人生有限情无限。”《踏莎行》

“朝云聚散真无邪，百岁相看能几个？”《玉楼春》

大晏，你还有什么不满足的呢？可是，在我们的记忆里，你正行走在夕晖眷顾的小园，行走在铺满鲜花的小径，吟着“无可奈何花落去，似曾相识燕归来”，一路向我们走来。这妙手偶得的绝佳诗句一直困扰着你，搅得你心绪不宁。你解不开这个结，所以，你把心中的问号就写满了那个铺满落花的小径，让后人有足够的时间去反复地咀读。

春风不解禁杨花

小径红稀，芳郊绿遍，高台树色阴阴见。春风不解禁杨花，蒙蒙乱扑行人面。

翠叶藏莺，朱帘隔燕，炉香静逐游丝转。一场愁梦酒醒时，斜阳却照深深院。

——《踏莎行》

1

春风无私，点燃生机，制造富丽。在你看来，春风不懂得节制，没有约束，不能点到即止。

暮春时节，郊外陌野，绿肥红瘦。稀稀疏疏的残瓣坚守着春天的最后几点红色，春的烂漫渐行渐远，春之气息愈来愈淡。放眼望去，芊芊芳草，绿满山野。树荫渐浓，远处的高台楼阁隐约可见。春风呢，她哪里懂得约束那些轻盈的柳絮哦，柳花飞舞，她们恣肆地扑来，不住地扑打着行人的脸。

娇莺躲在绿叶间自在婉转，一对燕子隔在红色的窗帘外，绕着走廊的梁柱，说着私密的恋语。室内，炉香袅袅，在满室里游走，盘旋，弄得人惆怅满怀。莫办法，只得借酒消愁。又不胜酒力，轻易地就醉了。待到醒来，已黄昏，脉脉斜晖，庭院深深。

这一天又这般百无聊赖地过去了，盘踞在内心的忧愁依然没有消散。

2

还是走的“闲雅有情思”的一贯词风路线，也还是写的“恨别”题材。

“春风”“翠叶”“炉香”，细极静极景语里，还是为了渲染着“一场愁梦酒醒时”的别愁。尤其是那“春风不解禁杨花，蒙蒙乱扑行人面”，想必是这一场惆怅伤怀的缘起。春风不懂得约束杨花，杨花就漫天飞舞，胡乱地扑打着行人的脸面。画中人无计留春，更无计留住那远行的人。

看来，这一场春恨在所难免。待“一场愁梦酒醒时，斜阳却照深深院”，“愁梦”已醒，春愁难消，日长难遣啊！

3

还是暮春时节，初夏将至时分，仍是“别恨”萦怀。

碧海无波，瑶台有路。思量便合双飞去。当时轻别意中人，山长水远知何处。

绮席凝尘，香闺掩雾。红笺小字凭谁附。高楼目尽欲黄昏，梧桐叶上萧萧雨。

——《踏莎行》

你说，如果驾船而去，碧海无碍，通往仙台的路正好通行。原本想携手双飞而去，最终却没有付诸行动。就这样，轻易地让“意中人”远去了，现在想来，追悔莫及。因为，“山长水远”，不知她身在何处。

一时的轻别，长期的思念，正是这“恨别”的症结所在。

“意中人”去了，她生活过的地方“绮席凝尘，香闺掩雾”，思念，怀想，忍不住，“红笺小字”修书一封，可是，又寄往何处呢？只得独自登上高楼，极目天涯。不觉间，黄昏来临，一场潇潇暮雨，点点滴滴，打在那密密的梧桐叶上。

这黄昏，雨不歇，愁难尽。

还是走的悲情路线，欲将“恨别”的旗帜一直扛下去。

晏殊，你一路顺畅，做了高官，一做就是整整五十年。虽身为高管，你却处事谨慎，也没见有啥风流艳事到处流传。不过，纳几个歌妓、姬妾还是有的。要真正体会一把男女别恨，应该说机会甚少，但你写离愁别恨的词却不少。或许受当时词风感染：酒筵歌席，兴致一来，信手挥写，应付那些歌妓、艺人是常有的事。当然，写点普通人的离愁别恨，这也是词这个文学载体的使命之一。

4

吟诗填词毕竟只是你的业余爱好，却成就颇高。《宋史》评价说：你“文章赡丽，应用不穷。尤工诗，闲雅有情思”。究其原因，心怀坦然，纯写个人性情，实属有感而发。

你可没整天沉迷于浅吟低酌，本职工作一样顶呱呱。

你虽一生身居高位，饱享富贵，却从没忘记领了俸禄后自己应该履行的责任。

公元1027年，你以刑部侍郎被贬宣州，后来又改到应天府。在此期间，虽已不在高位，你却极其重视教育，发展书院，大力扶持应天府书院，竭诚邀请范仲淹前来讲学，培养了大批人才。致使应天府书院（又称“睢阳书院”）与白鹿洞、石鼓、岳麓合称宋初四大书院。《宋史》本传说：“自五代以来，天下学校废，兴学自殊始。”也就是说，你开创了宋初大办教育的先河。

在你宰相任时，又与范仲淹一道，倡导州、县立学，改革教学内容，官学设教授。以至于从京师至郡县，都设了官学。史称“庆历兴学”，你的功绩就此写进了历史。

晏殊，你还平易近人，唯贤是举，范仲淹、孔道辅、王安石这些后来大名鼎鼎的政坛风云人物均出自你的门下。韩琦、富弼、欧阳修等均是经你栽培、荐引而得到重用的。韩琦连任仁宗、英宗、神宗三朝宰相。富弼虽做了你的女婿，但你举贤不避亲，你当宰相，女婿当枢密副使，后来也官拜宰相。

看来，写诗填词毕竟是业余喜好，你从来都没有忘却自己肩上的责任。有了你这个老师在前面做榜样，才培养出了范仲淹、王安石这样的一代风流俊杰。

任何一个时代，都需要你这样胸襟广博的伯乐，都需要你这样有社会责任感的文人。

晏殊，晚辈躬身现代，请接收我虔诚一拜！

红杏尚书宋祁

红杏闹春

东城渐觉风光好，縠皱波纹迎客棹，绿杨烟外晓寒轻，红杏枝头春意闹。

浮生长恨欢娱少，肯爱千金轻一笑，为君持酒劝斜阳，且向花间留晚照。

——《玉楼春》

1

在温婉闲雅的北宋，这的确是一个好日子。阳春三月，春光渐好。

宋祁，你独自一人，漫步于东城的郊野，呼吸那郊野之外的自由气息，眼见着外面的景色越来越美了。

单看那春水，就分外地招你喜爱。春风习习，春水盈盈，那满塘盈溢的柔波，就像铺展开来的如锦纱纹，又如闪着的欢喜眉眼，晶亮的眸子仿佛在招迎着划船而至的赏春之人。

而绿柳梢外，淡烟轻笼，晓寒轻袭，无论怎样，她们也封杀不了春的消息、春的热情、春的喧腾。

只见那红艳艳的杏花绽放枝头，挨挨挤挤，簇簇拥拥，像火焰在燃烧，像鸟鹊在喧闹。

春天啊，让你心花怒放，喜不自胜，竟也生出了莫名的哀叹！人生的欢乐是多么地少啊，就如浮在水面的泡沫，顷刻间就破灭了、消失了。如此说来，谁又会顾惜千金呢，只要能博得意中人的销魂一笑，只要能换得自己的开心一刻！为此，你愿意端起酒杯，邀请夕阳，请它放慢离去的脚步，一起来畅饮这杯中之酒，一起来分享这闲暇的时光！

多么希望，那金色的夕照，能够在美丽的花丛多待一会儿，我们，或者人生的幸福时光就会多停留一会儿……

2

夕阳从来都很吝啬，她绝不会慷慨而轻意地放慢她匆匆而去的步履！

小宋，你的要求委实有点过分，却又在情理之中。为了短暂人生有一个快意的谢幕，好心的人儿，是挚友或者红颜都无所谓，你愿意杯酒相倾，你愿意守住这最后的美丽。

惜春常怕花开早，这矛盾一直困惑着古往今来那些热爱春天、热爱生命、尊从自然、珍重情感的人。他们始终无法解开这一死结。到你小宋的当儿，也是如此，美妙的春光为你带来的不是无尽的喜悦，不是忘忧的惬意，不是人生的爽性。

日升日沉，匆匆的一天在你的眼前溜去；月圆月缺，匆匆地又是一月；花开花谢，这就是匆匆的一年了。循环往复，周而复始。在心境开阔豁达的人眼里，这就是自然的常律，谁也无法违逆。于是便寻得“此事古难全”的宽慰。只是那时，苏子还来不及说出他心底的这番妙悟，你就黯然伤神于斜夕，伤神于花丛，伤神于你最想得到亲情的温暖、友情的惠泽、爱情的滋润的时刻！

于是，你感叹时光的固执，夕阳不肯为你留步；于是，你感叹花儿谢得太快，不肯为你将美丽长驻；于是，你感叹你这一生过得太过匆匆，有许多美妙的事儿都那么短暂，在你还来不及细品的时候，都已成了过往，都已成了云烟，都已成了空幻！

难怪有人说你是个喜欢吟风弄月的人，在那个金色黄昏，就着几朵落花，就着一阵晚风，要饮下那涩涩的杯酒，在那里独自呢喃，独自沉吟，作这些妇人之语。这样说来，你肯定不会认可。因为叹功名利禄如浮尘，似粪土，这当是高洁之士的高节之语，高节之悟！而珍惜时间，热爱自然则更是人类的天性与共性，是求生之可贵，求美之可爱，有什么值得指责贬斥的呢？

再说，你一生身居要职，公务劳顿，少有时间去享受自然之妙趣，少有机会来寻求人生的乐事，故而“浮生”“长恨”，因而要抓住春之尾巴、人生之夕照好好地乐一把、爽一回。这个时候，人的豪爽人的慷慨就体现出来了，即使千金一掷万金一抛，为了换得这一刻金贵的快意，也绝对是再所不惜！

3

小宋，在这样一个美丽的黄昏，你当心安理得地享受人生的这一份大美！你是北宋文学家、史学家、词人，与哥哥宋庠同为天圣进士，而你的文采高过了你的哥哥，官位却不及哥哥来得风光险绝。你一生最高也就做过部级干部，先后任过翰林学士、龙图阁士、左丞、工部尚书等职，虽不及大宋的显赫，却也坦途平铺，顺畅得紧。于是有足够的富裕时间来修史为文。《新唐书》有你不大不小的一份功劳就不说了，单这首

《玉楼春》词，就让你声名鹊起，妇孺皆知。“红杏枝头春意闹”，这一“闹”就为你“闹”出了好名声，大名气！王国维说：这一“闹”字而境界全出！真乃点石成金之词，因一字而名传后世。

宋仁宗嘉祐六年（1061），因“影”而名噪词坛文坛曲坛的张先张三影，来京城开封，文人相惜相倾，你尽地主之谊，不惜降低身份主动专程到张府拜访。当时，你的官职高于张先，叫仆人先进门通报，说：尚书想见“云破月来花弄影”郎中。张先在屏风后听见，立即答道：是“红杏枝头春意闹”尚书吧！两人开怀大笑，把酒叙谈，好不快意。两人各自因一个字而驰名文坛，现在又结为好友，为我们的文坛添了一段传颂不衰的佳话！

红杏枝头春意闹，且向花间留晚照。给自己劳顿的心放个大假吧，小宋！“少年不管，流光如箭，因循不觉韶光换。至如今，始惜月满，花满，酒满。”不然，就“日斜歌阙将分散，倚兰桡，望水远，天远，人远”了！大抵与唐人“有花堪折直须折，莫待无花空折枝”异曲同工吧。

一声断肠

画毂雕鞍狭路逢，一声肠断绣帘中。身无彩凤双飞翼，心有灵犀一点通。

金作屋，玉为笼，车如流水马游龙。刘郎已恨蓬山远，更隔蓬山一万重。

——《鹧鸪天》

1

一个人，一队车。

那人悠闲地走在大街，这是京城最繁华的大街，走在熙来攘往的人流中。那独自行走的人就是你，小宋。

那是一个华丽的车队，从宽阔的大街上风驰电掣般掠过；它们来自皇宫，招摇，张扬，自不必说。车队惊得行人纷纷往街边挤。人们知道，这样的车队，这样的阵势，惹不起，躲得起。

偏偏就在这时，一辆飞驰的车儿，它旁边的帘子被风卷起，或许是车队跑得太快所致。不管怎样，她，坐在车内的一个宫女，皇帝的妃子，从万千人中认出了你。惊喜，禁不住一声大喊："小宋！"

车轮滚滚，车队一晃而去。剩下灰尘，剩下还在惊悸中的行人，还有呆呆的你。你站在那里，望着远去的车队，望着远去的浮尘。

没有见着那躲在车内的人儿，隔着一道绣帘的呼唤，竟让你心绪难平。

心绪难平，回到家里，茶饭不思，困扰难已，于是，写下了这首词。

2

写下这首，本身就是个错误。

其一，你是政府官员，皇帝老子拿钱养着你，你竟还敢惦记着他老人家的女人，岂不色胆包天，胆大妄为？你眼里还有没有天王老子？你还要不要卿卿小命？

其二，这皇帝老儿的女人，在大街上这么招摇，这么一放肆，竟还敢在大街上当着众人呼喊皇帝以外的男人，岂不是红杏出墙，当着满大街的人，准备给皇帝老子戴绿帽子？

写下这首词，你就留下了把柄，种下了祸根。

这词很快就传到了宫里，很快就传到了宋仁宗那里。宋仁宗立刻叫来当天一起出宫的所有宫女，劈头就问："你们中，是第几辆车内的人在呼喊小宋？"这宫女见瞒不过去，瑟瑟地站出来，承认是自己。仁宗又问："你深居宫里，咋认得这小宋宋祁？"宫女回答说："那一日，你设御宴，招待翰林学士，里边有人指着其中一人说，那就是名扬天下的才子小宋。我当时在车内突然见着走在大街上的小宋，忍不住就叫出了他的名字。"

仁宗也没追究，就把你召进宫里，笑着说到这事，你诚惶诚恐，不知如何应对。仁宗笑着说："蓬山不远，就在眼前。"于是，就把那个在大街上呼你名字的宫女许配给了你。

仁宗皇帝成人之美，给你来了这一手意外的惊喜！

这个佳话就传到了今天，也惊得我们不敢相信，犹感浪漫无比。

3

再来看看这词的全部内容，何以打动了皇帝老子？

"画毂雕鞍狭路逢"，这是艳遇的缘起。不早也不晚，偏偏就在那一刻，你走到那里，她乘坐的车队正好经过你身旁；不偏不倚，正好，车帘偏偏在那一刻被掀起，她就正好看见了你，于熙熙攘攘的人群里认出了你。她一惊喜，随口就喊出了你的名字。

她的声音，你的名字，那一刻，何止是一声霹雳？

“一声肠断绣帘中”，那一声，刻进你的骨髓，你的灵魂，你再也无法忘记。

但是，你深知，那人深居宫里，那是皇帝的女人。想都别想，想也没门。于是你说：“身无彩凤双飞翼，心有灵犀一点通。”借得李商隐的诗句，表你的心意。恨自己，没有生得一对翅膀，不能飞进高高的宫墙，深深的宫闱。但你们心生灵犀，就是隔着坚不可摧的铜墙铁壁，也能彼此感应到对方的存在，对方的心思。

惊喜来得突然，去得飞快，叫人难以把握，难以自持。

明知前面是深渊，你还是向前迈了一步。

于是，你整天里瞎想：“金作屋，玉为笼，车如流水马游龙。”那一刻，成了你记忆的全部。而此刻，“刘郎已恨蓬山远，更隔蓬山一万重”，你只得远远地观望，远远地遐想，叫人断肠的那人被阻隔在遥不可及的深深深宫！

一场错误的艳遇，换来一个正确的结局。

想想唐朝的崔护，隔着一道简单的柴门，他艳遇的结果却是一出悲剧。小宋，叫人不能不羡慕你，你的艳遇中间隔着厚厚的宫墙，森严的禁忌，甚至是生死的坎儿。结果，你却收获了圆满，收获了千年不绝的羡慕。

4

其实，这是你自己修来的缘分。

你幼年时，就和哥哥跟随你父亲在外地读书，辗转流离，日子过得极其艰辛，你兄弟俩学习也特勤奋。

公元1024年，你与哥哥宋庠一道参加科举考试，不想同时高中。你中状元，哥哥斩获探花。这简直就是一道爆炸新闻，一夜之间传遍了京城，也传到了皇帝那里。

到皇帝召见你哥俩时，太后刘娥首先发话了："哪有弟弟名次高于哥哥的？"皇帝也觉得在理，于是就将哥哥定为状元，你呢，跳过探花，直接把你降到第十名。世人称你兄弟俩为"双状元"，分别称为"大宋""小宋"。

状元是做不成了，但你名气却传得远远的，你的诗名文才却得到了世人的认可。于是，才有了那一场惊心动魄的艳遇。

你的哥哥虽然收获了比你更高的官衔，你却收获了无尽的风流。

直到今天，都还是人们津津乐道的一部分。

诗意行走梅尧臣

走向民间

适与野情惬，千山高复低。
好峰随处改，幽径行独迷。
霜落熊升树，林空鹿饮溪。
人家在何许？云外一声鸡。

——《鲁山山行》

1

这是一个时隔千年的宋朝县级父母官在他治下土地上的一次小小的游历。

从诗中见出，这次野趣盎然、沉醉自适的旅行，是这位小小县令独自一人的微服私行。不像我们现在的县太爷们，每次出行，都会前呼后拥，都会有不大不小的一个车队，小报记者，县电台主持，都是他出行时必不可少的装备或者配置。如果允许警车开道的话，他也决不含糊！仿佛不这样，便无从显示他县太爷的威仪，别人才知道他在深入乡村，在体察民情，或者美其名曰“现场办公”。结果呢？大队人马绝尘而去，问题依然是问题，晾在那儿再也无人理会！

梅县令生活为官的时代，虽然没有现如今的宝马红旗一类的豪车，至少也有宝辇大轿随从之类，锣鼓喧天，喝声载途，也足可显示你县太老爷、父母官的身份。而你还真是个不太爱讲排场的官儿，还真是“微服”走访。不然，你怎会写出《陶者》这样的曝光诗：

陶尽门前土，屋上无片瓦。

寸指不沾泥，鳞鳞居大厦。

你才不怕揭自己的短呢？你知道，诗中所写的就是你亲眼所见，这些都是触目惊心的真实，是你一个小小县令无法改变的现实！

而鲁山山行，则是你梅县令在自己辖区内的一次诗意的远足。

2

鲁山之山，高低错落，参差有致，变幻多姿，这正好应了你梅县令的山野情趣，风雅情怀。仿佛这里的山也知晓你县太爷有赏山品水的兴趣，连这里的山都成了“马屁精”！要不就是你为官的政绩、你亲民的嘉言善行感动了这里的山水。

随着小小县令脚步的移动，山势也在不断地改变，是处处美景，处处养眼，处处怡人。想来，这或许就是后来东坡先生所写的“横看成岭侧成峰”的妙意吧，你早已捷足先登，先于东坡清赏了这种妙景与妙境。这山势的风仪多姿，也许是大自然的自我删减，也许是山们日积月累的主动修改与自我修饰，各具情态，各逞英姿。

如果是独寻幽径，那就极有可能将自己迷失在山野茂林。你望着眼前的美景发出了由衷的感叹！

山野之趣，还在这寂寥的霜林。树木萧疏，霜染风雕。灰熊爬在树上慵懒地打发着冬日里的闲散时光；麋鹿迈着悠闲的步子啜饮着淙淙的溪水……这些都是鲁山的寻常之景，要想穷其尽头，尽收眼底，这似乎不太可能。或许，当你这个县太老爷在这山中走累了，赏腻了眼前的自然之景，想到治下的某个农家作作秀，亲亲民，或者真想去体察体察民情，想去看个究竟，都不太现实。因为，那云外的一声鸡鸣，就足以让你产生怯意！这样也好，免得被生活在云雾里的人家说你扰民！

3

这就是你这个小小县令案牍劳神之余的闲情雅韵。不过，这字里行间好似在“炫耀”你的政绩，洋溢着一个亲民县令的得意之情。在你治下的这个小小的襄城，百姓安居乐业，处处如画如诗，因而，才有了这章出语精细、意境清雅的《鲁山山行》。

能够如此，也还算你有点为官的良心，以此来报答当年帝王的知遇之恩，提携之情。

你，梅尧臣（1002—1060），北宋诗人，生于宣州宣城，即今天的安徽宣城县。说起宣城，就分外的亲切。从蜀中走出去的诗仙太白，为宣城的如画江山所动，曾在那里流连忘返，留下了大量的不朽之诗！你本来没有考中进士，被仁宗皇帝赐进士出身。没想到，李白一生所追求的东西，你得来全不费功夫；求取功名的途径，你却走得如此轻松，如此惬意。也许是你的文学才华感动了上苍，打动了求贤若渴的皇帝。所以，你为官清廉，同情人民，鞭挞现实，你在《陶者》里写道：“寸指不沾泥，鳞鳞居大厦。”批判的矛头直指黑暗的现实，直指统治者的不劳而获，寡廉鲜耻。

你为诗，早年受西昆体的影响，后来改弦更张，提出了与西昆体针锋相对的主张。强调传统，诸如对《诗经》《离骚》的承扬，力主摒弃浮艳空洞的诗风，提倡“平淡”的艺术境界，景象具体而意在言外，创作了《田家四时》《鲁山山行》《晚泊观鸡斗》等关注现实的诗，在北宋诗文革新运动中，与欧阳修、苏舜钦齐名，并称“梅欧”“苏梅”。后来，刘克庄在《后村诗话》中，一厢情愿地把你称为宋诗的“开山祖师”。你是否能心安理得地领受如此峨冠，只有你知。当然，欧阳修、苏舜钦之名流是否也赞同刘克庄的追封，也只有他们在另一个世界搞个电视讲话或者开个新闻发布会才能说明。

当然，欧阳修与你关系甚密，会竭尽全力吹捧你以及你的诗，就大多数人来说，对你则比较陌生！这是不争的事实，毕竟还有岁月风沙的磨蚀，历代读者的过滤。宋诗“开山祖师”的桂冠不戴也罢，免得又让一些吃饱饭闲来无事的人去说东说西。加之，你本就梦不知天，被别人无端地泼一身污水，你窝一肚子火不说，还让读者诸君耳根不得清净。

花尽春老

露堤平，烟墅杳。乱碧萋萋，雨后江天晓。独有庾郎年最少。窣地春袍，嫩色宜相照。

接长亭，迷远道。堪怨王孙，不记归期早。落尽梨花春又了。满地残阳，翠色和烟老。

——《苏幕遮·草》

1

宋朝的沈义父说：“咏物词，最忌说出题字。”（《乐府指迷》）王国维大师在评价绝妙诗词时也说：“不着一字，尽得风流。”以为写花不见“花”，写草不见“草”，而字字写花写草，这样最妙。两人一前一后，一唱一和，一呼一应，共同强调了吟诗填词力达委婉含蓄之境的妙道绝招。

梅尧臣，你的这阕《苏幕遮》即是如此之作。

你站在河岸的长堤上，绿草平展，露珠闪烁，一直延展而去；远处的别墅在烟霭中若隐若现，如诗如画。雨后，江天辽阔，无边无际，那些碧绿的草儿更加茂盛。

那些庾信一样宦游在外的才子们，他们穿着拂地的青色官袍，与嫩绿的草色正好相互映照；他们自由自在地行走在春天里，真是风华正茂年方少。

长亭接短亭，一程又一程，远去的道路消失在视野之外。理当埋怨这些王孙公子，早已忘掉了归隐的日期。

这时，梨花飘落，春天去了；夕阳残照，满地余辉；青草，烟霞，以及年华，都在慢慢变老。

2

写草是表，写人是实。

春草之葳蕤，春草之绮丽，春草之绵延不绝，都要走过盛势，走向衰老。

人也一样。不管你眼前如何的春风得意“最年少”，不管你及第高中以后是如何的意气风发，今天还是英俊年少，风度翩翩，指点江山，志高意远，明天就“桃花流水春去也”，年华去了，官运也去了，整天里宦思困扰。

自然之草在又一个春天到来之际，草们又会欢欣欣，意悦悦，又会极力渲染出又一个春天的生动与热闹。

人呢？走过这一春，就再也没有与下一个春天晤面的机会。而就在这仅有的一个春天里，人生的欣慰之事也未必天天相随。人生的盛势也非真的恒久远。因而，人心就有不平，就会生出伤感，生出失意。面对春景，就会自伤年华流逝，就会自叹“满地残阳，翠色和烟老”。

与其说是年华易逝，不如说是人心易伤。所以，你情不自禁地说：“落尽梨花春又了。”化用李贺的诗句：“曲水飘香去不归，梨花落尽成秋苑。”（《河南府试十二月乐词·三月》）你不无惋惜地说，仕途上的春天就真的离自己渐行渐远了。

残春，迟暮，失意，无论哪一种，谁要是一头撞上了，都叫人难以自禁。

3

所以，你即使行走在春天里，也一样感觉到了春天的寒意，你写下了《春寒》诗：

春昼自阴阴，云容薄更深。
蝶寒方敛翅，花冷不开心。
压树青帘动，依山片雨临。
未尝辜景物，多病不能寻。

你看见春日里阴云笼罩，整天里浓阴密布，好似云天雾海，一片迷茫。寒潮袭来，蝴蝶只得紧缩翅膀，不能自如地飞舞；春意料峭，花朵也因空气的湿冷而不能如期开放。春风清寒，吹得挂在树枝上的酒旗摇摆不定；春雨阵阵，春风裹着春雨突袭那些靠山的洼地。这不是春风的过错，你也不曾辜负眼前景物，是因为身体不佳、心情烦闷而没有如期寻觅春天的美景。

身体出了状况，心理也出了状况，连同春风春雨也都受到了连累，大有“感时花溅泪，恨别鸟惊心”（杜甫《春望》）的感伤与凄苦。

其实，这就是前面这阕春草词的现实版延伸，范仲淹革新失败，自己仕途不畅，这些都是春寒来袭的源头。

所以，你即使沐浴春风，感受到的依然是刺骨的寒意。你一生胸怀大志，渴望遇明君，做贤臣，却始终未能如愿。

你说，还不如切切实实地走向民间，草民百姓的冷暖疾苦，也就成了你关注的焦点，成了你笔下的“别样风景”。

亦正亦雅欧阳修

物华暗换

春风疑不到天涯，二月山城未见花。
残雪压枝犹有橘，冻雷惊笋欲抽芽。
夜闻归雁生乡思，病入新年感物华。
曾是洛阳花下客，野芳虽晚不须嗟。

——《戏答元珍》

1

公元1036年，年轻气盛的你，或许是出于对皇帝的忠心，或者是出于对贤者范仲淹的友情援助，又或是出于你的政治责任、文人良知，当范仲淹与权相吕夷简产生冲突、矛盾激化时，司谏高若讷附和权相而诋毁范仲淹，你写下了著名的《与高司谏书》，惹怒了高若讷而被贬“山城”——峡州的夷陵（今湖北宜昌）作小小县令。你在为官之余，携好友寻访名胜，探访民居，专心著述。

这“元珍”丁宝宦就是你此时常伴左右的挚友之一。“戏答”好友，虽名之曰“戏”，实则实话实说，以表达你的旷达磊落而已。

2

夷陵这里天偏地僻，农历早春二月了，小城都还见不着春花的影子。你还疑心春风吹不到这里呢！与王之涣说的“春风不度玉门关”何其相似，只是这叹者的身份不同、吟叹的缘由不同罢了。前者，言戍边将士得不到皇恩的惠泽，后者，言自己被贬于此穷乡僻壤，早已被皇帝遗忘！

故而，春风不至，春花不开。当是桃李芬芳的时节，这里还残雪压枝，去年残存的桔子还孤零零地挂在那里；竹笋仿佛被冬雷惊醒，打算要抽芽了吧，其实不然，连一点动静也没有。昨夜梦醒，欣闻南归的雁鸣，带来了春天的消息，偏偏又催生了诗人你的无限乡思。沉疴难愈，都新年了，它仍纠缠着你不肯离去，时过境迁的忧叹也随之与日俱增。

想想看，自己曾是洛阳牡丹花下的常客，京中政坛的骄子，现如今呢？自己被贬穷乡，就不必埋怨、嗟叹这里的野花开得太晚！

是韬光养晦，期待有朝一日东山再起？是识时务者为俊杰的暂时退避？还是入乡随俗过一天算一天的蹉跎？决定权牢牢地掌握在你的手里。

3

你是北宋初期复古诗文运动的倡导者之一，以你的才学，逐渐成为文坛盟主，主持当时的北宋文坛。与当时的西昆体相比，你的诗作力倡清新自然，极少用典，少华丽辞藻。这首《戏答元珍》就是你的代表作之一。

“冻雷惊笋欲抽芽”，给人以惊警，给人以启示。某些积蕴已久的力量，在外力的催生下，诱发下，将产生新的力量，出现新的景象。只是这诱因至关重要，读者诸君不妨自作引申！

我们从“病入新年感物华”中，似乎看到了你颓废的一面。好在事情的发端是缘起于昨夜的那两三声雁鸣。这种感叹让我们自然地就想到了时光，想到了美好的事物。

面对春天，不同的年龄，不同的履历，有着不同的感受。这首写于早期的《春日词》即是如此：

红雾初开上晓霞，共惊风色变年华。
香车遥认春雷响，庭雪先开玉树花。

春天来临，心中涌动着兴奋和喜悦，令人难以自持。虽说的是乘着香车的美女，诗人心中的那一份欣喜，何尝不是如此，且是“共惊风色变年华”。世事变迁，眼前的春天再也不能为你带来喜悦，带来希望，有“春风疑不到天涯”的质疑，有“病入新年感物华”的伤感。

“戏”者，自嘲也。你要嘲讽自己什么呢？

谪居的环境之荒僻？“春风疑不到天涯，二月山城未见花！”我们分明看见你憔悴地站在居所的檐下，见早春二月了，夷陵之地仍山寒水瘦，死气沉沉，雾锁天涯，雪压霜花。冻雷催发了你的希望之芽，而北征的鸿雁又令你相思不能自禁，只好感叹世事变化之大。

而“曾是洛阳花下客，野芳虽晚不须嗟”，你履险恶不自卑，遭厄运不自弃，显示出乐观开朗的情怀。虽贬谪僻壤，仍心有所待，对未来充满了信心。

“曾是洛阳花下客”，你以好汉自许，就不必再提当年之勇了吧，我们知道你的处境，明了你的内心。这就是一个曾经雷厉风行的改革家的哀叹，这也是你这个改革家执意要革故鼎新所付出的代价。

尽管如此，在任何一个时代，不安于现状者总会适时而出，挺身而起，迎着时风疾雨，逆流而上，破浪而进！革新的步伐一刻都不曾停止，即使有时举步维艰，甚至有性命之忧，株连之灾！

无计留春

庭院深深深几许？杨柳堆烟，帘幕无重数。玉勒雕鞍游冶处，楼高不见章台路。

雨横风狂三月暮，门掩黄昏，无计留春住。泪眼问花花不语，乱红飞过秋千去。

——《蝶恋花》

1

这幽深的庭院到底有多深呢？

春风中，杨柳招摇，犹如一堆堆轻笼的烟雾；那低垂的柳条，好似挂起了无数重的帘幕。歌楼妓馆前，华贵的车辇来来往往，真可谓车水马龙。可是，眼前的楼太高了，竟让自己看不到意中人走马章台的地方！

这深锁幽院的怨者是大户人家的贵妇少女，还是寄身青楼的风尘妓女？不管她们的身份如何，主人公都隐隐地感到，她思念的那人定是个不甘寂寞的主儿，都有点寻花问柳的不良嗜好！要不然，她为什么单单要眼巴巴地眺望章台路呢——那可是浪荡哥们经常出入的地方！

这年的三月似乎也有些特别，也好似在与女主人有意过不去。突然间，暴雨大作，狂风猛至，只好独自闭门不出。闭门不出也不是办法，春天已经去了，谁也没有法子将她留住！

也许，她与她眺望的那人有个关于春天的约会，那人到此时还未践约而至；也许留在她脸上的春光也将随着季节的离去而凋萎谢去，可是，她也只能眼睁睁地瞅着无计可施！她只有含着泪眼问那风雨中正在凋零的花瓣，那花却兀自零落，不言不语；又是一阵风起，卷起地上零乱的花瓣，又乱哄哄地向秋千飞去！此时，那风雨中的秋千也分外的孤单落寞，要知道，她曾经的欢笑，曾经的憧憬，都曾随了秋千的起落而花团锦簇般地开过。现如今，那无言的秋千仍是一个令人伤感的物件，不看不思倒也罢了！

可是，恼人的记忆却偏偏要跟她过意不去！

2

想不到，你这个一生沉浮政坛的主儿，亦有如此儿女柔情，其美丽的忧伤，深刻的怨恨，当丝毫不逊色于那些真正有此体悟的女子，比如之后的易安居士。

再说，宋朝的须眉汉子站在女性的角度写诗填词者众，不只你醉翁一人，我们自然不必大惊小怪。还有，那些闲着怨着伤着的女子，有人替她们代言传声，也省去几分让她们填词合仄的烦恼，岂不妙哉？

当然，这首词是否隐喻什么亦未可知，不管怎样，读这首词，都是一次美的旅历；只是这美，被烙上了深刻的悲怨之痕！尤其“泪眼问花共不语，乱红飞过秋千去”，经评家们一分析，竟有多层意思，这多层意思当然不是词人的呕心沥血之物，当是你这个一代大家、文坛领袖的妙手偶得！而这样寓意丰沛、浑然天成的句子，非功力深厚者难为！

3

当我们注目那“深深”不知深几许的庭院，那幽居的女子肯定衣食无忧，“杨柳堆烟，帘幕无重数”就是最好的证明。那女子一定多情，可是现实又是那么的冷酷。本该常伴在她左右的夫君或者情郎却是一个负情汉、多情种。他昼出寻欢，夜不归宿。以至于这个怨妇愁女常常要引颈眺望的就是丈夫或情哥哥经常出入的那些个风月场所。

还有更加残酷的事，“雨横风狂三月暮”，春天转眼即将离去，要命的是，自己也迫近迟暮。这是个让人无法平息、令人伤心欲绝的黄昏。她眼瞅着落红无数，阵阵花雨，又被无情的风吹去。那曾洒过欢笑，曾见证过她的幸福她的浪漫生活的秋千，此时却孤孤零零，空空荡荡，冷冷落落，寂然无语！

春天在她的眼前无情地去了！

青春在她的忧怨中、思念中、期盼中、痛苦中也一意孤行地去了！去得固执，决绝而无丝毫的留恋。

她是多么的软弱无力呀……悲到了极处的无可奈何，令人怦然心动，黯然落寞。

3

欧翁，这是不是仕途失意的你，站在某个风也潇潇雨也潇潇的黄昏的一段哀歌呢？托美人以自喻，这是怀才不遇的才子们惯用的手法，你拿来用用，倒也不妨，谁也没有权利责怪你。

即使有，你也不必理会！

伊人何去

去年元夜时，花市灯如昼。月上柳梢头，人约黄昏后。

今年元夜时，月与灯依旧。不见去年人，泪满春衫袖。

——《生查子》

1

去年此刻，灯火璀璨，把整个街市照得如同白昼，真是“火树银花不夜天”呐！

可是，他无心顾及，他匆匆穿过拥挤的人流，向柳梢低垂处奔去——那里有他心爱的人儿正在那披拂的垂柳下焦急地等着他呢！

初升的月儿刚刚挂在柳梢头，他们如期相约黄昏后。她俏丽的脸蛋在月光和灯光的辉映下分外动人。这是多么美妙的事呀，仿佛发生在昨天一样！

穿越四季，时光轮回，熬过漫长的等待，今天又是元宵夜，灯光依旧灿烂，月儿如约一般又准时挂在了柳梢上！去年相约今年见，今年不见。他伤心的泪水如决堤的海，肆无忌惮地打湿了他薄薄的衣衫。

满街的彩灯发出炫目的光芒，欢乐的人流仍在幸福地流淌，他被拥挤的人流无情地推向前方。他回首眺望，垂柳远去，他的爱情，他的幸福也随之远去。他挥一挥被泪水打湿的衣袖，无奈地作别圆月，作别垂柳，作别欢乐的人海，作别离他越来越远的幸福时光。

他是生活在宋代的一位痴情男子，他的遭遇令人同情，他的痴情叫人感佩，足可令古往今来的痴情汉们摧眉折腰，更让现如今的多情种们自惭形秽！

2

这是光影流美的两组镜头，故事背景完全一样，而主人公的境遇却迥然相异！

前者，有情人如期携手，共赏繁灯，共赏月华，共赏繁华，共享爱的醇酿。后者，形只影单，就只有独对繁华，独对喧哗，独对皓月，独饮孤独了！

前后相较，让人不由得想起“人面桃花相映红”的惊艳一瞥，让人想起只有桃花笑东风的失落与遗憾，想起崔诗人那首致命的诗让有着桃花般颜容的妙龄女子桃花般地谢去！

这是两个凄美的故事，隔着几百年时光的距离。不管是真实，还是虚拟，都那么真切而深刻地感动了我们！我们都曾在潜意识里有过“人面桃花相映红”般意外艳遇的奢求，也曾有过“月上柳梢头，人约黄昏后”的美好畅想！如果现实中还不曾有过，不妨到二人的诗中去领略一回。让别样的滋味来润泽我们这孤独相煎的时光，来润泽我们这依然还有所渴望、有所期求的心房！

3

关于这首词的作者，有说是朱淑真的，也有说是秦观的。不管是谁的，只要是好的、妙的、绝的，我们都会视若美醇，品了又品！

依你现存的词来看，你是个写男女之情的高手，很多作品令我们怦然心动，玩味再三，爱不释手。

据说你在河南任推官时，和一个歌女过从甚密，度过了很多值得回味、值得追忆、值得吟咏的欢乐时光。钱惟演是五代末吴越王钱俶的儿子，在他父亲投降向北宋献地时，就一起留在北宋做官。有一天，钱惟演在后园设宴，其他客人到齐了都眼巴巴地等了很久，才见你同那位歌女姗姗而至。钱主人责问歌女迟到的原因，歌女羞羞答答地说：天气太热，自己中了暑，就在池边凉亭上睡觉，丢失了一支金钗，找了半天也不曾找到。明眼人一看，就知道这是个美丽的借口，只是大家不肯揭穿而已。钱主人笑着说：那你就让欧阳推官现场写一首词吧，如果这样，我就补赏你一支金钗！

为了替她解危，也不至于自己尴尬，你欣然即席填《临江仙》词一首：

柳外轻雷池上雨，雨声滴碎荷声。小楼西角断虹明，阑干处，待得月华生。

燕子飞来窥画栋，玉钩垂下帘旌。凉被不动簟纹平，水精双枕，傍有堕钗横。

你写得富丽繁复，浓艳绮美，在座宾客，无不为你击节称赞。尤其“凉被不动簟纹平，水精双枕，傍有堕钗横”颇值得玩味，其中妙趣，想必只有你与找钗之女自知了。这自然是众多宾客拍手称羡的因缘所在。那女子是否难堪我们不得而知，以你的身份肯定无法泰然处之。

与“月上柳梢头，人约黄昏后”相比，这同样是我们无限神往的风景，让我们心里生出许多绮丽的涟漪，久久不能平静。

不是所有的约定都能一一兑现，除开诚信与真诚以外，还有很多不确定的因素。它们共同左右着一个美好的故事能否走向圆满的结局。况且，生活有时恰恰会不以规矩出牌，总喜欢出人意料地使出一招，让人措手不及。词中那“泪湿春衫”的汉子，显然缺乏这种心理准备，因而，你所经历的这一场变故，虽然凄美，但却动人。你的遭遇令人同情，你最好不要去怨那“负心”的女子，要知道，“月上柳梢头，人约黄昏后”的至境同样让她刻骨铭心，同样让她遗憾终生。她也深知，什么都可以背叛，就是不能背叛自己那颗期盼甜蜜、渴望幸福的心！

因此，这一场遗憾千古的失约，悲剧的主角就不仅仅只有你！

行人何在

候馆梅残，溪桥柳细，草薰风暖摇征辔。离愁渐远渐无穷，迢迢不断如春水。

寸寸柔肠，盈盈粉泪，楼高莫近危阑倚。平芜尽处是春山，行人更在春山外。

——《踏莎行》

1

读你的词，叫人很难与你的北宋政坛风云人物、诗文革新运动领袖、唐宋散文八大家之一的一代文宗身份联系起来。你从政，官至一人之下万人之上的宰相。说政治革新，是几乎与王安石齐名的大改革家，是政坛铁腕。

可是，你的大多数词章却是水做的媚骨，花饰的面目，柔腻香艳，深婉缠绵，是个地地道道的多情主儿。这阕《踏莎行》就可见出你的“寸寸柔肠”，没有一点定力或者没有经受点挫折、没得点沧桑感的人，恐怕早就“盈盈粉泪”了。当然，你说到了前边这些人的痛处，他们同样会情不自禁，粉泪盈盈，奏一曲同病相怜者的和声。

2

这个离别故事大约发生在早春二月。离别的地点似乎也有点特别——候馆，即旅舍。为什么呢？因为此前定还有很多离别的前奏、送行的繁复过程都被你一笔删去！不是前边的都不重要，都不动人，实在是你剪裁的匠心。

而此时，旅舍院内的梅花已经无可挽回地凋残了，小溪的桥头，柳枝发出新芽正迎风招展，野草在薰风里无声地蔓延。

暖风熙熙，草香脉脉。远行天涯的游子呀，不得不骑着马儿、抖着缰绳上路。马儿越走越远，离愁啊，也越来越浓。像那春生的碧草，只要离人的脚步走到哪里，她们就沿着离人的脚踪一路跟随着生长到哪里；就像这沿途的春水，蜿蜒流淌，绵绵不绝。

料想闺中的你，此时定柔肠寸寸断，粉泪盈盈流，叫人如何不想你念你牵挂你？

料想你，绿荫楼头，孑然茕影，请你千万莫要独倚栏杆，独眺天涯！

料想你，满眼泪花，满眼烟草，满眼迷离，环顾四野，望穿天涯。可是四野空寂，芳草远浸；青山隐隐，落晖脉脉；绿水潺潺，行踪悠悠……而你这个远行的游子，却远在那重重叠叠、绵绵亘亘的青山之外！

青山邈，人已杳，别恨如春草。

青山连青山，碧水复碧水，一程又一程，何日踏归程？

3

行人必须启程，为了博取功名，还是为了奔波生计？总之，征人摇远辔，是两个有情人不得不面对的现实。

梅残柳发春草生，从古至今，大多数的离者都是从这个时候踏上征程的。大多数离恨都是这个时候滋生、疯长、泛滥的。因为他们是背负着“一年之计在于春”的古训上路的，他们都希望通过自己的努力、奔波、劳顿，去换取秋天沉甸甸的收成，去博取足以荣耀门庭的功名！他们想摆脱这专为离别而设置的典型场景，仿佛已经不太可能。

薰风在酝酿氛围，草香在渲染气氛。不如此，仿佛离别就不够凄绝，离恨就不够恸人。当这一切都铺排够了，行人的马蹄声碎，行人的心儿也跟着就碎。那一路渐行渐远渐生的春草，那一脉越流越远越急的春水，见证了两个有情人愈来愈浓的离恨！

那游子虽远隔千山万水，但他的心仍扎根在起点；虽历经了千辛万苦，但他的目的还是为了有一天能及早地回到起点，回到那个一直在思念着他、盼望着他、守候着他的佳人的身边！

他清楚地知道，无论自己怎么劝慰都无济于事，她都会在某天的某个时刻登楼远眺，倚栏寄怀；都会为万重关山的阻隔而伤神而憔悴而“悔教夫婿觅封侯”……

“离愁渐远渐无穷，迢迢不断如春水。”那春水，来路无穷，去途无尽，愁思便无止息。“一水牵愁万里长”，即使他们道阻且长，他们的心却是相通的，因为有那绵长不断的春水殷勤地替他们传递着彼此的消息、彼此的心声！

我们在品阅词的美妙时，更体会到了心性的美丽，以及为这美丽的人性所付出的惨痛的代价——天涯海角有时尽，只有离愁无穷日。

我们感佩他们顽强的执著与苦苦的坚持，正因为有了他们的坚持，才有了我们今天动人心魄的品阅之旅！

4

欧阳翁，你在此章《踏莎行》中有“溪桥柳细”的句子，据说你爱柳，犹如陶翁之爱柳，且有佳话盛传。

相传，你在扬州任太守时，就曾亲手在大明寺平山堂前种植了一株垂柳。当你离任时，那棵树早已出落得婀娜生姿、婆娑可爱了。于是，你填《朝中措》一词以寄怀：“手种堂前垂柳，别来几度春风？”“别来几度春风？”清雅的问询，洒脱又快意，好似一对相知相守的老朋友。于是就有了下片“文章太守，挥毫万字，一饮千钟”的豪迈逸荡之气。后来，人们为了纪念你，就把这株柳称之为“欧公柳”。

世间偏有不甘寂寞的可笑之人。你的接任薛嗣昌即是如此。他自不量力，没搞清自己有几斤几两的时候，就盲目而自信地在你的“欧公柳” 对面也植了一株柳，自我标榜曰“薛公柳”。他的东施效颦之举被人们视为笑柄而嗤之以鼻。在他离任后，这株“薛公柳”便在人们的利斧之下寿终正寝。

陶翁在其《五柳先生传》一文中说，“堂前有五柳，因以自号焉”，曰“五柳先生”。你在堂前种柳，并非薛公之附庸风雅之辈，你之爱柳是爱得实在，爱得出自肺腑，我们只要在你的词中稍作浏览，就会品读到很多写柳的妙句佳语。

“月上柳梢头，人约黄昏后”。（《生查子》）令人怦然心动的浪漫，叫人心向往之的约会，香了千古以降无数读者的梦景，装点了怀春者美妙的期许。

“杨柳堆烟，帘幕无重数。”（《蝶恋花》）令人窒息的压抑，叫人不由自主地哀怜那高院深锁、幽居苦盼的女子。那女子如一道挥之不去的魅影，一直游走在人们的心里。不管你怎样努力，那浓重的柳烟都叫人不得舒心展眉。

“飞絮蒙蒙，垂柳阑干尽日风。”（《采桑子》）重柳拂栏，暖风轻飏，杨花漫天。“群芳过后西湖好”，风流独看柳絮飘。

“河畔青芜堤上柳，为问新愁，何事年年。”（《蝶恋花》）年年垂柳列岸，年年牵起离人的新愁，“每到春来”就“惆怅还依旧”。惆怅依旧，成了年年都问新愁者怎也避不开的课题，解不开的死结。河畔青芜成了堤上杨柳同病相怜的伴侣！

“柳外轻阴池上雨，雨声滴碎荷声。”（《临江仙》）这便是你同那个叫翠环的当红官妓幽会的背景，其中的妙意已从那“柳外轻阴”处透出了几分。翠环毕竟是个女子，羞羞答答不好言明，你却以词记之，让等你入宴的客人一乐，也让千载之后的我们分得一羹快意，引发一怀遐思或瞎思。

“江南柳，叶小来自阴。人为丝轻哪忍折，莺怜枝嫩不堪吟。”（《望江南》）据说这首词给你惹了些麻烦，让人诟诽你的道德修养、生活作风出了问题，并为你罗织了“盗甥”的罪名。爱柳没有过错，还是怪你行文太过随意、太过坦白，给那些本就想找你茬儿的人留了把柄！谨于言，慎于行，以你为鉴，当是我们应当吸取的教训。

……

欧阳翁之爱柳，可见一斑了。有空了，再去读读也不妨，因为那毕竟是雅趣，写入诗词，那就是滋人肺腑的高雅之物了。不读，才是一种损失。

读书佐酒苏舜钦

一路风景

春阴垂野草青青，时见幽花一树明。

晚泊孤舟古祠下，满川风雨看潮生。

——《淮中晚泊犊头》

1

苏舜钦，你的曾祖是从蜀地走出去的，你的脉管里流淌着蜀中才子的豪迈因子。因而，在诗里，你的情绪常常是“坦露激昂”，略近李白风格。但是，时代不同，人的精神气质有异，你又远不及李白的意气飞扬，纵横不羁。

《宋史》本传说你“时发愤懑于歌诗，其体豪放，往往惊人”。在北宋诗人堆里，你确实承袭了一些唐人的气息，唐人的韵味，唐人的风骨。

公元1042年（宋仁宗庆历二年），你到山阳（今江苏淮安楚州）一带旅行，有感而发，写下了这首《淮中晚泊犊头》，我们或可从中品嚼出一些“唐时味道”。

2

你乘坐的小船行进在滚滚不息的淮河上，你看见，春天的阴云低垂在草色青青的原野之上，在那幽静的地方，时而见到，一树春花正开得鲜艳，恣肆，逼眼。天晚了，你把小船停泊在古庙下面，抬眼望去，淮河之上，风雨交加，眼见着潮水澎湃，浪头汹涌，河水高涨。

云影天光，绿草春花。有旅途的单调乏味，晦暗劳顿，也有春花突现的惊喜亮丽，这个旅途就不寂寞，就不会劳而不获。移步换景，那眼前豁然一亮的惊喜，驱走了所有的阴影。春天的景色，在你的心里投下一片多彩多姿的光影。

因为有春花的绚烂，有对一路芳菲的期待，白天的旅程才不寂寞。不知不觉间，航船就驶入了黄昏，驶入了黑暗。

你当机立断，在一座古寺下紧急靠岸。事态的发展印证了你的预见。风狂雨急，一夜潇潇，一夜滂沱，眼见着河水猛涨，春潮汹涌。

旅程如人生，向前迈进，有看不尽的无限风光；静下来原地不动，同样有澎湃激越的景观奔来眼底。正是进也快意怡人，止也壮阔爽心。

置身于事，远离于境，都能欣赏到世间的风流韵致，悠闲，从容，超然，是我们应持的态度。不管风云激荡，还是风物宜人，都应如此。

你告诉我们，要学会在动静中把握好我们自己的行动，收拾好自己的心情。

3

苏舜钦，说你的诗有唐人遗韵，读这首诗，我们首先想到的是韦应物的《滁州西涧》：

独怜幽草涧边生，上有黄鹂深树鸣。
春潮带雨晚来急，野渡无人舟自横。

都写了所见，韦诗人以所闻弥补所见之不足，以自然的声籁渲染环境的幽静，表达悠然人生的淡定况味。

你呢？则是用色彩、光影的变化凸显自然的无限生机与丰富多彩，以祈求从中获得顿悟。

韦诗人更愿意置身“境”外，所以，他用旁观者的口吻道出了滁州西涧的幽深、静谧，以及不为世俗所染的静气。他内心从容，因而对世间的潮涨潮落、风来雨去都能泰然处之。他是个心若止水的观众。

你呢？旅途的多彩景色虽使人激动不已，但是，一想到未来的征途，充满了诸多难以预测的变数，你不由得心绪难平。你置身风口浪尖，是理所当然的主角。

一个早已彻底地置身事外，一个仍在风雨中驾船激进。人生的两样境况，才有了诗歌的别样情怀，别样蕴藉，才有了诗歌的多彩绚丽与各具韵味。诗歌亦如自然生态，它的丰富性成就了一首首诗歌的独特魅力。而造就诗歌丰富性的，正是这些生活在不同境况下的人。他们的气质，他们的遭遇，以及他们生活的时代，成就了他们诗歌的个体风格。所以，诗歌一直都不缺乏个性，一直都特立独行。无论哪一个朝代，都打上了诗人的个体烙印，都刻上了时代的痕迹。

“满川风雨看潮生”，让人立刻想起唐人许浑的“满天风雨下西楼”这句诗来。对于眼前的疾风暴雨，两人的姿态却不一样。许浑写的是无论环境如何险恶，依然要冒雨激进，你呢？站在那里观望。人生的、仕场的那些个风风雨雨，世事叵测，宦海沉浮，还有一段充满坎坷、长满荆棘的长路，等着你去一一征服！

“满川风雨看潮生。”走过磅礴壮阔的风景，才能走出磅礴壮阔的人生。

一路风景，一路诗情。人生充满许多未知，不管怎样，都得一如既往地走下去，即使满川风雨，怒潮滚滚。

这就是你，苏舜钦。这就是你，在诗歌的生态园内，为我们培育出了殊异的风景。

4

是否拥有诗意的人生，关键还在自己。

苏舜钦，你深谙此理。你为人豪放，不拘礼数，不受约束。更重要的是，还喜欢饮酒。

喜欢饮酒，不足为奇；“读书佐酒”，却是你的“专利”。

相传，你在岳父家时，每天黄昏时候都要读书，且边读书边饮酒，动辄就是一斗。你岳父对此深感疑惑，常派人偷偷观察。有一次，恰逢你正在读《汉书·张良传》，当读到张良与刺客行刺秦始皇、抛出的大铁椎只砸到他随从的车上时，你拍案叹息：“真可惜呀！没有打中。”于是，你喝了满满一大杯酒。当读到张良说的“自从我在下邳起义后，与皇上在陈留相遇，这是天意让我遇见陛下呀”时，你又拍案叹道：“君臣相遇，如此艰难！”又喝下一大杯。你岳父听后，大笑说：“有这样的下酒物，一斗也不算多啊！”

读书佐酒，真是够风流，极雅趣，会享受。

世间之人，品性各异。读书佐酒，弄潮激进，单就这一点看，就有唐人的气质。不是说宋人就不喝酒，宋人饮酒，多是“水调数声持酒听”，摇头晃脑，慢慢地品。斯文极了，风雅极了，哪有唐人李白之流的酣畅快意，狂饮不羁。

读书佐酒，读书之乐，让人羡慕之极。

有了这一分气质，你早期的作品就有了足够的底气，豪犷雄放，超迈横绝，读来激情满怀，豪气飘举。后期则身寄自然，情趣怡然，诗风幽独闲淡。生活的种种历练，消去了壮怀岁月的峥嵘激荡。比如这首《夏意》：

别院深深夏簟清，石榴开遍透帘明。
树荫满地日当午，梦觉流莺时一声。

小巧，别致，情趣盎然。你的视线如移动的镜头，在不断地转换：幽深的小院，透过竹帘，一树明艳的石榴，日在中天，树荫垂地，一派热烈的夏日景色。最后，一声流莺惊破主人的梦，也打破了正午的静寂。

透过这个炎热的中午，我们读出了深藏在你内心的宁静。在杨万里《闲居初夏午睡起》二首里，我们读出了相似的旨趣：

梅子留酸软齿牙，芭蕉分绿与窗纱。
日长睡起无情思，闲看儿童捉柳花。

松阴一架半弓苔，偶欲看书又懒开。
戏掬清泉洒蕉叶，儿童误认雨声来

一院阴凉，一院幽静，一院红艳，一院莺语……还有杨万里笔下酸涩的梅子，碧绿的芭蕉，飘飞不定的柳絮，以及稚嫩的儿童，都是历尽艰辛后的沉静淡定，洗尽铅华后的素颜无欲。

何事憔悴

潇洒太湖岸，淡伫洞庭山。鱼龙隐处，烟雾深锁渺弥间。方念陶朱张翰，忽有扁舟急桨，撇浪载鲈还。落日暴风雨，归路绕汀湾。

丈夫志，当景盛，耻疏闲。壮年何事憔悴，华发改朱颜。拟借寒潭垂钓，又恐鸥鸟相猜，不肯傍青纶。刺棹穿芦荻，无语看波澜。

——《水调歌头》

1

苏舜钦，你于1034年中进士，做了个亳州知府。1044年，范仲淹特欣赏你的才华，极力在皇帝那儿推荐你，重用你，与他一道竭力推行新政。不料，你却犯了事——挪用公款——实是卖废纸换来的钱。挪用的公款都干了些啥呢？宴请官员，招妓，在私家会所搞私人派对。看来，这笔钱也不是个小数目。这样的事摊在别人身上一样会犯，还可能习以为常，平安无事。可是，你就不同了。因为你站在革新派一边，你们极力推行的新政触及到了很多守旧派的利益，你成了众多对手的眼中钉。犯了这样的事，正好授人以柄。一句话，树敌太多，别人都死盯了你，恨不得你早些犯事。

这样一来，官做不成了，还有辱提携你的人。你只好退居苏州，买下废园，修房造亭。有感于“沧浪之水清兮，可以濯吾缨；沧浪之水浊兮，可以濯吾足”，你把新修的亭子命名为“沧浪亭”，自号沧浪翁，同时还写了篇著名的《沧浪亭记》——一不小心，竟成了范文，走进了今天的中学课本。这还不算，你又邀请当时的文坛大腕、朝中重臣欧阳修为“沧浪亭”作诗，诗中以“清风明月本无价，可惜只卖四万钱”题咏此事。于是，亭子就有了一幅流传特广的对联：“清风明月本无价，近水远山皆有情。”如此美苑良亭，你正好在此怡享余年。

自此，“沧浪亭”名声大振，竟成了吴中胜景，成了江浙吴越间一个特有名的文化标识。现在，就成了世界文化遗产中令人瞩目的一部分。

这阙《水调歌头》，是你留下的唯一一首词，写的就是沧浪亭。

2

你退居赋闲，无拘无束，自由自在地行走在太湖边，登上湖中的岛屿洞庭山，久久站立，极目望远。你看不到鱼虾、蛟龙的隐藏之处。远处，浓雾弥漫，层层封锁。正游目骋怀，心旷神怡之际，一叶扁舟急急地向你驶来，你还以为是载着鲈鱼的船回来了呢！原来，是暴风雨即将来临，船家急忙回岸。远处，太阳已经下山；眼前，暴风雨来得正酣，一点也没要停下来的意思，你只好绕过汀湾，独自回家。

想当年，自己以男子汉大丈夫的姿态立下远大志向，发誓要在太平盛世干一番事业，因此，对那些诋毁你的闲言碎语不屑一顾。然而，世事难料，无辜遭人诬陷，以至于，年富力强，却无所事事，岁月蹉跎。眼下是鬓发花白，面容憔悴。想来思去，归隐沧浪亭，垂钓寒潭，聊度余生。你又担心那些别有用心的人会说你不肯效力朝廷。你陷入进退两难之境！

既然与自己的追求不合，还有什么值得犹豫呢？想罢，你荡起双桨，穿越芦苇，相信自己的行为不会激起多少波澜。

3

好男儿志在四方，大丈夫必期为世所用。

既然有长成参天大树的奢求，就有作千寻大厦栋梁之材的强烈愿望。自以为是磐石美玉，就有填沧海、补天缺的远大理想。遗憾的是，大多时候，总是事与愿违，现实与愿望相去甚远。

你说，“丈夫志，当景盛，耻疏闲”，以至于“壮年何事憔悴，华发改朱颜”，只剩下万般无奈，你的人生跌至低谷。这时，你想起了范蠡和张翰，他们都曾生活在这里。范蠡不满楚国的黑暗而投奔越国，帮助越王勾践灭掉吴国，功成名就后就激流勇退，怀拥美人西施去过他隐姓埋名的生活。张翰是西晋文学家，在司马冏执政时期被任命为大司马，掌管大军。一天，秋风来袭，他想到了故乡的菰菜、莼羹、鲈鱼脍，思乡之情顿起，而且难以遏止，于是弃官还乡。他们的显赫功业诱发了你壮志难践的忧思。

你胸怀大志，正值身强力壮，却被迫下岗，闲居于此，整天无所事事，郁郁闷闷。因此，你走出书斋，行走在这优美的山光水色之间。结果呢，风雨来袭，愈是想忘记无为的过去，那些令人沮丧的事儿却偏偏要找上门来。

进退都自如，才能平息内心的积郁。“无语看波澜”，冷眼旁观，以待时机，才会走出低谷，才可能一飞冲天！

事实证明，你后来又再度走上仕途。虽未曾轰轰烈烈，却是对“丈夫志”的慰藉，“耻疏闲”的回馈。

4

苏舜钦，你既有读书佐酒的气质，就会迫切地期待有卧薪尝胆、苍天不负的理想结局。

结果呢？仕途上就此打住，再也没爬起来；诗歌创作倒是别有天地，自成风景。

你在《石曼卿诗集序》中说：“诗之于时，盖亦大物。”这“大物”说的就是诗歌可以反映“风教之感，气俗之变”，你大大强化了诗歌的政治功能。想必是你做不成官了，闲着不能直接干预政治，就拿诗歌与政治联姻，希望统治者建立“采诗”制度，用诗歌“弛张其务”，弥补政治上的不足，进而达到“长治久安”。这是不是近乎痴人说梦呢？如果诗歌能担此大任，那用来驱除外敌、赶跑金人的就不该是大刀长矛了。事实上，哪一个朝代都只把诗歌看着是高扬歌舞升平主旋律的载体，而非治国利器，强国根本。

白居易在唐朝那会儿就主张“文章合为时而著，歌诗合为事而作”，唐朝走过了历史上前所未有的盛世，最后还不是没有摆脱覆灭的厄运。你在宋朝呼应，极力强调诗歌的社会功能，是不是太过天真？因此，你极力推崇石曼卿的诗能够“警时鼓众”，结果呢？号称隆宋的这个朝代衰得更快，灭得更惨。当然，你还提出了“文之生也害道德”的主张，又走向了另一个极端。文可以起教化，变风俗，却怎么成了危害道德的祸端呢？

你的这些主张与你在仕途上积极进取的欲望一呼一应，体现的都是积极用世的生存态度。有了这样的态度，你的诗必然要关注严峻的社会现实，因而写出了《庆州败》《吴越大旱》《城南感怀呈永叔》等一批积极反映现实、呈现社会惨状的诗。你在《城南感怀呈永叔》中写道："三丁二丁死，存者亦乏食……十有七八死，当路横其尸。犬彘咋其骨，乌鸢啄其皮。"而当权者呢？"高位厌粱肉，坐论搀云霓。"强烈对比，批判的矛头直刺无能又无耻的统治者。

走下权坛、跌进民间、退居苏州的你，诗风诗境成了这阕《水调歌头》词里看到的样子。所有的棱角、锋芒都被残酷的现实磨尽。

剩下的，就只有遗恨，以及弃妇般的怨诉。

革故鼎新王安石

俯瞰一切

飞来峰上千寻塔，闻说鸡鸣见日升。
不畏浮云遮望眼，只缘身在最高层。

——《登飞来峰》

1

你是一个激进派，从政力主维新。诗句“纵被东风吹作雪，绝胜南陌碾成尘”就表明了你坚决的态度，坚持的痛苦，坚守的决心。即使被春风吹成了雪，也远远胜过被碾成了尘土的南陌之花。

你志向高洁，信心空前。

诗格即人格。你尚在宰相之位，曾写过一首《梅花》诗：

墙角数枝梅，凌寒独自开。
遥知不是雪，唯有暗香来。

物我两照，更见出人的品节。你在梅花的身上寄寓了自己的品行，自己的追求。唯经历风雪的历练，才能见出意志的坚韧、生命的刚强。

我们知道，凡是新的东西，其诞生、成长都会有一个艰难曲折的过程。新的东西要诞生，必然触及甚至影响、破坏到积弊部落的原有利益。他们是不会坐视其固有利益的丧失，为了固守他们的利益，他们会实施群狼战术，群起而攻之。新旧力量的角逐，必然会制造许多人间惨剧。再则，新的东西要为大家接受，大多要走一段坎坷不平、险绝异常的道路，甚至是九死一生。古今中外，这样的例子不胜枚举。

安石，你的变法亦是如此。

你要创新，自然会危及到原有的受益者，自然要打破旧有的秩序，绞碎旧有的常律，而炉灶另起；自然就有很多人不希望你的变法化为现实。司马光就首当其冲地站在了反对派的最前面，执杖挥矛地跟你面对面地对峙。

在一番较量之后，你不得不知难而退。你辞掉宰相之职而隐居金陵，漫度余生。

2

这首《登飞来峰》或许就写于新旧势力对峙、较量最白热化、最要紧的时候，我们从中读到的是你欲冲破浮云、一览众山皆小的豪情。

你坚信：困难再大，也只是暂时的；来自旧势力的阻力再大，也只是暂时的；自己的变法主新没有达到预期的目的，仍只是暂时的！

那飞来峰上的千寻高塔，据说在鸡鸣的时候就可以看到东升的红日了。但是，要看到红日喷礴而出的壮景，你就得穿云破雾地登上最高一层！

你空前地自信，因为你不怕眼前的浮云遮住了你远望的视线，因为你早已站在了千寻塔的最高层——定能高瞻远瞩，运筹帷幄，决胜千里！

尽管你最终还是失败而退了，但你力主变法的想法、做法却留在了我们的记忆里，永远不会抹去！你的敢为天下先的精神和勇气深深地打动了我们，困难面前，我们应该具备的，就是如你一样的必胜信心和博大胸襟。你告诫我们：只有站得高才会看得远，才会有临驾一切的可能！

3

飞来峰，位于杭州西湖西北武林山下、灵隐寺前，千寻塔耸立在飞来峰上。你借登飞来峰表达关乎治国安邦和宦海沉浮的深刻感悟。

“不畏浮云遮望眼！”尽管形势艰危，处境恶劣，但只要站得高，看得远，就一定能冲破眼前的种种阻碍，就一定会迎来新的曙光。

现实又何尝不是如此。我们要做成一件事，往往会遇到重重障碍，只有冲破迷雾，挥去浮云，眼前才会展现出一个崭新的天地！

“不畏浮云遮望眼，只缘身在最高层！”这是一种胸怀，一种境界，更是成大事者必备的气度与罕有的气魄！

4

1074年，你第一次罢相，乘船南归，船泊瓜洲，放眼即将落脚的居所，一眼望去，长江两岸，早已是芳草萋萋，绿满天涯。你感慨万千，诗兴勃发，脱口而出，即成绝唱：

京口瓜洲一水间，钟山只隔数重山。

春风又绿江南岸，明月何时照我还。

“明月何时照我还？”刚刚才走出京城，尚未到贬谪寄居之所，内心就抑不住追问：何时才能回归到权力的最高层？

你被世人称为“拗相公”，面对失意，谁都难得淡定，谁都不够坦然。你也脱不了这个俗，实则是心有不甘。

这首诗写的是世事无常，人生变化莫测，面对如火如荼的春天，你难免失落盈怀。而下面这首《元日》，写的是时序更迭，新年伊始，希望、梦想令你情不自禁：

爆竹声中一岁除，春风送暖入屠苏。

千门万户曈曈日，总把新桃换旧符。

满世界的人都欢天喜地，缘于“春风送暖入屠苏”，缘于“总把新桃换旧符”。新陈代谢，推陈出新，总是事物演进发展的必然进程。你即使革新遭遇挫折，人生跌入惨淡，但是，梦想不灭，希望依旧，因而有满心的欢喜。直到今天，我们依然能够从热烈、蓬勃的诗行间，感受到一个美好的春天正一步步向我们走来。

面对春天，我们理当怀揣梦想，同你一样，举起双手迎接，张开双臂还以热烈的拥抱。

5

你写过一首《读史》诗：

自古功名亦苦辛，行藏终欲付何人。
当时黯黮犹承误，末俗纷纭更乱真。
糟粕所传非粹美，丹青难写是精神。
区区岂尽高贤意，独守千秋纸上尘。

你说，活着，被人误解；死后，更遭小人诟污。对自己身后可能遭受的种种非议，你似乎早有预见。

“当时黯黮犹承误，末俗纷纭更乱真。”历史的真相被篡改，被抹去，流传下来的不过是一些糟粕沉渣。你说，真正美好的东西是难以流传下来的。最难呈现的，是人的精神。即便是顶尖大师，也一样束手无策，难以客观描绘。区区几行文字，又岂能表达“高贤”之意？我们现在固执坚守的，不过是一些千年文字的厚厚蒙尘而已。

此时，你已饱谙世味，一任风狂雨横。此夜，明月清风，以及世间的嚣叫，红尘的纷扰，都关在了窗外。读史，是一种存在的方式，处事的态度，你笔下的诗句，则留给了未来，留给了我们。

从“只缘身在最高层”到现在的“明月何时照我还”，从俯瞰一切，到跌落人间，到漫漫贬谪路，都不是预先的设定，又都是人生变故避不开的可能，绕不过的绊子。

悲恨相续

登临送目，正故国晚秋，天气初肃。千里澄江似练，翠峰如簇。归帆去棹斜阳里，背西风，酒旗斜矗。彩舟云淡，星河鹭起，画图难足。

念往昔、繁华竞逐，叹门外楼头，悲恨相续。千古凭高，对此漫嗟荣辱。六朝旧事如流水，但寒烟、衰草凝绿。至今商女，时时犹唱，《后庭》遗曲。

——《桂枝香》

1

自六朝以后，金陵就是个大舞台。

各路英豪，八方俊杰，四海雄才，皆趋之若鹜，络绎不绝，相会于此，施展吟诗绝技，比拼填词才艺。你方唱罢我登场，合力延续着一场千年不衰的赛诗盛会，英才辈出，华章迭现。若要搞个评比或民意测评的话，王安石，你的这章《桂枝香·金陵怀古》词出类拔萃，这魁首之位非你莫属。

这章词可能是你于神宗熙宁初出任江宁知府（今南京市）时所作。作为北宋一位伟大的政治家、杰出的改革家，你站得高，看得远，思得深，悟得透。回眸六朝历史，参悟失败教训，审查北宋现实，表现出强烈的忧患意识。其壮丽奇特的景致，开阔绵邈的气象，宽广雄阔的胸襟，卓越不凡的艺术成就，体现了你“一洗五代旧习”的文学主张，而高标独树，自成一格。据《历代诗余》引《古今词话》说："金陵怀古，诸公寄调《桂枝香》者三十余家，惟王介甫为绝唱。"连你政治上的死对头苏轼读罢，也不由得佩服地说："此乃老野狐精也！"

老野狐精当然不是古灵精怪，离经叛道，或者标新立异，诡谲不群。而是说你填词老到精警，风流独步，一般人难望其项背。

2

六朝古都，正是萧萧秋色，草木开始凋残，天气刚刚冷疏，透出阵阵清寒。

这时，你登高临远，极目霜天。长江浩茫，绵延千里，澄澈平静，而又邈淼幽远，如一匹展开的素锦，宽阔而又平展。远处，苍山耸翠，犹如丛丛箭簇，直指寥阔高天。斜晖余照，江面上千帆竞渡，百舸争流；酒楼上，旗幡招摇舞西风；更远处，长江如际天之河，彩舟出没烟霞，时隐时现；江渚上，白鹭惊飞，而时盘旋低回，时而掠空高翔。

江山如此壮丽，再精妙的画笔也难以描绘出她的神彩！你不由得生出如许叹惋。

你回望往昔，多少繁华富丽曾在这里争相上演，豪奢相竞，风流相逐。公允的历史不允许一家独唱，公允的历史让无数角色腕儿得到了公平角逐的机会。于是，不管剧情多么精绝，演者多么卖力，高潮多么具有轰动效应，每一场的谢幕都免不了悲情四溢。到头来，都如陈后主一般，已经兵临城下，危在旦夕了，我们的主角们却还在高高的楼头寻欢作乐，继续着荒唐的游戏！即刻，弦断曲终，国破家亡，身委降臣，这样的遗憾，总是在一朝一代地不断延续。

千百年来，像你这般心怀天下，想替君王分担忧愁，想替百姓干点实事的人，接踵而至。他们登临送目，莫不嗟叹连连。可是，又有什么用呢？百姓倒乐意接受，君王一时糊涂了，倒未必欣然应允！

唉，六朝旧事，已随从不稍歇的江流而远逝，唯遗下那些残迹让人们去徒劳地回眸。

眼前，只剩下夕暮的寒烟，深秋的衰草，颓败的暗绿。到今天，歌馆酒肆，烟巷青楼，那些不知亡国之恨的歌女们，还时时在那里柔声细气地低唱陈后主所作的亡国之音《玉树后庭花》。

3

如果你仅是一位单纯的文人，到此凭吊伤心往事，讽喻衰微今世，抒写怀才不遇之愤，倒也不必理会。因为，文人天生如此。他们总以为，只有他们才是民族精英、国家栋梁，只有他们才能文可以兴国、武可以安邦，只有他们才可以化干戈为玉帛、化险危为平夷、化贫弱为富强！

这是文人的天性，这也是他们致命伤。除了把自己弄得骨削形瘦、面目枯槁以外，就别无益处了。事实上，并没有多少人搭理他们的悲天悯人，关注他们的怨天尤人。他们的大声疾呼毛遂自荐或者多情请愿都是徒劳无益、无济于事的。不过，他们留下的千古绝唱，倒让一代代人唱了又唱，反复沉吟至今，犹不觉得烦腻乏味！

他们众声部的演唱，合力筑就了一道精彩叠出的人文风景！

而你，不是单纯的文人，你还是一位卓越的政治家。你不满足于已得的高位。你觉得，在自己为政的日子，一定要对得起自己所领的俸禄，一定要对得起纳税人所寄予的厚望。

于是，你把自己推到了改革的风尖浪口，你要坚决完成你所选择的这场险绝的舞蹈。在你大刀阔斧地挥向时弊痼疾的时候，有众多的劲敌，包括苏轼这样的大腕政治明星，都站在了你的对立面，与你对舞。他们的参演，绝对为你的舞蹈增加了难度。让你寸步难行，到最后连支持你的皇帝都动摇了。你不得不退出这场矛盾异常突出、斗争异常激烈的政治角逐，不得不悲壮又黯然地谢幕！

荆公，你够牛的吧，照样英雄难为，功业难铸！所以，那些自恃才高八斗、气冲霄汉的文人们，也该自我审视一下自己的政治实力与潜力，找准自己的位置，少做些无谓的自我折腾。

4

“六朝旧事随流水，但寒烟衰草凝绿。”作为政治家，锐意革新的你，无论你登临哪一处高冈，无论你凭览哪一处故迹，“寒烟衰草”里日渐没落、日渐衰颓的祖国，都会诱发你的伤感，引发你的忧愤！

当此时，故国正值晚秋，壮阔之景虽然难以用画图描绘，但是号称“隆宋”的时代却外忧内患，整个“隆宋”都不曾真正地昌盛勃发过。赵氏皇帝的卧榻之旁，喧闹的不是别人的鼾声，而是异族滚滚不息的铁蹄之声，杀伐之声；西北边疆，外乱扰袭，狼烟不断；内部，届堂之内高层之间的权利争斗一天也不曾停歇；民间乃至江湖，民怨之声日渐鼎沸，此起彼伏，民反之事接连不断，老百姓难以得到真正的康宁。

你，一个有正义感、时代感的文人政治家，岂能袖手旁观，冷眼无欲。就连最高统治者，也觉得时弊累积，痼疾难治，到了不得不剔除毒瘤、激浊扬清、破旧立新的时候了。于是，改革的权杖便交到了你的手上。

可是，你激进甚至有些冒进的做法，却遭到了以司马光为首的旧党的坚决反对。特别是像苏轼这样具有儒家辅君治世思想的正义之士也站在了反对者的阵营，你改革的航船遭遇了强大的政治风暴，触礁搁浅，甚至船毁人覆的悲剧就不只是仅凭想象才能完成的事了。你两度封相，两次的结果都无一例外的惨痛。

此时，你退居江宁，简居紫金山的半山园，这年晚秋时节的一个黄昏夕照，成就了这章令苏轼也赏赞有加的千古绝唱！

你站在六朝故都的废墟上，感叹今世的衰靡与颓败，自己却无能为力，回天无术。这正像东坡之游赤壁，虽此赤壁非三国古战场之彼赤壁，但仍引发了他英雄无用武之地的怅想与忧叹。一对政敌，两处悲叹，虽异时异地，看似毫不相干，却表达了共同的心愿——用世当时，辅君治国，造福百姓！

可是，唐人杜牧曾描述挞伐的悲剧的余音尚未完全从人们的记忆中消失，这样的悲剧丑剧又再一次重复昨天的故事：“至今商女，时时犹唱，《后庭》遗曲！”

靡靡之音亡国之音里的千古江山，晚秋故国，西风夕照，更加苍茫，更令你“悲恨相续”，忧患无穷……

你所担心，你所忧患的，这一天终于噩梦般来临。在你去世后四十年，北方，一直窥视虎视的金人长驱而入，他们的滚滚铁蹄就踏入了你眼前“画图难足”的壮丽山河，多少仁人志士的强国之梦灰飞烟灭，不堪一击的北宋王朝便宣告就此覆没。

5

你的《浪淘沙令》正好可作这章《桂枝香》的助读资料：

伊吕两衰翁，历遍穷通。一为钓叟一耕佣。若使当年身不遇，老了英雄。

汤武偶相逢，风虎云龙，兴王只在笑谈中。直至如今千载后，谁与争功。

历史上形如伊尹吕尚这样“历遍穷通”的英才终于君臣相遇，成就了千古伟业的同时，也成就了千古美名与美谈。这自然是你所倾慕的：大丈夫理当如此！自己理当如此，方不负人间这一回！

可是，世事难料，世间之事，并非所有的梦想都能成真！关于这一点，你当有更深刻的体会！

6

晚年，你退居江宁，先前的郁闷和愁绪渐归平静，这一时期，你创作了一批写景抒情佳作，绝句迭出，赞誉不断。

那时，你闲居南京紫金山下的半山园，与周围近邻友好相处，往来频繁。其中，有个叫杨德逢的，与你经常交往。这年初夏，你像往常一样去他家做客，杨德逢（号湖阴先生）家四周，花木茂盛，绿树成畦；小河流水，环护着葱绿的稻田；四周青山，都纷纷主动地把它们的美艳呈送到你这个客人眼前。你诗兴大发，随口吟诗一首。湖阴先生听后，就叫你直接题写在自家的墙壁上，就有了《书湖阴先生壁》这个标题：

茅檐长扫净无苔，花木成畦手自栽。
一水护田将绿绕，两山排闼送青来。

如果你还没有走出政治挫折阴影，你就不可能真正地放下，就不可能有这般的淡然，就难以享受到自然的妙趣，人生的快意，人间的情意。

我们自然就没有机会读到你这首清爽可人的田园诗。

魅力蜀人苏轼

天涯何处无芳草

褪残红青杏小。燕子飞时，绿水人家绕。枝上柳绵吹又少，天涯何处无芳草？

墙里秋千墙外道。墙外行人，墙里佳人笑。笑渐不闻声渐悄，多情却被无情恼。

——《蝶恋花》

1

这是一个易于令人伤感的季节，这是一个反复上演频率很高的传统节目。在你东坡眼里，却有些另类。当然，一个易入俗套、易落旧窠的人，他如果不能臻此至境，他就会沦为常人。你的另类，则在于力主求新，善于从平常事寻常物里提炼至理，以理化情，以磊落坦荡的襟怀泰然面对人生的不如意，人成高格，诗成大境，非一般人可比！

因而，在这个最易引发人伤感的时节，东风无力，百花皆残，落红色衰，化入春泥。青杏尚小，初夏将至未至，候在春天的花园外窥视多时。

旧时燕子，飞过春野，飞过绿水，准确无误地抵达旧时人家，在似曾相识的院落上绕来绕去。

无力的东风并非无情，只是她要去赶赴一场盛大的约会，在她即将离去的当儿，柳絮载途，纷纷扬扬，飘飘洒洒地为她送行。芊芊芳草在春风的呵护下，远浸天涯的同时，也染绿了我们这些饱受创伤者的心境。我们才知道，春天终要离去，但她会以特有的方式留在我们的身边，走进我们的心灵。而且，从来都不曾离去。只是因我们自己的疏忽而无视了她的存在！

因此，我们自然不必叹惋百花的凋残、浓艳的衰减！

深院高墙内，佳人的秋千高荡，笑声随了秋千飞扬。

深院高墙外，是羁客匆匆走过的道路。

道路上，征尘扑面的羁客恰巧打马驰过，嘚嘚的蹄声戛然而止，被院墙内佳丽们无邪的笑声绊倒。于是，他勒马引颈，踟躇不前。不料，佳人的笑声渐渐地远了，最终彻底地消失在羁客的听力之外。

唉，自顾多情的人，又被无情的春光惹了一身的苦恼，不能自拔，无力自拔。

他，要么在伤逝中憔悴，要么在憔悴中自振。

“天涯何处无芳草”，又何必要吊死在这一棵树上？于是，那无邪的笑声遂被疾弛的蹄声抛去，抛在了远征者远远的身后，抛成一段偶然爬上心坎的记忆。

2

知春者，春自常在；赏春者，春满天涯！

一个意志坚强的人，是不会被一时的挫折击倒的。一个真正的强者，即使身处暮霭沉沉楚天寥阔的苍凉之境，他也会坦然而对。他知道明天又是一个充满希望的日子，严冬过后，又是一个花团锦簇的春天。

豪放豁达的东坡，有什么放不下的呢？写这首词，是面对春天的无情流逝而自寻烦恼呢，还是借以慰藉他人？最后的惆怅总让人难以释怀！

残红褪尽，青杏初长成，这是自然的代谢，生几许悲意总是免不了的。燕子是春天的精灵，她们翻飞，她们呢喃，总给人几分欣喜——春天虽然远逝，但春天的生机尚存，在刚刚赶来的夏天里延续，而且越来越旺，到处张扬着无限的魅力。

正是在这样的背景下，故事正在发生。秀美的江南，那佳人的笑声，是自然之灵从心底涌出的天籁之音。那笑声越脆，越无私，越不着痕迹，自然就越有灵性、越有生机。可是，正是这笑声，制造了一起事故，绊倒了一位匆匆赶程的行人。笑声对自然的有情却是对行人的无情！这个无辜的人呀，他从此丧失了理智，丧失了继续前行的动力。

他，可能因此沉沦，因此而无力自拔！

3

东坡，你是不是那个在墙外被笑声击倒的人呢？如果是，那你又在羡慕什么呢？用今天的说话，你正是围城之外那个急于想冲进去的人！

东坡，如果墙内的佳人羡慕墙外行人的自由，她又何必如此放纵如此恣肆的笑呢？她要不要冲出围墙的封锁由她自己决定。何况，墙外还有一个人正在苦苦地神伤。就她而言，喜忧未定，好恶不知。

东坡，你一生坎坷，仕途蹭蹬。你多次遭贬，当被贬至惠州时，多半亲人已经离散，唯爱妾朝云相依相随。你在赴惠州途中有感而发，作这章惆怅四溢的《蝶恋花》，看来，你虽阅人无数，却仍还不知足。一旦有点机会，你就会心生旁骛。

有一天，秋霜初降，枯叶凋落，你让朝云备酒，欲让朝云唱这章《蝶恋花》为你佐酒。不料，朝云是曲调未唱，泪先湿了衣裳。你深感怪异，朝云答道：词中的“枝上柳绵吹又少，天涯何处无芳草”一句，让人伤情大决堤，没法唱下去。你调侃道：余正悲秋，你倒伤春了。

据说，不久朝云也因病而去，枝上柳绵看来是真的没有了，于是，你也终身不再听此曲。

“大江东去”的豪放是暂时的，更多的时候，你还是无限婉约的多情。翻读你的词，那些婉约的篇章，比柳永还要柳永。只是，那持铜板非山东大汉不能演唱的“大江东去”是你的金牌曲目，除后来的稼轩、鹏举外，罕有能匹！

东坡，你到底是那墙外的痴情汉呢，还是那墙内的多情女？这章妙词所写，到底是一则纪实，或是托事设喻，这里面藏着的悬疑或玄机，恐怕只有你才能给一个标准答案。我辈仅作瞎猜，于你的词，于你所寄，但愿并无大碍！

十年生死两茫茫

十年生死两茫茫，不思量，自难忘。千里孤坟，无处话凄凉。纵使相逢应不识，尘满面，鬓如霜。

夜来幽梦忽还乡，小轩窗，正梳妆。相顾无言，唯有泪千行。料得年年肠断处，明月夜，短松岗。

——《江城子》

1

东坡，你是一个有情人。不然，你怎能写得出如此深婉绵长的多情妙词！

你是一个多情人，除发妻王弗、续弦王闰之外，还有几位红颜知已，一程一程，一直陪伴着你这位大艺术家走过风雨人生。你的女人缘，也许是因为你的旷世奇才，也许是你的人格魅力。想来，更重要的，可能还有你对待女人的那一份特别的感情。因而，即使在你万分失意、千般挫折、年老力衰的时候，也仍然有年轻貌美的女子不离不弃，相依相偎。

我们从这阕悼亡词中就可窥见一斑了。

2

十年离恨，生死两隔，言讯不达，思念不止。

亡妻在“死”的那一端可还舒坦？可自己的处境就不那么坦畅乐观，就不那么遂心如愿！即使自己现在不去刻意地想你，也难以将你忘记，稍不留神，你就会在我的眼前出现，就会在梦里将自己引向恩爱有加的从前。

可是眼前，你的孤坟远在千里之外的故乡眉州，自己又怎能跟你诉说眼前凄凉的境况？即使你现在还健在，我们相逢相对，你也不会将我认出——我常年奔波在外，仕场贬贬迁迁，弄得我尘灰满面，鬓发如霜，憔悴不堪。

昨天夜里的一场幽梦，忽然梦见自己又回到了阔别多年的家乡，看见你正对小窗，正专心致志地对镜梳妆。你我心潮澎湃，相对无言，只有热泪千行。料想，那年年让人断肠的地方，当是明月照耀的长夜里，你的孤坟所在的长满松树的小山冈。

要知道，那正是自己当初亲手种植的松树，已陪伴你度过了这十年生死两隔的漫漫时光！

3

东坡，你把自己对亡妻的深沉悼念追缅之情，以自己特有的方式长久地留在了那里。茂林青松的环护，正是你这个多情男人献给发妻、亡妻的永恒的思念！

东坡，尽管你以后又经历了几个更年轻的女人，对亡妻的那份情感一直深深地烙在你的心里，始终没有改变！东坡，你是个足可托付终身的男人，让很多现代女子做梦都想投进你的怀里。可是，要寻到像你这种男人的机会就小得可怜了，不是众里寻他千百度的坚持，那就是她前世修来的缘分！

像你东坡这样的男人，在令你的男性同胞骄傲之余、唏嘘之余，又自叹弗如！

4

在你之前的元稹写过一组著名的《离思》诗，其四道："曾经沧海难为水，除却巫山不是云；取次花丛懒回顾，半缘修道半缘君！"一说是元诗人写给亡妻的，一说是写给元诗人一走入仕途就被他抛弃的初恋情人的。不管写给谁，元诗人的人格魅力都是要打点折扣的——原因就在于他的始乱终弃，又尤其是在他步入仕途之后，出此下着，就让人很不舒服。尽管他的诗写得如此果绝，写得如此情深意笃。

东坡，你看似不如元诗人那样曾经沧海难为水的决绝，可是，你在为人上却处处透出一个真字。这，或许就是你令女人或者我们这些大老爷们怦然心动的原因。

你的发妻王弗，性情温顺，善待公婆，善解人意，又聪慧娴静，知书识理，对你的知人察言帮助极大。用今天的话说，王氏既是一个讨公婆喜爱的媳妇，又是一个深得你疼爱的贤内助。她十六岁与你成亲，二十七岁在汴京辞世，次年葬于故乡眉州——今天的四川眉山。你满怀深情地写了《亡妻王氏墓志铭》，是你为她奔赴天国的送行感言。

王氏死后，你的生活发生了天翻地覆的变化，辛苦遭逢，萍踪不定。公元1075年，你任密州知州。这年正月二十日夜里，你与亡妻在梦中重逢，醒后伤感无比：十年间，自己政治上倍受打击，屡遭贬谪，风雨载途，荆棘密布。可是，无论怎样，在你的心中，始终有亡妻的位置，有她的影子在固执的游弋。尽管你此后又续娶了王氏的堂妹王闰之。你对王氏的爱，以及因爱而填的这阕悼亡词，就是你对真爱的另一种诠释，又尤其是在你生活的那个社会，更是难能可贵，大言稀声。

爱需要忠贞，也需要坚持，可不必以牺牲另一方为代价。爱到最后，人死爱枯也没有意义。当爱的一方如王氏先于另一方而不幸辞世，你在为她预留了不可替代的位置之后，又爱树另植，爱巢别筑，又有什么值得诟诽的呢？比起那种生前辜负，死后借诗说眷顾，用锦绣文字替自己的错误或丑行作包装的，你更值得敬佩，更值得我们为你献上一炷虔诚的心香，遥祝你在另一个世界也依然有如此魅力，如此风神。对爱，仍然如此地执着！

十年生死，阴阳两隔，这夜的一场幽梦，见证了一场千古不灭的爱情！这梦，就格外地珍贵。

但愿人长久

明月几时有？把酒问青天。不知天上宫阙，今夕是何年。我欲乘风归去，又恐琼楼玉宇，高处不胜寒。起舞弄清影，何似在人间。

转朱阁，低绮户，照无眠。不应有恨，何事长向别时圆。人有悲欢离合，月有阴晴圆缺，此事古难全。但愿人长久，千里共婵娟。

——《水调歌头》

1

李白饮酒，邀月起舞，与月同醉，得吟月诗之魁首《月下独酌》。

东坡，你饮酒，欢饮达旦，起舞欲仙，又恐高处幽寒，不胜寒意，得吟月词之翘楚《水高歌头·中秋》。

诗词双璧，成为中国文化宝库中至今尚无人可匹的精品。

当代诗人余光中先生甚是羡慕，多少还有点嫉妒，得《戏李白》诗：

你曾是黄河之水天上来/阴山动/龙门开/而今黄河反从你的句中来/

惊涛与豪笑/万里滔滔入海

那轰动匡庐的大瀑布/无中生有/不休不止/可是你倾侧的小

酒壶？/

黄河西来，大江东去/此外五千年都已沉寂/有一条黄河，你已够热闹的了/

大江，就让给苏家那乡弟吧/天下二分/都归了蜀人/你踞龙门/他领赤壁

面对亘古如斯的黄河，你们的豪情如黄河一样奔腾不息。“此外五千年都已沉寂！”余先生，你说，这沉寂的五千年里，独有李青莲、苏东坡这两位蜀人笔下千古不灭的月光的照耀！才比天高的旷世文人们，不认命是没法子的事。否则，你就得用你手中的笔同这两位蜀人较劲。当然，诗仙除了这首《月下独酌》外，还写了无数吟月诗的佳篇绝唱：《把酒问月》《静夜思》……料想，肯定没有哪位会傻到自不量力的地步，愿意成为千年笑柄。

2

诗仙在现实无法找到知已，只有寄希望成仙之后，能够自由自在地飞身云汉——因现实不足为恋！

东坡，你的弟弟子由在遥远的异地与你同月共辉，同享月华的普照，共享亲情的眷顾，不像李白那么孤独无奈地以影子为伴、以明月为知己。于是，你在狂欢之后，大醉之后，仍没有忘记还有一个好弟弟在千山之外难以团圆，在千山之外忍受着骨肉离别的熬煎！

两位站在不同巅峰的人，仰望深邃的苍穹，以相似的姿式，异代同声地发出了振彻古今的探问！

站在盛唐的诗仙举酒劈问：“青天有月来几时，我今停杯一问之。”

站在哀宋的你乘兴而问："明月几时有？把酒问青天。"

一个高亢愤激，一个尔雅温文。

之后，诗仙陷入了沉吟与沉思："今人不见古时月，今月曾经照古人。古人今人若流水，共看明月皆如此。"结果是："唯愿当歌把酒时，月光常照金樽里！"探究、深思的结果是，希望朗月常明，美酒常设，人生有限，行乐及时。因此，明月与酒便伴随了诗仙一生！

而你呢？在一番内心的苦斗、思绪的徘徊、心灵的过滤之后，有了"人有悲欢离合，月有阴晴圆缺，此事古难全"的自我宽慰。

"人有悲欢离合"，犹如月之阴晴圆缺，这是我们共同面对的人间悲剧，是我们永远无法摆脱的生命考验、精神困局。东坡，你的高明之处就在于，你并没有像其他文人那样人云亦云地推波助澜，没有亦悲亦戚地加剧人生的悲情，没有给人们再次套上不可挣脱的精神枷锁，没有把人们推入宿命的渊域。当你跳出内心苦痛的泥淖，挣脱思绪的纷扰之后，便内心通脱、心脉畅达。你给人们一炷灿烂的心香，照亮了苦难者的心宇；你赠人们一片光明，让绝望者在孤独的历练之后看到了生之光明，亲情之温暖，人性之至美；你的明月颂，你的中秋词，你的月光曲，灿烂地绽放，永恒地芬芳，就这么开成了我们华夏子民心中永不凋谢的花朵。

于是，你心胸宽博，目光广远，终于吟出了"但愿人长久，千里共婵娟"这千古无二的绝句！这句话，不知安慰了多少在离恨中挣扎、在谪迁中责怨的人们，让无数心灵不能自释、积郁不能自遣的人们获得了心灵的慰藉！

3

你仰望苍天，举杯对月，高声朗问：明月呀，你是什么时候出现的呢？不知那遥远的仙境宫阙，今天是什么日子？你想乘千里快风去到那高高的天庭，远离人世的嚣喧。可是，又怕在那美玉砌成的高天深宫，忍受不了彻骨的幽寒。于是，你对月起舞，清影相随，好不快哉！虚渺的天宇啊，怎比得上这自在的人间！

月华流转，月影轻移，如水的月光转过朱红的楼阁，透过低低的雕花门窗，照着那些夜不能寝的人。月亮啊，你为什么偏偏要与人作对呢，为什么偏偏要在人们分别的时候才如此的圆、如此的亮呢？其实，人生也是如此，免不了有悲欢离合的折磨，有命运无常的变迁。正如月亮的阴晴圆缺一样，自古以来难以两全，难以圆满。我们又何必悲伤何必埋怨？唯愿我们都健康常在，即使彼此远隔千里，也能够共同欣赏这如此美妙的月色！

这，难道不也是一种团聚？

心灵相通，情感相融，神交意往，不舍不弃，生死相依，这岂不是一种最高境界的团聚，最高境界的相守相望？

4

东坡，你于1076年为弟弟子由填这章中秋词，已在密州当了两年太守。所以，你在词前小序中说：“丙辰中秋，欢饮达旦，大醉。作此篇兼怀子由。”这年中秋之夜，你邀朋友于超然亭饮酒赏月。觥筹交错之间，你仰头望月，思飘千山，神越万水，思念如潮，不可抑止：人生的周遭际遇，正像这天上的月亮，阴晴圆缺，亘古如斯，难以两全！

这一夜，你与客人饮得酣畅，玩得欢爽；饮得酩酊，谈得淋漓。当朋友都告辞而去，你又想起了与自己整整七年没有见面的弟弟，遂填了这章中秋词。这虽是一阕即兴的纪实之作，却成了中秋词的绝唱。

5

于是，美酒一觞，明月一帘，月霁风光，成了人们美好的怀想。如果这样，倒想回到宋朝，和你好好地喝上一杯。月照千山，长风浩荡，好不惬意！

这时，你的晚辈汪莘有了不同的见解：“别有一轮明月，万古没成亏。”他说，只要我们胸怀善果，心怀妙玉，即使今夜无月，即使中秋晦暗，那别有一轮明月，也会永远悬挂在我们精神的苍宇，照耀着我们前进的道路，照耀着我们未来的天空！汪莘说得好，只要心中有月，何愁不神清气爽？

中秋明月，明月中秋，从人类的童年时代起，就成了炎黄子孙共同的民族记忆。嫦娥奔月，夏商周的月神祭拜，我们的先辈从那时起，就开始独钟明月。而关于明月、关于中秋的吟咏，更是灿若繁星。古代文人的智慧共同演奏了中华民族的中秋明月奏鸣曲，共同照亮了代代不息的中国人。多少美妙的渴求，多少至善的向往，多少高雅的情怀，多少至诚的祈祷，都融注其中，滋养了苦难者的心灵，装点了离散者的梦境，抚慰了受创者的伤痕。

时光轮回，明月永恒。当明月的辉光照亮大唐的山水，照亮盛唐气象下的万千诗人，世人的目光，世人的心灵，得到了月光前所未有的洗礼，那一轮皎皎秋月，在众多文人的共同描绘下，更加明媚，更加具有人文魅力。而把这些人文魅力推到极致的，则是宋朝蜀人，东坡居士你！

东坡，你以卓越的才笔与彩笔，为我们描画了一轮永恒的中秋明月，在我们各自的心宇，神照千秋，光耀万世。让我们神思飞扬，高翔于那一片纯净至美的精神天空，遨游于那一域和美澄澈的人文旷宇！

你和汪莘，皆是妙笔佳境。

6

李白是孤独的，是实实在在的孤独。李白月下的饮唱只能是孤独的个唱，是心灵的独舞。既没有听者，也没有观众。如果有，除了自己的孤影，再就是中天高悬的月亮。

李白的月下独酌，与你的月下欢饮，遥相呼应，二者齐辉，俱得风流。在此之前，屈原在《天问》中也有过类似的探问："日月安属？列星安阵？"大凡史上的这些有时代感使命感的饱学之士都有过类似的探询！因为他们在关注自身命运的同时，更加关注人类的生存，历史的演进。

皓月流辉，烛照千秋。虽然屈子已逝，诗仙已远，东坡已矣，人类的探寻一刻也没有停止。他们创造的文明已融入我们民族文化的滚滚长河，已化为我们血脉中绵绵不息的一部分。

7

东坡，你要不是为了宽解自己，宽慰弟弟子由的离愁别恨，你也会如诗仙一般举杯邀月舞月，飘然奔月揽月。你在《念奴娇·中秋》写道：

凭高眺远，又长空，万里云无留迹。桂魄飞来，光射处，冷浸一天秋碧。玉宇琼楼，乘鸾而去，人生清凉国。江山如画，望中烟树历历。

我醉拍手狂歌，举杯邀月，对影成三客。起舞徘徊风露下，今夕不知何夕！便欲乘风，翻然归去，何用骑鹏翼。水晶宫里，一声吹断横笛。

你先前的恐高恐寒症已全然消去，此处是乘爽兴而去，快意而归，再也不是“高处不胜寒”，那里是“清凉国，江山如画，望中烟树历历”，那里是“水晶宫里，一声吹断横笛”。

你终于想洒脱地乘风而去，洒脱地与诗仙在邈远的云汉相会了。

面对明月，这是两个蜀人的又一次龙声凤鸣般的唱和，余光中先生，你又该怎样以诗为志呢？

淡妆浓抹总相宜

水光潋滟晴方好，山色空濛雨亦奇。

欲把西湖比西子，淡妆浓抹总相宜。

——《饮湖上初晴后雨》

1

从什么时候开始，西湖成了文人墨客的钟情之地？从什么时候开始，西湖与西子完成了这场旷世的联姻？

两千多年前的吴越之争，很快就见出了分晓。胜者吴王夫差为了显一时之能，竟忘记了铲草务求除根这条古训。由此种下了让自己覆没的祸根，由此也给战败方越王勾践留下了苟延残喘、休养生息、卷土重来的机会。于是，两国的较量就围绕着一个柔弱但却容貌绝色的女子展开。

范蠡，这位战败国的谋臣，竟以牺牲一个姑娘的幸福为代价，去换取己方复仇的机会。当然，这样做的结果也毁了自己的幸福——不知这是一种大义，还是证明了这群男人的彻底无耻！不管怎样，西施为救故国于再起，而舍身赴吴，而忍辱负重，以自己的魔力为越国积蓄力量、东山再起、灭吴兴越赢得了宝贵的时间！

越人的处心积虑、卧薪尝胆终于得到了回报，范大人携西施隐迹五湖（一说是今天的太湖），以补偿西施的侍吴之辱。若取五湖为今天的五湖四海之意的话，那他们还有一段更加浪漫更加丰富多采的人生履历，还会给我们提供更加广阔的遐想空间。这既见出了范大人的“良苦用心”和难得的男人胸怀，也让饱尝屈辱的西施最终没有完全沦为男人们称霸掠地的牺牲品！

战争，因一个女人的美色而逆转，这就是战争的残酷，这更是对战争发动者的无情嘲讽，也是对那些自恃为铁血男儿、开疆拓土、保家卫国者的当头一击！我们说，越国的复兴是建立在一个女人以牺牲肉体、牺牲青春、牺牲幸福、牺牲尊严为代价的基础上的，一点也不为过！

西施为了所谓的“国家利益”，不惜十年忍辱而成为所谓的“国家英雄”，在得到越国无耻君臣的褒扬时，却被吴国万千不幸臣民的唾骂，落得千古不灭的骂名。

西施是无辜的，她仅仅是败军降臣们的一枚见不得阳光上不得台面的棋子！好在，人们的看法并不纯粹地一边倒，晚唐诗人罗隐实在看不过了，就直呼“西施”而成《西施》诗：

家国兴亡自有时，吴人何苦怨西施。

西施若解倾吴国，越国亡来又是谁？

“越国亡来又是谁？”喜欢人云亦云的迂腐之人，他们可曾如此深思？

2

东坡，你说你想把风光旖旎、气象万千的西湖比作那绝美的西子，无论春秋四季，无论朝雾夕烟，也无论晴好阴雨，西湖都是美妙绝伦、秀色可人的。

于是，你的一首小诗完成了这一场美妙的联姻。

于是，西子成了西湖的代称或者爱称。

北宋元祐五年，你谪任杭州太守，面对淤塞荒芜的西湖，你立即制定规划，发动二十万人，大规模疏浚，历时数月，工程顺利告成。将疏浚出的淤泥堆积成了南北走向的一条长堤，即我们今天看到的苏堤。

东坡，你为这一千秋胜景与妙境增添了色彩浓重的一笔。于是，又有许多浪漫的故事、神奇的传说在这里凄凄惨惨、悲悲切切、缠缠绵绵地上演！

东坡，你已经成了这里的又一道风景，成为很多文人雅士的景之所仰，梦之所萦！

3

你还有一首写西湖的诗，叫《六月二十七日望湖楼醉书》，即使在醉态的情况下，一样思绪畅达，诗兴盎然：

黑云翻墨未遮山，白雨跳珠乱入船。

卷地风来忽吹散，望湖楼下水如天。

从山雨欲来。乌云密布，骤雨急降，到雨过天晴，风敛云收，水天一色，这一切的变化，情景，如在眼前上演。当我们正如醉如痴的时候，你仿佛从醉态中突然醒来，大笔一收，就此干净利落地为我们呈现出一派水天合一、一碧如洗的西湖景色。这首诗从另一个角度，为我们展示了“山色空濛雨亦奇”“浓妆淡抹总相宜”的西湖美景。

人生境遇莫不如此。无常态，却总有希望。就如望湖楼上所看到的西湖景色一样。

读《六月二十七日望湖楼醉书》，真是一场快意畅神之旅。读到此，我们也回过神来，原来这“醉书”除了酒醉，更为西湖美景而沉醉，而疾书。

这样奇美的景致，这样淋漓的书写，怎不叫人为之陶醉？

4

西湖，上苍的杰作，造化的恩赐！

江山也要文人捧！西湖，因代代文人生花妙笔的不断追捧而焕发出无限的魅力，呈现出无尽的神彩。东坡，你就是这众多追捧者中的翘楚。

你的诗让我们知晓：美在自然，美在和谐，美在变化，美在发现，美在创造！

你的诗还让我们明了：美就存在于我们的身边，我们不仅要有一双发现美的慧眼，一颗体味美的慧心，还要有表现美的俊才！

是啊，只有在你这样善于欣赏美的人眼里，美才成其为美；只有在你这样善于表现美的人心里，美才能成为大美，才具有旺盛的生命、永恒的魅力！

蒲松龄以吴越、秦汉之争创作了一幅对联，则是文人的慧心与俊才创造的另一番不朽风景：

有志者，事竟成，破釜沉舟，百二秦关终属楚；

苦心人，天不负，卧薪尝胆，三千越甲可吞吴。

历史是一面镜子。唐太宗李世民说："以铜为镜，可以正衣冠；以古为镜，可以知兴替；以人为镜，可以明得失。"人类总是选择适应自己生存发展的最恰当的方向来开辟自己前进的道路，总是选择已有的参照物来矫正自己的行为选择。吴越之争也好，还是东坡你的修身之道也罢，都是可借之鉴。若无视其存在，我们就会得到应有的惩罚。关于这一点，教训还少吗？

春江水暖鸭先知

竹外桃花三两枝，春江水暖鸭先知。

蒌蒿满地芦芽短，正是河豚欲上时。

——《惠崇春江晓景》

1

这是惠崇《春江晓景》之外的另一幅妙境。东坡，你从画中读出了春天的生机，读出了春天的妙趣，读出了画家的喜气，也融进了自己的欣喜，自己的智慧！

2

春风，又一次打算染绿江南两岸。

只是这绿尚在酝酿，尚在孕育之中。几茎苍劲的竹子，经几番疏雨的滋润，冒出了嫩绿的新芽。它们的长势让你仿佛听到拔节的声音。几枝娇妍的桃花绽出了灿烂的笑颜，从几丛疏疏的竹林间探出头来。

此时，几只鸭子在江面上嘎嘎地戏水，它们欣喜地告诉我们：它们最先感知到江水转暖的消息。

此时，白蒿在轻轻地招摇，岸边的芦苇以及芦荻在暖风的薰拂下，正急匆匆地抽出新芽，它们可不想让群鸭笑它们在这一场春天的约会中落伍。

桃花汛来了，江水开始上涨。春潮涌动，河豚正结伴而行，溯着湍急的江水逆流而上。它们正用自己的精彩亮相告诉我们：它们才是弄潮的高手。

3

这是春天的序曲，在画家惠崇的笔下，演奏出了无与伦比的和声。

这是一个画家对另一个画家的绝佳褒扬！

东坡，据史载，你的朋友惠崇是北宋一位著名的画家。他是个僧人，诗画俱美。绘画尤擅山水花鸟小品，寒江远渚，飞鸟翔集，诗意盎然，妙趣天成。有评论说：“潇洒虚旷之象，人所难到。”孤高绝世，心无点尘。料想，这应当是由这位僧人画家的气质、艺术追求，以及境界的高古与造诣的高深决定的，一般人自然是修为不济、笔力不逮了。

你也是一位驰名的画家，你最有资格去评价这位僧人朋友的画。惠崇的《春江晓景》画不知现在还珍存世间否，但你的诗却流传了下来，让代代读者通过你喜气遄飞、喜气洋溢的诗句，去猜想惠崇笔下的妙图，千人千样，就任由他们去不断地丰富惠崇之画的内容吧！

4

读画无缘，品诗不拘。

你是一位高超的评家，你的题画诗是画中之诗，以诗言画，更添妙味。早春的景象，画家诗家的心情，盎然四溢，妙趣横生，美不胜收。动中有静，静中寓动，色彩明艳，意趣丰盈。美景、奇趣与妙想相互交织，完成了一次艺术的再创作：一幅诗中画，一首画外诗！

尤其那“春江水暖鸭先知”，曾遭来一些人的诟诽，殊不知，这正是诗家你的妙笔所在。“看似寻常实奇崛，成如容易却艰辛。”用这两句诗来形容你在此处的妙思与奇构再好不过了：深刻、丰富的哲理寓于平常的事物之中，关键看我们有没有一双善于发现的眼睛，看我们有没有一颗善于体味感悟的慧心，看我们有没有驾驭语言的能力。

惠崇之画不可复识，东坡之诗却给我们留下了无限的艺术空间让我们振起想象的彩翼去自由地翻飞，留了丰富的内涵让我们慢慢地咀嚼，慢慢地品味！

5

《惠崇春江晓景》是画里世界，面对眼前景色，你不由自主地会联想到自己的命运：

此生已觉都无事，今岁仍逢大有年。
山寺归来闻好语，野花啼鸟亦欣然。

当你觉得再也没什么指望，再也没什么可心适意的好消息时，没想到，好消息却接踵而至。既有“今岁仍逢大有年”的好兆头，好盼头，又有“山寺归来闻好语”的喜讯。在这样的情势下，“野花啼鸟亦欣然”也就势在必然，也自在情理之中。

你五十岁被弹劾，虽怀壮志难酬的苦涩，但是，面对一年的丰收好景，面对康乐安宁的老百姓，你情不自禁，在寺院的墙壁上题写了《归宜兴，留题竹西寺》，而且，一写就是三首。

人们最熟知的，就是你这首《题西林壁》：

横看成岭侧成峰，远近高低各不同。
不识庐山真面目，只缘身在此山中。

这不仅是一首写景诗，更是一首哲理诗。

在宋朝，人们把写诗当着正道，把填词看着“邪门”，因此把词称着“诗余”，即是写诗以外消遣解闷的小儿科、小情调。因此，宋人写诗时，往往注重哲理的阐发，赋予诗歌谈理论学的功能。

东坡，你的这首诗可谓这方面的范本。当局者迷，旁观者清。只有换一个角度，或许能够抓住要害，把握主旨。就像眼前的庐山一样，峰峦高低错落，景色起伏变幻，不同的角度看到的是不同的姿态，不同的美，不同的韵。移步换景，景随人变，变幻莫测，百媚千般，叫人留恋。

东坡，你把画里画外的世界都写得这般入境入情入理，实在不负“诗神”美誉。

人生到处知何似

人生到处知何似？应似飞鸿踏雪泥。
泥上偶然留指爪，鸿飞那复计东西。
老僧已死成新塔，坏壁无由见旧题。
往日崎岖君知否？路长人困蹇驴嘶。

——《和子由渑池怀旧》

1

东坡，你这个才华横溢的俊杰，年少得志，在你二十一岁这年，与弟弟一道，携手中同榜进士，一时声名大噪。用今天的话说就是一夜成名。当然，这是你的实力使然，绝非偶然或者侥幸所致。你的成名与你后来的成就告诉我们：实力才是硬道理；偶然或者侥幸的成名都如流星的闪逝，再亮的光焰都摆脱不了短暂的宿命。

你一走上仕途，就卷入了上层士大夫激烈的党争，一生宦海沉浮，无力掌控自己的命运。你具有早期儒家辅君治国、经世济民的政治理想，你针对当时财乏、兵弱、官冗等时弊大声呼吁改革。你一方面反对因循守旧，一方面又不赞成王安石变法。你性格耿介，讲究操守，不愿见风使舵，附属上下。你“拣尽寒枝不肯栖”，因而，既得不到变法派的包容与接纳，也在保守派那里得不到好处，一直在夹缝中求生存，在派系争斗中自守，这就注定了你一生要遭受许多政治磨难。但是，无论你身处何境，你都热切地关注百姓疾苦，惩办奸吏，减税救灾，兴修水利，整顿军纪，倾己之力革除积习，为老百姓做好事。

你一生备受打击，备尝艰辛，虽身处逆境，却能以庄子和佛家思想自我排解，能够以逆处顺，以理化情，胸怀开阔，气量宏达。因而，形成了豪爽开朗的性格，和达积极的人生观，以及超脱旷达的处世哲学。也正缘于此，使你在文学创作上获得了巨大的成就，诗、歌、词、赋、散文、书法、绘画等方面都有深厚的造诣，有旷世的精品。

这首《和子由渑池怀旧》，不知是巧合，还是神秘的缘定，充满了人生的禅意。

2

你叹自己这一生，辗转流离类飘蓬，行踪不定似浮萍。经过的地方何其相似，又何必牵挂于心呢？宦海沉浮，仕途迁谪，匆匆而来，匆匆而去，就如天上的鸿雁飞过，它短暂歇息时踏过的雪泥，在泥上偶然留下它的趾痕，这之后就不知道它是飞向东还是飞向西了！

飞鸿留痕，很快就会消失，自己经过的地方也是如此地不留痕迹。

东坡，你也太过自谦，在你经过的地方虽然时间短暂，但功德显赫，造福后代，传诸千秋。西湖的苏公堤就是最好的实证。

你那曾经相识的老僧已经过世，他在为自己而建的新塔下独享千年的清净；墙壁也已经破损，再也看不见自己旧日的题诗！低首沉思，你曾经经历过的那些个曲曲折折是是非非，现在还能否再度想起？

你清楚地知道，人生之路是这样的漫长，经历的挫折多了，宦海争斗的时间长了，自己也早已感到困倦了，就连你骑的这头跛脚的驴子也忍不住嘶叫着，蹎蹶不前！

兽犹如此，人何以堪？世事沧桑，仕途多舛，你留给这个世界的，连同这个世界留给你的，都随了流光的飞驰，萍踪的迁徙，逐渐地淡去。

这是你的喟叹，而我们、而历史总会给你以公正的评判。

3

渑池，你的文学家父亲带领你兄弟俩赴京赶考曾经过的地方，给你留下了深刻的印象。一考成名后，你被任命为风翔签判，弟弟子由送你送到郑州的西门外，这是你们兄弟俩的第一次分别。你西去必经渑池，于是，弟弟写了一首《怀渑池寄子瞻兄》寄给你。收到弟弟的诗稿，你依原韵和了一首，这就是《和子由渑池怀旧》。此时，你已经过了渑池，眼里早已是物非人也非了，令你感慨不已。

这就是你写这首诗的背景。也就是说，这首诗写于你宦海沉浮之初，想不到竟一诗成谶。你后来的周遭际遇一一地印证了这句诗。

成语“雪泥鸿爪”就脱胎于此，让我们想起“世事如烟”“事如春梦”等词语，它们异语同声地告诉我们：时间会冲淡曾经深刻影响过、雕刻过我们的一切，包括我们曾经刻意写在墙壁上的那些曾经令我们感动的诗句！

一樽还酹江月

大江东去，浪淘尽，千古风流人物。故垒西边，人道是：三国周郎赤壁。乱石穿空，惊涛拍岸，卷起千堆雪。江山如画，一时多少豪杰。

遥想公瑾当年，小乔初嫁了，雄姿英发。羽扇纶巾，谈笑间，樯橹灰飞烟灭。故国神游，多情应笑我，早生华发。人生如梦，一樽还酹江月。

——《念奴娇》

1

东坡，你生活的时代是一个需要英雄的时代。你本人可能就是一个潜在的大英雄。可是，你却苦于没有这样的机会！这不，就有了这章横绝千古的《念奴娇》为证。

这是你于宋神宗元丰五年（1082）七月与朋友泛舟同游黄州赤壁矶时的即兴之作。

此前，你因为反对王安石变法，被革新派中的某些官僚从你的诗文中摘出所谓讽刺新法的句子，罗织了“谤讪朝政”的罪名，将你投入狱中。这就是史上著名的“乌台诗案”。出狱后，你被贬黄州（今湖北黄岗）任团练副使。这实质上是一个闲职。闲来无事，你就在山坡上开荒种地，间或游历访古。政治上的失意滋长了你怀才不遇的情绪，而壮丽的江山，历史上的风云人物又激发了你建功立业的雄心壮志。“一点浩然气，千里快哉风！”你豪情激荡，意气恢宏，一鼓作气，一挥而就，遂成就了这阕“古今绝唱”！

2

这年七月既望，“月出于东山之上，徘徊于斗牛之间”，你与客“纵一苇之所如，凌万顷之茫然；浩浩乎如冯虚御风，而不知其所止；飘飘乎如遗世独立，羽化而登仙”，好不快哉！

好在你并未因此成仙，自然的伟力让你壮怀激荡，思绪飞扬。浩然之气如江涛奔涌，不可遏止。

眼前，长江浩浩，江水滔滔，碧浪滚滚，一意东流。

你不由得叹息道，千古以来，多少叱咤风云的英雄，多少改天换地的豪杰，不管你们过去是何等的不可一世，何等的功勋卓著，都随了一去不返的江涛而荡涤得无影无踪！而西边那残破不堪的旧时营垒，据说就是当年周瑜大破曹操的地方。而今，陡峭的石壁，直插云霄；惊涛飞卷，直拍江岸，溅起千层雪浪。

锦绣江山，如此壮丽，真好比一幅绝美的画卷！

祖国山河，亘古万年，犹如一个巨大的舞台，多少壮丽的史诗在这里一幕幕地上演，引得代代英雄，壮烈地为之倾倒，引得无数豪杰，慷慨地为之折腰。

遥想当年，周公瑾正是青春年少，风流倜傥，英姿勃发。美丽的小乔刚刚嫁给了他，正是英风胜概，剑拔弩张。在那一场著名的搏杀中，他身着便服，头戴纶巾，手摇羽扇，是何等地从容不迫，谈笑之间，曹军强大的战船就被他的一把大火烧成了灰烬，化作了云烟。

战争的胜负在顷刻之间有了结果，当年大战的情景，在你眼前一幕幕地闪现。多么地让人心荡神驰呀，直让人感慨万千；多么希望自己能像他们一样报国图志，成就一番英雄伟业！

你深知自己多愁善感，担心别人笑你四十来岁仍碌碌无为，这么年轻就已经白发斑斑。你情不自禁，仰天长叹：人生短暂，犹如春梦一场，转瞬即逝。你端起酒杯，面对那一轮苍茫的江月，洒上一杯水酒，以祭奠那些逝去的英雄！

3

大江奔流，亘古如斯。江涛淘尽的不仅是千古风流人物，更重要的是，它还在不断地催生新的英雄豪杰，激起那些潜在的英雄急时代之所急，用时代之所用，唤起他们建功立业的信心，振起他们气壮山河的斗志，勇立时代潮头，勇于担当社会责任，成为那个时代迫切需要的英雄。

英雄就在我们的身边，也可能就是我们自己，只是缺少一个成就英雄扬名立万的环境或者机会。

有挽大厦于既倒、化险危为平安的英雄站在我们的前面，或者在我们的身边，面对未来，我们就更加自信。即使再大的困难挡在面前，我们也无所畏惧。因为，英雄是我们的榜样，英雄会给我们力量。我们就不会精神萎靡，无所适从。就可能有无数新的英雄诞生，就可能凝聚起撼天动地的神奇力量。

4

大江奔流，亘古如斯。而你看到的只是英雄的逝去。

“美人首饰王侯印，尽是沙中浪底来。”刘禹锡说，滚滚逝去的波浪淘去了沙石，留存了美人头上昂贵的金制饰品，留存了王侯手中象征权力的印玺！而被刘诗人忽略的，正是你所浩叹的，英雄所见迥然相异！

岁月无情，奔浪也无情。因为，恒流的浪涛会在不知不觉间抹去美人那桃花般的笑靥，一把枯骨，一抔尘土就是她最后的归宿；恒流的浪涛也同样会令手握权柄的人或为臣虏，或遁空门，但他们最终都会不约而同地奔向同一个目的地！

那些不可一世的英雄，在恒流如斯的江涛面前，都不过是匆匆过客。他们的英雄壮举，也不过是奔腾江涛激出的几朵耀眼的浪花罢了，转瞬就淹没于巨大的洪流之中。横槊赋诗的枭雄曹操，英姿勃发的才俊周瑜……全都消逝在了不尽东流的滚滚巨浪！

东坡，在你眼里，充满了岁月的沧桑，江涛无情，难怪你竟如此的缺乏自信！

想当年，曹操拥兵百万，雄踞河洛，挟天子以令诸侯。曹英雄与刘玄德煮酒论英雄时，其实就没把其他的英雄放在眼，至于他顺带把刘玄德划入英雄的行列，只不过是为了让对方不至于当面尴尬，当面掉价而已。曹操之所以是无数英雄不得不叹服的英雄，就在于他敢于在天下英雄面前拔剑亮出他的雄心与野心，以一敌众，向天下英雄下了一道火药味浓烈、霸气十足的挑战书。

曹英雄仰仗他独特的优势，正一步步按计划朝他的目标迈进。曹英雄不仅想得江山，同时也想兼得美人。俗话说，色胆包天。曹英雄亦是如此，试想：一个连天子都不放在眼里的人，他还会在乎谁？

这一次，曹英雄觊觎的是江东乔叟二女的美色，这是他两大心愿或曰两大野心之一：“一愿扫清四海，以成帝业；二愿得江东二乔，置之铜雀台，以乐晚年。”而现实偏偏要与曹英雄作对，横槊赋诗的余音还未消散，他的八十三万大军就在一阵冲天大火中成了灰烬，他的美梦也宣告烟灭灰飞。

这一回，与曹英雄横刀对峙的，则是位年轻的后生。他之所以没费多少功夫就打败了这位杀气腾腾、野心勃勃、远道而来的曹英雄。是因为令曹英雄垂涎的美色之一就是这位年轻后生刚刚娶进门的娇妻小乔，他岂能拱手相让？人家曹英雄大老远气势汹汹地跑来夺他新婚的妻子，夺妻之恨岂能容忍？

“冲冠一怒为红颜！”于是，年轻的周瑜让以卵击石变成了现实，成就了这场扬名中外、横绝古今、以少胜多的著名战役。更重要的是，这场谈笑间就决出了胜负的经典之战，以一个不可一世的英雄的失败成就了一个更年轻的英雄横空出世！

5

世事无常，世态炎凉。东坡，一场“夺美与反夺美”之战在你的哀叹中灰飞烟灭成远去的往事，而你，却陡增了无限的惆怅。早生的白发让你倍感悲凉，“哀吾生之须臾，羡长江之无穷”。叹自己犹如沧海一粟，惟举杯浇愁，以酒祭拜那些曾让你壮怀激荡的英雄的同时，也庄严地祭奠你早已破灭了的英雄梦！

“滚滚长江东逝水，浪花淘尽英雄！”连英雄都敌不过飞浪的无情击打，敌不过岁月的无情磨蚀，何况你这等连遭贬谪的迁客，何况我等平头百姓？

“古今多少事，都付笑谈中。”一切的英雄功业都终成过去，而新的英雄功业不因你的意志不因你的叹息而改变其运行常律，他们总会适时适势层出不穷地诞生。刚诞生的他们在成为新一代才俊的榜样时，也让无数的才俊丧失了成为英雄的勇气、信心和斗志！

英雄是挡不住、压不了、击不倒的；是英雄，他最终会冲破一切艰难险阻，最终会向世人亮出他所向无敌的利器，最终会赢得人们的敬意！

东坡，我们虽然不能把你列为周郎一类的英雄，但我们仍会视你为英雄，因为，人们说了——

不以成败论英雄！你的成功虽非英雄功业，但你在文化上的骄人业绩，则足可令你雄视千古，笑傲万世。

一蓑烟雨任平生

莫听穿林打叶声，何妨吟啸且徐行。竹杖芒鞋轻胜马，谁怕？一蓑烟雨任平生。

料峭春风吹酒醒，微冷。山头斜照却相迎。回首向来萧瑟处，也无风雨也无晴。

——《定风波》

1

不必去理会，那骤然而起的疾风剑雨穿越竹林的暴戾之声，不妨一边吟咏，一边长啸，一边悠然地前行。拄着竹杖，穿着草鞋的轻便快捷，更胜过骑马的惬意。

怕什么呢？仅一件蓑衣就足可为你抵御一生所遇的风风雨雨！

料峭的春风将你的酒意吹去，让你感受到了初春的寒意。

雨过初晴，山头的斜阳殷勤地将你相迎。你走上高冈，回望来处，自己刚才走过的那些风雨潇潇的地方，都在一派晴好的斜阳之中显现出无限风光。

你信步归去，心想，有无风雨，天气阴晴，对自己来讲，都是无所谓的。

2

你在小序中说："三月七日，沙湖道中遇雨，雨具先去，同行皆狼狈，余独不觉，已而遂晴，故作此。"人生妙意得来偶然。一场突如其来的雨，看似倒霉，实得妙悟。

你刚刚经过了一段风啸雨打之路。劫难刚过，创痛犹在。

因反对新法，你于元丰二年被人从你的诗中寻章摘句，硬说是"谤讪朝政及中外臣僚"，制造了史上有名的"乌台诗案"。你在湖州任上被捕入御史台狱，羁押四个多月后，幸免一死，谪任黄州团练副使，是一个闲职，且还在别人的监视之下。元丰三年，你到了黄州。元丰五年春天，你便经历了这样一场短暂的风雨。

词前小序说："三月七日，沙湖道中遇雨，雨具先去，同行皆狼狈，余独不觉。已而遂晴，故作此。"据《东坡志林》载："黄州东南三十里为沙湖，亦曰螺师店，予买田其间，因往相田。"途中遇雨，即景生情，于是便有了这章融写景抒情寓理为一体的《定风波》。

一场自然的风雨与一场人生的风雨在此巧妙契合，曾经沧海的磊落坦荡，无视风雨的淡然无畏，尽记其中。

3

东坡，只有你才可能如此泰然自如地应对这一场突如其来的风雨，任疾雨穿林，任满地泥泞，也无法阻止你前行。

“谁怕，一蓑烟雨任平生！”选择做一个无官一身轻、自得其乐的人，自然、江湖、仕途的风雨，都只能进一步丰富你的阅历，丰富你的人生；只能进一步磨炼你的意志，增添你的魅力。

自然界的风狂雨骤，江湖上的波诡云谲，政治上的风暴寒流，都被你用一件简单粗糙的蓑衣轻轻巧巧地化解了，这是一种胸怀，一种气质，一种魄力，有多少人可以超越，又有谁可以代替？

且行且吟，风雨只是伴奏；

且歌且啸，自得人生的快意！

潇脱，豁达，甚至有些放任，大概需要酒的酝酿，酒的助兴，即使有点风吹草动，即使有寒流突然来袭，司空见惯了，也就不足为奇；见惯不惊了，也就能履险为夷！

4

你之所以修得如此境界，关键就在于你的处世态度！

“归去，也无风雨也无晴！”你回望来处，那刚刚还是雨斜风狂的萧瑟之处，又笼罩在苍茫如血的残阳之中。自然变化难料，世事变幻无常，对于你这个“竹杖芒鞋轻胜马”的无意功名之人，无所谓好恶，无所谓忧乐，无所谓得失，更无所畏惧！

当你断了名缰利锁的束缚，退出权场的角逐较量之后，自然就远离了难以预料的政治风暴。即使权场的争斗血肉横飞，血雨腥风，对你来讲，你早已退出了角斗场，像站得远远的观众，甚至连当观众的资格也自动放弃了。你有的，只是磊落坦然的态度，场上的胜负都不能左右你的心情，都不能决定你已经作出的选择！

你之所以能够超脱自如，无意于你所处的环境的好恶，究其根本原因就在于你现在适时、理智的选择——归去！

选择放弃也需要足够的勇气，尤其对于一个出道之初就才与天高、志比天大的才俊而言，更是一件难事。能够如此，世间万事，还有什么能够令你有所怯懦呢？因为，所有的“烟雨”都被挡在你选择的这件“蓑衣”之外了！

5

一场风雨一章词，一种态度一精神；

一怀磊落一气质；羡煞多少落魄人。

一次偶然的遇雨，切合了你曾经走过的人生之路，更寄寓了你的人生哲学和政治态度，这就是你的高明之处！

江海寄馀生

夜饮东坡醒复醉，归来仿佛三更。家童鼻息已雷鸣。敲门都不应，倚杖听江声。

长恨此身非我有，何时忘却营营？夜阑风静縠纹平。小舟从此逝，江海寄余生。

——《临江仙》

1

和上次写《定风波·莫听穿林打叶声》一样，这又是你的一个酒醉的故事。时间由三春移到秋天，整整间隔半年。

上次醉酒之后，被突如其来的一场雨淋得通体透脱，豁然开朗。有“一蓑烟雨任平生”的坦然无畏，亦有“也无风雨也无晴”的淡定无欲。进一步，管他烟雨凄迷；退一步，无论阴晴悲喜。凡事不卑不亢，从容不迫，大概是要如你一般，只有经历了太多的风雨之后，才有如此的大气与实力吧，才有如此的幡然醒悟与心灵栖息吧？

黄州团练副使应该算不得什么官吧。关键是，你虽然没有什么公务可做不说，你的言行还在别人的监视之下进行。于是，你干脆到黄州东南山坡上开荒去，种点庄稼，植点花草树木，闲了，就喝点小酒，即使醉了也还不想归去。你种的那片地朝东，你就干脆把它叫“东坡”，就连自己的号也叫“东坡居士”得了。并筑陋室，取名“雪堂”，看样子，打算要在此安营扎寨，长期放任下去。于是，布衣草履，出入于阡陌，泛舟于月夜，放浪于山水，饮酒赋诗，领略人生的快意，感悟处世的哲理。

元丰五年九月，深秋送爽，你与人畅饮于东坡雪堂。其时，雪堂尚未建成，故醉后返归寓所临皋水驿官亭，即得此章。

2

这一夜，你宴饮于东坡尚未竣工的雪堂。醉了又醒，醒了又再饮再醉。等到你回到住地，恍惚间，已到了深夜三更。

你连声敲门，屋内竟无人应答；细细一听，家僮早已呼呼入睡，鼾声如雷。你只好倚着拐杖，独自倾听江流奔走的声音。

江风让你更加清醒，曾经常常纠缠你的那些事，此刻又奔来心际。常恨自己为名利所缚，“身非吾有”，疲于奔走，自己无法掌控自己的命运；什么时候才能彻底忘却那些虚名浮利的困扰，挣脱功利的羁绊，给自己放个大假，将自己彻底地解脱呢？

夜深沉，风初定，江水如绉纱一样光滑平整，安详地流向东边的天际，流向它的归所。

你突然心生一愿：不如自个儿驾扁舟一叶，顺流而下，远离世俗，到那辽阔无际的江海上去度过自己的余生！

大江无言，静夜无语，那依然如雷的鼾声，才是真正的无欲，真正的自适。

3

“小舟从此逝，江海寄余生！”一石击起千层浪，引发了一次小小的“地震”，就连当时的皇帝老儿，也感受到了余震的冲击。

据叶梦得《避暑录话》载，你在黄州时，曾与几位客人在江上设宴饮酒，深夜归来，看见浩阔平坦的江面一直铺展到浩渺的天际，轻风徐徐，浩雾茫茫。你兴会盎然，于是填词寄意，其中有“夜阑风静縠纹平，小舟从此逝，江海寄余生”的句子。你甚感得意，高兴得不能自已。于是，与朋友击掌高歌数遍，才兴尽而散。

第二天，整个黄州小城纷纷传言。说你昨夜写罢此词以后，脱掉官服挂在江边的树上，驾着小舟，长啸而去。这话传到知州徐大人处，徐大人既惊讶又恐慌，认为你这个戴罪之人是在他的眼皮子底下走失或者逃逸的，便赶紧命人抬着自己前往你的住处来拜谒你。名为拜谒，其实是要证实一下传言的可信度，以便采取非常且必要的措施，大概意思是活要见人，死要见尸。总之，你不能对他的乌沙帽构成威胁才是他此次出行的真实意图。

徐大人一行风风火火地赶到你的住处，见你仍然鼾声如雷，睡意正浓，也便释然而归。

不料，此传说在众多民间文人的不断丰富下，口口相传，有一天终于传到最高统治者宋神宗的耳里，神宗听了也很惊疑。

传言终归传言，未必可信。但是，从这段传言中，我们可以见出你这章《临江仙》在当时的影响力之大，波击范围之广。

4

单就“夜归临皋”这个词题来看，似乎没有多少可写的东西。

但是，此夜之大醉而归就非彼夜之乘醉而归。你在不能进屋就寝的情况下，睹大江之苍茫，闻江声之浩渺，偶发奇想：“小舟从此逝，江海寄余生。”亦即由一件偶然寻常的小事，引发了你离家遁世的念头。

这就是寻常中的不寻常：其一，你曾是那样的豪情勃举，意气风发：“会挽雕弓如满月，西北望，射天狼！”其次，你又是那样的坦荡豁达：“人有悲欢离合，月有阴晴圆缺，此事古难全。但愿人长久，千里共婵娟。”其三，你现在是一个戴罪之臣，连挂冠隐居的自由都失去了：“此身非吾有！”正因为有了这些不寻常，你才有了“江海寄余生”的念头，驾扁舟一叶，远离尘世的喧嚣，在江海的深处去作你所期盼的逍遥之游。

外面的世界如此静谧，“夜阑风静縠纹平”，那是一方多么清静清凉的天地呀，在一叶扁舟上度过余生，那该是多么飘逸多么浪漫多么自在的事！

5

东坡，你这一次醉归偶得的《临江仙》，与你三春时那一场遇雨所得的《定风波》，前呼后应，双璧并美。虽算不得你词中的扛鼎之作，但你在词中所抒写的磊落坦荡的襟怀，却安慰了无数躁动不安的灵魂！

一蓑烟雨任平生，江海寄余生。

而现实是，你并未就此离世遁隐，正因为有了“一蓑烟雨任平生”的豁达，你才能如此坦然地应对人生征途上的一场场无法避及的风风雨雨，连贬连迁，最终逝于遇赦北归的途中。

寂寞沙洲冷

缺月挂疏桐，漏断人初静。谁见幽人独往来？缥缈孤鸿影。

惊起却回头，有恨无人省。拣尽寒枝不肯栖，寂寞沙洲冷。

——《卜算子》

1

关于这阕词，有一个不得不说的故事。

相传，东坡，你的文采打动了某位年轻女子的芳心，这位一直被单相思困扰的女子暗暗发誓：非你不嫁！

后来，你被贬去了这位痴情女子的家乡惠州，听说是惠州地方官温某的女儿，名曰超超，长得十分俊美，年龄却老大不小了，仍还待字闺中。超超听说你来到惠州，并住在她家的附近，欣喜不已，高调地说：这就是我的夫君！

可是，这位被相思害苦了的女子又担心你这位驰名文坛的大师看不上，没有遣月老来牵线搭桥，就只好夜夜劳顿，只身前往你的居所，在你的窗外徘徊，听你深夜读书吟诗。你后来知晓了此事，推窗观看时，她却迅速翻墙跑开，躲得远远的。当你了解情况以后，决定自己亲自当红娘，给超超介绍一个王姓青年。可不久，你再次被贬，到了更远的地方儋州（今天的海南岛），超超的事也就放下了。

你离开惠州后，超超更是痴情，拒绝嫁人，最终郁郁而逝，葬在沙洲之畔。几年后，你遇赦渡海再度回到惠州时，听说了这件事后，只见沙洲之畔黄土一堆，感于超超的痴情，于是就有了这阕动人心魄的《卜算子》。

2

这是九百多年前的冬天，冬天的某个夜晚，你被贬黄州，寓居定慧院，心事浩茫，独不能眠。

夜深人静，你在禅院内独自徘徊。

寒风飕飕，残月冰凉，斜斜地挂在老梧桐的几茎稀枝上。漏壶中的水声渐滴渐消，而你的孤影依然在幽冷的院子内游移，恍如天上飞过的孤雁，失去了同伴的照应。

那孤单的大雁呀，独自飞过浩渺的苍宇。它边飞边鸣，仿佛受到了巨大的惊吓，不时回头惊望。它惊恐不安，它神情犹疑，它心怀幽恨，时刻担心有什么不测会突然降临。

那孤单的大雁呀，还在孤独地飞鸣。它飞过无数的枝头，每一个枝头它都可以停下来栖息。它担心自己的每一次栖息，都有可能招致莫名的祸害，无端的攻击。

那孤单的大雁呀，它边飞边鸣，它最终选择在那荒寒冷寂的沙洲上栖宿。

那“拣尽寒枝不肯栖”的孤雁呀，你从它的身上看到了自己的影子，自己的处境！

东坡，那寂寞冷沙洲从此成了你心头无法消除的痛。

3

在那万籁俱寂的寒夜，在那万人沉睡你独醒的时刻，那独自徘徊的“幽人”，如果就是那位被相思煎熬着的女子，她的挚爱与痴爱得不到心上人的回应，或者对方根本就不知她的浓情爱意，她的爱是苦涩难禁的。可是，她又不甘从俗，不甘降低心中的标准，不甘将那个她所苦恋的人从自己的心中抹去，她要坚持、坚持、再坚持，固执地将苦恋进行到底！

她因此神消骨瘦，她因此苦苦挣扎，就像失群丧偶的孤鸿，把自己孤单的身影写满苍天，印满寒水，冷寂的沙洲成了它最后的归宿！

为了坚守心中的那份爱，那寒夜独自徘徊的良人，不得不独自承受爱的磨砺！

其实，她完全可以稍稍地降低一下标准，适时地择枝而栖，她就可以不必为此付出沉重的代价！

有时，真挚的爱也竟是如此地残酷，爱得越深，伤得越惨……

4

如果那深夜独自徘徊的人就是你自己，孤高的东坡，乌台诗案的劫波刚过，创伤犹痛，余悸犹在。而眼前，自己获罪在身，自己的行动都在别人的监视中，连挂冠归隐的自由都没有，那“缥缈孤鸿”就正如你自己。

此时，残月斜挂，寒霜凝枝。

此时，苍天浩阔，夜深枯寂。

你就是那在幽院中独自徘徊的幽人，你就是那个独自哀叹“有恨无人省”的孤影。

曾经的浩劫，让你惊惧犹存。现在却不得不漂泊异乡，奇志难伸。你黯然伤神，幽愤难已。

你见那孤鸿高翔不止，她高傲孤独，目不下视；她自甘寂寞，惊魂未定，悲恨难诉；她眼界与身俱高，她“拣尽寒枝不肯栖”；她高洁孤绝，她脱尘绝俗，她最终选择了独栖荒寒冷枯的沙洲。

她就是你的化身！

你不愿随波逐流，你不愿与卑贱者同流合污；你清高自许，你怀抱幽恨，你超然出尘！

5

这是一个爱情故事，爱得凄绝，爱得荡气回肠。

这是一个励志故事，用孟子的话说，就是贫贱不移，威武不屈，富贵不淫！

有一道孤绝高翔的鸿影，无论怎样努力，都无法从我们的心宇抹去！

点点是离人泪

似花还似非花，也无人惜从教坠。抛家傍路，思量却是，无情有思。萦损柔肠，困酣娇眼，欲开还闭。梦随风万里，寻郎去处，又还被莺呼起。

不恨此花飞尽，恨西园、落红难缀。晓来雨过，遗踪何在？一池萍碎。春色三分，二分尘土，一分流水。细看来、不是杨花，点点是离人泪。

——《水龙吟》

1

王国维在《人间词话》中说：“咏物之词，自以东坡《水龙吟》为最。”评价颇高，叫人不得不读。王氏还说：东坡之杨花词《水龙吟》虽是和韵，可更像是原作；而章质夫的原作却极似和韵。两人才华的高下自不必说，单这两篇同题作文来看，高下迥然。

与你们同时代的词人晁冲之就曾作过如下评价。他认为，你的词好比西施与昭君，只要洗净脸，就能与天下任何美女相比。用今天时尚一点的话说，就是能PK掉普天之下的众多美女！而章质夫的词则像那些生得不够自信的女子，搽了过多的化妆品，表面上看光鲜亮丽，比起你的词来，那就逊色多了。用李白的“清水出芙蓉，天然去雕饰”来形容你的这阕杨花词再恰当不过了。

这位写《水龙吟》杨花词的章大人是你在开封任翰林学士的好友，在当时，诗词名声甚响，颇有些名气。1087年，宋哲宗元祐三年，章大人得《水龙吟》杨花词后，自己颇感满意，于是寄与你美文共赏。你读后也颇谦虚地回了封信说：章大人的杨花词极为妙绝，使别人没法再措辞相和。

说虽如此，你最终还是依章词原韵和了这阕《水龙吟》，却异彩大放，硬生生地抢了章词的彩头，于是有了王国维的如上评价。

2

杨花，杨花，满天飞。飘飘悠悠，起起落落，轻轻盈盈，又缥缥缈缈。像花，却又不像花。因为没有花的热烈，花的艳丽，花的馨香，没有人怜爱，没有人追捧，就这么任由她漫天纷坠，独自零落。

弱不禁风的杨花，辞别了纤纤的柔枝，辞别了如烟的柳叶，随了风的差遣，忽起忽落，最终遗憾地委身路旁。

杨花，人们说她冷漠无情，但只要想一想，你看她一片片，一朵朵，轻轻盈盈，缠缠绵绵，实际上都有着无限的愁思！

杨花，她盈盈绕绕飞呀飞，她时隐时现飘呀飘，就像那思妇寸寸折断的百结柔肠；她那碧绿的叶片，如美人儿弯弯含愁的眉毛，就像思妇那娇困的眼睛，半开半闭，睡意蒙胧，意兴阑珊；更像是思妇寻觅情郎时那飘忽不定的魂魄，追随清风，飘翔万里，去寻找新的归宿，寻找心爱的郎君。可是，还未等得寻到心爱的他，偏又被一阵黄莺的鸣声惊醒，唉，又是春梦一场。

好花难再，好梦难回。

杨花飘飞，纷纷扬扬，最终都要落尽。但你却从不怨恨她。她那么柔弱，她那么憔悴。最让人伤心的是，在那西边的小园，万花纷谢，恨落满院，很难让她们垂缀旧枝，再展芳颜。

经一夜暴风雨的摧残，待明天晴光普照大地，杨花呀，我们到哪里去寻找她的踪迹？

噢，原来她落到了池塘的水里，化成了一池零零碎碎的浮萍。杨花呀，她本来曾拥有春色三分，可如今，已有二分飘来飘去，随风化作了尘泥；剩下的一分，扬扬洒洒，也已随流水而去。

杨花呀，仔细想想，那飘飞弥漫的千点万点，零零落落，斑斑点点，那不是飘絮的扬花，那分明是被离别熬煎苦了的离人的点点泪花！

3

“最是无情台城柳，依旧烟笼十里堤。”这是晚唐诗人韦庄的怀古伤时之诗！柳枝的“无情”更见作者的有情有义，杨柳的“无情”更见出世事的沧桑，世势的无常。

而你笔下的扬柳看似无情，却情满路径，情满池塘，情满西园，情满万里，情满天涯！

杨花，她没有众花的娇美，群芳的馨香，但她却是天生的情种！虽然她是那么的朴实无华，虽然她是那么的不被人重视！

而你，却是一个多情之人，你替她深深地惋惜。你惋惜她纷坠飘落，无根无依无定处；你惋惜她依依不舍，依恋故枝，却不得不在无力的东风中飘泊成天涯孤芳失路游魂；你惋惜她寻梦天涯，欲与意中人断肠人梦中相会，却被无情的现实将她的美梦击碎！尽管现实的某些声音有时异常的婉转动听，比如黄莺！它就曾那么轻易地击碎过唐代怨妇的美梦，使得她不能梦走辽西，与征夫相会。现在，黄莺旧伎重演，又轻易地将杨花之梦粉碎！

杨花，那在烟雨中纷坠的杨花，在东风中游走的杨花，在飘泊中做梦的杨花，那分明就是你那个时代的怨妇呀！正因如此，杨花的命运才如此的可悲：世俗之辈不恨杨花的悲情，杨花却引人忌恨众花的凋零；杨花“晓来雨过”化作满池无根又破碎的飘萍，风吹浪打，无力主宰自己的命运；而那些零落在地的，则被踩成了泥、碾作了尘；细观之，杨花点点，正是那挂在怨妇脸上的滴滴泪痕！

杨花的命运，令你可气、可恨又可悲，更见你的悲悯情怀。

这悲的来处，这悲的根本，原来就是这历朝历代的怨妇们不得不承担的离恨！

4

尽管江淹早就在《别赋》中将离别写到了极致：“黯然销魂者，唯别而已矣。”于是，历朝历代的那些被离恨害苦了的痴男怨女仍然还要歌吟不止。尽管你也说了：“人有悲欢离合，月有阴晴圆缺，此事古难全。”可是，你仍然在某些时候会情不自胜地遣笔墨以咏之，仍然要为此写下这些浸满血泪的断肠之句！

离别是相同的，离恨却各不相同；

离别是相同的，处在离恨漩涡中的人的体验却各自不同；

离别是相同的，都有着时间与空间的遥距，可是人们化解相思、清除离恨的方式却各不相同！

正因为如此，离恨才歌咏不尽，怨曲相异；

正因为如此，那怨曲才如此地催人泪下，才如此地惊天地泣鬼神，才如此地具有恒久的魅力！

因为你，还有那些为离恨而吟的无数歌者，都坚定果决地相信，只有自己的声音才是最凄绝最妍美最恸人的，只有痛痛快快地唱出埋在自己内心深处的心曲，才过瘾，才解恨，才唱出了真正的离恨！

因为每一个歌者都无一例外地坚信——

只有自己的演唱，才是真正的绝版！

只有自己的演唱，别人才不可能复制！

只有自己的演唱，那才叫离恨！

东坡，你也正是这样想的吧？不管你是否承认！

红尘滚滚，只要人们有一天不能摆脱名利的钳制，离恨都还会春草般的滋生与恣长；形如杨花词般的离恨之歌，都还会由不同时代的歌者用不同的声音不同的唱词不同的方式一代一代地传唱下去——

像击鼓传花，但却不是游戏！

5

后来，料想章质夫也读了你的这阕和词，只有你才可以想象出他读了以后的表情。

后来，还有人这样评价说："真是压倒古今。"（宋张英《词源》）是否如此，读者自知，时间的筛选也最无情！

别人怎么说，都无关紧要，关键在于读者诸君，因为公正自在人心。兹录章氏之《水龙吟》，交由读者自评：

燕忙莺懒花残，正堤上，柳花飘坠。轻飞乱舞，点画青林，全无才思。闲趁游丝，静临深院，日长门闭。傍珠帘散漫，垂垂欲下，依前被，风扶起。

兰帐玉人睡觉，怪春衣、雪露琼缀。绣床渐满，香球无效，才圆却碎。时见蜂儿，仰粘轻粉，鱼吞池水。望章台路杳，金鞍游荡，有盈盈泪。

读到此，连我亦疑惑你写给章质夫信中的那些赞赏的话是不是你坦诚的心语！我突然想起一句话：与杰出的同类相处，那才是莫大的悲哀！

会挽雕弓如满月

老夫聊发少年狂，左牵黄，右擎苍。锦帽貂裘，千骑卷平冈。为报倾城随太守，亲射虎，看孙郎。

酒酣胸胆尚开张，鬓微霜，又何妨！持节云中，何日遣冯唐？会挽雕弓如满月，西北望，射天狼。

——《江城子》

1

时下有很多人喜欢装嫩，要不是谎报年龄，要不是依靠化妆术，要不是就在穿着上狠下功夫。这很多人当然是指那些在演艺圈混了个脸熟的人。想来也没什么可指责，永葆艺术青春嘛，看你咱说也不会阻止或者动摇这类人装嫩的决心和信心。他们不把装嫩进行到底是不会善罢甘休、鸣金收兵的。

东坡，你却要装老。四十岁不到，就要自称老夫了。

大凡喜欢把自己的年龄说往大说的人，不外乎下面两种情况：一是确实有点资历，有点炫耀的资本；一类是年龄并不老，心却老大不小了。前者，定是少年得意，名利皆收；后者呢？大概就是那些怀才不遇、仕途不畅的倒霉蛋了！当然，还不能排除那些戏说调侃类的主儿，他们活着，就是以游戏人生为主的角儿，自不必细说。

你这个自称“老夫”的人，其实心并不老，只是装装样子，作作派而已。骨子里却心雄万夫，豪气干云。

这不，密州的这次出猎，早就载入了史册，随了这阕《江城子·密州出列》词。据研究，这阕壮怀激荡、气冲霄汉之词竟是你所写的第一首豪放词！你以憔翠苍颜唱出了碎金裂玉之声，一正“诗庄词媚”的传统说法，“一洗绮罗香泽之态，摆脱绸缪宛转之度”，似觉天风海雨奔腾来袭。在香艳柔媚词风大行其道之时，你硬生生地树起了词风词格别具风流的旗帜！

这旗帜有你在前面扛着，呼啦啦地发出召唤，一时间，豪杰来奔，风流云集，迅速形成了豪放词的强大阵营，与婉约词一唱一和，并行不悖，把宋词推上了足可与唐诗相抗衡的泰山极顶。

在此，你不仅是一名优秀的旗手，你更是一位伟大的领袖。有真正的不可磨灭的作品奠基，谁也别想撼动你的盟主地位。

2

1074年，宋神宗熙宁七年，因与王安石政见不合，你自愿请求外任，自松州来到这个北方边郡，今山东诸城做了个地方官，倒也自得其乐。

第二年冬天，你到常山去祭祀，回来后与同僚在郊外打猎。你一高兴，就写了这阕《江城子》。另有《祭常山回小猎》诗云："青盖前头点皂旗，黄茅冈下出长围。弄风骄马跑空立，趁兔苍摩掠地飞。回望白云生翠巘，归来红叶满征衣。圣明若用西凉簿，白羽犹能效一挥。"卒章显志，欲建功西北，与本阕词异曲同声，愿担当重任，驰骋边陲，力挽雕弓如满月。

3

你这个小老头估且要发一发年轻人的狂劲，出得城去打猎，玩的就是心跳，弄的就是张扬。说你是在作派，一点也不为过。当然，老百姓能目睹"太守"出猎，再铺张奢华，再滋事扰民，也不会有人说你，反而要倾城而出，争先恐后，一睹你的劲霸风采，乐得快哉！

你打猎在不在行，我们自不必去考证，光有这阵势，就足以让人豪情倍增，更添欣喜十分。

你左手牵着黄毛猎犬，右臂托着矫健的苍鹰；你头戴锦缎织就的帽子，身穿貂皮裘衣。你率领众多的侍从，骑着神勇的骏马，风驰电掣般地奔腾于山野，又如疾风，一瞬间卷过了山冈。为酬答全城人跟随你观看出猎的盛情，你想象当年孙权模样，亲射猛虎，一显身手。

你一高兴，酒就喝得有些过量，胸怀更加磊落坦荡，豪气更加雄壮飞扬。当时，你的鬓角虽然有点微染白霜，身体也略显衰老，那又何妨！

你打算像汉代太守魏尚阻击匈奴那样从容不迫，那样意志刚强。你又担心，什么时候，才能有个像当年冯唐一样的人，持着符节来召唤你，让你跨上骏马，奔赴战场，驱除外虏，建功立业，报效国家。到那时，你一定会拉开千斤宝弓，如十五的满月一样，对准西北边境上的顽敌，射死那给你的祖国带来灾难的天狼！

4

此前，你小遇挫折，为避矛盾锋芒，你多次请求外调，获准后辗转来到密州。你暂避锋芒，不等于就此收敛锋芒，不等于就不再展露锋芒。这次密州出猎，你就选择了这个最佳时机，亮出了你紧锁腰间的利剑，亮出了它锋芒毕露的寒光与锐气。

你自动放弃了为君呈献“平戎策”的机会，却没有自动放弃建功立勋、报效国家的理想。你清楚地知道：以天下为已任是你们读书人的责任，是你这类不甘平庸、不甘沉沦的封建世大夫的使命！既然文的行不通，那就来武的吧，尽管你不见得就是一位智勇双全、文武兼备的枭雄与将帅！但是，你毕竟作出了果绝的选择，并寄予了莫大的希望。

在这种消除外敌、建功沙场的理想支配下，你“狂”劲猛张，“狂”态酣畅。你“狂”得英气勃发，“狂”得凛然生风，“狂”得意气飙举、得神采飞扬。

你麾下的百姓拥戴你，他们难得一睹你如此的风神快意，他们难得一见你如此的生龙活虎。他们渴望有一个清廉的父母官带领他们去过他们想过的生活，他们盛情殷殷，热血浓浓，他们深深地喜爱你这个爱民亲民为民的父母官。故而，他们愿意放下手中的活儿，他们倾城而出，像是去赶赴一个盛大的节日，或者说，他们干脆就把你此次出猎当作了难得一遇的盛大节日。

5

自古英雄，都需要有酒助兴。你痛快而饮之后，酒性与“狂”劲便迅速飙升，压抑在胸中的那一股子闷气倏然而出，随之而来的便是冲天的豪气，便是横扫千军的霸气。

于是，你把这一次出猎的地方当作了一次沙场点兵的演练场；于是，你还当真的一样，像模像样地大干了一场。只可惜，你无限忠诚的天王老子并不领你的情，并没有给你施展才艺、建功立业的机会。不过，这一场最著名的演习却被你用撼人心魄的文字记了下来，气势磅礴，雄绝古今。

这阕“豪放第一词”写好后，你颇为得意。数日后，你在给友人鲜于子骏的信中说：“近却颇作小词，虽无柳七郎风味，亦自是一家，呵呵。数日前猎于郊外，所获颇多。作得一阕，令东州壮士抵掌顿足而歌之，吹笛击鼓以为节，颇壮观也。”

得意之情，溢于言表。至此，有别于“柳七郎风味”而“自是一家”的豪放词便正式登台而渐成与婉约词分庭抗礼的主角了。虽然范希文、柳三变在前边已有过掠人耳目的预演。

6

俗话说：少有百岁之童，老有三岁之翁。

你虽然自称“老夫”，也一度以“老夫”自居。可是，你从骨子里是不愿就此老去的。即使到了银髯飘胸，你也不甘心就此平庸无为地老去。

因为，西北的狼烟已危及金瓯的完整。

因为，你生活的时代积弱积贫。

因为，你早已自觉地把兴国安邦视为自己义不容辞的责任！

如果你已真正地老去，那定是因为：在你生活的时代，有无数的庸人在阻挠你，千方百计要剥夺你实现理想的机会！

事实也是如此！

不负相思李之仪

此恨难已

我住长江头，君住长江尾。日日思君不见君，共饮长江水。

此水几时休，此恨何时已。只愿君心似我心，定不负相思意。

——《卜算子》

1

思念的距离隔着一条蜿蜒的大江，之间，还有万重青山，无数险滩。

李之仪，读你这阙短章，我们眼前立刻呈现出一片古老的苍茫，耳畔即刻响起那缠绵凄美、几近绝望的吟唱：“蒹葭苍苍，白露为霜。所谓伊人，在水一方……”于是，两千多年前，那位苦恋的痴情汉开始了一番艰苦卓绝的追寻之旅。为了找寻到心中的她，他逆流而上，可是道路险阻又太漫长；他顺流而下，他真切地感到，她仿佛就在水的中央，却又那么迷茫，那么渺远而遥不可及；他艰难地登攀，他顺流搜寻，找遍了所有的险滩，觅遍了水中的小岛，始终没有找到日思夜念的意中人。

他神情恍惚，如梦如幻，又如醉如痴。无论道路多么艰险，无论距离多么遥远，他一刻也没有放弃，一刻也没有停止追寻的脚步。故事的悲情在于，他总是晚了一步，她总是可望而不可及。最后，他只得独对苍茫，就这样怅然若失地走进了我们的视野，牢牢地刻在了我们记忆的顽石上。

他的痴迷打动了千古以来的世人。他的遭遇也在你的身上凄绝地重演。

你的痴情绝不输给那个远古的男子，你的悲情一样地感天动地。

2

望着滔滔不尽的长江水，你痴情地说：我住长江源头，你住长江尽头；我天天都把你思念，却怎么也见不到你；我们共饮着同一条江河的水，教我如何不想你？长江啊，悠悠东流，何时才能休止？我的相思之痛、离别之恨也不知道什么时候才能终止？我只剩下这唯一的愿望：但愿你的心也同我的心一样，一定不要辜负我这一番深切痴迷的相思之情！

“只愿君心似我心，定不负相思意！”千年一去，依然江水汹涌，涛声不息，你的喃喃自语，在我们的耳边一刻也没有停歇。

3

李之仪，你的这阙小令虽仅有四十五字，但你的情意犹如长江滚滚不息的长流水，一往情深，从源头到江尾，一刻也没有休歇。

爱恨交织，甜蜜而又痛苦。相思所致，缠绵而又悱恻。坚守爱情，既有苦恋的付出，寻觅的艰辛，更有思而不见、觅而不得的苦痛。你苦苦相思的情景令我们再次想起远古那动人心魄的一幕：在秦地，在二千五百年前的一个深秋的清晨，有位痴情的男子，在蒹葭苍苍的河岸，神魂颠倒，徘徊往复，焦急地寻求他思念的那人；他的眼前反复闪烁着她的影子，如梦如幻，扑朔迷离；他坚信，他一定能寻得她的去处，一定能赢得她的芳心。于是，他不惜一切努力，不惜一切代价，都要去艰辛地追寻；虽然阻碍重重，虽然望穿秋水，虽然最终都没能真正找到她，哪怕是她的影子，他仍然没有终止他找寻的足迹！

你也是一个情痴，甚至让人怀疑你就是他的转世再生。

与他不同的是，你明明白白地知道她的住处——一水之尾，相隔千里。

你伫立大江的源头，见一水长流，滔滔不绝，就想起你们的爱恋，想起你们眼下的处境，更诱发了你难以相见相偎的别恨苦楚。你们“共饮一江水”，所以日日相思，所以绵绵不绝，所以别恨更炽。所以，水流不尽，思念不绝。所以有执着的追求，热切的期盼，至诚的坚守。

“思君如流水，何有穷已时。”这是建安诗人徐幹在《室思》中的坚定独白，我们也由此找到了你诗歌的源头，思念的源头。而真正能够止息这深深别恨的，恰是那一江流水，只有“江水为竭”或许可能终结别恨。否则，就只有任由此恨绵绵无绝期了。

爱情为什么有如此魔力？为什么使人落泪，使人伤心，叫人摧心蚀骨，欲罢不能？我们至今也不明白，因而，当人们陷入迷茫的时候，有人就开始嬉戏爱情，践踏爱情，舍弃爱情，从认识到婚姻，直接越过恋爱这道蜿蜒曲折的千里长河，难怪这样的婚姻难有美满的结局，难怪有那么多人刚刚走进婚姻的殿堂就要急匆匆地赶去离婚。据说，有个城市已经开始实施摇号办理离婚手续。信息是否实属，暂且不论，进入摇号、排队时代，连离婚都堂而皇之地迈进拥挤的时代，不得不引起我们的警觉和反思。现代人对待婚姻，失去了应有的耐心，应有的坚守，应有的敬畏。因而，很多现代人都在迷惑地问：这世界，到底还有没有真正的爱情？电视速配，网络中介，尽管大家都忙个不停，找到的大多是婚姻，而非刻骨铭心的爱情！

李之仪，你站在长江源头，深情地眺望长江之尾，千年风月，没有改变你最初的选择，最初的姿势，最初的情意。

这就是爱情！不是传说，也不是传奇，而是曾经的存在。

4

李之仪，你一生爱词，跟很多名人都有过交往唱和。一直传扬不衰的，就是你与东坡的“亲密”接触和诗书传情。

你曾在苏东坡的幕府干过。一天，东坡突然造访，与你促膝谈词。你俩有一个共同的看法，即此前的很多词无非是艳情闲愁，羁旅乡思，虽不乏佳作问世，但都不及民歌的淡雅朴素，意美味醇。于是，你提议用乐府民歌的格调各自现场填词，东坡却摇头说：“今天不行，有烦心事阻扰于心，思路闭塞，不能顺畅为之。”你打趣地说：“莫不是‘剪不断，理还乱，是离愁’？”你把李煜的句子顺手拿来道出了东坡横遭贬谪而意绪凌乱的心境。东坡也不理会，就顺便列举了一阕无名氏的《菩萨蛮》，让你模仿其格调现场和之。你一看：“这不是写男女痴情的吗？”略加思索后，你说道：“好，那我就当面献丑了!”

故事的结局就是，我们今天有幸欣赏到了你现场填就的这阙《卜算子》。

5

你与东坡的友情深挚。今天读来，感染力依然不减。

你出生于沧州无棣(今山东庆云)，李氏为当地名门望族，因而从小就接受了良好的启蒙教育。你二十二岁进士及第，最初于四明、万全等地任县令。你才华横溢，琴棋书画，样样皆能。《四库全书》称你的文章“神锋俊逸，往往具有苏轼之体”。能有如此成就，一定程度上，你受到了东坡的熏陶和指点。你仕途多舛，也因东坡得失进退的影响。

你所著的《姑溪居士全集》中，收录了与东坡有关的作品四十余首。反过来，《苏轼文集》和《苏轼诗集》中，收录了与你有关的作品二十余首。特别是东坡遇赦北归的那一年，他给你写的书信就达七封之多。这些，都是你们二人情谊深笃的鉴证。

东坡比你年长，你视东坡如兄若师。公元1071年，东坡因与王安石政见相左而受到排挤，被贬到杭州、密州、徐州任职，后来再贬到黄州。东坡一路走来，宦海沉浮，颠沛流离，一晃就是十多年。东坡流放外地，你甚为不平，积极联系一些旧日好友及官宦在朝中活动，上下打点，以图他早日返回京城。你把自己的思念、想法写成书函一札，远寄黄州。东坡阅后，十分激动，旋即回复《答李端叔书》，直抒胸臆，厌倦官场争斗、淡泊利禄声名的想法，日出而作、日落而息的乐趣尽在其中。此间，还有东坡的《与李公择书》《次韵答李端叔》等，叙写了坎坷的仕途，不幸的遭遇，彼此的欣赏，共同的扶励，为你们的友谊不断地加注芳醇。

你们的友谊写进了那一行行诗词，一页页信函，读来，让今天的我们如沐春风，如饮时雨。

你们都已远去，你们的友谊还在我们的心里不住地流转，默默地温暖，慢慢地回甜。

恨付柳丝

残寒销尽，疏雨过、清明后。花径敛余红，风沼萦新皱。乳燕穿庭户，飞絮沾襟袖。正佳时，仍晚昼。著人滋味，真个浓如酒。

频移带眼，空只恁、厌厌瘦。不见又思量，见了还依旧。为问频相见，何似长相守。天不老，人未偶。且将此恨，分付庭前柳。

——《谢池春》

1

又是一场春雨过后，残寒散尽，暖风熏熏。

可是，当你走过小径，漫步于野，放目四周，你才知道，眼前已是清明。这就意味着，昨夜的那一场雨驱除了寒意，也赶走了在树枝上苦苦坚守的春花，以及春花的艳事，春天的艳情。落红满径，你不忍心践踏那些跌碎满地的花魂。你知道，自己也终有一天会和这些落花一样，春尽，芳华去，红颜老。你的伤情得到了风的回应。微风轻拂，她轻轻地掠过池水，漾起满池波痕。小燕子上下腾跃，时而绕着农家翻飞，时而绕着池塘穿越。你就这么带着伤感不停地转悠，不觉间，一天将尽。你又来到池塘边，那一池春水映着你憔悴的容颜。你呆呆伫立，不知不觉，柳絮落满你的衣襟。这时，相思偏偏袭来，个中滋味，浓如醇酒，说不清，道不明，除不去。

眼见自己日日消瘦，难耐相思的煎熬，又无法阻止那无休无歇的思念。即使见了她，也无法改变此刻的相思，无法改变分别的现状。最后，你心一横，与其频频相见，还不如长相厮守！可是，一想到将来，你又惴惴不安：天公无情天不老，有情人呢，偏偏落得个孤独无偶；这份相思，这份别恨，谁能理解呢？还不如将它交付给庭前的垂柳，任风带走。

2

这又是一阙相思曲。别离之苦困得你整天都在煎熬。

一天的徘徊，彷徨，结果是，相思依然，别恨依然。李清照说得好："此情无计可消除，才下眉头，却上心头。"都有相似的体验，都才这般地深刻，这般地动人心魄。

无奈，你只好"且将此恨，分付庭前柳"！岂不知，柳丝千条，随风扬起的，依然是难去的别恨。因为，"天不老，人未偶"。天不老，人却在一天天地老。年华去了，情未了；情未了，却不能如愿相守，相依相偎，一起慢慢到老。

怎一个"苦"字说透？怎一个"恨"字了得？

这阙《临江仙·登凌歊（xiao）台感怀》，所写情境，有些相似：

偶向凌歊台上望，春光已过三分。江山重叠倍销魂。风花飞有态，烟絮坠无痕。

已是年来伤感甚，那堪旧恨仍存。清愁满眼共谁论。却应台下草，不解忆王孙。

因景感怀，却不是相思的折腾。

这阙词，作于你客居当涂期间的一个春天。

还是在春天，你登上了凌歊台（南朝宋孝武帝曾于此建避暑离宫），四周平旷，目力所及，视野阔远。“春光已过三分”，时光流逝，华年流逝，无力阻止。而你呢，依然滞留异乡，因此，“江山重叠倍销魂”。令你“销魂”的，不是年华，不是相思别恨，而是乡思念故园。“风花飞有态，烟絮坠无痕。”眼前景物，相顾自怜。同是自然之物，结局却相差天壤。“已是年来伤感甚，那堪旧恨仍存！清愁满眼共谁论？”个人的遭遇，羁旅的别恨，它们的根牢牢地深扎于你的内心，你只得独自吞咽。凌歊台下，春草丛生，谁又会了解你的苦痛，走进你的内心？

这是一阙思乡曲，你把内心深恨无端地归咎为春草的无知无情，让蓬勃的春草莫名地受尽委屈。

春草无法阻止你的归期，春草依然要没有来由地绿。我们只好借用王维的诗句问询，“春草明年绿，王孙归不归？”（王维《山中送别》）

李之仪，明春，是不是你的归期呢？

落拓一生晏几道

相逢是梦

彩袖殷勤捧玉钟，当年拚却醉颜红。舞低杨柳楼心月，歌尽桃花扇底风。

从别后，忆相逢，几回魂梦与君同。今宵剩把银釭照，犹恐相逢是梦中。

——《鹧鸪天》

1

晏几道，你这个权贵公子，在父荫之下过了几天上好的日子，烟花柳巷这些风月场所你没有少去光顾。也许正缘于此，你荒废了学业，再加上自己又有几分不肯趋炎附势的臭架子，因而仕途一直不畅，才穷困落魄，放浪一生，终不得志！

在你落拓不堪的岁月里，你就只有靠追忆往日欢娱的余温、咀嚼那低回贪欢的余味，打发你悲凉哀愁与贫困相侵的日子。你虽“落拓一生”，但“不践富贵之门”，终是一位傲气凛然、骨气铮铮的词人！尽管如此，你仍未放下手中的秃笔，从未停止用词去记录你的心路历程。因而，你的造诣颇深，终于身登极顶，与你的父亲齐名，故有“二晏”之称。

这阕《鹧鸪天》写得光艳绮丽，写的就是你对过往依红偎翠、咀金含玉的风华岁月的自恋与自遣！

2

想当年，你与她初相见。

那妙龄可心的女子，彩袖轻舒，手捧玉盅，殷勤备至，一盅、两盅……你年轻气盛，毫不示弱。为了博得如意红颜的巧笑与欢心，为了挥洒自己的风流，为了放纵的快活，你从不推杯，一杯、两杯……竟心甘情愿地将自己灌醉，醉得桃红满脸，醉得放浪形骸，醉得忘乎所以。

只见她如妩媚的妖精，舞裙招展，艳影抛飞。恰在此时，明月照高楼，斜光穿朱户，杨柳低垂，如帘幕无数重，又似风烟轻笼。婉歌唱尽，妙曲终散，桃花扇底的香风也终有一刻会彻底断尽，一晌贪欢，流光飞转，待你从醉中醒来，一切都已渺远，一切都已杳然。

黯然别后，天涯相阻，众水相隔，浮生两重天。遥想初相见，惊艳。从此无力自拔，多少次，两人又在梦中同欢，梦里缠绵。相见的时间分外短暂，相见的贪欢消解了长久相忆的熬煎。可是，今宵却是最后的谢幕。你想尽量把灯挑得再亮一点，让彼此真真切切地看清对方沉醉的容颜；你想尽量把灯挑得再亮一点，彼此都以为是在梦中相见。

结果，现实跟梦境一样的短暂虚幻。

3

明明是真实的幸福，你却以为是虚幻。

明明是梦中的幻景，你却常常拿来当糕点，需要的时候，就如饥似渴地饕餮一顿，过了就食不甘味，就辛苦连苦辛地陷入长久的追忆，就难以自拔，面如死灰。

记忆，如一个经久不坏的筛子，愈是你想忘记或不想忘记的东西，越是不能筛去！这不，你俩的幸福且暂短的握手、饮酒，就成了彼此刻骨铭心的珍品，在那些苦楚难耐的雨夜，在那些艰难苦恨的时光，这些珍品的光亮就熠熠生辉，就那么温暖、那么亲切地照亮了彼此苦涩阴冷的心房，照亮了彼此阴霾密布的天空！

情感亦是如此，愈是你想忘记的大痛大悲，就愈是不能忘记。此时，你就需要将记忆中的大爱大喜翻出来与之勾兑，以稀释你的大痛大悲。

小山，你落拓一生，这次偶然相遇和暂短重逢的就是埋在你记忆最深处的珍品：当年，人生的快意竟是如此地令人疏狂，为了博得对方的一笑而不惜“拚却醉红颜”，那温婉流转的相聚犹如梦幻；之后，便是长久的思念，便是多次在梦中亦幻亦真的重演；以致让你觉得，今天的重逢仍是幻梦的翻版！

4

小山，你一生填《鹧鸪天》词多篇，有两篇很特别。除了上边这阕外，还有下面这一阕：

九日悲秋不到心。凤城歌管有新音。凤凋碧柳愁眉淡，露染黄花笑靥深。

初见雁，已闻砧。绮罗丛里胜登临。须教月户纤纤玉，细捧霞觞滟滟金。

有一年重阳节前，权相蔡京两次派人请你填词，你很无奈，却又不好回绝，就填了这两阕，“无一语及蔡者”。我们今天读来，也看不出你有任何巴结阿谀之意。

你“落拓一生”，却颇有骨气，从“不践富人门”。人们颂扬你，不是没有依据。

这首词里，你把悲秋、登高、怀人等传统题材和写法统统抛开，一反常情，竟把重阳节写得欢乐无比。有人分析说，于蔡京，你实际上寄寓了反讽之意。

然否，唯你自知。

5

小山，在你25岁时，高干加文豪的父亲晏殊去世，你失去父荫庇护，但满朝非亲即友，你要谋个一官半职想来应该不是难事。可是，你这个没落的高干富家子弟，却有你自己的活法。黄庭坚为你总结了“生平四大痴绝处”：不附权贵、不与时合、仗义疏财、认定吃亏是福。于是，直到你七十六岁谢世，大半生都在贫困劳顿中艰难度日。往日里的风流韵事总要被雨打风吹去，当你两鬓只为相思老的时候，所有的风光美艳都已成为过去，你只能“弹泪说凄凉”！

小山，不管你写的词如何地妍美，你此次的重逢是如何的既惊又喜，读你的这阕词，拿你的话说，就是“点点行行，总是凄凉意”。你尽管把填词这活玩得得心应手，畅快如意，可是，要真正彻底地排遣你内心的愁郁与苦闷，恐怕同样是“无好计”！

“春梦秋云，聚散真容易！”“千里念行客，飞云过尽，归鸿无信。”人生无常，在你身上，竟也体现得这般淋漓尽致。千载以后的我们，莫不为你扼腕叹息！不管你在词中将这些相会与重逢写得如何的可心醉人，这些都是过眼烟云的浅情，或者作戏，而你自己还信以为真。不过，梦终有要醒的时候，你在《少年行》中就作过冷静而客观的反省，权当是读这阕《鹧鸪天》的补叙：

浅情终似，行云天定，犹到梦魂中。
可怜人意，薄于云水，佳会更难重。

6

前梦疑真，今真疑梦。太多的虚幻让你一时不能自已所致。太多的离别繁慭了太多的思念，太多的思念恍惚了你的意识。恍惚的你竟把真切的现实当作缥缈的梦境！太多的挫折滋生了太多的痛苦，今昔形同天壤的差异让你不胜今日的欣喜。激情过后，知音去后，填词以记之：人生际遇，悲喜遭逢，皆如此梦！

视人生如梦，可以麻醉自己清醒的神经，当苦难接踵而至时，他可以以梦视之，以获得即时的快意。处处头脑清醒，事事心里明镜，那些与意志相左的现实是击垮你心理防线的致命利器，稍不注意，便沦入颓废。稍不注意，他便成了多舛命运的牺牲品。除了极个别的精英外，大多数怀才不遇者最终都成了历史尘埃中的灰烬。我们可以哀其不幸，我们却无法怒其不争。因为很多人的个人力量有时太过渺微，又在重复着他们曾经的命运！

还好，小晏，你留给我们的绮丽哀靡又美艳恸人的词，让我们在应付自己的俗事相烦之余，能够有点机会去再识你这个封建没落的贵族子弟！

当时明月

梦后楼台高锁，酒醒帘幕低垂。去年春恨却来时，落花人独立，微雨燕双飞。

记得小苹初见，两重心字罗衣。琵琶弦上说相思，当时明月在，曾照彩云归。

——《临江仙》

1

小晏，你依然在梦中过你相思的日子，自从你的权贵老子大晏从宋朝权臣的舞台，从你的生活中永远地谢幕，你便一直没有醒过。恍惚迷离的幽梦，光鲜亮丽的回忆，是你对付落寞岁月的最好武器，是你度过困顿日子的精神粮食。

2

又是一场绯色旧梦，此番醒来，依稀梦中景，如意梦中人，都如散去的烟云。看眼前，人已去，楼已空，帘幕低垂，风影蠢蠢，唯自己困顿孤寂，独对索然。

去年春天的那一场情觞别恨，此时在心头禁不住雨后春韭般滋生，荒草一样蔓延，叫你怎也无法回避，怎也无法平息。

春花在微雨中凋零，凋零成满地的粉泪，她站在幽黯的花影里，纷落的花雨中，独自默送着你这个身无分文的潦倒文人、没落的权贵子弟；最无奈、最让人黯然销魂的，还是那斜斜穿过雨雾的双飞的燕子，全然不解人间风情。换句话说：微雨里，无情燕子但得比翼双飞；花落中，有情之人只得无奈独立！此中伤感，倍添十分。

回忆已成家常便饭，可心的小苹又走到眼前。记得当初与她初相见，她穿着绣有两重心字的轻罗衣，娇羞拂面，楚楚堪怜！她柔弦漫抚，琴丝轻弹。弦弦声声，声声弦弦，都是她的相思呀！恰在那时，明月攀升，光影烛地，照着彩云一样的她离你而去。你望着她远去的倩影，怅然若失。

3

其实，你失去的仅是转瞬而去的一道幻影，失去的是一段光影迷离的短暂艳遇。而她那一夜的那一个华丽凄艳的转身，便刻进了你抹不去的记忆。

“当时明月在，曾照彩云归！”李太白的诗句正可信手拈来，恰巧贴切地表达了你当时的情与境。李太白的诗句正如月照彩云般照亮了你的词，照亮了你的记忆，也照亮了代代读者的眼睛。

许是诗仙笔下的珠玉之笔太多，遮掩了这两句的华彩，移植于此，竟异彩大张，分外亮丽！

当然，被移植的还有“落花人独立，微雨燕双飞”，这是五代诗人翁宏《残春》中的句子，就像珠玉放错了位置一般，只有镶嵌到你的锦绣词章里，才如此异彩绚烂，叫人想掩都掩不住。

但此时，明月犹在，彩云散尽，曾经的绚烂却无法照亮你此时的心情！

4

这是一个值得追念的故事。

小晏，你早年是一位名副其实的纨绔子弟，凭着自己的意气和任性，曾干了不少的风流浪漫事。这些都是年轻人易犯的错误，更何况，你还是个人人追捧的高干子弟，人人羡慕的富家公子。

你与两个叫沈廉叔、陈君龙的人交情甚密，每当你填了新词，都要让这两家名叫莲、鸿、蘋、云等歌女轮番演唱，一起娱乐，一起分享你智慧的杰作，灵感之泉浇灌出的新的精神粮食。而这些词，又大多是为这几个歌女而专门制作的，仿佛现在的词曲作家为某歌星量身定作一般。有了这样的机会，生出一点别样的情愫，当是情理之中的事情。

养在家中的歌女、家妓，有一个比较尴尬的身份，大概介于情人、丫头、小妾之间。许是耳濡目染的缘故，虽然她们身份卑微，但她们多少还有点文化素养，她们更解人间风情，因而更容易讨得主人的欢心。

小晏，你与别人家的歌妓眉来眼去，关系暧昧。沈、陈二君能胸怀大肚，睁只眼闭只眼地与你坦然相处，实属不易。不知是怵于你老爹的权势或是觊觎于你口袋里雪花花的银子，或者你与他们的关系真的很到位，我们不得而知。你要是生活在现在，无孔不入的狗仔队肯定会拿你发大财，定会连篇累牍地炮制你的桃色绯闻！还好，你与他们非但相安无事，反而还其乐融融，制造了不少的妙事佳趣，香了千年以后人们的口齿，至少不算坏事。

这章《临江仙》是一首怀人词，死党老沈已经归西，老陈也瘫痪不起，许是年轻时欠的风流帐太多的缘故。过去填词赏歌的美妙日子早已一去不回，留给你的，只有没完没了的回忆——虽然可以让你陷入无尽的悲伤，但这却是易于使人上瘾的海洛因，现实愈是悲苦，你愈是想加倍地吸食！

还好，你在这些回忆追念的文章中，喜欢将这些曾给你带来欢乐的女子的名字嵌入词中，为我们探源你的情感履历提供了蛛丝马迹。小苹，是那些为你制造了无限欢乐的众多妙龄女子中的一位，是你深深眷恋、吟咏频率最高的一位："小苹若解愁春暮，一笑留春春也往"，"小苹微笑尽妖娆"等。小苹永恒地活在了你的词里，活在了宋朝那一片光影摇曳的时光里。而你，小晏，则活在我们声声不息的歌吟里。

小苹踏着月影而去，消失在那一片凄艳的光影，你怅然若失。而我，则更希望你洒脱而又快意地走来又走去：

春悄悄，夜迢迢。碧云天共楚宫遥。
梦魂惯得无拘检，又踏杨花过谢桥。

是啊，我们希望你永远都这么的风流蕴藉、潇洒倜傥！

泪湿红笺

红叶黄花秋意晚，千里念行客。飞云过尽，归鸿无信，何处寄书得？

泪弹不尽当窗滴，就砚旋研墨。渐写到别来，此情深处，红笺为无色。

——《思远人》

1

“何处寄书得？”这是一个摆在主人公面前的现实课题。

因为，季节不知不觉间走到了晚秋。她看见，林叶转红，黄菊开遍。她不禁想念起千里之外的那人来。

此刻，云彩无意停留，它们固执地向远处飘去，飘去，很快便没了踪迹。大雁归来，也没有捎回那人的消息。刚刚写成的书信，也不知道该寄向哪里？

越是牵挂，就越是思念。伤心处，她临窗挥泪，泪流不止。干脆就着泪水研墨写信。一点点，一滴滴，从离别时写起，一路写来，情到深处，泪水决堤，一发难收，滴到信笺上，竟把红色的信笺染褪了色。

2

有人评价你这阕《思远人》为“痴人痴事”“慧心妙语”，真是恰如其分。

见“飞云过尽，归鸿无信”，于是，女主人立刻想到了“何处寄书得”。鸿雁随了浮云而去，自北而南。一会儿，就没了踪影。被思念烧灼的人遥望长天，所有的期盼都已经绝断。女主人立刻想到，就是自己给他写封信，也无从寄达呀？

陡然间，故事有了新的情节：珠泪不尽，那就以泪研墨；彩笺写成，却被泪水打湿，没了字迹。明知书信无法寄出，却偏还要写；写的结果也是枉费神来更伤情。真是一片痴情，枉费心机，又情有不甘。

相思情苦，以泪洗面，这是常事；以泪研墨，就是憨痴；到了研墨作书，更是痴绝。最后，不说红笺因泪褪色，却说因情深而使红笺无色，堪称妙绝。

3

这是发生在晚秋的思念，凄凄惨惨，一路读来，叫人泫然。

下面这首阕《御街行》，则是发生在春天的牵绊：

街南绿树春饶絮，雪满游春路。树头花艳杂娇云，树底人家朱户。北楼闲上，疏帘高卷，直见街南树。

阑干倚尽犹慵去，几度黄昏雨。晚春盘马踏青苔，曾傍绿阴深驻。落花犹在，香屏空掩，人面知何处？

春天里，那人登楼怅望，绿树浓阴，杨花铺路，纤云缭绕处，有一所朱门大院，那是她当年的居处，也是登楼人曾经的游乐处。从“北楼闲上”到“几度黄昏雨”，景色转换，犹如登楼人凌乱的心绪。往日朱门欢会，而今，风景依旧，相聚的屏风也依然还半开半掩，可是，一起欢聚的人呢？今天你又在哪里呢？

“人面不知何处去”，那准点赶来的春天里，依然美丽的风景，竟成了登楼人的伤心处。

“人面知何处？”同样是没有答案的问询。此刻，我们更关心“登楼人”的归处，以及他无法确定的结局。

黄庭坚在《小山词序》中说，你是人中精英，到了痴处，堪称自绝。喜欢你的人都很不高兴地质问黄庭坚，他回答说：“仕宦连蹇，而不能一傍贵人之门，是一痴也。论文自有体，不肯作一新进语，此又一痴也。费资千百万，家人寒饥，而面有孺子之色，此又一痴也。人皆负之而不恨，已信之终不疑其欺已，此又一痴也。”大家听了黄庭坚的分析，都确信如此。

正因为此，有人说你是“古之伤心人”以“情”动人：“残睡觉来人又远，难忘，便是无情也断肠。”“新酒又添残酒困，今春不减残春恨。”“真个别离难，不似相逢好。”“都把旧时薄幸，只消今日无情。”“无处说相思，背面秋千下”……一路读来，情意恣肆，心绪流转，仿佛一曲音乐响起，漫过春草碧水，漫过秋花黄叶，漫过悠长的岁月，扑面而来。

我们不禁问道：小晏，你在何处？

无计寻春黄庭坚

春归何处

春归何处？寂寞无行路。若有人知春去处，唤取归来同住。

春无踪迹谁知？除非问取黄鹂。百啭无人能解，因风飞过蔷薇。

——《清平乐》

1

你这个早年写了不少艳诗的文人，在这里立地成佛，童心勃发，竟也写成了一阕寻找春天的童话词。

身为苏轼学生，却长了几根反骨，豪放派的衣钵没有继承，能写成如此寄意深婉之词，也还算未辱师门。黄鲁直，你虽为“苏门四学士”之一，填词上的造诣不及秦学士（虽然齐名），但在为诗上却显出了过人本领，是宋代影响最大诗派江西派的创始人，竟也直追师名。因此，苏老师就没有计较你在填词上的先天不足，或者学之不勤，为之不精了。

古人要实现自我人生价值，大凡两个途径。一是功名直须马头取，纵横疆场，一路杀将过去，到万骨皆枯的时候，才有可能挂帅封侯；另一个仿佛要容易一些，不必有性命之忧，却同样血雨腥风，残酷至极，那么多有才华有报负的人都赶趟儿般往科举这条路上挤，没有点过人之才，就会倒毙于求取功名之路，成为他人脚下的铺路灰，问鼎权力的最高层，也只是少数人的事情。

黄鲁直，你22岁便高中进士，年青得志，平步青云，顺利地步入了宋朝权力的高层。不幸的是，同秦学士一样，你一开始就只能站在以你师父为首的这个旧党阵营，新旧党之争力量的消长就是你仕途升迁的晴雨表。在旧党失利的当儿，你也不得不同师父一样，接受被打击被贬谪的命运，直至最后死于宜州（今广西宜山县）。

这章《清平乐》惜春词，许是你在吟腻了艳词之后的一次可贵的尝试，为清洗你“以笔墨欢淫”的恶名多少出了点力。

2

韶光易逝，年华飞驰，春天，春天，就这么匆匆而去，现在回归到哪里？

这是一个艳阳高照日，黄鹂唱着婉转的曲子，早早地就在窗外的翠柳上唤你，唤你快快地去踏寻春天的生机，品阅春天赐予人们的万千美丽，享受春天呈给人们的无限乐趣。

你不负黄鹂的盛情，你缓步出门，踏上村边小溪上的石桥，望着脉脉的流水，以及随了流水无言飘逝的花朵，你不觉黯然伤神！多少美妙的时光就这么无情逝去，就在自己恣意挥霍青春，纵情泛滥笔墨的时候。多么新雅自然，多少隽永诗意，都在自己的疏忽无知中悄悄地凋谢，无情地殒灭……

你不由得痴情地问询：春天，你到底去了哪里？有谁知道？又如何才能将你唤回？如果有谁知道你的去处，就请告诉我，我好赶快将你追回，好让我跟你一道同住。

微风轻袭，你又凝神自语：时光从来都是来也匆匆，去也忙忙，她从来都不会因某个人的奢求、贪欲或者疏忽而延缓她远逝的步伐！落花流水春去也，空怅惘！

春天已经远了，可是，枝头的黄鹂却不因春天的远离而停止她天籁般的歌唱。她欢快的鸣啭倒像是在安慰你等失意之人。而你，却只顾个人的失意而忽略了鸟们的提醒，忽略了鸟们的警示，她只好无奈地随了匆匆的轻风，飞过丛丛蔷薇，飞向春天走过的山野、田园，飞向通往遥远、通往未知的道路，飞向你目力以外的那一片广阔的天宇！

你在默默地伤神，时光又随了桥下的流水悄悄远去……

你想：自己是继续走向生机盎然的郊野，还是折身走进斗室？是去赶赴下一趟人生的盛会，还是囿于自己那一方书香四溢却十分仄逼的蜗居？是去再作无奈的伤痛，还是积蓄力量重振雄风？

面对亦然远逝的春天，你不能自持。

3

千帆过尽，你也许不曾留意。

红尘滚滚，你也许曾经是它波峰浪尖的飘萍。

时光匆匆，你也许曾痴迷于你曾经的拥有，从来都未曾把她放在心里。

今天，黄鹂无意的几声啼鸣，竟唤醒了你潜藏心宇的春意，你意兴勃发，出户寻春。可是，春天行进的时刻表却不因你的迟到而晚点，而延缓奔赴下一站的进发时间。当你匆匆赶去与春大约会，当你欲扑向春天的怀抱时，春天已经离你而去，你成了季节的弃儿，你陷入无限的失意，你不禁扪心自责。之后，你又对着郊野四顾而寻，四顾而问！

自然以盛开的蔷薇肯定地告诉你：春天确实已弃你而去，且越去越远！

我也要告诉你，一个热爱春天的人，他不必手挽春天，拥春而眠；只要他心里盛装着一个生机盎然的春天，既使他身处地老天荒的苦寒，他一样能感受到春天的温暖，他的眼里也一定万卉竞放，春满千山！

4

这是一则追寻春天的童话。

当你心中的浮华褪尽，当你笔下的词句不再靡艳，当你确信你的来路坎坷，你的去途也一样的蹭蹬不平时，你渴望拥有春天，拥有温暖，拥有无限的希望。

这，也许应归结到你曾经拥有的一段佛缘，你参禅悟道，苦心孤诣，“悚然悔谢”，你终于悟得作诗三味。于是，你直追师父，正果终成，与东坡站在了同一高度——并称“苏黄”。

“学诗浑似学参禅，竹榻蒲团不计年。直待自家都了得，等闲拈出便超然。”这或许可作为你的为诗心得，那这阕《清平乐》可不可以算作你的惜时感悟、励志誓言呢？

江湖夜雨

我居北海君南海，寄雁传书谢不能。
桃李春风一杯酒，江湖夜雨十年灯。

持家但有四立壁，治病不蕲三折肱。

想见读书头已白，隔溪猿哭瘴溪藤。

——《寄黄几复》

1

黄庭坚，你这位苏门高徒，因受师父命运的影响而仕途坎坷，荆蓁载途，终生不幸。以至最终被贬穷乡，客死异地。

从这首《寄黄几复》诗中，我们咀读出了隐储在你内心深处的辛酸与苦楚。

2

你说，我在北海之滨，老兄你在南海之隅。关山阻隔，江海遥距，你我都是被名缰利锁牵着东漂西泊的困顿羁旅。

十多年了，老兄，你一切可好？问完这句话，我黯然失意，一股凄凉之气直逼眉梢！明知你事事不尽如意，却偏偏还要朝你的痛处敲！必要的问候已显多余，必要的问候足以让你怆然失色。可是，谁叫我们曾经少年意气，血气方刚，共谋未来呢？

今天，我欲遣征雁传书，寄上我的一份念惦，打探你近来的消息。可是，却被匆匆过雁婉言相拒。只有回忆，可以暂时抚慰我的失意。

想当年，青春年少，书生意气，慷慨激昂，踌躇满志。有春风作伴，有桃李为邻。我们把酒称觞，好不倜傥，何等惬意！

命运就是如此，它赋予每一个人的快乐时光大体相当，由于我们自己的懵懂无知，由于我们青春的孟浪，在我们最该惜时如金、不断丰满我们的人生羽翼时，我们却一门心思地拿青春的韶华过度地透支了欢乐；在我们正该收获欢乐时，欢乐早被我们支取得一干二净。我们不得不为我们的无知交付昂贵的学费。即使萍漂万水，迹洒千山。凄凄江湖事，茫茫十年路。我们既无法弥补我们曾经的失误，我们也无法如期甚至晚点到达我们理想的彼岸！到如今，年老体衰，家徒四壁，已无力改变悖逆的命运！

料想，你晚年发愤，皓首穷经，隔着淙淙的流水，古木老藤中传来哀猿的啼声。此时，我仿佛听到了孤灯残影里你浑浊的读书声！这正应了那句“百无一用是书生”的古训！

尽管你学而欲用，尽管你心笃意诚，也难顺心遂意，以学践志！

3

十年前，你与几复在京城有过短暂的相会，一杯寡酒里加注了太多的惊喜欣喜与狂喜。

试想想，“同学究出身”的一对少年好友，此刻，为了追求功名，在做梦都想抵达的地方意外相会，或者相约而会，正是阳春烟景，春风满城，繁花若锦，人生的快意在此刻升发到了极至。两位好友的眼前似有着锦绣无边的广阔与华美，怎不让人喜不自胜，喜极而泣？

可是，世事沧桑，仕途坎坷。十年啊，江湖漂泊类转蓬。自然的劲风，时势的疾雨，都让你应接不暇，难以应付。大家在各自的羁途上奔波劳顿，竟一无所成。每每这时，你们唯一能做的，就是就着凄苦的雨声燃一盏孤苦飘摇的灯，拿曾经的欢乐来暖化此刻早已冷漠麻木的心！一朝得幸，十年离索，彼此被世俗与功名折腾得心力憔悴。

十年啊，几复，你谪居僻壤，依然还饱读诗书，始终坚守你心中曾经拥有的那一份洁净，那一份清明，那一份诚笃；十年啊，几复，你沉沦下僚，不为重用，仍然勤政自励，当一天和尚撞响每一天都该撞响的钟声。可是，结果是家徒四壁，饥鼠远弃，你仍然心向未来，勤学不已。

“桃李春风一杯酒，江湖夜雨十年灯。”人生的快意与失意，好友的暂聚与久别，深厚的情谊与长久的思念，皆奔来笔底。绵长的友谊，不幸的遭逢，在这里合奏成一曲悲怆命运交响曲，你们两人在各自的那一方舞台上，艰难地出演各自不尽相同的悲情角色。

写到这里，心底里仍涌荡着一股难以言喻的悲苦，黄鲁直，黄几复，你们承载了太多的苦难，却只能彼此以诗寄意，聊以自慰。让人仿佛看见：一盏枯灯，两个瘦削的宋人，坐在各自的陋室，正侧身倾听——窗外那不绝的雨声……

无双学士秦少游

真情不惧久别离

纤云弄巧，飞星传恨，银汉迢迢暗度。金风玉露一相逢，便胜却人间无数。

柔情似水，佳期如梦，忍顾鹊桥归路。两情若是久长时，又岂在朝朝暮暮。

——《鹊桥仙》

1

牛郎织女的神话经民间文学家们一代又一代地传下来，一直是一个悲剧。

尽管是一个悲剧，但它依然还是口口相传，延续不断，给那些爱情绝望了的人以希望，尽管这希望是那么的微乎其微。

想那苦命的牛郎，善良的织女，同心暗结，情定终身。不料，事与愿违，上天仿佛忘记了什么叫天作之合，忘记了什么叫缘度有情人，却偏偏要与这对苦命人作对，硬生生拆散了这段本可令世人称羡的美好姻缘，这才叫天妒良缘！

如果我们的秦词人仅仅把这个悲情故事再版给人看，那也无法见出你秦才子有什么高明之处。可是，你秦词人是不愿拿这么平庸的东西去辱没师门，去砸自己“无双学士”的金字招牌。你秦词人的妙招就在于推陈出新！

2

又是一度七夕日，纤细薄柔的轻云，非常默契地配合着这个难得的日子，纷纷变幻出奇妙的姿态，仿佛都齐赶着要在这一夜演绎它们全部的精彩。

这时，云聚云散，流星飞逝，牛郎织女，隔着遥遥的银河在传递着他们的离恨和幽思。他们相会的时刻终于到了。他们飞渡迢迢银河，他们共度这美妙的时刻。千金一刻呐，这就是对他们熬过漫漫长夜、苦苦坚持的赏赐。

“两情若是久长时，又岂在朝朝暮暮！”秦词人，你这绝世妙语一出，由此便安慰了多少饱受离别之苦的有情人。你自出机杼，妙绝古今，至今还活在那些形同牛郎织女般的苦恋者的心宇，生机盎然，郁郁葱葱。

真正的爱情，原本就是由这些尺尺寸寸的思念，朝朝暮暮的肆意发酵而成，正是这平平凡凡、牵牵绊绊的寸寸尺尺，才扭结成了一段牢固的爱情，才扭结成了被丰沛爱情灌溉的精彩一生！

我们要做的，我们完全能够做到的，就是要珍惜这伴随我们的，或者易于被我们忽视的这些个寸寸尺尺！

纤云弄巧，只有为真正的爱情增添丰富的色彩；飞星传恨，让我们体味到了爱情更丰富的内涵！在我们各自的心里，一直珍藏着一个真正属于自己的“佳期”，美妙而甜蜜，神秘而充满期许！

3

秦词人，你并不是要鼓吹我们接受只有分离才是真正的爱情这一偏激的论断，你写这阕词的真正用意是要我们正视生命中的分分离离，珍视爱情的磁石所碰溅出的点点星星。

也并不是只有分离、苦恋的爱情才是真，才富有诗意。平平淡淡，朝夕相守，终身相濡以沫更是爱情的惯常形式。

我们要选择哪一种形式，往往由不得我们事先预定；我们只有跟随爱情的脚步，以最恰当的方式去营造并享受我们应得的爱情!

4

秦词人，据说你31岁时在苏州的某个青楼结识并倾心一位风尘女子，你在此借牛郎织女鹊桥相会的传说言自己暗中与之相会的情形亦未可知。“金风玉露一相逢，便胜却人间无数。”真正的爱，哪怕是短暂的一次月下之约，哪怕是偶然的一次灵魂碰撞，也妙过靠父母之命媒妁之言捆绑的冷漠婚姻，胜过他们数年如一日漠然相守的那些个寡而无味的日子。

最大的悲哀就是朝夕相对却形同路人，最远的距离莫过于面面相对却心隔千里。秦词人，看来你更倾情电火石花的瞬间绚丽，体味一次真正爱过的滋味。虽然短暂，但却足可生死相许!

尺素难寄此恨

雾失楼台，月迷津渡，桃源望断无寻处。可堪孤馆闭春寒，杜鹃声里斜阳暮。

驿寄梅花，鱼传尺素，砌成此恨无重数。郴江幸自绕郴山，为谁流下潇湘去？

——《踏莎行》

1

秦学士，用命途多舛来形容你的周遭际遇，虽然有点宿命，但你也不得不认命。

其他篇什已经说了，在北宋新旧党的权力争夺战中，不管你站在哪一个阵营，你都不可能舒舒坦坦地在仕途上一路飙升。随了新旧党力量的消长，你的命运便如水上飘萍，在时光的急风暴雨中难以自我把握命运的起伏不定。

这不，你终于被赶出了政治权力的中心而谪迁为杭州通判，又因有人告发你增损神宗实录，被贬任处州酒税。绍圣三年，再以写佛书获罪，贬徙郴州，大约绍圣四年（1097）三月，你谪居“郴州旅舍”。接二连三的谪迁，你的悲苦，你的怨恨难以遏制。这天黄昏，在杜鹃啼血的夕暮，蓄势而发，述诸笔端，满纸凄怆四溢，苦寒逼人。又因其笔法婉曲，遂成千古绝唱。

2

你孤独地站在郴州旅舍的窗前，料峭的春寒袭来，你禁不住打了个冷颤。

你举目眺望，脸上有拭不去的倦痕，眉间有拂不去的忧伤。迷雾升腾，淹没了远远近近的楼台；朦胧的月色模糊了通向远方的渡口。桃源，那个武陵人曾经畅游痴游的世外桃源，那个你一直期待过描画过的世外桃源呢？你望尽天涯而无处可寻，你望尽天涯始终不见她的炫目丽影或者恍惚幻影。

你怎可忍受被囿居幽馆的凄苦与悲寒，还有那苍茫暮色中，凄厉的杜鹃鸟撕人心肺的哀啼！往事如烟，在你的心中纷纷谢去；未来不可预知，你想起这些就有些不寒而栗。

驿寄梅花，鱼传尺素，友人的慰安联篇累牍，雪片般纷飞而至。但这些，并不能减轻你心中的谪怨离恨，反而还“恨”台高筑，不堪重负！

唉，你只能无奈地叹惋：郴江啊，本该绕着郴山而流，为什么偏偏要大老远地北流潇湘而去呢？

你伫立孤馆，窗外，寒烟升腾，雾锁津渡，郴江弃郴山而去，一意孤行地独自北流……

3

春寒难堪，春雷春雨呢？

秦学士，你写过一首《春日》诗：

一夕轻雷落万丝，霁光浮瓦碧参差。

有情芍药含春泪，无力蔷薇卧晓枝。

春雷一声天地惊。这一夜，春雨淅沥，绵绵密密，喧哗不止，酣畅淋漓。天亮了，春和景明，露珠晶莹，挂在屋檐，参差不齐，逼人眼目。

院子里的芍药花，经一夜春雨的洗礼，滋润，心花怒放，魅力倍增。滴滴雨水，留驻花心，栖居花瓣，那模样，如同娇怯含情的女子，娇泪点点，美目涟涟，楚楚动人。

春天因一夜春雨而更见无限生机。回旋于你内心的喜气满篇洋溢。此诗承袭了你在词中的婉约气息，格虽不高，却蛮有情味。与这阕《踏莎行》比，同样写春，风格相类，却寄意相悖。词里春恨无处可寄，故而悱恻难已，情愁如水；诗里欣喜盈溢不止，故而情意遂心，流转怡人。

4

秦观，你这个饱读诗书、才气逼人的才子，你想勇担重任、替国君谋策、为民众献智，到此刻，却饱经沧桑，屡受挫折，陷于进退两难、走投无路的境地。于是，你在雾锁烟罩的天地间寻找出路。可是，前路渺茫，命途难测，虽然季节的脚步早已迈进了春天，可你却深深地感受到了春天里的凄寒！还有那凄厉哀婉的杜鹃，催着叫你归去，可归期何渺，归途何在?

这时，你突然想起世外桃源，那里或许正可让你暂得安适，正可抚慰疗治你受创后千疮百孔的灵魂！可是，不是每一个人都有武陵人那样的幸运，你即使望断天涯，寻遍关河，也是徒劳无益，反增痛苦，更添忧思。总之，世间的一切仿佛总在跟你过意不去，在你最是苦闷彷徨的时候，它们一起站出来与你作对！

你手边的那一叠家书或者友人函件，让你多少有一点慰安。他们的温情又将你心中的希望点燃。于是，你想尽快回到他们中间，让柔情与友情将你的冰雪之心温暖。你的目光再次穿越迷雾，投射到翻滚的郴江，你突然幡然醒悟：郴江，你真是幸运啊，可以环绕着郴山游走，可是，你为什么偏偏要弃郴山而去，去赶赴不可预期的约会呢？

是啊，你本可在亲情与友情的呵护与挚爱中愉快而优雅地生活，为什么偏偏要弃他们而去，在这个炎凉的世界去追寻自我位置，去实现自我价值呢？

秦学士，你是一个有着超强社会责任感的人，在如此恶劣的环境下，在自身如此困厄的当头，自我叩问，直逼灵魂！

秦学士，桃源在哪里？桃源就在你的身边，桃源就在你的起点，只要你愿意，你随时都可以回到桃源中去！你既已踏上了征途，选择了与桃源相反的去路，那你就得走下去，尽管眼前雾失楼台，月迷津渡！

4

这是一阕妙词，连你力主豪放的师父也不得不佩服，十分喜爱最后两句："郴江幸自绕郴山，为谁流下潇湘去。"当听到你去世的噩耗后，竟叹息说："少游已矣，虽万人何赎！"于是，把这两句词书写在扇面上，以便时时缅怀，时时追念！

品词大师王国维也十分嘉赏你这阕《踏莎行》，与东坡比，他更偏爱"可堪孤馆闭春寒，杜鹃声里斜阳暮"。王大师认为，这两句有大气象，大格局，可与《诗经》中的"风雨如晦，鸡鸣不已"，屈原的《楚辞九章·涉江》以及唐人王绩《野望》中的"树树皆秋色，山山尽落晖"相提并论。

两位大师品词的角度不同，因而结论有异。就这阕词所表现你秦少游的个人处境而言，末二句更有撼人心魄的力量，更有深刻丰富的内涵。知你者，你师父也。你师徒俩的悲剧命运何其相似——“同升而并黜”！

既然你的命运如此，你就不必责怪郴江的任性北去；既然你的命运如此，你也就不要再寄希望于隐居桃源，前面的路尽管不可预期，你就得一如既往地走下去！

山重水复也好，千难万险也罢，射出去的箭就没有回头路——谁叫你想身担重任、心怀天下呢？

伤情已是黄昏

山抹微云，天粘衰草，画角声断谯门。暂停征棹，聊共引离尊。多少蓬莱旧事，空回首、烟霭纷纷。斜阳外，寒鸦万点，流水绕孤村。

消魂，当此际，香囊暗解，罗带轻分。谩赢得青楼，薄幸名存。此去何时见也？襟袖上、空惹啼痕。伤情处，高城望断，灯火已黄昏。

——《满庭芳》

1

秦学士，你年轻时即才华横溢，深得东坡居士赏识，在东坡的调教下，成长为著名的苏门四学士之一，为苏家的门楣锦上著花，花上添彩。可是，你这位长了反骨，有些任性的学生却没有继承多少师父的真传，将北宋豪放派的奔放词风继之以续，倒是学了不少柳永的东西，似得了柳三变的神髓，以致连师父东坡居士也半是鄙视半是调侃地说你的词中尽是些“柳七语”。不过，东坡老师倒是从心底里喜欢你这位造诣颇深、名号甚响的弟子，因了这章《满庭芳》，给你取了个“山抹微云秦学士”的传世美名。

神宗元丰八年，你秦学士踌躇满志，春风得意，十年寒窗，终于进士及第。苏老师也喜不自胜，极力向朝廷举荐你这个得意弟子，于公于私都是件大好事，何乐而不为呢？你在内外因的双重作用下，终于在朝廷得一太学博士之职。

可是，天命难违，命运弄人。因为你与东坡有这么一段无法从你秦学士个人档案中删去的师生之缘，你这一生就注定了难过几天安生日子，就注定了你的仕途上会荆棘丛生。就连你最后的死，也因贬谪远迁而客死在他乡异地，仿佛与师父东坡先生此前早有约定。

天妒贤能。你悖逆的命运错就错在你投错了师门！如果把责任全归结于此，又太过主观，太过偏激，让东坡听了颇为恼火。在你秦学士出仕的当儿，不管你投靠新党还是旧党，权利之争的两方实力都会此消彼长，各领风骚三五年。你秦学士的仕途生活时时都处于波峰浪尖，自然会浮浮沉沉，起起落落，飘摇不定！

一个人如果他想在仕途上有所作为的话，他就随时会有降罪之忧、贬谪之戚，他就该随时作好思想准备，接受无情又无常的命运折腾！

你秦学士在长期的迁谪途中，始终没有忘记将自己“浮梗飘萍”的遭际倾诉到词中。当然，其内容多是怀古、爱恨、羁旅、游赏、咏物等，以抒身世之感，发谪迁之怨。实在难熬了，就如杜牧、柳永等前辈一样到花街柳巷散散心、消消闷、解解恨。这首为你赢得“山抹微云秦学士”美名的《满庭芳》

就记录了你“糊涂”时所犯的“糊涂”事。不过，这却是你视为珍宝的一次伤心彻骨的艳遇。

2

浮云淡淡，水墨般涂抹在远山。

衰草枯黄，一直连着翡翠般的长天。

城楼上，几声号角送来彻骨的清寒，之后便是一片冷寂。

暂时停下远行的船桨吧，在这个让人愁肠寸断的时刻，让我们姑且举杯，共话离别。发生在蓬莱阁的桩桩旧事，到而今，回眸四顾，已如纷纷迷乱的云烟。多少事可以一直珍藏在我们的心里，又有多少事还可以重来？我本就是一个浮梗飘萍的人，你也不必奢求我兑现先前的承诺！

说完这些，你举目怅望，斜晖夕照，远山之外，暮空之下，寒鸦万点。而下面的那一脉流水，兀自绕过孤村，作别夕阳，逶迤而去。

怎不让人销魂？此时，你不得不暗解香囊，象征爱情的罗带不得不在此刻轻轻地分开。往事不堪回首，这些年，自己一直潦倒不堪，浪迹青楼，消磨青春，挥霍时光，虚掷才情。到头来，倒是虚得了不少的坏名声，到今天都还浪名犹存。今天这一别，又不知要等到何年何月才能再相见。到今天，你两手空空，徒付伤情，只落得泪染衣襟霜染袖。

离别时刻，你伫立船头，回望暮色中，城楼高耸，望断那人的去路，满眼里早已是灯火黄昏。

3

多情自古伤离别。你秦学士又何尝不是如此呢？已过而立之年的你好不儿女情长，读来让人心魂恸恻。

这一场离别，无论是在谯门之外，孤水之旁，还是在夕阳之下，寒鸦声里，形式上都没有什么两样。浅酌话别也好，互赠信物也罢，都是些老套的东西。可是，对于你秦学士却有着不同寻常的意义。

俗话说："官场失意，情场得意。"可是，你秦学士却倒霉到了极点，官场屡屡受挫折，连连遭贬迁，官是越做越小，地点是越迁越偏远。情场呢？更是不堪言说。别的文人才子，如杜牧、柳永等前辈，官运不昌，仕途不畅，却实实在在地交了一大堆说也说不完的桃花运，想来，你秦学士定没有从他们的诗词中获得这方面的信息。因而，在你看来，这一次离别实在是你此生最不能承受之重。

你才华横溢，你满腹经纶，有辅佐君王的良策，有兼济苍生的用心，可挽大厦于既倒，可平天下于即刻。总之，你是个出类拔萃的栋梁之材。不料，大才难为其用。根源就在于，你投错了师门，尽管他为你造就了文学上的赫赫名气，官场上，他也为你出了不少的力。可是，适得其反，屡屡为你招来霉运。加之，你还结识了一帮不肯折腰甚至长了几根傲骨的耿直朋友，你的仕途就更是险象环生。俗话说，背时倒霉桃花运，你在情场就该如鱼得水，顺心遂意吧？可是，你在情场上也是时运不济。直到三十一岁这年，才有了一次可以刻入你记忆、写入你诗词的艳遇。

当时，你到会稽陈太守处做客，住在蓬莱阁上。一天，太守举行盛大宴会，席上，歌飞伎舞，你秦学士有幸结识了其中一位。日久生情，交往甚密，交情甚笃。在我们的秦学士不得不离开会稽的时候，遂填词以记之，成就了《满庭芳》这阕绝唱的同时，也成就了你"山抹微云秦学士"的千秋芳名。而这一次情感短暂的邂逅，成了你生命中最为鲜亮最为出彩的记忆，在你黯然失色情绪低迷的时候，或许可以给你苦寒人生带来一丝暖色的回忆。

冠盖满京华，斯人独憔悴。到处都是依红偎翠之人，到处都是风流蕴藉之士，惟独你秦学士格外倒霉！这一场足可刻骨铭心的感情绽放，就这么轰轰烈烈地戛然而止。此次离别，竟成了永诀！

夕阳西沉，征帆去棹，千帆过尽。你独上高楼，举目四顾，无论是流光溢彩的辉煌之处，还是灯火阑珊的冷寂之外，都再也不会有一位含情脉脉的人儿在微笑着等你！

因为，不是随便哪个都如辛稼轩那么有幸！贬谪，迁徙，孤独，离恨，是你秦学士以后岁月不得不独自面对的生命之痛、命运之厄！

一川烟草贺梅子

闲愁几许

凌波不过横塘路，但目送、芳尘去。锦瑟华年谁与度？月桥花院，琐窗朱户，只有春知处。

飞云冉冉蘅皋暮，彩笔新题断肠句。试问闲愁都几许？一川烟草，满城风絮，梅子黄时雨。

——《青玉案》

1

愁是自古帝子贵胄、仁人志士、才子佳人、凡夫俗子都绕不开的课题，其解题的难度绝不会因人而异。即使钟鸣鼎食之人、宝马雕车之士，他们在风光显达之余，都避不开愁的困扰。更何况，还有一些饱食终日之人，也免不了要“为赋新词强说愁”！

愁，同样是自古文人绕不开的话题，避不了的文学主题。为此，他们在磨损胸中万古刀后留下了他们千古不灭的睿智，那睿智的灵光照耀着我们迎着忧涛愁浪或坚定或踌躇地向前走去。

想想看，一向以旷达豪放名世的诗仙太白，他同样敌不过愁的缠绕。诗仙的愁总是与诗与酒与月相生相随的，用酒浇，浇它不灭，因为深愁如火，以酒浇之则欲旺；用刀斩，斩它不断，因为深愁如水，前者去而后者继；以诗赋之歌之咏之，却深愁似海，无有竭时。

再看与你贺铸同时代的前辈诗人苏大学士，“大江东去”的浩歌壮歌最终湮灭于“人生如梦”的悲叹里；“此事古难全”的自我消解，仍然无法削平心中的块垒；“明月几时有”的问询中，只是暂时平息了奔腾不止的愁涛声声，在他后来的吟唱中，与诗仙一唱一和，愿与之结友天宇，同翔青云——这正是以豪放词名世的东坡先生不堪世间之愁的熬煎所致！

你贺铸性情耿直，愁的枷锁牢牢地扣在你不屈的脖颈，让你终身不得快意爽性！“芭蕉不展丁香结”就是你深刻体验后的妙语。而“一川烟草，满城风絮，梅子黄时雨”则是你充塞天地迷乱难排之愁的形象写照。久病成医，何况你贺先生这样的饱学之士。官场失意，辗转苦闷，成就了你对愁最彻骨蚀心的深刻体悟，成就了你“贺梅子”的传世美誉！

2

贺铸，你出身贵族，是宋太祖贺皇后的族孙，凭借这点年代久远的裙带关系，你贺诗人一生并未从中获得半点世袭方面的好处。你面目生得也有些对不起你曾经高贵的祖宗，对不起宋代的风雅观众。好在你豪气赳赳，英气昂昂，人称“贺鬼头”。听了这外号，我们就知你全无一点文人气象。你早年从武，仅在部队做过连排一级最基层的芝麻绿豆官。生得粗糙、长得马虎的你却偏偏要弃武从文，偏偏要鼓足劲往文人堆里挤。你与苏大学士交从过密，在苏大学士耳濡目染下，终于成长为一代名士。当然，更重要的还在于你自身的努力。在重文轻武的宋朝，你贺诗人的选择则不合适宜。虽然有出身门荫的优势，虽有著名朋友的荐举，一生渴望建功立业，一生生命不息奋斗不止，你都不曾显达。

和大多数不得志的文人一样，你贺诗人一生落落寡欢，悒悒郁郁，常借酒浇愁。晚年，一无所获的你落得一身疲惫，退居苏州等地，潜心只读圣贤书，于是，以“庆湖遗老”自封，也算是你贺诗人的自我调侃、自我安慰吧！给你贺诗人带来巨大声誉的《青玉案》或许就写于这个时候。

3

那是一个令你心绪难平的妙龄女子！

是你年轻时心仪已久的暗恋？短如闪电的初恋？或者是春天的苏州，你在烟花芳草路上的偶然相见？

总之，这是一次错误，错在失之交臂，错得刻骨铭心；这是一种遗憾，遗憾在可望而不可即，而且永难弥补。

令你日夜思念的她，正好在你到来的那一刻，她无端地离去。她莲步轻启，犹如洛神的凌波漫步；她就这么离去，轻盈的脚步没有越过横塘之路。等你努力地追赶，她却离你越来越远。于是，你只好目送她曼妙的身影，目送她走过之后漫起的那一路芳尘。

于是，你空落落地漫步横塘，漫无目的，心绪飘忽。于是，你反复地自问：正是青春芳华，世间哪一位幸运的人才可能会与她一起欢娱共度？是登楼赏月，还是临水照影？是深院探花，还是深闺幽居？你不得而知，也许，只有无处不及的春风才知道她的行踪，她的住处，才能抵达她内心的深处。

你举目眺望，天空云卷云舒；你高临水浒，岸芷菁菁，萋萋满目。你想以生花妙笔写出横空出世的新诗句。可是，你又担心写出的恐怕全是令人心碎的只言片语。

唉，你一边叹息一边沉吟：若有人问我，这闲愁到底有多少，那我就告诉你吧，我心中的愁呀，如眼前这遍地的青草，一望无际；如倾城倾郭的满城飞絮，风飘万点，漫天飞舞；如那梅子黄时绵绵密密的细雨，弥天盈野，无边无际，如烟如雾……

4

怎么样？这些东西也许勉强可以暂时拿来比喻！

你的愁铺天盖地，你的愁难消难喻，想来，其他的文坛高手也不过如此。于是，“贺梅子”的桂冠便永远地颁给了你，相信其他的文学精英也没啥异议。比起“贺鬼头”的俗名来，你当然更喜欢这“贺梅子”的雅号——这简直就是一项终生成就奖，在中国文学史上，能享有如此美誉的着实不多。在中华文学宝库中，你“贺梅子”的愁是一件特别的兵器，没有一点功底的人千万莫要靠近！没有炼成一种独门利器，有人即使想尽千方百计自封一个名号，读者认不认可，暂且不管，时间也不会答应，要不了几个春秋往复，那名号也就灰飞烟灭无人知晓了。

“贺梅子”，你退居横塘，已经以“遗老”自居了，却还对香草美人如此地感兴趣，竟被那抹无法接近的幻影折腾得魂不守舍，想来定是事出有因：这个世界既没有无缘无故的爱，也没有无缘无故的恨，你“贺梅子”也没有无缘无故的愁。

当洛神自曹植的笔下诞生以来，超凡脱俗的她就成了众多文人的梦中情人。洛神的高贵气质与遗世独立的风仪成了众多文人的高洁追求。洛神成了他们的精神偶像，他们在吟诗作赋时也常以洛神自喻。“贺梅子”，你在垂垂暮年之际来赶这趟时髦的集会也自在情理之中。因为你一生未被重用，想干的大事一件也没干成，辜负了上天赐予你的才情。美女的可望而不可即正好拿来喻空怀远大抱负而无机会施展、建功立勋的理想无法实施的自己。因此，你的苦闷与孤寂，由此滋生出来的漫天愁雾，竟如离离青草无边无际，竟如满城风絮充天塞地，竟如梅子黄时雨那般绵绵密密地网天罗地……

“彩笔新题断肠句。”洛神有知，当为你“贺梅子”的一片痴情而回眸一笑，当为你的苦心经营而遣幸运之神眷顾你，权当是对你这位“庆湖遗老”的嘉赏与安慰吧！

面目狰狞的人也有绣口锦心，不管你生得怎样对不起父母，对不起观众，对不起上帝，智慧的火花都一样会照亮他灰暗的人生！这有一个前提，那就是他必须要有一颗善于种植智慧、勤于浇灌智慧的心！

贺梅子，你是一面旗帜，我们是你这面旗帜的光影下一群死心塌地的追随者，不求浑身镀满光辉，但求人生充满智慧。

芭蕉不展丁香结

薄雨收寒，斜照弄晴，春意空阔。长亭柳色才黄，远客一枝先折。烟横水际，映带几点归鸿，东风销尽龙沙雪。还记出关来，恰而今时节。

将发。画楼芳酒，红泪清歌，顿成轻别。回首经年，杳杳音尘都绝。欲知方寸，共有几许新愁？芭蕉不展丁香结。枉望断天涯，两厌厌风月。

——《石州引》

1

“贺鬼头”，你这个面色青黑如铁、长相奇丑的男人，竟也有过艳遇。照现在高富帅的标准，这事你想都莫想。好在那时，女子都重才，重情义。所以，那一次艳遇便牢牢地刻在你的心里，吟诗填词，一不下心，就蹦出来，写进了你的词里。据说，你的代表作《青玉案》就是这次艳遇后的灵感勃发。激情所致，遂成绝唱。

你是唐代大文豪贺知章的后裔，又有皇室血统，却一生沉沦，胸中怨气颇多，因而，常常借香草美人宣泄心中的怨愤。

据说，你的艳遇发生在北方。她的美丽、善良赢得了你的钟情。不料，好景不长，你们最终还是分别了。

后来，你突然收到她的来信，是一首诗：“独倚危栏泪满襟，小园春色懒追寻。深恩纵似丁香结，难展芭蕉一寸心。”于是，便有了这阕《石州引》。

据王灼《碧鸡漫志》介绍：“贺方回《石州慢》予见其旧稿。‘风色收寒，云影弄晴’，改作‘薄雨收寒，斜照弄晴’；又‘冰垂玉箸，向午滴沥檐楹，泥融消尽墙阴雪’改作‘烟横水际，映带几点归鸿，东风消尽龙沙雪。’”如此，足见你在炼字造句方面颇为细心，特爱下功夫。

2

这是初春，又来了一场细雨。正是乍暖还寒。好在，黄昏时分，天就晴了。斜晖脉脉，春意空阔，正是一派好景致。不料，长亭处，又在上演离别。“长亭柳色才黄，远客一枝先折。”柳枝才黄，远去的人，早早地，就迫不及待地折了一枝，握在了手里。

此刻，烟横水际，山重水复，暮色苍茫，几点飞鸿，盘旋，徘徊，缓缓归去。更远处，春风吹化山巅上最后残存的一点积雪。依稀记得，正是从关外归来的时节，归来的时刻；还记得，长亭处，急急相迎的那一刻。

这一切，好像发生在昨天。还是这里，此刻，有情人又将再次面临离别。

酒楼践行，酒香四溢；离泪点点，清歌阕阕……转眼之间，生生离别。回首过去，这些年，漫漫离别岁月，彼此音信断绝；此次别后，又将添多少新愁？你说，我们的相思，我们的愁怨，就像那不展的芭蕉，就像那结满愁怨的丁香。

此后，即使望断天涯，也愁苦不解。

风月无意，离人难堪。即便你登上高楼，目力能够化解山水的阻隔，心力能够抵御四季的繁华，依然是愁郁难解，思念不死，期待不灭。

3

这“红泪清歌”还有些来历。《拾遗记》中说，魏文帝曹丕最爱的一个美人叫薛灵芸。相传，她进宫时，不忍与父母离别，刚登车上路，即泪如雨下，于是用玉唾壶接眼泪，玉壶就变成了红色。到了京城，才发现壶中的泪凝结起来，其状如血。一曲“红泪清歌”，点点滴滴，声声字字，都是心上人绵密不绝的心语。

“芭蕉不展丁香结。”芭蕉叶从来都难以开心自在地舒展，丁香花蕾犹如打着的死结。别后的愁郁就是这个样子。你化用李商隐的诗句“芭蕉不展丁香结，同向春风各自愁”（《代赠》），巧妙地回答了词中人的问询，以及你那钟情女子的深情寄赠："深恩纵似丁香结，难展芭蕉一寸心。"于此可见，离愁之深，已达无力化解的境地。

你那怅惘迷茫的愁闷弥漫在整阕词中，特别受人激赏。黄庭坚曾寄诗说："解道江南断肠句，只今惟有贺方回。"你那些结了深深愁怨的诗词，不仅打动了那些痴情女子，也深深感染了你这样的铁石男儿。

还感动了千年以来的我们。

不肯嫁春风

杨柳回塘，鸳鸯别浦，绿萍涨断莲舟路。断无蜂蝶慕幽香，红衣脱尽芳心苦。

返照迎潮，行云带雨，依依似与骚人语：当年不肯嫁春风，无端却被秋风误。

——《踏莎行》

1

贺铸，你这个其貌不扬的宋朝汉子，一脸的"凶"相，既粗砺又峥嵘，却偏偏要弃武从文，千方百计要去把自己修炼成斯文人！好在功夫不负有心人，你这个半路出家之人，在写诗填词上竟也能同秦观、黄庭坚这些苏门学士齐名，你的词竟得到了大词家东坡先生的赏识。众所周知，东坡居士的为人如他的词一般，豪放豁达，为人耿直。贺词人，你虽然不是他的弟子，但他仍古道热肠，极力举荐你这个文武兼备的才子。可惜，苏先生自己一生坎坎坷坷，风风雨雨，沉沉浮浮，自身难保，这就注定与他交从过密的人不可能有好果子吃。贺词人，你尽管费尽了九牛二虎之力，拼打一生，在仕途上也难有作为。

年迈的贺词人，你已心灰意冷，见出仕无望，于是，在苏州附近的横塘定居下来。自号“庆湖遗老”或许就是你的自我嘲解吧!

贺词人，尽管你已经年老体衰，尽管你闭门苦读，专事古书的校勘，但你仍有一颗“躁动”而不甘寂寞的心。你虽然眼睛盯着那些枯燥乏味的文字，心里却时刻留意着窗外的世界，仍念念不忘你壮志未伸的沉浮一生。

这不，垂垂老矣的贺词人也不怕别人笑你老来花心，竟在自己的词中多次吟唱香草美人。为此，还弄得自己愁绪满怀，不可遏止。如青草连绵无际，如梅雨绵绵密密……你的这章《踏莎行》也是写香草美人的名词，从中仍能读到你贺词人尚还火热依旧的心。

2

这是一处别样的荷塘，花开得格外卖劲，却被众多的粗心人忽略。

四周绿柳环绕，临水照影，纷纷探身垂钓。池中鸳鸯，在尽情地戏水，享受它们的幸福时光。浮萍茂密，让那些身段秀美、姿态婀娜的柳树们无限失意，找不到一点空隙来赏阅自己曼妙的身影。

浮萍肆意地占据着这一大片领地，仿佛要阻断兰舟进发的去路。只有鸳鸯独据其境，独享其乐。

荷花婷婷，开得正盛，笑得正惬意，却不见蜂蝶的光临，真是辜负了荷花的美意，辜负了荷花的靓丽青春!

风乍起，荷香阵阵，香远益清。花开得如此热闹，四周却是如此的幽寂。

那些早一些绽露芳颜的花们已经褪尽了撩人的红衣，万般风情都交付给了阵阵轻风，现如今正感无限冷落、万般失意。人间的冷暖，世态的炎凉，生命的艰辛，仿佛都已尝尽。现在，只有她们苦涩的心包容着这一切，品味着这一切！

那一池荷花开得如此的孤独。她只能孑身只影地迎送着日升日沉，以她的柔弱之躯抵挡着潮起潮落，以她的田田碧叶遮风挡雨。孤独的荷花就这样无奈地消磨着她的美好芳华，实在耐不了长久的寂寞，就小鸟依人般地点头默语，仿佛在同我这般潦倒落寞的文人讲述她们苦涩的心事。

相当年，自己太过孤高，不愿与春风为伍，现在却又被秋风耽误，想来，这真是天大的怨呀！

3

荷花的哀叹亦正是你的悲吟。

想想人生也是如此。你的清高自赏，不染风尘，你的傲岸不群，少有知音，不也如这一池孤寂中自生自谢的荷花吗？曾有过很好的机会，却因自己的耿直任性而耽误。现在来看，叹春风也好，怨秋风也罢，都已经失去了意义！

荷花文人两相惜！

现在读来，那一池孤高独艳的荷花宛如一位清绝脱俗的美丽女子。她的丽影高扬，她的清气四溢，她的气质独运，都是一个幽洁贞静、典雅贤惠的玉骨冰肌之女！她的飘零身世，她的年华虚度，她的高洁自赏，莫不与你的怀才不遇、一事无成的命运一致！

美人的遭遇即你的遭遇！

文人即是如此，自己心里有天大的委屈却不能如实道来，偏偏要寻个异类来曲折地表露心迹，可见你的良苦用心。

读这章《踏莎行》，让我们再一次真真切切地明白，你这位“庆湖遗老”的心并未随你的年龄一道老去！即使你又是以“庆湖遗老”自居，又是退隐乡里，却无法平息你心中依然热血喷涌、依然炽情燃烧的希望！

4

唐韩偓《寄恨》有“莲花不肯嫁东风”语，你深得妙意，化用而来，言莲不愿将自己的芳颜妙姿交与春风，交付岁月。可是，照样又被秋风无端地耽误，被岁月无端地夺去。南唐后主的“菡萏香销翠叶残”只是引起众芳芜秽、美人迟暮之感，你这“贺梅子”则更进一步，以美人误了嫁事来形容莲花，以抒发自己的迟暮之叹。

《白雨斋词话》评曰：“骚情雅意，哀怨无穷。”此言精当，别无赘语。

头白鸳鸯失伴飞

重过阊门万事非，同来何事不同归？梧桐半死清霜后，头白鸳鸯失伴飞。

原上草，露初晞，旧栖新垅两依依。空床卧听南窗雨，谁复挑灯夜补衣！

——《鹧鸪天》

1

在文人的点染描摹中，在唐诗宋词的平仄里，苏州是个胸怀温婉、性情柔媚的城市。因此，也折磨了历朝历代的风雅文人，为此费心劳神地寻章觅句，以显示他们的慧眼独具，显示他们的才情飞溢。因此，也让后来的文人们梦寐以求，心向往之。

近千年前，她张开温柔的双臂，以她的宽怀大度，接纳了一帮丧家之人——还有亡了国、蒙了耻的赵氏儿皇帝在内。他们管这里叫临安。是临时安顿下来以图东山再起呢，还是倾巢覆没前苟且筑一个临时贪欢作乐的安乐窝呢？总之，名字取得特暧昧，足见取名人的费尽心机！

你这位一生做梦都在想被委以重任而又难为世用的文武兼备的人才，付出了一生的努力、耗费了全部的心力之后，也随了那些破国丧家之人漂泊到这里，在一个叫横塘的地方，落脚生根，垒壁造屋，闲居于此，潜心读书，校勘古文，做起了学问。

有些拥挤的苏州无私地接纳了你漂泊的脚踪时，也接纳了你那颗漂泊的心，接纳了你朝夕相伴的夫人。后来，你相濡以沫的夫人先你而去，就长眠在这里。

贺词人，这阕《鹧鸪天》便是孤独的你献给亡妻的悼念之词。想必，在天国的贺夫人一定会收读到你朴素而又真挚的怀念之情。

2

当你再次从苏州城的西门走过时，一切都发生了改变！

同你一起来苏州的夫人现在已经与你相隔两重天地。无论你怎样追寻与追询，她已经不可能陪同你一道归去了。自爱妻的离去，你早已如经霜的梧桐一般，老态龙钟，生不如死；也好比恩爱鸳鸯，眼看就白头到老了，却不得不独自面对失伴而飞的凄惨之境。

原上青草离离，叶上的朝露在太阳升起不久就被晒干，唯你对亡妻的情依然不减。无论是你们同居过的老宅，还是你爱妻的新坟，都让你魂牵梦绕。

爱妻睡过的大床现在空空荡荡，你一个人睡在床上，夜深了，只好孤孤单单地倾听南窗的雨声，独自咀嚼老来失偶的凄清！你突然想起老伴在世的光景，自言自语道：有谁会在此时来挑亮灯盏为我补衣呢？要是往日，老俩口一边拉着家常一边听着夜雨，而自己，还可以甜滋滋地看着你挑亮灯盏替我补着衣裳呢。

想不到，你这个五大三粗的老汉竟还心细如毫！

3

“空床卧听南窗雨，谁复挑灯夜补衣？”

是啊，谁会在这个时候挑亮灯盏为你缝补旧衣呢？岁月让你的生活出现了新的缺失，谁也无法替你弥补。你只有就着温馨的回忆打发这孤独难挨的时光，你只有就着这南窗的夜雨安慰你寂寞难耐的灵魂。那些点点滴滴的往事，哪怕是一些平常得不能再平常，琐碎得不能再琐碎的往事，现如今，都是你最最亲切最最温馨的回忆。

经霜的梧桐半死也好，失伴的鸳鸯各自而飞也罢，老宅还是新坟，都不能改变你对爱妻的念惦，对幸福的追缅。即使现实残酷到了让你难以承受、不愿承受的地步！

4

这是一首感人至深的悼亡词，足可与苏大学士的《江城子·记梦》并称双璧！洗尽铅华，去除秾妍，直直白白地陈诉，就是实实在在、浓浓淳淳的真感情！不知苏大学士读了以后会是怎样的评判。

平平淡淡才是真，贺梅子，你以自己的行动在近千年前就为我们上了这生动的一课，这倒值得今天追求快餐爱情的人认真地学学，待他（她）年老体衰、孤苦无依的时候，听着窗外的疾雨，他（她）又该去回忆些什么呢?

往事尽管平淡，在今夜的雨声中想来却令你记忆芬芳，吐词幽香，一阕《鹧鸪天》，平易中有着撼人心魄的力量！

词家之冠周邦彦

别恨堆叠

柳阴直，烟里丝丝弄碧。隋堤上、曾见几番，拂水飘绵送行色。登临望故国，谁识、京华倦客。长亭路、年去岁来，应折柔条过千尺。

闲寻旧踪迹，又酒趁哀弦，灯照离席，梨花榆火催寒食。愁一箭风快，半篙波暖，回头迢递便数驿，望人在天北。

凄恻，恨堆积。渐别浦萦回，津堠岑寂，斜阳冉冉春无极。念月榭携手，露桥闻笛。沉思前事，似梦里、泪暗滴。

——《兰陵王》

1

周邦彦，还在宋朝当世，你的这阕长调已然盛传，被誉为“渭城三叠”。

既有此谓，我们也就毫无阻碍地走进了这阕词的意境，是“客中送客”“借送别来表达自己‘京华倦客’的抑郁心情”（胡云翼《宋词选》）。

循着词题“柳”这一线索，读你的借柳伤别。隋无名氏

《送别》诗这样写道：“杨柳青青著地垂，杨花漫漫搅天飞。柳条折尽花飞尽，借问行人归不归。”在你之前，古人早就有了折柳赠别的习俗，因而，诗词里咏柳，既是诗歌创作的发端，起兴，更是渲染离情别恨的惯常载体。

据史料显示，此词写于你最后一次离开京城的时候。你借柳起兴，伤离恨别，情涛难遏，奔纵其间。更紧要的，这首词还寄寓了你这个“京华倦客”官场失意、身世飘零之感。因为那里，还留着你的朋友，以及你最眷恋的知己红颜。

所以，一开始，你就不厌其烦地写柳阴、柳丝、柳絮、柳枝，力图将离愁别绪毫无节制地渲染到极致。

2

时值正午，柳荫直直地投射到地面，氤氲的烟霭中，丝丝柳枝随风摇摆。

古老的隋堤上，多少年，多少次，你看见柳絮飞舞。多少年，多少次，你在那里匆匆地把离人相送。每一次，你都要登上高台，眺望故乡杭州。而故乡远隔，山一重，水一重，目力难穷。你旅居京城，这些年，仕场抗争，情场打拼，你说：我厌倦了这里的一切。不知是你的确深有感触，还是表面文章，近似于闲来强说愁，借以安慰即将离去的朋友。在这十里长亭，年复一年，离别反复上演。你折下了柳条万千，总把他人相送。可是，又有多少人知道你心中的隐痛呢？

闲暇时，你来到郊外，本是为了寻找旧日踪迹，却赶上了大摆宴席，朋友饯别。这一场送别宴持续了很久，此刻，时间走进了黄昏，已是华灯照耀，你高举酒杯，正要再干一杯，不料，一缕哀怨的曲子穿越黄昏，弥漫，张扬，在席间肆意地穿行。你抬眼望去，驿站边，梨花盛开，如雪的花朵在不住地提醒你，寒食节就要到了，人们将砍下榆柳的枝条当作新一年的柴火。你满怀愁绪，艄公的竹篙荡起温暖的水波，船儿箭一般从你眼前远去。等船上的客人回头一望，驿站已被远远地抛在了后面。你默默地伫立岸边，等他想要再看一眼天北的你，却发现，已是蒙胧一片。

你孤零零地站在那里，很是凄惨，堆积于心的愁恨千重万端。眼前，河岸迂回曲折，渡口的土堡静寂一片。春色一天浓似一天，斜阳脉脉，春光无限。你不禁想起，那一次，他曾与你携手共游，水榭流连，直到月光溶溶，露满桥头；远处，笛声传来，直到曲终人散……往事如梦，不堪回首；你不禁珠泪涟涟，隐痛难遣。

3

这一场离别在春天里上演。

这一回，怕是真的伤及内心，你絮絮叨叨地说了这一大篇。

野郊，长亭，河岸；绿柳，梨花，春水；灯火，别宴，斜阳……船快，路遥，人远。你独对碧水，独览斜阳。忧伤如潮，袭上心头；往事如昨，一一呈现。

“谁识京华倦客”，极力倾诉折柳之多，送客之频，宦游之倦，离愁之浓。加之，居者与行者，旧恨与新愁，真个“斯人独憔悴”。

季节，由春天到初夏，别事，由白天到黄昏，到远去的岁岁年年，由眼前的哀到过去的乐，到最后，不知自己是身在现实，还是游走在梦境，你只有“泪暗滴”，独咽苍茫暮色。

幸有一支长笛为你伴奏，不即不离，如怨如泣。

这一个夜里，你的寂寞在另一个人的心里，幽幽地游走，脉脉地奔流。

王维的送别诗《渭城曲》又称着《阳关三叠》，是唐人送别诗中的翘楚。你的这阙《兰陵王》既被誉为“渭城三叠”，可见它在宋人送别词中的影响之大，地位之高。

4

周邦彦，旧时论词，称你为“词家之冠”，“词中老杜”，足见你的词在当时的重要地位。

王国维说：“（周）先生于诗文无所不工，然尚未尽脱古人蹊径。平生著述，自以乐府为第一。词人甲乙，宋人早有定论。惟张叔夏（张炎）病其意趣不高远。然宋人如欧、苏、秦、黄，高则高矣，至精工博大，殊不逮先生。故以宋词比唐诗，则东坡似太白，欧、秦似摩诘，耆卿似乐天，方回、叔原则大历十子之流。南宋唯一稼轩可比昌黎，而词中老杜，则非先生不可。昔人以耆卿比少陵，未为犹当也。”王大师说了这一大段，中心意思是说，你是北宋词的“集大成者”。

你既是宋词的“集大成者”，对宋词的发展贡献至少有三个方面：

一是从词曲的搜求、审定、考证方面看，你有集成和创制的功劳；

二是从写作成就来看，你不仅善于体物言情，描绘工巧细致，还善于融化前人诗句，炼字妥帖工整。

再从创作风格讲，你的词集北宋词柳永到秦观、贺铸等人的成就而独创特色；同时还发展了柳永以赋为词的铺叙手法，兼取秦词的柔婉、贺词的艳丽，综合形成了你善于勾勒、妙于剪裁、精巧工丽的典雅词风。

盛衰无常

佳丽地，南朝盛事谁记？山围故国绕清江，髻鬟对起；怒涛寂寞打孤城，风樯遥度天际。

断崖树，犹倒倚；莫愁艇子曾系。空余旧迹郁苍苍，雾沉半垒。夜深月过女墙来，伤心东望淮水。

酒旗戏鼓甚处市？想依稀、王谢邻里，燕子不知何世；入寻常巷陌人家，相对如说兴亡，斜阳里。

——《西河》

1

金陵是个赛诗台，从古至今，无数文人都想一试身手。

南齐谢朓在《鼓吹曲》中说：“江南佳丽地，金陵帝王州。”李白一赶来就迫不及待地说：“金陵昔时何壮哉，席卷英豪天下来。”（《金陵歌送别范宣》）水灵灵的佳丽是江南的特产，一方水土养一方人。金陵是六朝金粉之所，自古帝王之都，这是历史的变迁所致。由此引得文人神往，吟诗作赋，自在情理之中。众多的佼佼者中，王安石的《桂枝香·金陵怀古》可谓独领风骚。

周邦彦，你的这阕《西河·金陵怀古》，隐括化用，苍凉悲壮，情韵别具。与王安石词一呼一应，堪称双璧。

2

你说，金陵这个地方，青楼密布，灯红酒绿，佳丽云集，南朝那些欢娱销魂之事，又还有谁记得呢？从那至今，繁华相竞，奢靡相逐，不堪一提，都成了远去的往事。看故都，四周青山相依相偎，还有清江环绕；座座山峰，就像那江南女子秀美的发髻一般耸立对峙；怒涛寂寞，郁愤地拍打着孤独的城池。你举目远眺，只见妩媚清江的遥远处，风帆点点，风姿绰约地向天际奔去。

眼前，断崖上，苍劲古树，被岁月摧残，倒挂相倚。很久以前，送莫愁女渡水而来的小舟，就曾系缆于此。如今，空余旧迹，林木郁郁，繁荫葱葱，浓雾淹没了半边旧时壁垒。待夜深人静时，明月就会悄悄地爬过城上的矮墙，照亮这一座废弃的帝都。时过境迁呀，当年佳丽胜地，早已不复存在，你不禁东望秦淮，更加伤怀。

遥想往昔岁月，酒旗飘飘，戏鼓铿锵。那景象，那阵势，究竟今在何方？再看这衰败冷落的街坊，你依稀记得，这里好像就是名门望族王谢二家居住过的街巷。旧时王谢堂前的燕子，今天都飞进了寻常百姓家。斜阳里，燕子们相对着喃喃细语，不管今为何年何月，又是哪朝哪代？它们窃窃私语，又好像在探讨新旧更替的存亡之道。

世态盛衰总如此，你独立斜阳，独对故国，千般思绪，万般惆怅，犹如眼前的清江水，奔涌而来，又滚滚而去。

3

从公元420年刘裕取代晋，再到580年陈朝灭亡，短短一百六十年，在金陵建都的有南朝宋、齐、梁、陈等朝代。所以说，世事如流水，早已走出了人们的视野，远远地走进了幽暗深邃的记忆。

而眼前，这里山川形胜，依然如故。因山为城，因江为池，险固依旧；山清水秀，风景依旧。古迹历历犹在，伤感滚滚来袭。从那时到现在，兴废更替，盛衰相随，昔日风光一时的英雄俊杰、显贵富豪，也都早已远去。从一对对飞入寻常百姓家的燕子那里，你感受到了世风的变幻，兴亡的频繁。你还从燕子的呢喃声里，听出了世事的沧桑，人生的无常。

故国，斜阳，怒涛奔腾，风帆远航，雾霭沉沉，燕子归飞，你借得刘禹锡《石头城》和《乌衣巷》诗意，咏史怀古，抒情寄慨，沧桑满怀。

今天读来，依然叫人唏嘘不已。

香艳写真

并刀如水，吴盐胜雪，纤手破新橙。锦幄初温，兽香不断，相对坐调笙。

低声问，向谁行宿，城上已三更。马滑霜浓，不如休去，直是少人行。

——《少年行》

1

关于这阕词，据说还大有来历，特有故事。

周邦彦，相传当年你为“京华倦客”的时候，和当红名妓李师师的关系颇为密切。才子与佳人，向来都被世人特别照顾。何况你周才子和李师师还真的故事多多。你没事就往李师师那里跑，琴瑟相悦，诗酒唱和，好不风流快和。民间的说唱里，演绎出了若干的香艳情节，不管真假，你都是个风流的主儿。

当朝皇帝宋徽宗可绝不落伍，绝不甘于深宫禁苑的寂寞，三宫六院还嫌不够，还要忙里偷闲，悄悄溜出宫来，畅享民间“风味”，偷食里巷“甜点”。秦楼楚馆就成了他常来常往的猎艳之所。

李师师色艺双绝，名冠当时。文人雅士，公子王孙，竞相角逐，都以能与之交往为荣。仿佛此生不与李师师有点瓜葛，就绝对算不得风流。甚至连宋江这样的山大王也与之有染。他俩的交往，《水浒传》里有过颇为“传奇”的描写。你周邦彦就是其中一个风流哥们，深得李师师的偏爱。

李师师的名气弄得深居皇宫的宋徽宗都心猿意马、心急火燎地想一睹芳容。高俅等贪官自然觉得这是个“绑架”皇帝的好机会，就极力怂恿宋徽宗出宫“偷腥”，还信誓旦旦地对徽宗说，誓死也不走漏风声。

就这样，李师师遇到了一个天下最大的“买家”，最劲霸的“嫖客”。

一见到李师师，宋徽宗就销蚀了骨髓，迷失了方向，就忘记了自己的身份。他觉得，这些年简直就白活了。李师师不卑不亢，温婉灵秀、高雅绝俗的气质完全征服了宋徽宗。每每与师师相见，他深感如在梦中，宛在天宫。

有一天，就在你与师师玩兴正浓的当儿，宋徽宗不期而至，突然闯来。遇到这样的买主，都唯恐逃之不及。你也如此，头上的那顶官帽连同官帽下那喝水吃饭的玩意儿，他是说要就要。你来不及逃走，就只得躲在床下，活活受罪。

你躲在床下，听了他们的谈话，“见证”了徽宗皇帝与民间风尘女子的这一段千古“奇缘”。他们的暧昧举动，他们的悄悄话就写在了上面这阙词里。

传说归传说，还不是因为你这个词坛盟主的身份，使这个传说有了进一步炒着的不竭动力，有了一大帮善于猎奇觅趣的受众，还有他们不遗余力、不厌其烦的口口“传扬”，才有了这段传说的知名度和生命力。

据考证，这个说法“严重”失实。经专家严密考证后得出结论：李师师和你虽是同代人，但是，等到宋徽宗当朝那会儿，你俩都已经六十多岁了；有资料证实，李师师当红的时候，徽宗赵佶才呱呱坠地呢。

据百度搜索，周邦彦与宋徽宗年龄差距近30岁，到徽宗28岁登基，周邦彦的确已经是花甲之人了，要这两个人在一个卖春之所不期而遇，的确是一件难事。依周邦彦的履历，他这个“京华倦客”早就远在江湖了。至于李师师，“北宋末年色艺双绝的名伎，其事迹多见于野史，笔记小说”。可见，此人一直生活在传说里。是否确有其人？究竟生于何时？还是个哥德巴赫猜想一样的世界级难题。

但是，民间也好，文学也罢，他们的“传奇”的确存在。

2

你瑟瑟缩缩地躲在床下，大气不敢出，喷嚏死噎着，憋了一夜，亲眼目睹了徽宗皇帝与李师师的那些见不得观众的事儿。

李师师手里拿着一把水一样明快的并州刀，纤纤素手轻巧地切开一颗新橙。用以调味的吴盐洁白如雪，晶莹剔透，十分打眼，让躲在床下的你心底像撒了盐，干瞪眼。锦缎制作的帐幔已经暖好，屋里温馨四溢，你却躲在床底下凉透了心。只见缕缕香烟从兽头样的香炉里袅袅飘出，他二人相对而坐，一边笑语盈盈，一边调试着笙笛。一会儿，欢愉的曲子就沸沸扬扬，缭绕不止，你的心阵阵作痛，只得强忍。

时间飞度，不知不觉间，夜已经深了。师师低声问道："今晚君宿何处？"见徽宗迟疑不语，师师又说："外面已敲过三更，霜是那样的重，雾也那样的浓，马儿行起来容易打滑，今天就不如留下来吧。再说，路上空荡荡的，一个人影都没有。"

写到此，你戛然而止，后面的事，大家自个儿去想。

只是这一夜，实在是辛苦你了。不知是为了增加故事的特效，还是有意要与你过不去。总之，她好像有意忘记了还有个躲在床底下的你。

周邦彦，你的这阙词可看着是你与徽宗嫖妓买春的"撞车"写真，记下了当朝皇帝的"惊天秘密"——其实也没啥，就是见不得光而已。

3

国学大师王国维曾拿你的词与杜甫的诗相比，意思是说，一个是唐诗集大成者，一个是宋词集大成者。颁发给你的赞誉之高，还在于你的过人之处。

拿刀剑比作流水，唐代诗人刘叉也曾用过，写了首《姚秀才爱予小剑因赠》："一条古时水，向我手心流。临行泻赠君，勿薄细碎仇。"极具现代诗歌的意象美，新奇，充满想象力。刀剑本身并不像水，但其光亮逼人，这样的利器拿在手中更显得飘逸，更有古意。

这把并州刀拿在当红名妓李师师手里，那就更加香艳诱人。

李师师如此精心伺候的到底是何人？令人遐想不已。两人床上对坐，吃着新橙，吹着笙，旁边燃着香，香烟袅袅，满屋子弥漫着暧昧。快乐的时光过得飞快，一晃就到了深更半夜。只见那女人低声说了一大段话，那意思是说，今晚你就别走了。

后面的事大家尽可以充分发挥各自的想象力，尽可以随意地演绎。有了这样的空间，不怕没有精彩的传奇。

人们之所以喜欢这首词，除了它香艳无比外，还在于它的意象，它的蒙太奇式的效果。与你的其他词相比，这章词显示出的特点有“三新”：构思有新的角度，手法有新的变化，语言有新的特色。因而，在浩如烟海的唐宋词里，写爱情的诗词比比皆是，这首词能够出奇胜出，其独到之处就在这里。清代谭献评价说：“丽极而清，清极而婉，然不可忽过‘马滑霜浓’四字。”（《复堂词话》）周济在《宋四家词选》中也说：“此亦本色佳制也。本色至此，便足。再过一分，便入山谷恶道矣。”

你被公认为“负一代词名”（张炎《词源》）的人，王国维在《人间词话》中说你“创调之多，创意之才少”，体现出如下特色：一是知音创调，格律严精；二是言情体物，穷极工巧；三是富艳精工，浑厚和雅；四是善于铺叙，长于勾勒。鉴于此，让你担任大晟乐正官职，也就是国家最高音乐机关的一把手，也算是量才录用、人尽其才了。

王国维这“创意之才少”，说的应该是词的意境。说你偏重于形式上的创新，而疏于意境上的追索。但在这章词里，似乎并不缺少意境。

4

你的这阕《少年行》不胫而走，相传，宋徽宗得知此事大怒，要把你赶出京城。你离开京城时，与李师师作别，写下了《兰陵王》词，别意恻恻，愁思迷离。后来，李师师在徽宗面前演唱了这阕词，凄凄戚戚，徽宗深受感动，竟起了恻隐之心，又下诏把你从贬途的半道上叫了回来，你就顺理成章地坐了专管朝廷音乐的头把交椅。

你是一个名冠当时的大词人，连皇帝老儿都让着你几分。也许，你手中还攥着一大把宋徽宗的绝对私密，徽宗拿这事封你的口亦未可知。

而这阕《少年行》所写传奇，实在是香艳撩人。千年已去，依然是那么地抢人眼球。

勇悍狂侠宋江

美人线路

天南地北。问乾坤何处，可容狂客。借得山东烟水寨，来买凤城春色。翠袖围香，鲛绡笼玉，一笑千金值。神仙体态，薄幸如何销得。

回想芦叶滩头，蓼花汀畔，皓月空凝碧。六六雁行连八九，只待金鸡消息。义胆包天，忠肝盖地，四海无人识。闲愁万种，醉乡一夜头白。

——《念奴娇》

1

没有哪个人一生下来就天生叛逆，就想长大了要当“反贼”，就想推翻当朝统治，就想“奉天承运”。

这是人类共有的世界，他没有任何理由要打破这个世界。这个世界为人类共有，他也没有足够的理由要与人类为敌。他如果最终还是“反了”，那他肯定有不得不反的足够理由。

宋江，你也如此。

《宋史》卷二十二《徽宗本纪四》中有这样一段记录：

"（宣和）三年春正月……是月方腊陷婺州，又陷衢州，守臣彭汝方死之。二月庚午赵霆坐弃杭州，贬吉阳军，罢方田。甲戌降诏招抚方腊。……是月方腊陷处州。淮南盗宋江等犯淮阳军，遣将讨捕；又犯京东、江北，入楚、海州界，命知州张叔夜招降之。……四月庚寅，忠州防御使辛兴宗擒方腊于清溪。"

从这段文字看，宋江，你在历史上确实存在过，曾在京东黄河以北的辖区竖起了杏黄旗。你们打出的旗号是"替天行道"，实质就是一个"义"字，造反的原因则是"官逼民反""走投无路"，也被书家简化成了一个"逼"字，这就"确证"了你们造反的正义性、合理性，就可以得到全国被压迫草民百姓的广泛支持。其实，你麾下的"义军"头目只有三十六人，而不是一百单八将；你们活动的据点在淮南，而不是山东；你们的确后来投降朝廷，降后情况无史书记载，也绝对没有去征讨方腊之流的"反贼"。史书上的你，勇猛狂悍，每战必身先士卒，和小说的描写相差甚远。元代陈泰在《所安遗集·江南曲序》中说："宋之为人，勇悍狂侠。"仅凭这点残片，很难勾画出你这个"农民造反领袖"的英雄脸谱，也很难把你列入"历史英雄"的方阵。

后来，你成了中国古典小说《水浒传》中的主要人物，水泊梁山一百单八将之首，人称"孝义黑三郎""及时雨""呼保义"。小说是这样演绎的，说你原本是郓城县押司，后来被硬生生"逼"上了梁山，托塔天王晁盖阵亡后，你成了梁山的首领，极力主张梁山众好汉集体接受朝廷的招安，并在招安后率领梁山众兄弟先后攻打辽国，以及田虎、王庆、方腊等领导的造反义军，得胜回朝后不久，你即被奸臣高俅等人用毒酒害死。

不管是史实还是民间演绎出来的山寨版本，也不管当时是出于何种原因，有一点是真实的：宋江，你终于“反了”！

《全宋词》里，署你“宋江”之名的两首词，除了上面这阕《念奴娇》，还有一阕《西江月》。前者感伤、惆怅，后者豪情四溢，大有好汉的劲霸，英雄的风骨。

《水浒传》七十二回《柴进簪花入禁院，李逵元夜闹东京》中，借得浪子燕青的引荐，“宋江”再次见到京都名妓李师师，她以自己的方式款待了你们。席间，李师师低声演唱了苏东坡的《念奴娇·赤壁怀古》词，你也乘着酒兴，填写了这阕《念奴娇》呈献给李师师。

2

你开篇即说：天下之大，请问，在这个世界，什么地方可让我暂且容身？我现在暂栖水泊梁山，今日特来观赏皇城帝都的无限春色；你翠绿的衣袖散发着迷人的香气，红色的绡绢包裹着洁白的肌肤，真是一笑值千金呐；你美如仙女，可惜，像我等这般薄情粗俗之人是没有缘份的。

想那芦叶萧萧、烟雾迷茫的滩头，还有开满蓼花的岸边，月色如水如银，清明一片。鱼儿在水中快乐地游弋，雁儿纵身飞上长天，梁山众人翘首企盼，金鸡报晓，佳音来传。我虽有包天的义胆，盖地的忠肝，又有谁能真正理解我的良苦用心？我满怀愁绪，千般万种，醉乡里，一夜风霜，染白了双鬓。

3

为什么非得燕青引荐，大抵是“浪子”都和妓女有几分说不清道不明的纠缠。

为什么要走“美女线路”，因为这个美女可以通天，可以省去若干中间环节，可以相对直接地表达你的诉愿，尽可能地避免节外生枝。

为了赢得一个忠肝义胆的名分，你选择了向朝廷抛出愿意集体招安的橄榄枝；为了招安，你苦口婆心，忤逆了众兄弟的意愿。

为了实现你的招安梦，你不惜冒着人头落地的危险进京“买春”，选择了“美女线路”“妓女公关”！虽然不够光明，实际操作起来却很凑效。

4

在这个名冠京城、皇帝垂涎的美人面前，你虔诚自叙，说自己为世道所不容，眼下竟到了无处安身的地步，被逼无奈，没办法，只得投奔梁山，做了个山寨版的大王。今天来东京观灯赏景只是其名。究其实，醉翁之意，岂止在灯？当然也不敢和皇帝较劲，去专找皇帝喜欢的妓女买春。

你极尽能事，十分肉麻地极力夸耀李师师的美丽和魅力，极力表达你的仰慕之情，目的只有一个，那就是为了剑走偏锋，借得眼前这个京城名妓，向当今圣上转达你愿接受朝廷招安之意。

明摆着，这就是一场赤裸裸的“政治公关”。公关的对象，就是眼前这个与当朝皇帝有一腿的京城名妓。你们的策略非常英明。英雄难过美人关，皇帝老儿其实也就是裹着龙袍的凡胎肉身！美色面前，一样要犯贱。你看，宋徽宗不是借着冠冕堂皇的微服私访之名，行着嫖妓买春之实？

紧接着，你陈述了自己身在水泊梁山的寂寞情怀，鱼沉雁杳，日夜盼望着朝廷降旨招安的消息。这哪是众兄弟之意，其实就是你的个人意志。结尾处，还不忘极力诉说自己的满怀忠义，不被众兄弟理解支持，自己只好借酒浇愁，一夜之间，竟然就愁白了头。

宋江，你等此次冒险来京观灯，其真实的意图便是设法打通关系，想通过名妓李师师这条特殊的“快速通道”，更便捷地让宋徽宗体察到你的“忠肝义胆”，迫切希望朝廷及早招安。你认为，只有这样，才算对得起那些跟自己一路打拼的梁山义军，才能彻底洗掉刻在他们脸上的那个“贼”字。

纵观全词，你要陈明的事实是：自己投奔梁山只是迫不得已，暂时栖身，最终的打算就是要归降朝廷。

宋江，你叫我们该怎样评说你呢？怎能简单地用一个“好”或者“坏”呢？

5

生活在这个世界，本该和谐一统，不存在造不造反这等子事。

但是，现世是，有的人偏偏要打破平等，人为失衡。他活着，偏偏要让另一部分人不能平安地活，本分地活。

因为失衡，所以，就得有人自觉地挺身而出，要竭尽全力扭转失衡，造就新的平衡。

因为失衡，所以，就得有人振臂一呼，集结正义的力量，去对抗失衡的现世。

这个人，就得铁肩担道义，撕碎神圣，砸烂铁律，打破专制，以暴制暴，改天换地，去建造理想的天堂，构筑心中的乐园。

宋江，当“隆宋”走到宋徽宗这里，“反”字大旗四处招摇，你也被推了出来。你虽然“反”了，却不彻底，最终还是被朝廷灭了，在“忠义”的旗号下，一败涂地。

这阕短短小词所写的内容，就是整个故事的拐点。

6

每一个草民的内心都曾有过成为英雄的狂想，认为自己就是正义的化身，自己就是能够“替天行道”的那个人，自己就能借得神力，无往而不胜。

“心理上的造反，在任何社会，都是普通人最大的精神干瘾。”北宋也不例外。那时，在民间早已流行说书故事，故事的主角大多是些“豪爽义气、狡诈残暴的无法无天之徒”。那时，说书成了宋代最有效的传媒形式。那些行走民间、匍匐下层的草民百姓的精神寄予或许就在于此。

其实，每一个人都身长“反骨”，很多的不如意都在为这几根“反骨”增加钙质，使它们越来越坚挺强硬。只是，现世还没有将他推入绝境。或许是他还没有足够的魄力，让他最终作出那个决定。因此，在我们身边行走的都是一些凡夫俗子，尽管他们是一头睡狮，是一个皮肉包裹着反骨的人。

所以，看上去，他依然是最不起眼的一介草民。

“宋江”则不然，在那个“非常”时期，你站了出来，在市井乡里，你“被英雄”化了。在一定程度上，这多多少少聊慰了布衣草民们的“英雄梦”。

所以，当你一个劲地嚷着要招安时，有那么多好汉站出来和你当面较劲，表达怨怒。所以，当招安如愿，一个个好汉含怨而死时，我们的心里翻滚着说不出的苦楚。

所以，《全宋词》里署名“宋江”的这两阙词，是不是你的“亲笔”所为，我们没有确凿的证据。但它们的确符合“宋江”的性格和经历。如果说是宋代说书人的代笔，那也说明这正是当时市井草民身上的“反骨”以另一种形式呈现而已。当然，也不排除是那些下层知识分子们的精神牙祭。

其实，这就是流行于宋朝的阿Q式的精神胜利法。毕竟，大多数草根身上的“反骨”是没有机会、没有魄力亮出来的。用这种方式展示出来，既无伤体制，又不危及自己的小命，还能得到爽快的精神麻醉，岂不快哉?

所以，这阙词的起句特狂：世界之大，竟无我这般爷们的容身之处！言下之意，我今天冒险来这里，就是要寻一个被朝廷、被体制视为“合理合法”的容身之处。但是，你没有把这种“狂”劲坚持到底。后面的故事，大家都不愿提及。当你把“聚义厅”改为“忠义堂”时，我们的内心满是落日余晖后的阴暗来袭，沉闷，窒息，悲凉肆虐，和那一帮好汉一样，一下子，都彻底地冷了心。以至于，黑旋风李逵再也忍不住了，当场站出来与你“唱反调”。当然，作品安排这样一个心无城府的“莽夫”来闹场子，既合情合理，又极有戏份。因为，其他的好汉怎好当面驳你这个龙头大哥的面子？这里反映的是大众草民的尊卑原则。

为了你个人的意志，水泊梁山众英雄的命运被你宋江带上了全面彻底的覆灭之路。

浔阳题诗

自幼曾攻经史，长成亦有权谋。恰如猛虎卧荒丘，潜伏爪牙忍受。

不幸刺文双颊，那堪配在江州。他年若得报冤仇，血染浔阳江口。

——《西江月》

1

这阙词出现在《水浒传》第39回《浔阳楼宋江吟反诗，梁山泊戴宗传假信》里，与七绝《心在山东身在吴》联袂出炉，很快在小说构筑的民间世界里疯狂传播，成了你走上“反道”的导火索。

《水浒传》第39回中写道：“（宋江）一面又饮了数杯酒，不觉欢喜，自狂荡起来，手舞足蹈，又拿起笔来，去那《西江月》后，再写下四句诗……”

不妨将迫使你写下“反诗”的情节照录于后，以便更清晰地了解你生出“反诗”的原由：

（宋江）独自一个，一杯两盏，倚阑畅饮，不觉沉醉，猛然蓦上心来，思想道：“我生在山东，长在郓城，学吏出身，结识了多少江湖好汉，虽留得一个虚名，目今三旬之上，名又不成，功又不就，倒被文了双颊，配来在这里。我家乡中老父和兄弟，如何得相见？”不觉酒涌上来，潸然泪下，临风触目，感恨伤怀。忽然做了一首《西江月》词，便唤酒保索借笔砚来。起身观玩，见白粉壁上多有先人题咏，宋江寻思道：“何不就书于此？倘若他日身荣，再来经过，重睹一番，以记岁月，想今日之苦。”乘着酒兴，磨得墨浓，蘸得笔饱，去那白粉壁上挥毫便写道：

自幼曾攻经史，长成亦有权谋。恰如猛虎卧荒丘，潜伏爪牙忍受。

不幸刺文双颊，那堪配在江州。他年若得报冤仇，血染浔阳江口！

宋江写罢，自看了大喜大笑，一面又饮了数杯酒，不觉欢喜，自狂荡起来，手舞足蹈，又拿起笔来，去那《西江月》后，再写下四句诗，道是：

心在山东身在吴，飘蓬江海谩嗟吁。
他时若遂凌云志，敢笑黄巢不丈夫！

宋江写罢诗，又去后面大书五字道："郓城宋江作。"
……

真个是"酒后吐真言"。由此可见，词与诗均是酒后所为，直写心意，没有精心审慎的构思，也没选用典故委曲的表述，是小说"宋江"这个角色心迹的现场实录。

2

"自幼曾攻经史，长成亦有权谋。"《西江月》词开篇即说你自小就攻读经史，长大以后又精通权谋之术，官场里有的，你宋江自然也都会，本事一点也不比那些当官的差。但是，你时运不济，混来混去，最终还不过是一个被人随意差遣的小吏。这好比虎落平阳，只得忍气吞声。所以你说："恰如猛虎卧荒丘，潜伏爪牙忍受。"没办法，你只得夹着尾巴老老实实做个小吏。

接下来进一步感叹坎坷不济的命运。你说，目下潦倒，想来，自己也算一个经世之才，忠义之人，竟然成了任人驱使的囚犯，"刺文双颊"，正在赶往发配江州的路上。老天实在是对你宋江不公啊！于是，有了最后的"反骨"毕露："他年若得报冤仇，血染浔阳江口!”如此下去，那就豁出去了，高举反旗，上了梁山；既然官府不给你出路，老天又如此不公，你宋江就只有自己讨回公道，定要血染浔阳江!

几杯酒后，你叱咤风云、改朝换代的“野心”暴露无遗。

可惜，这仅是一时之气，你并未将此“野心”坚持到底，你仅将“造反”作为与朝廷抗衡的筹码，为自己谋得“忠义”的美名。

3

宋江，你在这阙《西江月》里，一方面感叹自己心比天高，命比纸薄，另一方面又露出了潜伏在你意识深处的“反心”，一直都把梁山当作你最终的目标，最后的退路，最后的依凭，也把梁山当作你最坚固的盾。

“事实”是，当你在官场穷途末路的时候，内心的本能反应即暴露了你的真实想法：自己能走的，还有江湖这条路；而在江湖这个波澜壮阔的世界里，你宋江早已是大名鼎鼎的“及时雨”。单凭这一点，你就有揭竿而起的本钱。你想，真要把自己惹火了，逼急了，那就直上梁山。

在接下来的这首七绝里，于醉态的情况下，更进一步显露出你内心藏不住、掖不着的沟沟坎坎。

你说，自己虽然人在吴地（江州），但心在山东（梁山）；飘零江湖，蹉跎岁月，早知如此，还不如就在梁山落草算了。自己要是上了梁山，哪天如果真的实现了先前的凌云壮志，凭着自己的操控能力，黄巢又算得了什么?

黄巢是唐末农民起义军的领袖，从统治者一方来看，当然是个特大号的反贼了。你仿效黄巢诗句“他年我若为青帝，报与桃花一处开”（《题菊花》），嘲笑黄巢所为算不得真英雄大丈夫。为什么呢，仓促而起，仓促而败，自然不是真英雄。

“他年若得报冤仇，血染浔阳江口”，勃勃雄心，铮铮反骨，跃然于纸。

所以，你的诗一出，即被统治者定为“反诗”，对朝廷，有致命的杀伤力，于江湖豪杰，有震撼的影响力。

因为，你的文韬武略，你的忠肝义胆，你的扶危济贫，早已换得了“及时雨”的美名，早已为天下英雄共识。

因为，“官逼民反”，绝地后生，“造反”成了最后的选择，梁山成了你最后的去处。

4

到了第71回，《忠义堂石碣受天文，梁山泊英雄排座次》这一章里，你作《满江红·喜遇重阳》一阕：

喜遇重阳，更佳酿今朝新熟。见碧水丹山，黄芦苦竹。头上尽教添白发，鬓边不可无黄菊。愿樽前长叙弟兄情，如金玉。

统豺虎，御边幅，号令明，军威肃。中心愿，平虏保民安国。日月常悬忠烈胆，风尘障却奸邪目。望天王降诏，早招安，心方足。

梁山走到这一刻，到了极盛。老天王晁盖的遗言最终没有实现，你宋江顺利被推上了第一把交椅。要坐上这第一把交椅，表面上是受众人拥戴，其实，你没少费心思。

这阙《满江红》定下了水泊梁山的下一步发展规划——“早招安，心方足”。武松没等你唱完，就叫道：“今日也要招安，明日也要招安去，冷了弟兄们的心！”黑旋风怒而圆睁怪眼，大叫道："招安，招安！招甚鸟安！"其他众兄弟虽未直接发作，那一股子怨气只得强压在心底。

盛极而衰，轰轰烈烈的水泊梁山也改变不了覆灭的命运。

你宋江在"忠义"的旗帜下出卖了所有的梁山好汉，也把自己的命运也拱手交给了无耻的朝廷。

你宋江最后选择了错误的道路，自然不可能为草民百姓赢得最后的胜利。失败的关键在于："只反贪官，不反皇帝！"现代诗人毛泽东的评说可谓一针见血，一语中的！

诗言志。读到这里，我们全没了热情。你的投降之志干净彻底地取代了你的"凌云志"。

宋江，你顺势灭了那么多好汉的英雄梦！他们随你杀富济贫，除暴安良，出生入死，可不是为了要加入到朝廷豢养的那些为虎作伥的走狗大军，他们绝不愿意成为老百姓新一轮造反起义的打击对象。

一部《水浒》，一场很快即转眼成空的英雄梦。一个宋江，一个贩卖忠义、出卖英雄的"英雄"，亲自导演了这一场悲剧！

"他年若得报冤仇，血染浔阳江口!"宋江，当你叫嚷着要实施"招安"计划时，你可否想起你"逼上梁山"时的初衷?

"他时若遂凌云志，敢笑黄巢不丈夫!"宋江，当你顺利成为镇压农民义军的爪牙走狗时，你可想起打算高擎反旗时的"凌云壮志"?

当然，我们更愿意相信，现实版宋江是一位真正的"勇悍狂侠"。尽管这个宋江最终还是败了，那也是力量不济所致。不是主动投降，不是自动交出武器，不是自动交出强大的军队。这样，不至于彻底冷了世态人心，不至于彻底熄灭我们对梁山好汉的由衷敬意。

可惜的是，《宋史》里有这样一句话说到了现实版宋江的命运：“命知州张叔夜招降之。”宋江，你虽然反了，但你最后还是选择了“投降”。既如此，我们无论如何也无法视你为真正的“英雄”！

历史也一样。

第一才女李清照

绿肥红瘦

昨夜雨疏风骤，浓睡不消残酒。试问卷帘人，却道海棠依旧。知否？知否？应是绿肥红瘦。

——《如梦令》

1

这是一则言愁的小令，道的是你这位慵倦女子的闺中闲情。说到此，让读者诸君似觉了然无趣，会误以为乏有新意！

其实不然，你李才女令人钦佩之处，就在于能从平常事物中出人意料地翻出新境，让人眼前一亮，为之怦然心动！

2

又是一个不眠之夜。

昨夜，雨声淅沥，东风骤起。

昨夜，风儿时紧时舒，雨声时疏时密。

不知不觉中，被风声雨声折磨得心力疲惫的你便沉沉地睡了，睡得很香，睡得很实。即使这样，也未能消去你李才女昨天残留的醉意！恼人的昨天已无从忆起。

此时，风消雨停；此时，又是新一天的开始。你李才女躺在床上，懒于梳洗，你突然想知道外面的情景，你唤来贴身侍女问询。小侍女一边卷着竹帘一边说道："海棠花开得依然还像昨天一样繁盛。"你立刻嗔怪道："知道吗？知道吗？应该是绿叶繁盛、红花销残才对！"

3

小侍女说得一点都没错，因为窗外的海棠花儿依然开着，尽管已不如昨日的那般艳丽逼人，那般入眼惊心！不是她粗心大意，也不是她不想如实相告，她只是不想因为自己的实话而伤了自己的主人！

躺在床上的李才女，你是在用你那颗多愁善感的心在感知外面的世界，也凭借自己的多愁善感，凭借自己的心灵感验而心绘着外面的世界！自己也正是如此地顺应着春的策划，一步步地远离了春天——这才是你李才女的悲愁之源！

这是一个恼人的春天，李才女，你正形只影单！

这是一个无奈的春天，你眼瞅着春天离自己越来越远！

这是一个足以刻在你记忆深处的春天，春天走了多远，自己离往日的幸福就去了多远。至于走向幸福的路，自己竟不敢去轻易地描画，随意地期盼！

绿肥红瘦是一种令人伤感的景象，绿肥红瘦是一种令人怅然若失的境界，绿肥红瘦是一个崭新的妙喻，绿肥红瘦更是一种别样的情怀，别样的表述！

又是一个绿肥红瘦日，正是离人伤春时！像你李才女这样聪慧绝顶、才情过人的女子，在吟出了这样新奇的句子后，怎不动人心弦，怎不令人顿生怜悯之情？

4

这是一则小令，这更是一则你李才女的心情日记！其过人之处不在怪招制胜，全在一个真实——写出了褪尽脂粉后的你。这正好与你少女时代写过的另一首《如梦令》形成鲜明的对比：

常记溪亭日暮，沉醉不知归路，兴尽晚回舟，误入藕花深处。争渡，争渡，惊起一滩鸥鹭。

同样的字数，同样的率真，却是别样的背景，别样的心境，别样的意趣。时过境迁，风华渐残，风光将逝，你的人生故事早已翻开了新的章节，记忆里的那个溪亭日暮，已成我们无限珍视的共同风景。

李才女，你笔下的真实记录，再一次为我们这些喜欢舞文弄墨又自以为是的今人上了生动的一课。为此，我们已经缴了不少的学费。可是，我们要么愚笨，要么就是自以为取得了真经，要么就是轻慢张狂得忘了自己是谁！

诗即生活，生活即诗！不管我们怎样，你李才女仍一如既往地在为我们现身说诗！

5

你的这阕小令也借鉴了前人的智慧，唐人韩偓的《懒起》诗启迪了你的慧心：

昨夜三更鱼，临明一阵寒。
海棠花在否？侧卧卷帘看。

与此相比，你李才女的词则写得更加别致。问者有心有情，答者淡而无味；问者连问，问得凄婉，问得执着。“绿肥红瘦”之中饱蕴着无限的深意：怨女失意，美人迟暮；岁月无情，一如不可挽留的春的离去！

“知否，知否，应是绿肥红瘦！”耳边又响起了八百多年前你李才女的喃喃絮语！虽然固执，却是你内心世界的实录。

人比黄花瘦

薄雾浓云愁永昼，瑞脑消金兽。佳节又重阳，玉枕纱厨，半夜凉初透。

东篱把酒黄昏后，有暗香盈袖。莫道不消魂，帘卷西风，人比黄花瘦。

——《醉花阴》

1

两宋给了你李清照形同霄壤的别样人生。你的少女时代清闲自适，新婚燕尔的生活更是美满甜蜜！

李才女，你身出名门，用今天的话说，是一位名副其实的高干子女。自家书香的熏染，再加上出类拔萃的天赋，令你少年成名。你大约有些贪玩，还有点任性或者淘气。“常记溪亭日暮，沉醉不知归路。兴尽晚回舟，误入藕花深处，争渡，争渡，惊起一滩欧鹭。”由这阕小令记述的内容见出，你还是花季少女的时候，全然没有一点儿大家闺秀的典雅温良与矜持娴静，这一次贪杯的后果竟得来如此美妙的诗兴与诗境，以至于常常记起，时时复习。凭借你的率真、爽性与自信，令千古文人仍要不无羡叹地时时重温。因为，这种发自内心的快乐与浑如天籁的妙词轻而易举地就俘虏了他们，也俘虏了千载之下的我们。在忧恨泛滥、绮靡盛行的两宋，这是一朵多么稀有的奇葩！

你在另一首写自己花样年华的《点绛唇》里，也有过大胆率意的本真展示：

蹴罢秋千，起来慵整纤纤手。露浓花瘦，薄汗轻衣透。见有人来，袜刬金钗溜。和羞走，倚门回首，却把青梅嗅。

这是个甜蜜的瞬间。自己虽陷入窘迫的境地，却又恋恋不舍，还心甘情愿地把一个花季少女的“丑态”暴露给那位不速之客。这还没完，还要记录下来方便自己时时回顾。不料，你的闺中日记却大白天下，一直传到了现在。而这位没有提前预约的来人，定然是你心仪已久的白马王子或者梦中情人。否则，你不会一阵惊慌失措之后又“倚门回首，却把青梅嗅”了。仅在一闪念的取舍之间，你的憨态与娇态便暴露无遗。否则，你会怕别人笑你全然没有大家闺秀的样子；否则，在你欲避未避的当儿，你就不会向唐突而至的那人抛送你的妩媚与娇乖了！

2

李才女，你十八岁时幸运地嫁给了白马王子，同样是门楣显赫的官宦富家子弟赵明诚。这小子饱读诗书，才学了得，喜好考古兼书画、金石收藏。于是，李才女，你从一个宽松活跃的诗书之家又走进了另一个艺术氛围浓厚的家庭，小两口夫唱妇和，日子过得特有生气，特有诗情画意。是人们常常称道的那种才子配佳人、俊郎对才女的典型范例。这段生活似乎太过美满，令我们的李才女耽于幸福而疏于记述，以至于竟没有写出几阕像样的妙词。尽管你们夫妻生活的内容常常是饮酒赋诗、填词猜句之类的雅事，也许这正好印证了幸福的女人都有些发昏那句话！

以你李才女之例，似乎可以得出这样一个结论：太过幸福也是一种罪过，使才高八斗之人也消磨了才气，丧失了为诗的灵气。李才女，你不是没有写诗填词，而是没有成就足可传世的妙品。这，不能不说是一件憾事，也算是你诗意人生的一段空白，一点缺失吧。

一日三餐，顿顿喝香的吃辣的，三五天也会腻，也会食不甘味，也会怨这日子过得太无趣！

爱情亦是同理。于是，就有了“小别胜新婚”的说法。于是，小别成了长久厮守渐感烦腻的调节剂！有了这个难得的空间或者中场暂停的间隙，双方可以静下心来反刍，回味相聚时易于忽略的充满柔情蜜意的日子，忽略那些看似平常实是饱含致爱的细节，可以好好地检视对方在各自心中的位置，也可以借此机会真切地称量一下自己在对方心中的份量！当然，还可以好好地利用这一小段时间鼓捣一点平素间不曾体念过的情趣。比如飞鸿传书，比如鱼寄尺素，比如吟点小词闲说愁，甚至戏说愁强说愁也未尝不可。李才女，你的这阕《醉花阴》即是如此。

3

这是初秋，又恰值重阳登高日，正是易于引发思念、遥忆亲人的日子！丈夫赵明诚出仕异地，给你李才女创造了一个制造相思伤别之词的绝佳机会，让你终于填补了自己在这一领域的人生体验与文学创作的双重空白，竟写出了令人口齿生香的锦绣文字。

薄雾氤氲，浓云飞渡，闲愁蔓生，整天都无法消除。你的心中飘浮着一抹黯淡的阴影，天气与心境两不相宜。这样的心境一直在持续，一直持续到“半夜凉初透”！可见，孤灯只影的夜晚并不好受，你辗转反复，依然无法入睡。白天的那些个令人不快的事儿再一次在你的眼前一幕幕重放，如幻灯片还是蒙太奇都无所谓：落寞的黄昏迈着轻盈的猫步悄悄迫近，你分明感到，这是一段最难打发的时光。于是，你把酒东篱，独自品味那爬满篱笆的菊花的愁容，暗香袭来，扑面盈鼻，双袖生香。

这景致，这氛围，怎不让人失魂落魄？恰在这时，清寒的西风兀自将那半掩的帘子一次次地卷起，人花相映，人花相照，人花相较，你比这黄昏时候的花儿还要消瘦，还要憔悴！远在外地求取功名的夫君呀，他可知道？

人比黄花瘦，恰在这时，帘卷西风，暗香飞溢。这一刻，定格成了你李才女心中永久的记忆，也成了你丈夫最不能释怀的牵挂与伤痛。于是，自恃才高的赵诗人填词较劲那倒还是次要的事——因为，他已经清清楚楚、明明白白、真真切切地知道了，自己在妻子心目中的位置！

4

这里还有一段不得不说的故事，否则，无以证实你李才女的才气，无以证实赵诗人在你面前的才屈，无以证明你这首词的词格之高，境界之妙。

这年重阳，你忽然想起了前辈诗人王维那句著名的“每逢佳节倍思亲”，季节与诗句的碰撞，点燃了你思念夫君的烈烈炽火。于是，《醉花阴》在你李才女的锦绣妙笔下新鲜出炉，遣殷勤的青鸟传予远仕的夫君。赵诗人读罢，叹赏不已。可他不去怜香惜玉，反倒心生嫉意，妒忌爱妻的才气。于是想填阕词暗中较劲，比试一下夫妻之间到底谁的笔头子更硬，到底谁填词的功夫更深。于是，赵诗人牙齿一咬，班也不上了，公务也不管了，闭门谢客，废寝忘食，夜以继日，苦熬三夜，一口气竟填词五十余阕，打算胜过你。可你李才女穷其一生传下来的词也不过四十阕，赵诗人这一次可是铁了心的想压一压你的风头。

俗话说，旁观者清，赵诗人对自己的词也缺乏信心，便将你的这阕《醉花阴》重抄一遍，混在他的那五十多阕词里，心急火燎地请好友陆德夫看。陆德夫哪知其中故事，看后直言说：“只此三句最好。”赵诗人急问：“哪三句？”陆某道：“莫道不销魂，帘卷西风，人比黄花瘦。”这正是你李才女《醉花阴》的结束语，而“人比黄花瘦”更是其中的点睛之笔。陆德夫不留情面的“只此三句”将赵诗人三天的忙活一刷子抹得一钱不值。所以，我们至今也未曾读到赵诗人的苦苦索句——一番搜肠刮肚之后填的那五十多阕词。这也证明了，数量的多寡与作品格调的高低绝无关系，史上以孤篇名世的也不乏其人。当然，写得多了也不是全无益处，对自己而言，至少可以提高一点写诗填词的技艺。反正，赵诗人在这方面是一件憾事，他填的词再多，始终没能超过自己的爱妻，我们的第一才女李清照。

5

你的丈夫离你而去，但你没有怨言。因为你知道，爱情不能填饱肚子，好男儿志在四方，关在自家小院里的爱情不能培育出功名，生长出小麦稻子。再说，你也不愿背负耽误丈夫美好前程的恶名。尽管你不愿意，你的丈夫也不想过早地抛弃娇妻远走他乡。可是，自古如此，离别是不可逆转的事情。

再坚强的女人其内心都有柔弱的部分。自丈夫离去，你同样敌不过离别的磨蚀，同样敌不过寂寞的侵袭，同样敌不过忧愁的围困。但是，你没有怨言。兴许，年轻的丈夫正是在你的催促下才抛家别妻，远走他乡，求功取名。

你同其他女人一样多愁善感，自丈夫离去，天气阴沉，一如你的心情，整天都有一片挥之不去的阴云游弋在你的心里。你觉得自家的院子宽了，自己居住的屋子空了，白天太长，夜晚太冷。你坐立不定，寝食难安，整个世界都只剩下了孤独的你。

但你是一个聪明的女人，你不愿独自忍受，你要让远在他乡的丈夫知道，把自己一个人扔在家里，自己的日子并不好过。你要他知道，自己所遭遇的一切也正是在为这个家庭作出牺牲。言下之意，让夫君自己去体会。你还要他知道，自己虽然也有解愁消忧之道，自个儿就着菊花下酒。但是，黄昏时候，西风渐紧，三杯两盏，不紧不慢，看似休闲，要知道，借酒浇愁愁更愁，对花消忧忧更忧——自己同风中的菊花一样，年轻的容颜在无可挽回地消瘦，在无可挽回地走向凋零——你要把身在他乡的丈夫的心紧紧地拴在自己身上，要让他的魂魄不能在远远的异乡自由飞翔，要让他的心神死死地围绕在自己身上。

《醉花阴》这个词牌正应了你此时的境况，你要说的话就全写在了词里，剩下的事儿就看自己的夫君怎样去品味，怎样去行动了。何不早还家，衣锦归故乡，这当然是你求之不得的结果了！

6

销魂！除了你，你的夫君，剩下的就是千年以来的我们！

销魂？可有这事？提出这种置疑的不是别人，正是我们这些追求时尚、贪图快捷、自以为是的现代人。

李才女，你若九泉之下有知，定会责怪我辈情感历程中的一段无法弥补的缺失！可是，整天找乐的晚生们，是不会顾惜这些而乐此不疲地到处消磨激情，挥霍生命！

无计可消除

红藕香残玉簟秋。轻解罗裳，独上兰舟。云中谁寄锦书来？雁字回时，月满西楼。

花自飘零水自流，一种相思，两处闲愁。此情无计可消除，才下眉头，却上心头。

——《一剪梅》

1

这是一个百无聊赖的清秋日，寂寞的人总爱专盯住那些个最爱引人愁思的东西不放。

曾经清香四溢、清艳逼人的荷花，现如今，芳颜凋残，芳香散尽；消暑的席子早已透出了秋天的凉意，让人早没了睡意！出得门来，慵懒至极，眼前又是这般凋敝不堪的景致！“独上兰舟”是你惯用的消遣方式，某种招式用多了自然也就不灵了。你很清楚这一点，却苦于暂时难以找到更好的办法。这不，荡舟荷塘，残景败象不堪复读；放眼长天，云卷云舒，谁会在这个时候将情书寄来呢？这样寥落的心绪像一片片枯叶击起的涟漪，环环相逐的蔓延开来，要不是堤岸的阻止，恐怕一直要延展到杳不可及的天边地角，黯然而又寂寞。此时，你的心绪如残荷，愁怀似莲波！待排空的雁阵列队从你的头顶掠过，自己刚刚凭栏过的西楼早已沐浴在清冷的月光里。李才女，你也太过天真，仅添一两件衣裳怎可温暖这彻心的透凉？

月满西楼，一处由你的妙笔打造的不朽的人文风景，让多少后来人或惆怅的怀想，或无言的感伤，一种古雅的情怀在我们的心中脉脉不息的流淌。

花，独自飘零；水，默然流淌。什么叫无奈？只有你李才女知晓。什么叫寂寞？只有你易安知味。同样是相思，却好端端地被隔在了远远的异地；同样是闲愁，你我的心里却别有滋味！

唉，惟有相思难消除，又何况是你们夫妇？琴瑟相和，情深意笃。是呀，赏景，残荷乱目，残香消退，消愁不成，反添新愁；贪睡，枕席已凉，又怎可入睡消忧；荡舟，落花流水，自古伤离人；看云，锦书不至，雁阵又过……一天的寻觅，一天的排遣，心间的那一片阴云仍然顽固地不恳消散，笼在眉头的阴霾依然无法驱散。这种体验早已有之，只是到了宋初才有人说出。这就是以“忧”“乐”名世的范仲淹，他在《御街行》中终于以恰当的语言说出了古人的体验：“都来此事，眉间心上，无计相回避。”到你李才女时，这种表述就更加明白。只是千年以来，始终无人能以如此浅显直白的语言说出这种复杂的情感体验。

2

“才下眉头，却上心头。”这是你李才女婚后生活的一个截面。

缠绵的二人世界已经过去，为求取功名，你的夫君不得不远到异地做官去了。你李才女尽管才情飞扬，出类拔萃，非同俗粉。你尽管有很多种消愁遣恨的方式，但是，你仍然无法摆脱离愁的纠缠！在这一点上，再高尚的人也成了俗人，成了没了主张的庸人！

然而，你李才女的愁又是别样的滋味，别样的景致。经你的生花妙笔浓淡适宜的一番点染，便成了一种绝版的风景，绝版的情韵。近千年来，难有仿冒之人。即使有此心思，亦无此才能。他们深知，弄不好，就会东施效颦，贻笑万年。

东施效颦本身就是最好的例证！

3

再伟大旷达的人，都难以避开这个“情”字的围困！

有所不同的是，他们的情感体验不同，他们的表达方式相异而已。

真实的生活是最好的素材，可以让人获得绝妙的灵感！绝妙的词章是怎样诞生的，你李才女的创作实践就是最好的答案，你李才女的词就是最有力的铁证！

雁字回时，月满西楼，才下眉头，却上心头。我们的心宇一直徘徊着一抹无奈又美丽的忧愁……

最重此愁

风住尘香花已尽，日晚倦梳头。物是人非事事休，欲语泪先流。

闻说双溪春尚好，也拟泛轻舟。只恐双溪舴艋舟，载不动许多愁。

——《武陵春》

1

无论是谁，如果想用别的办法来改变、替换自己心中已有的那份最真切的感受，都是一件难事。

你李才女也不例外。

2

春天的脚步无人能够挡住，包括企图想延缓她前进的速度！

再美的花终要凋谢，再撩人的香终要散去。风起了，风又停，春天又义无返顾地要离你而去！你不胜其境，物非又添人非，削减了你的锐气，消损了你的斗志，什么事都无法让你摆脱忧烦，什么事都无法让你重整旗鼓。更何况，即使想说出心中的不快，也是一件难事。因为，话到嘴边，热泪就抢先一步流了出来！

也就是说，即使你有个倾诉的对象，你也无法说出心中的不畅！

这是怎样的愁呀，如此摧心蚀骨！

可是，你仍没有死心，你仍在毫不懈怠地寻找着解忧之法。功夫不负有情人，你终于打探到一个绝好的去处：风儿依旧，花月正春，你兴致勃勃地拟订佳期，打算泛舟双溪。不料，临出发时，你突然担心起来：那双溪的舴艋小舟，怎载得了你心中的千钧之愁？

3

俗话说，女为悦人者容。你清楚地知道，你的任何努力都是白费工夫。因为，你心中深深牵挂的那人他在只有思念可以抵达的远方。因为，自己丰润的芳言也早已随了春花的凋零、香魂的消散而一去不返。因为，你清楚地知道，自己的任何努力不仅徒劳无益，而且还会再添新伤！

可是，受伤的女人又总是不甘寂寞，她们绝不死心，她们绝不束手待毙，任由忧愁泛滥，任由寂寞肆虐。看似绝处逢生，实是把自己再次逼上了绝路！

这不，你心中刚刚冒出了一星可能会燃尽忧愁的火苗，瞬间又被自己无情地熄灭了。

因此，你想述说，还未说出却已泪流满面——因为，你已相知不在，阴阳相阻了。

因此，你懒于梳洗——因为，你心如死灰，哀莫能止！

4

任何奇思妙想都不可能凭空产生，只有情智拔萃、体验真切的人才会有如此妙悟！以重量言忧愁，新境别出，意境别具！

回眸前人言愁，或如诗仙以长喻之，愁如白发三千丈，空前绝后；或如贺梅子以形言之，化无形为有形，无法言说的愁绪犹如一川弥漫的风絮，迷惘，飘渺，不肯消散；或如李后主的一江春水，幽幽悠悠地在伤痛的心中散漫地游走，不尽地长流……你在言愁的华章锦句中独树一帜，独步芳林，堪与先贤竞美！

那游荡在双溪的舴艋舟，承载不了你李才女的如此深愁，她见证了你避难金华、亡国丧夫失宝受辱的重创，以及孤身漂泊、流落异乡的诸般哀伤与忧愁。

李才女，你的愁连船都载不动了，谁又能替你解忧？又有什么法子可以开释盘踞在你心底的如许深愁？

深愁难了

寻寻觅觅，冷冷清清，凄凄惨惨戚戚。乍暖还寒时候，最难将息。三杯两盏淡酒，怎敌他，晚来风急。雁过也，正伤心，却是旧时相识。

满地黄花堆积，憔悴损，如今有谁堪摘？守着窗儿，独自怎生得黑？梧桐更兼细雨，到黄昏、点点滴滴。这次第，怎一个愁字了得？

——《声声慢》

1

这绝对不是七个叠词的简单堆砌，这也绝对不是才华绝代的你在玩文字游戏。这需要过人的胆识、空前的自信。

这里堆砌的是你这个饱经沧桑的才女剪不断理还乱的一大堆心情，这里堆砌的是你这个史上最著名才女亡国失家、丧夫遭罪的种种辛酸际遇，仅单纯的技巧已无力呈现这些。

2

你寻寻觅觅，你若有所失，不，是确有所失！

你举目环视，满眼里冷冷清清，尽是萧索怆然之景。

当此时，正是深秋时节，草木枯黄。怎不令你凄惨、伤痛，怎不令你索然无味呢？

已是老秋，骤然袭来的苦寒，又倏然一阵子的燥热，最是让你心绪难平，难以平息内心的苦寂。此时，你是一个被辛酸与孤苦牢牢围困的囚徒。你寡居深院，你枯寂难耐，你不得不借酒浇愁，去消磨这难耐的时光。

你本以为采用这种方式可以减轻心中的伤痛，不料，这举动实在有些笨拙，前人早就试过了，也曾留下“借酒浇愁愁更愁”的经验之谈，切肤之感。可你还是不信这些，因为深浸入骨的悲怆还是牢不可破、毫不动摇地盘踞在你心里。在你最难将息的时候，频频地突施偷袭，猝不及防地攻击你早已憔悴的心。几杯薄酒，自然无法抵御黄昏时的阵阵冷风，寒意扑来，透心彻骨。

雁字掠空而过，又牵动你的无限伤情，更何况，它们还是你的老相识。可是，它们却不能相识你这个流落异乡、面目全非的苦命人，却辜负了你无限期待的心，没能如期捎来你一直期待的消息。

秋风又起，一阵紧似一阵。幽深而枯寂的庭院里，早已堆满了被秋风无情折去的昨日黄花。一地枯败，满眼都是凋零的香魂。

你索然无趣，你没有闲心去打扮自己，你想，反正没有人来赏读你的颜容。于是，你守着寒窗，孤单一人。你想，如此这般，怎挨得到天黑！唉，黄昏时分，竟又下起了冷雨，点点滴滴，忽而又绵绵密密，无情地敲打在枯黄的梧桐叶上。那不紧不慢的声声冷雨，令你心惊又心碎。这情形，这况味，又岂是一个“愁”字涵盖得了的？

3

是啊，怎一个“愁”字就能道尽你李才女的繁复心境！

这阕词当是你晚年的作品，才有如此摧心蚀骨的感验。环境的衬托，行动的描摹，心境的剖白，尽在其中。

四十五岁这年，你的丈夫赵明诚去世，给你这位流离颠簸、辗转逃难的弱女子以致命的打击。你背负着失国失家失夫之痛来到南宋小朝廷所在地临安（现在的杭州），与昏庸的政府一样，想得到暂时的安临。不久，你病倒了，得到了丈夫的旧友张汝舟的照顾。在媒人的撮合下，你与这个伪君子结了婚。你怎知道，这个昔日与你丈夫交情甚笃的家伙竟没安好心，劫色仅是他顺手牵羊得来的“附加值”，他的贼心则在于你李才女手上尚存的部分书画金石古玩之类的珍品！婚后，他百般施虐，为你这位饱经风霜、饱受创痛的女子再添了一道永难弥合的创伤。万般无奈，你只得向官府请求离婚，竟也惊动了浑噩的皇帝。你甘愿领受两年的牢狱之灾而果决地结束了这段噩梦般的婚姻。幸有亲友营救，你仅在足可置你于死地的大牢里蹲了九天。这场轰轰烈烈悲悲怆怆的婚姻前后仅100天，而对于你李才女来说，则是万劫不复的致命一击。

今天，我们重温你的这阕词，不仅仅在于要重温你的多舛命途。我们重读经典的要义在于重温你们这些先贤圣哲、文化精英为我们创造的滋养我们茁壮成长、不可缺少的精神粮食，重温我们这个民族蹒跚走过的那一段万般艰辛却又荡气回肠的跋涉之旅！

4

颠沛流离中的你有不能承受的四大悲愁：亡国之恨，丧夫之悲，离家之痛，飘零之苦。更添屈辱不堪的第二次婚姻，几乎击跨了你这个吟过“生当作人杰，死亦为鬼雄”的精英女人。你形容枯槁、孤苦离索自不待言，想想你能以极大的耐性打发掉一个个难堪的日子就已是大不易了。

李才女，你的这阕词所记内容，当是你平常生活的写实，是你内心感受的自然表达。由此，我们似乎可以找到这样一个答案：什么样的诗词才可以不朽？那就是写自己最真实的生活。任何充满矫情的作秀，甚至装腔作势，故作高深，都是短命的东西。他们的造势只能促成“作品”的速朽，只能让更多的人远离诗歌，甚至恶搞诗歌，抵制诗歌，让诗歌远远地退出我们无限期待的诗意生活——加之数字时代还在以加速度冲淡着我们生活中的有限诗意！

当然，这绝对不是数字时代的过错，这是我们当代人对诗意生活的有效把握能力的缺失。共创与时代同步发展的文化史才是我们这些自命不凡却又碌碌无为毫无建树的人应该勇于承担的责任！

一代才女，一代词宗，你笔下演绎的历史与情史，演绎的风景与风情，演绎的诗品与人品，就是你在那个悲苦时代奉献给我们、奉献给历史的绚烂不减的文化奇葩。

你以自己的柔情唱出的阕阕天籁之音，足以让所有铁血男儿不敢小视，你的卓越贡献独绝古今！

宋朝的那一个黄昏，那个黄昏的阵阵悲风苦雨里，李才女，你为我们送来了那个时代寒心彻骨的悲音——寻寻觅觅，冷冷清清，凄凄惨惨戚戚——时近千年，你仿佛仍在那个空空院落，那个风雨黄昏，百无聊赖地咀嚼你的悲苦人生！

文章无用

接云涛连晓晨，星河欲转千帆舞。仿佛梦魂归帝所，闻天语，殷勤问我归何处。

我报路长嗟日暮，学诗谩有惊人句。九万里风鹏正举，风休住，蓬舟吹取三山去。

——《渔家傲》

1

李易安，这是你词中的另类。想象绮丽，气势豪迈，气象恢弘，格调雄奇，迥别于你李才女那些纤秾清雅、缠绵悱恻的婉约词，卓然特立，气象宏丽。

这阕被你李才女题为《记梦》的小词，借梦中奇景的描绘，寄寓你这个柔弱小女子的远大抱负时，还抒写了你人生追求无果的渺茫之感。

2

许是你李才女读了前辈同姓大诗人李太白的《梦游天姥吟留别》吧，于是，李太白的梦在隔代的你的笔下便有了续集。

李才女，你终于如愿以偿，梦回天庭。

这一夜，天空阔远，浩渺无际。白云朵朵，不断翻卷，一如波涛汹涌的狂澜。忽而峥嵘地聚散，忽而柔曼地变幻，气象万千，蔚为大观。

晓雾流淌，云烟相融。银河灿灿，星光点点，百舸争流。恍惚间，你李才女飘然而翔，一不小心就到了天庭的玉宇琼楼。正在自个儿无限沉醉、思绪联翩之际，仿佛传来天帝的殷切问询：才女，你到底要去哪里？

李才女，你不胜惊讶，之后便长叹一声：人生之路竟是如此漫长，竟是如此地险象环生，坎坷不平，而自己，已经走到了人生的黄昏！你情绪低迷，竟有些怅然若失，怅然迷离。几十年来，虽然持之以恒，醉心于勤苦学诗，只可惜，到如今，壮志未酬不说，也未曾写出惊世骇俗的诗句！看而今，自己甘愿如大鹏一样振翅高翔，乘万里长风，远离世俗，高蹈浩渺苍穹！愿浩荡长风休要停住，就请一气鼓荡，一鼓作气，将承载自己的这叶轻舟，一直吹送到蓬莱仙境吧！

天帝含笑不语，慈祥的目光中透出了他的心语：再残酷的现实都得你自己去面对，谁也无法帮你，即使我身为主宰万物的天帝！从你降生尘世的那一刻起，等待你的除了幸福，剩下的就是不幸！

李才女，你终于梦回现实。于是，短暂的一阵幸福之后，接踵而至的便是太多太重的不幸劫难！

3

借梦言情，托梦寄怀，这是古今文人惯用的手法，李才女，你也不能免俗。

手法虽然有些老套陈旧，但你李才女的追求却是全新的。你不满足于只呆在闺中徒生闲愁，你不满足于只在纸上记录心韵，你不满足于现有的生存方式——不管是少女时代的优裕淘气，还是初筑爱巢时的甜蜜温馨，或者是南渡之后的颠沛流离，孤苦无寄！

李才女，你渴望有朝一日能像男人一样走出去，自由地行走在天地之间，同男人一样有所期待有所追求有所奉献。然而，现实是残酷的，它无情地粉碎了你李才女的绮丽绯梦，把一大堆烦恼冷酷伤痛……无情地抛给了你这个弱女子。

李才女，你毫不示弱，你抗争不已。然而，你的力量与现实强大的悖逆之力太过悬殊，你应对不了这太多的不幸，你承载不了这太重的愁怨。你想彻底地解脱，于是，才有了这一场轰轰烈烈的梦。

梦，有时尽管可以给人以短暂的安慰，但梦终究是要破的。李才女，你的奇幻之梦破灭于那一个如期而至的早晨，面对如期而至的漫天阴云，你又不得不独自去面对惨淡苍凉的人生！

李才女，你倒还十分谦逊，“学诗谩有惊人句”却不属实；“九万里风鹏正举”给我们以横绝高天的豪情，借了你李才女笔底的万里长风，我们正可收拾好心情，整装而进，独自去面对人生的幸与不幸！

所谓蓬莱仙境，从来都是一道炫人眼目的幻影。李才女，你写的这阕《渔家傲》，或许就是要告诉我们这些！

生当作人杰

生当作人杰，死亦为鬼雄。

至今思项羽，不肯过江东。

——《乌江》

1

李清照，你这位仅存几十首诗词的玉洁冰清的柔女子，却是中国诗坛足可与众多须眉男子、文坛高手对峙的女中豪杰。你矗立的这座横绝的孤峰，一直是我们仰视的高标，瞻拜的风景。

李清照，你的诗词既有柔情女子的缠绵悱恻、缱绻绮丽，又不乏大丈夫的傲岸气度与壮伟声势。

《乌江》就是你献给项羽的一曲慷慨壮歌，唱给自己的铿锵心曲。以至于我们拿着放大镜也无法从寥寥二十字中窥阅出你的纤细与柔弱，悲伤与忧愁。

2

清照，你南渡之后，到处漂泊，一路颠沛至安徽的乌江，观项羽祠，触景生情，得此悲愤慷慨之诗。

生命如此珍贵，属于我们自己的只有一次，最长不过百年之期。因此，我们活着，就应该活出个样子，就应该做一个顶天立地、铁骨铮铮的汉子，做人中豪杰，龙中枭雄，就应该为正义之事义无反顾、舍身赴死，就是要承担起为人的责任。即使我们的前面千难万险，山重水复，我们也应该迎着疾风劲雨，知难而进；即使我们遇到无数次挫折，我们也应该百折不挠，排除万难，去赢得最大的胜利。

有一天，我们终将会离开这个世界，不管是以轰轰烈烈的悲剧谢幕，还是平平淡淡地终老而去，我们也要在另一个世界做鬼中的精英，惊天地，泣鬼神，决不做个懦弱的幽魂，决不做那些违背道义的卑鄙龌龊之事。

这就是你这个柔弱女子发出的雷鸣电闪之声，让我们这些七尺男儿也自愧三分，也要敬你七分。

3

清照，项羽成了你心中的最爱。他在失利之时，自觉无颜见江东父老，自觉愧对乡亲近邻的厚望，遂拔剑自己了结了他峥嵘壮烈的一生。他的抉择，他的果决，气壮古今，震撼人心。

自古以来，人们习惯于说不以成败论英雄。而事实并非如此。成者为王败者为寇即诠释了一切。在你眼里，在我们心里，项羽虽然失败了，但他那气壮山河的壮举深深感染了古今的正义之士、刚烈之人，他是人们心中的伟丈夫。项羽的选择，项羽的伟烈体现出一个须眉男子面对挫折、面对失败的决绝态度，令一切苟且偷生之辈汗颜无比。当然，这些苟且偷生之辈是不会有羞耻感的，他们不会用无地自容这个词来定义自己、拷问自己。

在你看来，一个人如果不能凛凛然然地活，就当选择悲悲壮壮地死，这才是英雄所为！

这就是你对待成与败、生与死的态度，锋芒毕张，锐气凌厉！我们没有理由不感佩你的卓然之识，不钦佩你的非凡之气。

4

金人的铁蹄把不堪一击的赵氏江山践踏得残缺不全，南宋政府偏安江南，妄想以“和议”的方式赎得苟延残喘之机。那些人模人样的君臣们竟不如你这个弱女子，想来真是南宋小朝廷的奇耻大辱。他们不思失地，不顾被掳被困早已做了臣虏的老子，而心甘情愿地自领屈辱，已成千古笑柄。

清照，上天在赋予你这个弱女子太多的欢乐、太多的才气、太多的爱情时，也把亡国的流离、失夫的苦痛、漂泊的艰辛、晚年的凄凉一股脑儿地压在了你柔弱的肩上，看你细皮嫩肉的凝脂之肩能不能独自承担。

乌江千年不绝的呜咽、咆哮激起了你的失国之恨，流离之悲，男儿之气。于是，你想起了千年以前在这里上演过的一幕悲壮千古的悲剧，想起风云一生的西楚霸王令人叹惋的谢幕！生，就要做人中俊杰；死，也要做鬼中英雄！你这个弱女子的刚烈宣言，让整个赵氏王朝都在震颤，让整个赵氏王朝的大老爷们集体失颜！

你恨，恨自己不是男儿身，空有复国之志；你恨，恨南宋小朝廷偏安江南，苟且偷生！可是，项羽无法改变失败的命运，你李清照自然也无法阻止哀宋的最后崩溃！金人的铁蹄容不得你犹豫，金人的汹汹气势把积弱积贫、缺乏血性的宋朝连同你一股脑儿地卷到了江南！临安的哀靡之音是赵氏江山最后葬身大海的安魂曲。你终是一个柔弱的女子，婉约的伤感，悱恻的缠绵，是解不开的结，泅不过的海！

5

清照，你的诗与词是截然不同的两个世界。你在词里婉约，你在诗里壮歌。两种境界，两重天地。两种境界里，风光迥异。你在词里感叹自我，抒写绵密繁复的锦绣心韵；你在诗里高咏壮怀，抒写感时伤世的豪言壮语。“南来尚怯吴江冷，北狩应知易水寒”“南渡衣冠少王导，北来消息欠刘昆”，就是你强烈而持久、火热而执着的爱国强音。

不禁令人想起你的另一首同样豪壮淋漓的七绝《题八咏楼》来：

千古风流八咏楼，江山留与后人愁。
水通南国三千里，气压江城十四州。

清照，你手握狼毫痛快地挥去，笔底竟击出猎猎不绝的雄风，滚滚不息的浪涛！

这就是你了，自今仍独傲于雄视于煌煌文坛的奇女子，让所有自恃才华超群的须眉男子都不敢小视！

逍遥自在曾几

梅子黄时日日晴，小溪泛尽却山行。
绿阴不减来时路，添得黄鹂四五声。

——《三衢道中》

1

说你曾几（字吉甫）是一位高师、名师乃至大师，一点都不为过。在你的悉心培养下，出了陆游这样的刚烈忠义之士、诗名震古撼今之人，这就是最有力且无可辩驳的铁证！

但凡史上的那些正义之人、忠烈之臣都不会有好的结果，纵观古今，放眼中外，莫不如此。你这位在徽宗、高宗手里都做过高官的人，料想在皇帝老儿那里多少又有点话语权。绍兴八年，你与兄长曾开一起力排和议之帮的不肖之举，得罪了南宋小朝廷的实权人物奸臣秦桧，终被罢官，寓居上饶的茶山寺，自号茶山居士，过起了四大皆空的清闲日子。直到秦桧作古归西，你才重新出山，再获要职。

曾几，你也是一位爱国诗人，正因为有你的谆谆教诲和亲身示范，才出了陆游这样一生不悔的爱国学生。你在给陆游的诗中写道："问我居家谁暖眼？为言忧国只寒心！"看来，你老先生把范仲淹的"忧乐"观学到了家，甚至深入骨髓，嵌入灵魂。学生陆游也在他的文章中称赞你说：“绍兴末，先生居会稽禹迹精舍，某自敕局归，无旧不进见，见必闻忧国之言。时先生年过七十，聚族百口，未尝以为忧，忧国而已！”可见，你确实是个不管位高位低都不敢忘国忧的人。

说到你的诗，你的学生陆游亦有记述：“治经学道之余，发于文章，雅正纯粹，而诗尤工，以杜甫、黄庭坚为宗。”可谓师出高格，因而也极大地影响了陆游，于是青出于蓝而远胜于蓝了。

2

这首《三衢道中》或许是你曾诗人闲暇之余的自娱自慰，或者说是你遣怀寄兴的作品，既不刻意描摹，也不夸饰言情，即达天然去雕饰之致境。

这是一次难得的逍遥之游，你兴致特好，于是赋诗记之。

梅子黄时，本该烟雨霏霏，一连四五日仍难见转晴的兆头才是。可是，这年却有一个特别的暮春或者初夏。你一路远游，一路美景，一路画图，满眼皆是诗意。

沿着蜿蜒的小溪，你溯流行舟。小溪逶迤，船儿荡荡；一路行来，直到小溪的尽头。又峰回路转，弃舟登岸，顺着山路绕山而行。

最令你欣喜的是，和你来时一样，一路的绿树绿得恰到好处，绿得正是可心惬意！更令人赏心悦目的是，偶尔还能听到四五声黄鹂格外清脆格外爽性的叫声！

3

这是一帧写景小画，简洁的线条，清淡的色彩，经高手你这么老道的廖廖几笔，境界顿出，妙趣顿生。你深得裁剪妙能，一阵删繁就简后，留下了真性情、真精神！

曾诗人，你在三衢道中逍遥而行，几百年后，我们仍能看到你一副与世无争的样子。

曾诗人，你能在如此佳景中忘掉国恨家仇，不是你的过错，要怪，就怪三衢道中的景色实在摄人心神！

曾诗人，你以如此冲淡无欲无奢的诗记下来，也足以让我们这些被世俗的滚滚声浪冲击得昏兮忽兮的人，可以暂得一剂清心净气的滋补品。我们自然不会忘记，有朝一日，如有机会，不妨吟着你的诗句，也去作一次忘忧忘俗的三衢之旅，看能不能重蹈你曾诗人的悠然诗境！

4

曾几，你出任浙西提刑时，还写过一首类似的诗：

一夕骄阳转作霖，梦回凉冷润衣襟。
不愁屋漏床床湿，且喜溪流岸岸深。
千里稻花应秀色，五更桐叶最佳音。
无田似我犹欣舞，何况田间望岁心。

这首诗有一个比较长的题目，叫《苏秀道中，自七月二十五日夜大雨三日，秋苗以苏，喜而有作》，其实是诗序替代了标题。

一场透彻的喜雨，不仅带来了丰收在望的喜悦，也诞生了这首喜气飞扬的诗。

这年夏秋之间，骄阳似火，久旱不雨，以至秋禾枯焦。至农历七月二十五日夜，大雨三天，久渴的庄稼终于得救。“久旱逢甘霖”，是古人总结的“四喜”之一。你这个有着悲悯情怀、民本意识的封建文人士大夫，更是如此。你欣喜若狂，连衣服、床铺湿了也顾不得，为民而乐，为百姓而歌。

看来，这一场久违的喜雨不仅浇灌了干渴的禾苗，滋养了艰辛倍尝的农人，也滋润了你焦渴的心田。你不胜欣悦，一个“喜”字就直接蹦到了诗歌的字里行间。不加掩饰，毫无禁忌，体恤民艰，关乎民情，以天下人之忧为自己之忧，以天下人之乐为自己之乐。你不禁欣然而舞！

由此，我们想到了杜甫的《茅屋为秋风所破歌》，想到了他的《春夜喜雨》，想到了范仲淹的“先天下之忧而忧，后天下之乐而乐”。与百姓共甘苦，与庶民同悲欢，这样的情怀，在一个封建文人那里，在一个封建官僚那里，何等的难能可贵！

就是放到今天，一样是公仆们集体学习的楷模。

这样的情怀，正好从一个侧面诠释了你为什么敢于忤逆秦桧、为民请命的原因。

为民请命，被罢官，被打击，被贬僻壤，这样的人，因而至今记得。因而，有了《三衢道中》这样的诗。

慷慨悲凉张元干

梦绕神州

梦绕神州路。怅秋风、连营画角，故宫离黍。底事昆仑倾砥柱，九地黄流乱注？聚万落千村狐兔。天意从来高难问，况人情老易悲难诉！更南浦，送君去。

凉生岸柳催残暑。耿斜河、疏星淡月，断云微度。万里江山知何处？回首对床夜语。雁不到、书成谁与？目尽青天怀今古，肯儿曹恩怨相尔汝？举大白，听金缕。

——《贺新郎·送胡邦衡待制赴新州》

1

张元干，你是南宋初期的著名爱国词人。

1138年，秦桧打算与金人和盟，胡邦衡极力反对。他上书皇帝请求处斩秦桧、王伦、孙近等投降派首脑，兴师北伐，结果未能如愿。议和以后，胡邦衡被诬陷革职，贬到京城以外去做官。之后，秦桧之流还不解气，胡邦衡最终被革职除名，押至新州，受到严酷管制，失去人生自由，也没人敢冒险跟他接触。

胡邦衡被赶出京城经过福州时，你为他设酒送行，作此词。你慷慨愤激，忠义之气，爱国情怀，激荡全篇。

2

张元干，你说，中原是你的魂牵梦绕之地，令人悲哀的是，眼下，神州处处，到处都疯传着战争的鼓角铮鸣，到处都是残垣断壁。对此惨景，你不由得对天长问：为什么，黄河如昆仑般的中流砥柱，竟然崩溃，以致浊流泛滥，肆虐横行，使中原人民遭受痛苦，使九州之土全都沦为沉没的大陆？又是为什么，衣冠礼乐的文明乐土现在变成了狐兔盘踞、鬼魅横行的地狱！天意从来高难问，历来让人琢磨不透，人到老年，又总是容易受到伤害。更何况，最近新添烦恼一桩，知己难得，偏偏与朋友又将离别。

岸柳招摇，征帆将去。秋风忽至，逼退残暑。此刻，银河疏星，淡月横空，断云飘忽。今天别过，回顾那个与你对床夜语的人，江山万里，又将羁履洒向何处？连大雁都飞不到的地方，自己即使写好书信又该寄与何人？你望极青天，古往今来的那一页页悲壮的历史了然于心，自己又怎会沉溺于儿女之情，又何必去计较个人的这点得失？请举起酒杯，听这阙慷慨悲歌。

3

是君子，不管身陷何境，他都会始终认定真理，坚持真理；是高尚者，不管遭受何种打击，他都会坚守正义，捍卫正义。

胡邦衡即是这样的人。这样的人，是难得的知己，得此一人，足矣。

但是，令人倍加惆怅的是，山河破碎，“画角连营”，金人肆意，无异于“狐兔”横行。正如曹操《蒿里行》所写的那样：“白骨露于野，千里无鸡鸣。生民百遗一，念之断人肠。”中原的惨状，生活在金人铁蹄下的百姓惨景，时时闯入你的梦里。

在这样为难的时刻，胡公这样的君子，这样的高尚之士，实在是少之又少，实在是孤掌难鸣，遭受排挤、非难、打击这样的待遇就成了不可避免。但是，他仍然心怀真理，坚持正义，决不妥协。

眼下，这样的知己即将远去，岂不令你伤悲难禁？

你噩梦系神州，只得独对残破的山河。于是，你高声问询，大有屈原的《天问》之势。问罢，无奈，你含恨“更南浦，送君去”！江淹在《别赋》里也曾唱过：“送君南浦，伤如之何！”伤如之何？你这字字句句，发自肺腑。

恰秋风劲吹，悲情恣肆。星河，淡月，微云，见证了你们深挚的友情。你深知，此次别过，又将天各一方，相距万里，友人要去到的地方，“雁不到”，书难寄。个人恨，儿女情，穷通晦达，进退得失，暂且搁置。于是，你举杯痛饮，长歌一曲。

如此黄钟大吕，声震古今，今天读来，犹感余威不绝，悲音萦耳。

张元干，你因此词受到削籍除名的处分，但是，却增添了这阕词的传唱率和知名度。据《客亭类稿》记载：南宋词人杨冠卿秋日乘船经过吴江垂虹桥时，“旁有溪童，具能歌张仲宗（张元干的字）‘目尽青天’等句，音韵洪畅，听之慨然。”你的词，溪童能歌，这不是随随便便都可以达到的。

这就是坚持真理、坚守正义的代价。能写出这样“慷慨悲凉”之词，源于你深植骨髓的爱国之情。

这就是正义的力量，爱国的力量。有这样的力量垫底，你就有足够的底气，足够的能量仰天问询，慷慨长歌。

怅望关河

曳杖危楼去。斗垂天、沧波万顷，月流烟渚。扫尽浮云风不定，未放扁舟夜渡。宿雁落寒芦深处。怅望关河空吊影，正人间鼻息鸣鼍鼓。谁伴我，醉中舞？

十年一梦扬州路。倚高寒、愁生故国，气吞骄虏。要斩楼兰三尺剑，遗恨琵琶旧语。谩暗涩铜华尘土。唤取谪仙平章看，过苕溪尚许垂纶否？风浩荡，欲飞举。

——《贺新郎·李纲伯纪丞相》

1

李纲，字伯纪，南宋著名爱国英雄。1126年，金兵围攻京城，危急时刻，他力主抗战，坚守开封，被钦宗皇帝任命为亲征大将军，最终击退金兵。张元干，你当时是他的下属，李纲被罢免，你也连带获罪，离开京城南下。

1138年，秦桧第二次当宰相，派王伦出使金国，走的还是投降议和的线路。身在洪州（今江西南昌）的李纲立刻上书，坚决反对议和，因此被罢官回福建长乐。你获知此事，即兴写了这首词，对李纲竭力主战、反对议和的行动给予了坚决的支持。

《四库全书总目·芦川词提要》中说："今观此集，即以此二阕（《贺新郎》）压卷，盖有深意。其词慷慨悲凉，数百年后，尚想其抑塞磊落之气。然其他作，则多清丽婉转，与秦观、周邦彦可以肩随。"今读此词，犹感你当时的慨愤之状。

2

你拄着手杖，奋力登上高楼。你仰望夜空，只见星斗低垂，不见一丝浮云。你俯视沧江，江涛万顷，月光流泻在烟雾迷漫的江洲之上。浮云被横扫净尽，寒风也飘忽不定，江上无人乘舟夜渡。沉思间，你又见鸿雁栖宿在萧索的芦苇深处。怅望山河破碎，自己却只得徒劳无益地痴守孤影。这时，众人皆睡，只有自己身在高楼，独听人间这鼓鸣般的阵阵鼾声。有谁肯陪伴自己，乘着酒兴翩翩起舞？

最使人忧愁的，莫过于对故国的感情。事隔十年，好像噩梦一场，繁华扬州路被金贼洗劫一空，残垣满眼，风华不再。你独倚高楼，夜气冷寒，一心怀愁，皆是为国，恨不得一气吞下骄横的胡虏。恨不得用这把三尺宝剑，亲手杀死金人的贼将，莫使留下的怨恨像王昭君弹出的琵琶怨语。你想，绝不让宝剑暗淡无光，白白地生锈，默默地化为尘土。你请李纲来评判，问他经过苕溪时，可否一道隐居垂钓？然后，相时而动，乘浩荡长风，高高地腾举太空。

3

为什么众人皆睡你独醒？

为什么暗夜深深你独登高楼，独望破碎的神州？

为什么山河沦陷，贼子肆虐，你锋利的宝剑只得紧锁鞘中？

为什么忠义之人，反遭残酷打压，肝胆赤心，反被无情屠戮？

因为，“怅望关河空吊影，正人间鼻息鸣鼍鼓”；因为，“倚高寒、愁生故国，气吞骄虏”；因为，三尺剑，“谩暗涩铜华尘土”。

志大才疏是一种悲哀，而更大的悲哀呢，则是志大才高却怀才不遇。和氏璧，无人识，是世人的眼光愚劣，因而美玉不遇。但是，只要是美玉，总有被赏识、被宠爱的那一天。因为，春去冬来，时光轮回，岁月不能磨损它的光芒，尘世不能改变它的质地。但是，对于志大才高的人来说，岁月何其短暂，时光何其珍贵。春秋易逝，壮岁须臾，留给他的机会又有几何？非但如此，还屡遭挫折，倍受打击。尽管他们依然有足够的耐心。

所以，你在词的结尾处依然豪情不减地说：“风浩荡，欲飞举。”

历史似乎专爱与你这般志向高远的人作对，孱弱的南宋始终没有给你们这样的机会。因而，一个无限软弱的朝代，无论它如何虔诚地俯首称臣，无论它如何殷勤地交税纳贡，最终改变不了灭亡的命运。

所以，对于一个朝代、一个国家来说，强盛才是硬道理，才能确保疆土的完整，守住边境的宁静。

4

张元干，你出身书香门第，从小聪明好学，十四五岁便跟随在父亲身边，常与父亲及其客人唱和应答，“敏悟”过人。

靖康元年（1126），金兵围攻汴京，李纲领兵抗金那会儿，你做他的幕府。李纲被罢免，你也跟着遭贬逐除名。

张元干，从你的遭遇，我们看到了才子志士遭受的磨难。你还写过一阕《水调歌头》，志士情怀，英雄悲恨，尽在其中：

举手钓鳌客，削迹种瓜侯。重来吴会三伏，行见五湖秋。耳畔风波摇荡，身外功名飘忽，何路射旄头。孤负男儿志，怅望故园愁。

梦中原，挥老泪，遍南州。元龙湖海豪气，百尺卧高楼。短发霜粘两鬓，清夜盆倾一雨，喜听瓦鸣沟。犹有壮心在，付与百川流。

张元干，你辞官南归，二十年后的某一天，重游吴地，回想起当年与徐师川同游太湖的情景，写下了这阙词。这徐师川何许人也？就是你学诗填词的启蒙老师。当年，你被贬回福建，曾与他“泛舟太湖舟中”。当时，徐师川以《水调歌头》词牌写过一阕词记述此事。二十年后，你故地重游，感念过往岁月，“追和”而得此词。

“举手钓鳌客，削迹种瓜侯”，以典明志，愤言国事，说自己功名未就，请缨无路，眼下是“孤负男儿志，怅望故园愁”。

不是你不想报国图志，而是时不与你。因而，你远望故国，百感交集：“梦中原，挥老泪，遍南州。”总是中原，总是放心不下，总是梦绕魂牵。所以，陆游说：“胡未灭，鬓先秋，泪空流。”所以风雨入梦，“犹有壮心在，付与百川流”！

愤激之词，澎湃而出，犹狂流奔泻到海，势不可收。这阙词可看作是对前两章“压卷”词的强力支撑，或者是对自己报国情怀的进一步阐释。

前面这三阕词，都写到了“梦”。梦里景象，都无一列外地指向中原，指向肆虐的金人，指向金人铁蹄下中原人民的生活惨状；都无一例外地写到了自己的雄心壮志，以及难以遏制的英雄恨。

张元干，你还填过一首《石州慢·己酉秋吴兴舟中作》词，在抒写你收复中原豪迈气概、壮志难酬的悲愤心情时，对李纲的抗金斗争同样给予了有力的支持。

张元干，年届七十，你又作《陇头泉》，坚信：“整顿乾坤，廓清宇宙，男儿此志会须伸。”你赤挚的爱国情怀和强烈的报国愿望一直都不曾减弱，一直都未曾放弃。因此，词史上有了你的杰出贡献，有了你爱国词的慷慨传世。

壮怀激烈岳鹏举

壮怀激烈

怒发冲冠，凭阑处、潇潇雨歇。抬望眼、仰天长啸，壮怀激烈。三十功名尘与土，八千里路云和月。莫等闲、白了少年头，空悲切。

靖康耻，犹未雪；臣子憾，何时灭。驾长车踏破、贺兰山缺。壮志饥餐胡虏肉，笑谈渴饮匈奴血。待从头、收拾旧山河，朝天阙。

——《满江红》

1

岳飞（字鹏举），你不是专业词人，仅有三首词传世。

有三首词传世也已经足矣，试想想，千古文人知多少？能有两三件作品名世、传世的人又有多少呢？大多湮灭于岁月的烟尘，大多被历代读者挑剔的目光不断地滤去。

何况，你的一阕《满江红》弹奏出了中国历史上抗击外辱、振奋民族精神的最强音。那是英雄的壮歌，是爱国志士的悲怆曲，更是一阕激励后辈、扬我民族神威的励志华章。自其诞生以来，就一直激荡、回旋在世世代代爱国志士的博大胸怀，成为他们舍身爱国、杀身取义的壮行诗，成为他们征战沙场、冲锋陷阵的激越号角。

2

自宋太祖赵匡胤陈桥兵变、黄袍加身至帝昺广东崖山葬身大海，被称之“隆宋”的赵氏江山，其间320年一直积弱积贫，外忧内患，从来就没安宁过，更别说兴隆昌盛了。要与“盛唐”相提并论，那只能是宋代赵氏王朝孤君寡人们的单相思或者白日梦了。

太祖赵匡胤曾心高气骄地说：“卧榻之旁，岂容他人鼾声！”他自己没有在有生之年除去他人的如雷鼾声不说，也没能够激起他孱弱怯懦的子孙们的斗志，以致外族入侵，任其践踏，任其蹂躏。没有阳刚过、雄起过的赵氏子孙倒没什么，强虏的箭簇再利，外敌的羞辱再狠，都激不起他们的耻辱感、反击欲不说，反而还千方百计、挖空心思地杀戮爱国志士，熄灭抗金烈火……

清风出袖、朗月入怀的岳飞，横刀跃马、挽大厦于既倒的岳飞，精忠无私、天日可鉴的岳飞，你就成了昏君苟安、奸佞专权的牺牲品。

你用奔腾激昂的生命谱就了一阕中华民族英雄和忠义之士不畏强权、舍身成仁的英烈颂、忠魂曲！

3

岳飞，你曾不识时务地为弱宋孱宋开具了一剂济世良方：“只要文官不爱钱，武官不怕死，天下自然太平！”事实证明，这句话无论放在哪个朝代，都是铁律，当权者都心知肚明，只是无法实而践之，于是，腐败丛生，进而国之不幸。

岳飞，你是一位武官，你吃苦在前，冲锋在前，你做到了“不怕死”。因此，岳家军士气高昂，所向披靡，令强敌闻风丧胆。连敌军都自叹说：“撼山易，撼岳家军难！”

岳飞，你同时也做到了不爱钱，你被毒死后，在你家中仅搜出了九吊钱！

精忠报国，实现天下太平，是你戎马倥偬、征战一生的宏愿。你不仅将“迎二圣复还京师，取故地再上版图”挂在嘴上，写在纸上，更落实到了具体的行动上。你崛起于草莽，弱冠之年便征战沙场，投身到抗金一线。到而立之年，已经历了大小二百余战，功业盖世，威慑敌胆，也威慑到南宋最高统治者！

岳飞，你的千古悲剧就成了不可更改的必然！

4

1140年，金人撕毁先前南宋小朝廷出卖尊严、换取苟安而签定的“和议”，分兵四路，大举南犯。

岳飞，大难之前，你挺身而出，舍身赴死，亲率大军长驱北上，连战连捷，一举击溃金兵主力，斩死金兵副帅宗翰，先锋部队直抵北宋故都汴梁仅四十五里的朱仙镇。此时，金兵阵脚大乱，无心恋战，纷纷来降。就连金兵的统帅完颜兀术也准备弃城而逃，距实现你的宏愿已是翘首可望、指日可待的事了。

这节节胜利的鼓点也令赵构这个独夫民贼心惊肉跳，犹如万蚁噬心，寝食难安。于是，奸贼与昏君沆瀣一气，狼狈为奸，共同完成了一个卖国求荣、卖国赎权、堪称空前绝后的惊天毒计！无耻昏君宋高宗一日之内竟连下十二道金牌，强令你班师回京。

俗话说，将在外君令有所不受。可是，阴险至极歹毒无二的赵构同时也诏回了其他几路友邻部队。岳飞，你纵有气冲牛斗的锐气，惊天动地的豪气，一往无前的勇气，也不敢冒然孤军深入！你只能眼睁睁地看见不久即可摘取的胜利果实恭让敌手，眼睁睁地看到决胜雪耻的机会顷刻间化为泡影。你只得仰天长叹：“十年之功，毁于一旦！所得诸郡，一朝全休！社稷江山，难以中兴！乾坤世界，无由再复！”

是啊，你想中兴社稷，你想再复乾坤，赵构之昏君，秦桧之佞臣们会给你这样的机会吗？现在，你的存在就是他们蝇营狗苟、偏安一隅的最大威协。在他们眼里，来自你的威胁远远胜过金人的百万铁骑！

岳飞，你的复国梦，你的中兴愿，在这一刻化成了悲撼千古的奇冤！

这“一曲豪气干云的英雄颂”，这“一阕哀声动地的悲怆曲”，这“一道时间的风沙也永远无法侵蚀的诗的丰碑”，这一刻横空出世，化着一道掣天动地的闪电，辟开历史的黑暗，照亮无数英雄志士的绮梦；化着一条奔腾不息的长河，恣纵汪洋，所向披靡，激起代代英豪辟波斩浪，勇敢而豪迈地去迎接历史一次又一次席卷而来的海雨天风！

5

你的愤怨足以使你头发竖直，冲开峨冠；你凭倚栏杆，骤雨潇潇而过；你举目远眺，仰天长啸，伟志勃发，壮怀激荡。

你说，都三十岁了，自己建立的那点功业如尘土一样；行八千里路，披星戴月，戎马倥偬！

你反复地告诫自己：不要等到少年白头，换来徒劳的悲伤；到那时，凄切彻骨，又有何用？

靖康之耻，尚未雪洗；为人降臣的愤恨，何时才能熄灭！

你欲驾战车捣碎贺兰山的阻隔。你发誓，一定要生吃胡虏肉，谈笑间，喝尽匈奴血。

你时刻等待着，有朝一日能重新收拾整理旧时山河，去朝拜过去的宫阙！

6

一阕《满江红》吟罢，你在风波亭的大牢里，写下“天日昭昭，天日昭昭”八个大字后，便含恨而去，惨死于昏君赵构与奸臣秦桧之流的毒手！赵构自然没有忘记他自己“儿童识其姓字，草木闻其威声”的赞语，但为了他苟且偷安的一己私利，岳飞，你最终还是成了他最大最冤的牺牲品，“莫须有”的罪名就是他空前绝后的发明！欲置你于死地，何患无词！

“青山有幸埋忠骨，白铁无辜铸佞臣！”这是杭州西湖边你墓前的对联，恰到好处地表达了历朝历代无数正直人的心声！可惜，善良的人们把这笔最大的恶帐没能记到它真正的债主头上，让他千百年来，一直侥幸躲过了人们的唾骂与鄙弃，那四个奸佞之人被推到了历史的前台，来替他们的主子接受千载万世也不会终止的正义的审判！

经年征尘

经年尘土满征衣，特特寻芳上翠微。

好水好山看不足，马蹄催趁月明归。

——《池州翠微亭》

1

除了三章词，你还留下了一首七绝。《满江红》是一阕英雄壮歌，这是一首登临送目的抒情哀曲。

强敌肆虐，山河破碎。你戎马倥偬，疆场纵横，征尘满衣。这天，大战之后的短暂休歇，你忙里偷闲，特地登上了翠微亭，想看看山河壮锦，想看看美好山河里倍受熬煎的生灵庶民。

“好水好山看不足，马蹄催趁月明归。”江山秀丽，娇媚多姿，怎也看不够，怎也不忍离去。可是，外敌入侵，山河蒙耻，时刻都在催迫着你，你不得不跃马扬鞭，奔赴疆场。

原来，你登上翠微楼，“醉翁之意不在酒”，而在乎山水的遭遇，在乎外敌的蹂躏，在乎遗民的血泪。你心里想的，就是要尽快驰骋疆场，为国征战。

因为，“精忠报国”是你的爱国忠魂，“还我河山”是你的出征壮语。

2

岳飞，你的故事家喻户晓，岳母刺字“精忠报国”的故事世代相传，耳熟能详。这足以证明，无论今世之人心存的道义还有多少，大家都步调一致地崇尚、钦佩、感念有正义之举、有报国之行的人，大家心中仍在毫不倦怠地呼唤正义正气之士的出现和回归！

书为心画，诗（词）为心声。这章《满江红》正是你渴望报仇雪恨、收复失地的黄钟大吕之声，振聋发聩之声，南宋小朝廷难得的大言稀声！我们用气贯长虹、气吞山河、气冲霄汉等一长串声振八极、威加宇内的词语来形容你的这首词一点也不夸饰，相信也绝没有人反对或者置疑！在这首《池州翠微亭》里，再次表明了你“精忠报国”的心迹。

我曾经瞻拜过你的两幅书法作品，书写内容一是“还我河山！”，一是诸葛亮的《出师表》。这阕词正是对前一幅书法作品丰富内涵的生动诠释！而书写名贤诸葛先生的传世名文《出师表》，正可借先贤之文表自己心迹。时隔千年，两人肝胆相照，襟怀无异，丹心可表，忠魂可志！其书法的笔力，笔墨间纵横绝荡的磅礴之气，虽然是印刷品，凡观瞻者，亦然心涛澎湃，仅用震撼、惊叹等词已感苍白无力！

英雄就是英雄，八千里路云和月，一千年岁月风和雨，你仍是我们心中最完美的民族英雄的造象，你仍是我们心中最崇拜的不可替代的伟大英雄！

当你的忠诚达到愚忠的时候，命运就已经为你安排了史上最悲壮最冤屈的谢幕方式！

而你所体现出来的精气神，正是我们这个民族不可缺少的气质！

悲哉，岳飞；伟哉，英雄；壮哉，我们华夏民族心中集体的精神偶像！

亘古男儿陆放翁

无意苦争春

驿外断桥边，寂寞开无主。已是黄昏独自愁，更著风和雨。
无意苦争春，一任群芳妒。零落成泥碾作尘，只有香如故。
——《卜算子·咏梅》

1

很难想象，一个惯于写气贯长虹、势如破竹之诗的人偶尔来写点花花草草、吟风弄月之事，也能写得这般柔情四溢，婉约雅致，实在不易。

填词不是你陆诗人的强项，而这首“咏梅”词确可芬芳千古，笑傲词林!

2

那个冰封雪冻的黄昏，你寂寞难耐，走出驿馆，走向萧瑟荒芜的郊田。

这是人迹罕至的时刻，这是荒寒逼人的角落。你眼前突然一亮，几枝红梅傲然独放，笑得灿烂，笑得倔强，笑得神采飞扬。这是倍受冷落的僻壤，这是无人护理、无人眷顾、无人欣赏的冬之精灵，凝聚了整个冬天的精气神。

四季代谢，众芳零落，惟独梅花孑然独傲，独对苍凉，独笑苍茫。

这无主的梅呀，正形只影单。日落黄昏，暮色朦胧，她如何承受得了这空前的孤独，如何忍受得了这万般的寂寞呢？

这时，雨斜风狂；这时，冻夜进逼。孤傲的梅呀，恐怕只有独自忍受这无人光顾的落寞。又有谁能成为她的知音呢？“凌寒独自开”的坚持就是要把春天的消息早早地告诉世人。她无意与群芳竞艳，无意与众妍争美。只有以她无怨的开放笑傲寒风冻雨，只有以她无悔的零落换来万紫千红的无限春光。

梅花虽然最终凄然怆然又寂然地凋落了，虽然被践踏成尘，被碾压成灰，但她的余香犹存，但她的芳影依然留在人们的心里！

她，不在寂寞无主中独自沉沦；她，不在淫风酷雨中折腰屈服。

这就是梅花！

你叹服于她的傲岸，折服于她的节操，人花两相顾，花人两相傲！

3

驿馆外，断桥边，其景也清，其境亦寒！惟有那一株笑傲风雪的梅花开得分外娇妍——忍受荒寒，忍受孤独，无人关注，无人搭理，无人赏阅——征人匆匆，行旅忙忙；春秋更替，四季代谢，那株小小的梅依然顾我，生则寂寞，开则璨然，谢则无言！

黄昏渐进，风雨交迫，那株小小的梅依然孑然独傲，笑迎风雨！梅笑得乐观，你却睹物生忧，望梅生愁，对花自怜，难遏难止！

梅花是孤独的，她耐得了凌寒独开的寂寞；梅花是坚韧的，她不惧群芳的争宠施妒；梅花是高洁的，她深刻地知道，自己苦苦坚持的意义；梅花是自信的，她以特有的方式报道着春天即将到来的消息；梅花是有灵魂的，即使凋落，即使被滚滚车流碾成泥，被来往的步履踏成尘，她的芳香依然如故，永不凋零；梅花是有节的，寂寞无主，风雨交迫，严寒威逼，依然不改她烙在我们心中的风神嘉仪。

4

梅的高洁不染，梅的傲岸不屈，正是你忠心报国、坚贞自守的节操写照。物我两照，诗人俱存，使这首咏物诗光彩焕发，神照千秋。

如果编一本历朝历代咏梅诗词大成，单从页码看，相信这本书一定有它夺人眼目的厚度。但是，能与这首词相匹敌的，恐怕就寥寥无几了！之前，幸有“梅妻鹤子”之称的林和靖先生教科书式的典范之作《山园小梅》，后有现代伟人毛泽东豪情激荡、推陈出新、挑战极限的《卜算子·咏梅》，三首诗词成三足鼎立，各领风骚，各具风流！

5

放翁，你的词成全了梅花，梅花的节也成全了诗人你！

据统计，在你皇皇九千多首诗词中，有关梅花的诗词就达一百多首！可见，你与梅花有着割不断的缘分、解不开的情结。诗人的气节与品格，与梅花的性格和气质有着惊人的相似、相通之处。放翁，你从傲然独笑的梅花身上看到了自己的影子。于是，在那个特定的时候，特定的地点，完成了一场经久不灭的邂逅！物我双耀，诗人俱美！

“雪虐风饕愈凛然，花中气节最高坚。这时自合飘零去，耻向东君更乞怜。”放翁，你如一位旁观者，有的是赞赏，却不见自己的芳影。“何方可化身千亿，一树梅花一放翁。”直陈心迹，直言心声，愿与梅花为伴，与梅花结友！

“无意苦争春，一任群芳妒。”壮士失途，英雄迷路，娥媚娇颜总招人妒！更何况，有一大帮苟且偷安的主和派或曰投降派时时都睁着虎狼之眼，要么站在明处与你对峙，要么躲在暗处施放冷箭，在此消彼长的对垒中，你的对手们迎合了南宋小皇帝的心理，因而，不得志，受排挤，自然是你等经常受到的特别关照！甚至网罗各种罪名欲置你于死地，岳鹏举的英魂仍在风波亭昭示千古！

放翁，你曾在成都咏梅道：“当年走马锦城西，曾为梅花醉似泥。二十里中看不断，青羊宫到浣花溪。”今天的成都早没了这些梅的立足之地，我们自然没有机会没了福气如放翁你一般因梅花而“醉似泥”，因梅花而欣喜流连，但我们却可以沐浴在你的诗词风景里，畅享梅花灿灿梅香飘飘的意境，陶醉在那挥之不去的高洁之香里！

年少不谙世事

早岁哪知世事艰，中原北望气如山。

楼船夜雪瓜州渡，铁马秋风大散关。

塞上长城空自许，镜中衰鬓已先斑。

出师一表真名世，千载谁堪伯仲间？

——《书愤》

1

少年不识愁滋味，少年更不知人生多艰，世事多难。

当我们明白这一切之后，才知道，进亦艰难，退亦艰难！进，不给你进的机会，更有小人当道，权贵作梗；退，不能丧失一个国民的匹夫之责，不能对不起自己的良心，不能违背自己的意愿！

放翁，你的一生，仕途颠簸，宦海沉浮，自己空怀豪情，徒有壮志！年轻时，北望中原，气壮如山，恨不能投鞭江北，横刀拍马，逐鹿中原！这，不只是一种正直文人的牵挂，也不只是一个俊才雅士的诗意表达。

中原，是你这个正义志士毕生理想之所系，是你这个高洁诗人为之热血沸腾之所在——“王师北定中原日，家祭无望告乃翁！”——你的临终绝笔足以证明你日月可鉴的心志：“此身合是诗人未？”

你生来就不甘愿仅仅做一个单纯的诗人！

2

复国的理想激荡着你年轻的胸怀，一泻千里的气概驱驰着你放纵理想的神骏，一路嘶鸣，一路飞奔！

真想，驾战船，在风雪交加之夜渡过瓜州；真想，催铁马，迎着劲厉的秋风，一举攻下大散关！放翁，你曾有过这样的机会，可这机会却十分的短暂！

少年轻狂。想当年，总以收复河山、扬威边关的名将自诩；到头来，壮志未酬，理想落空，事与愿违！可叹，现如今，镜中衰鬓已先斑！

遥想蜀汉三国鼎立之际，诸葛先生以一篇《出师表》抒怀明志，书写其“兴复汉室，还于旧都”的宏愿。表传后世，名留千古，千年之后，又有谁能和他一较高低，一论英雄呢？

3

其实是你也太过自谦，你的“北定中原”之志与诸葛先生的“兴复汉室”之愿难分轩轻！

你的终极目标、终极呼吁与诸葛先生的终年征战、终身实践伯仲难分！一个呕心沥血，矢志不渝；一个鞠躬尽瘁，死而后已！放翁，你能做到这一点，足可含笑九泉了！

愤慨出诗人，不幸出诗人！在这一点上，你与老杜确有相似之处。不同的是，你是民族情，雪耻恨，报国愿，是真正能够横刀勒马、笑傲疆场的铁血大汉！老杜是家国之忧，报国之怨，个人之愁，是一个正义文人的道义情怀！故而，你的诗总是那样的慷慨激昂、淋漓酣畅；老杜的诗总是那样的低回沉郁、隐忍难彰。两人在音调上有八度之差，这绝不是说老杜的诗写得不好。放翁，实是风格、气质的差异而已！这与你们所处的时代、各自的经历有关，与作诗的技能无关！比如你的《诉衷肠》：

当年万里觅封侯，匹马戍梁州。关河梦断何处，尘暗旧貂裘。

胡未灭，鬓先秋，泪空流。此生谁料，心在天山，身老沧州。

再如你的《夜游宫》：

云晓清笳乱起，梦游处，不知何地，铁骑无声望似水。想关河：雁门西，青海际。

睡觉寒灯里，漏声断，月斜窗纸。自诩封侯在万里。有谁知，鬓虽残，心未死！

写不尽的报国宏志，抒不完的愤世心曲，成了不朽作品不变的主旋律。这当是你诗歌创作喷涌不竭的灵感之源！

《出师》一表真名世，千载谁堪伯仲间？放翁，你的剑尚未出鞘，就已经输在了起点！

绝处逢生

莫笑农家腊酒浑，丰年留客足鸡豚。
山重水复疑无路，柳暗花明又一村。
箫鼓追随春社近，衣冠简朴古风存。
从今若许闲乘月，拄杖无时夜叩门。

——《游山西村》

1

“老骥伏枥，志在千里；烈士暮年，壮心不已。”放翁，相信你最能体会到曹孟德诗句中奔腾激荡的豪情，更能感受到曹孟德建功立业的壮志雄心！

“穷且弥坚，不堕青云之志。”放翁，你绝对是一个典型中的典型。也正是如此，才成就了你一生作诗近万首的创作高峰，这也正好印证了“国家不幸诗家幸”的经典诗句。

可是，放翁，就你而言，不幸厄运始终伴随着你。因为，你骨子里都没有想到要做一个专业诗人，骨子里都没想过会攀上这样一个难以逾越的高度！要知道，你的诗越多，越证实了时代的不幸，国家的不幸。就个人而言，你的不幸仅仅是小小的个体。我们从你这个个体上，看到了一个民族的集体不幸！

说你有幸，乃是从文化的角度来看的。可是，于你本人，则仍是彻头彻尾的大不幸！

2

还好，不幸的你孤居山村时，淳朴的民风还可以暂时缓解你心中的愤闷，受创的心在这里还可以得到暂时的疗治。于是，有了这首简约又简朴的诗。就如一杯农家自酿的粗酒，自有其令人嘴馋令人留恋的特殊滋味！

就不要去计较农家自酿的腊酒有些浑浊了，有这样难得的丰年，他们又有足够的肉食招待你们这些不幸的客人，已是万幸。

柳枝尚未返青，花儿开的正是时候，特别的耀人眼目。绕过去，那里又是一个安适的村子！箫吹鼓鸣，一阵紧似一阵。原来，春天社祭的日子已经来临。

这里，人们衣着简朴，古风犹存，过着安适自足的日子。这是多么令人羡慕的事呵。如果可以，你打算趁这闲暇的时光，拄着拐杖，踏着月色，随时去敲响那一扇扇简陋的柴门！

3

你吟罢此诗，亦不过四十一、二岁光景，还不至于到了老态龙钟、非得拄拐杖的地步。这也许是文人的自我揶揄，形如欧阳修，年纪轻轻的就自称“醉翁”了。不过，在这首诗中尚不见你老气横秋的样子，反倒还有些来“电”：山村的秀美风光，社日的欢乐场景，农家的淳朴好客，令你情趣盎然，竟想长时间都生活在这诗意弥漫的乡村，以至于更深月明之夜，还想不期而至地去造访留你饮酒的乡人。

“山重水复疑无路，柳暗花明又一村。”让人想起王摩诘“行到水穷去，生看云起时”的诗句，想起“船到桥头自然直”的俗语，甚至想到“绝处逢生”“天无绝人之路”“置死地而后生”等古训。无论想到什么，都可以从中见出你“猛志常在”的气质，以及你乐观积极的心理。

你不愿做专业文人，你仍然盼望着有朝一日会鲲鹏出海，翱翔万里。

京华倦客

世味年来薄似纱，谁令骑马客京华？
小楼一夜听春雨，深巷明朝卖杏花。
矮纸斜行闲作草，晴窗细乳戏分茶。
素衣莫起风尘叹，犹及清明可到家。

——《临安春雨初霁》

1

常怀“铁马秋风大散关”之豪情壮志的你已赋闲五年了，宋孝宗昏聩之余终于又想起了你，重新启用你任严州知府之职。这不能说宋孝宗已经良心发现，终于想干点做皇帝的分内之事。或许是你的名号太响，影响太大，迫于舆论的压力，宋孝宗不得不无奈而为。

你虽被启用，可这与你收复失地、北定中原之志相去甚远。这次启用，你已经六十有三了，不知是对你的忠心的犒赏，报国之心的安慰呢，还是对那个世道的嘲讽，对你本人的愚弄?

无奈的你还是无奈地去了，如此这般，或许总还是可以为这个苟延残喘的小朝廷、为你时常忧戚的老百姓做一些力所能及的事吧。在西湖边的某个小楼上听了一夜春雨的你，踌躇寡淡地写下了这首感叹人生淡薄、仕途险恶的诗!

2

大多数怀才不遇的人都有相似的感觉：世风日下，人情炎凉。在外族践踏、山河破碎、风雨飘摇的情况下，则尤为过甚。像放翁你这样大半生仕途坎坷，空有报国之志，却只能以一首首诗来徒赋伤情的人来说，内心的体味比起常人来深刻得多。

人情薄如轻纱纸，在这样的时刻，自己又偏偏奉诏入京，成为临安浮华光影里的匆匆过客！你两鬓苍苍，银丝斑斑，还要出仕为官，却与你实现理想的愿望毫不相干。这也太难为你了吧，放翁，真让你哭笑不得。

这一夜，春雨淅沥，爽性而惬然地下个不停，寄居小楼的你自然也无法入睡。眼前，杏花春雨江南；心底，铁马秋风雄关。虽然楼外的小雨下得极有韵致、极有情味，可她全然不顾你这个异乡人的心情心境与心志。

料想，明天早晨，又该会有人穿过江南水乡的窄窄深巷，婉转殷勤地喊着：卖杏花哟——那声音应该有着江南清亮的雨意，有着新开杏花清雅的香味吧？

而你自己，年老体衰，可人的春天早已不能唤起你心底熄灭已久的欣喜。岁月蹉跎，世事蹭蹬，盼春的渴求，赏春的欣悦，早已被艰难的时势燃成了死灰，烧成了残烬！

你寂寞异常，就拿出纸来随意乱涂，望着满纸零乱的墨痕，一如你此时的心情。明媚的春光挤进窗户，你只好就着春光慢慢地品茶，以打发这落寞无聊的时光。

你仕途颠簸，羁旅不定，早已是风尘覆面，素衣褴褛！这就是命，又有什么值得叹息值得悲哀呢？待到清明时节，自己或许就可以清清爽爽、利利落落地回家了！

3

这是个无聊的春天，皇帝的启用依然无法消解你心中的郁闷，依然无法激起你潜埋在心底的激情！世事早已让你麻木，让你心如枯水；世情又是如此轻薄，还不如及早还家；趁夜静月明之时，“拄杖无时夜叩门”，去造访你简居山村时的那些个农民兄弟，以粗制的腊酒，浇灭你心中的忧愤。

淡定之前是大悲大哀、大起大落的激荡，死水不惊、蝇营狗苟才是真正的哀痛。

铁马入梦

僵卧孤村不自哀，尚思为国戍轮台。
夜阑卧听风吹雨，铁马冰河入梦来。

——《十一月四日风雨大作》

1

现实，抑或是偏安江南的南宋小朝廷，无端地夺去了你手中的兵器，这是你的悲哀，还是那个时代有意导演的悲剧?

因为，你是主战干将，你的豪情壮志，你的豪言壮语，早已让站在你对面的那些主和派们视为眼中钉肉中刺；你重权多掌握一天，他们就寝不能安，食不甘味。你成了他们牢牢把握权力之柄的绊脚石！你，他们排挤、打击的对象，只要机会一旦来临，就不会多给你在位谋政的时日！被贬谪是迟早的事，是家常便饭，但最终的目的还是为了没收你手中的那一丁点儿可怜的权力！

终于，那些主和的卑贱者如愿以偿，实现了他们的狼子野心，你被革除一切职务，你被迫寡居山野，孤卧荒村。即使这样，也仍然无法动摇你的收复之志！即使这样，你也不感到悲哀，你仍然还奢望着有朝一日能纵马疆场，山河一统！

2

夜深了，你还在卧听风雨，久不能寐；只听得风奔啸，雨狂歌，不知不觉，你竟昏然睡去。山河冷落，铁马金戈，疾风骤雨般地闯入你的忧梦！

这是一个根深蒂固的情结，别无解法，唯有领命受印，剑指强虏！

这是一种义不容辞的责任，即使村夫野老，他也会毫不犹豫地挺身而出！

3

你让我们知道，爱国是一个永恒的主题，黄发垂髫，贵胄凡夫，都没有任何借口可以推却，都没有任何理由可以漠视。除非，他愿意背一个遗臭万年的罪名；除非，他愿意接受千年不绝的骂声！与你同朝的秦氏奸佞就是最有力的印证，他们在岳飞庙前长跪千年，令他们的后人也蒙羞不止。这不，这些后裔们就发出了要让他们的奸佞祖宗站起来的呼声。其实，这些后人的要求是可以理解的——因为他们无罪！

你让我们知道，爱国是我们神圣的天职，即使他身份卑微，即使他手无缚鸡之力，在某个特定的时候，都应该毫不犹豫地站出来，英雄般舍身赴死！

4

你即是如此，即使年老体衰，僵卧不起，你也仍然没有忘记：异族的铁蹄随时都有可能踏碎自己的梦境，异族的雪刃随时都有可能削去无数无辜者的生命！

放翁，你是高扬在我们前面的一面不倒的旗帜！

你在放歌，即使到了僵身独卧，也不曾停止，“忽闻雨掠蓬窗过，犹作当时铁马声”；

你在放歌，即使到了生命的最后一刻，你也没能纵马冰河；

你在放歌，你的余音在不断地延续，王师北定中原的梦想最终随南宋最后一个小皇帝的纵身一跃而深葬海底。

不过，放翁，你澎湃的血脉还在我们的身上延续！

一切皆错

红酥手，黄藤酒，满城春色宫墙柳；东风恶，欢情薄，一怀愁绪，几年离索，错、错、错。

春如旧，人空瘦，泪痕红浥鲛绡透；桃花落，闲池阁，山盟虽在，锦书难托，莫、莫、莫。

——《钗头凤》

1

这是一个两难选择！

现如今，热恋中的女友常常向男友提出这样的问题：自己同男友的母亲同时落水，问男友到底先救哪一位？答案其实很明确，可是痴情或刁难的女友仍要提出这样让对方尴尬的问题。好在只是假设而已，倒不必认真。

可是，放翁，早在近千年前，你就遇到了类似的难题。只是出题者换成了你的母亲。在孝与爱的角逐中，你最终选择了孝——这是无法搪塞的二选一！

结果是，你的母亲倒落得满意，却苦了你们这一对深爱的有情人，让你们以一生的幸福为代价，以一生的时光来咀嚼、吞咽这生生分离的苦楚与悲恸！直到你八十儿岁重游浪漫爱情的滋生、勃发地时，望着自己四十多年前在沈园墙上的斑驳题词时，仍然情不自禁地吟出了哀惋伤痛的断肠曲——《沈园》二章！几十年前的爱恨情愁又一幕幕地在你的眼前徐徐上演。

2

料想，风流倜傥的你与温婉多才的表妹唐琬的初相见，当是在这个精致的沈园内完成的。有你的诗为证：

伤心桥下春波绿，曾是惊鸿照影来！

正是那临水照影、翩若惊鸿的刹那，那么深刻，那么经久不灭地烙在了陆诗人的记忆里，以致六十多年的时光魔指，那么耐心持久的坚持，都未能抹去！

也是缘于此，陆诗人，你与心中的“玉人”在自己二十岁时天遂人愿，共结连理；也是缘于此，你们这一对幸福的人伉俪相得，琴瑟和谐，诗书唱和，令人好生羡慕，宛如旧传奇中才子佳人故事的原型。

也是缘于此，陆母亲见你们相爱太深，怕荒废了你这个宝贝儿子的学业，耽误了你的功名，撕破亲情的面纱，硬逼着正沉醉在爱河中的有情人生生分离——让你遣一张薄薄的纸休掉这位才貌双全的贤媳！也许是陆母亲见儿媳耽于夫妻之爱，而疏远、冷落了她的婆婆你的母亲也未可知。

有情人终成眷属却没能成为终生爱侣。十年后，你大约三十岁光景，一次春游，你们竟意外相逢。此时，你们早已各自另筑“爱巢”了。好在，唐琬的夫君是个开明之人，应允她置酒与你共话离情别恨。你感念旧情，感慨丛生，追悔不已。于是，成就了这首荡人心魄、名传千古的《钗头凤》。

3

久别重逢，本该惊喜，本该心旷神怡，可是，你们的重逢多么令人难堪，令人辛酸，一想起那新婚燕尔时的甜蜜时光，至今还叫人留恋。

也是在这样春光明媚的日子，你俩曾携手这里，临池留影，柳下呢喃，桥上徘徊，花前顾盼，形影相随，心意相契，乐不思归，好不惬意。

你们又置酒花间，当风浅酌，对柳相和，她美丽的容颜、她曼妙的倩影一直留在你的心间，仿佛就发生在昨天。谁知，好景不长。你俩花一样的幸福时光竟如此短暂，从此天各一方，只有彼此的思念不能割断，永存心间。

从此，你光阴虚度；从此，你不知道婚姻的甘甜；从此，你深感前途黯淡，生活索然。许是上天的安排吧，一天也不忍心让两个有情人忍受思念的熬煎、痛苦的考验。想不到，能在此意外相逢！她早已丰颜憔悴，嘉仪不再；你百感交集，欲言又止，唯有泪千行。在你眼里，桃花早已没有那年的红妍，楼阁春池也没有那年的热闹。想当初，你俩临水起誓，对花许诺，执子之手，相携百年，字字句句犹在耳边。你也有许多心里话想对她说，可是，小小的锦书怎能负载你沉重的思念？怎能承载深刻的忏悔？

一切都已无端地错过，一切又都无法重新来过！今天的重逢，只能在各自疼痛的心上再添一道新伤，让生生分离的痛苦，让苦苦思念的灼痛没有终点地延续。

4

果然，唐表妹不久便郁郁而终。好在，在离开这个给了她无限期许，给了她甜蜜爱情，也给了她永恒创痛的世界时，她心性相随，心弦共鸣，留下了让你一生都无法释怀的墨痕：

世情薄，人情恶，雨送黄昏花易落。晓风干，泪痕残。欲笺心事，独语阑干。难，难，难。

人成各，今非昨，病魂常似秋千索。角声寒，夜阑珊。怕人寻问，咽泪装欢。瞒，瞒，瞒！

在这个“世情薄，人情恶”的世道，她一个弱女子又怎经受得了如此沉重、如此致命的打击呢？“雨送黄昏花易落”就是她的必然结局了。她的过早离去，却让你背负债务，用一生的追悔与缅怀都无法得到解脱，直到你老人家84岁高寿时，还作《春游》诗感叹幽梦匆匆：

沈家园里花似锦，半是当年识放翁。
也信美人终作土，不堪幽梦太匆匆。

当然，在此之前，你已作诗数首来表白，来忏悔，但这一切都无济于事。易安说了：“此情无计可消除！”

深刻心里的痛，镌刻记忆的伤，说一声了却，就那么容易吗？

5

一时铸成错，需要用终生的时光来追悔，来自我拷问，自我责备；

一怀的愁绪，一腔的幽情，百感交集，悲怆莫名，只有以如此无奈的叹息来了结这短暂的重相遇；

而凉薄的世情，险恶的人心，使春花易凋人易老，又岂止是几张素笺就说得清楚的？此道是，欲语泪先流，既在眉头，更在心头；

而世间有一样东西是最难以隐瞒的，那就是彼此间的情意。你即使想尽千方百计，也无法抹去她在你心中的位置！

两阕《钗头凤》，一唱一和，一直悲怆在我们的想象里，萦回在我们的惋惜里，哀鸣在我们的念惦里……

我们现在终于明白，沈园，一个小小的私家花园，为什么能历近千年风雨的磨蚀，至今仍魅力独具的真正原因！

沈园，我在西蜀的小城倾慕已久，眺望已久，梦寐已久，总有一天，我的足迹会叠印在你们八百年前的故事里……替你去擦试那一段矮墙上斑驳墨痕上的岁月风尘。

6

放翁，你的第二任夫人是四川王氏，与你同居五十年，共育六个儿子，只在一首诗中为了凑成一幅完整的对联，你才写道：“读经妻问生疏字，尝酒儿斟潋滟杯。”这才是真正的只言片语！

王氏死后，你作《自伤》诗曰：“白头老鳏哭空堂，不独悼死亦自伤。”陆诗人，你不为与你相濡以沫五十载的亡妻而痛，只为自己的孤独而哭，为自己的老鳏而伤。我们由此领略了你的爱的“自私”。这也从另一个方面印证了你对表妹唐琬的爱的专一。

王氏同样是封建婚姻的牺牲品，她一直生活在唐琬的阴影里，生活在你对逝爱的追悼中。她有的只是一纸婚契的冰冷，缺的是两颗心的火热交融。

7

你的悲哀是双重的：一是爱国报国终其一生，却始终被排挤，被弃置，了无作为；二是追恋唐琬一生，却早早地熄灭了青春而热烈的爱火。

你是伟丈夫，又是多情郎。你用一生的时光坚守、呵护，直到生命的火烛燃到八十六岁的尽头。你的坚持，你的执着，为我们留下了两章绝笔，凭吊你一生为之倾心为之憔悴为之悱恻为之悲怆为之伤痛为之哀号为之浩叹的爱：一曰《示儿》，二曰《春游》。前者，你收复失地，一统山河的决心、信心仍在，殷殷于怀，翘首以待，即使死了，也仍期待着这一天的到来；后者，美人已经入土，玉容早已作尘，自己的生命在走过六十年的自遣自责与追缅叹惋之后也即将谢幕。回首，再回首，往事如烟，此生如梦，你已无力挽回今生的逝爱，无法弥补今生的过错。

8

你的生命在你八十六岁这年画上了句号，但你此生的爱恨情愁却随了不朽的诗歌而永芳人间！一不小心，便灼痛了多愁善感的我们。

有多少爱可以重来？是啊，有多少爱可以重来呢？放翁，如果你在给心爱的琬表妹写休书之前也会唱这首流行在今天的歌的话，那你就不会在母亲的威逼下踌躇又唐突地签下你的大名了。

大名既已签了，那你就得承受无尽的痛苦。你的诗仍在流传、流传、继续流传，凄惋缠绵地安慰着人们的梦幻，而牢牢根植在你们心中的爱却早已在权与钱的左右下近乎绝版，倒是一些影视剧仍在不知疲倦地再版着痴人们近乎幼稚的梦魇。

你的伟大着实令人钦羡，不仅在于你有专注不渝的儿女之爱，更有了博大不移的家国之爱。

沈园的悲歌还在萦回，那令人悲怆不已的爱情二重奏一次又一次的弹拨在我们脆弱的心间——我们为你们的真爱而祷告而祭奠，可是，我们却不能在纷扰的世声、滚滚的红尘中找到自己的位置，把握自己的心灵，固守自己的爱情。

放翁，如此下去，我们会在你与琬儿的哀鸣中迷失？如此下去，谁又来完成真爱的接力？

怅望苍宇，展望去途，有你伟烈的壮歌伴奏，有你不朽的悲歌同行，我们忐忑的心多少有些踏实。

但愿如此！

最是伤心处

城上斜阳换角哀，沈园非复旧亭台。
伤心桥下春波绿，曾是惊鸿照影来。

——《沈园》

1

你一生有两大悲哀：一是仕途坎坷，理想难践；二是爱情夭折，终生抱憾！

不管是哪一方面，你都能用动人心魄的诗行记下自己的心路历程，都留下了传诵千古的诗篇。

沈园，你的伤心地；

沈园，你与表妹唐琬的爱情故事至今还在那里流传；

沈园，留下了你们千古悲歌的爱的诗篇！

2

这首《沈园》即是在你心爱的女人为你郁郁病故之后，你以七十五岁高龄重返故地时写下的心灵感言。

残阳如血，无言地洒在宋朝破败不堪的城墙垛上；画角长鸣，从死气沉沉的军营悠然又凄然地传来。

叫你伤心恸魄的沈园呀，经受不了时光的凋刻与磨蚀，到如今，早已是人非物亦非。

那曾经波光盈盈、明艳动人的荷池也失去了往日的风采！而最叫人不堪忍受的，还是那桥下的流水。曾经柔波荡漾，绿意盎然，这就是你，与心爱的人儿临水照影之地。

她翩若惊鸿、不胜娇羞的丽影至今还定格在你的心间，千百次在你记忆的底幕上璨然再现。

3

沈园，此事已成追忆，此情已成惘然；

沈园，你的心底永难抹去的伤心地。

近千年的时光匆匆而去，沈园印满凭吊者怅然的足迹，洒满瞻拜者凄然的泪痕；近千年的时光匆匆而去，你俩的爱情悲剧宛然发生在昨天！

一段夭折的爱情成就了一幕千年不谢的悲剧，一段短暂的爱情印证了真爱的无限魅力——真正的爱情即使遭受重创，即使永远无法弥补，也无法改变两个相爱者灵魂的契合！更无法改变人们对真爱者的追慕，对失爱者的悼念！

4

沈园在千里之外的绍兴唤我，唤我去品阅那题在粉墙上千年不灭的诗句，去追缅主人公痛悼逝爱的心路历程。

1151年，二十七岁的你与唐琬各自重筑包办婚姻之巢后的首次相见，也是永诀。你的一阕《钗头凤》，极言你的“离索”之痛。琬妹阅而相和之后，落落寡欢，抑郁而终，更令你负疚难安。晚年的你又数度重访故园，旧情难泯，以诗记之。

1192年，你六十八岁，作《禹迹寺南有沈氏园》：“枫叶初丹槲叶黄，河阳愁鬓怯新霜。林亭感旧空回首，泉路凭谁说断肠。坏壁醉题尘漠漠，断云幽梦事渺渺。年来妄念消除尽，回首神龛一炷香。”醉题尘漠漠，幽梦事渺渺，唯一炷心香，寄寓难了思念。

1199年，你七十五岁，作《沈园》二章，另一首曰：“梦断香消四十年，沈园柳老不吹绵。此身行作稽山土，犹吊遗踪一泫然。”四十年，柳老身衰，泫然依旧。

1205年，你八十一岁，作《十二月二日夜梦游沈氏园亭》：“路近城南已怕行，沈家园里更伤情。香穿客袖梅花在，绿蘸寺桥春水生。”“城南小陌又逢春，只见梅花不见人。玉骨久成泉下土，墨痕犹锁壁间土。”墨痕犹在，玉骨成尘；梅香如故，伤情如故。

1206年，你八十二岁，作《城南》诗：“城南亭榭锁闲坊，孤鹤归飞只自伤。尘渍苔侵数行墨，尔来谁为拂颓墙？”残墨苔侵，孤鹤自伤，从此以后，谁来拂尘？

1208年，你八十四岁，作《春游》诗：“沈家园里花似锦，半是当年识放翁。也信美人终作土，不堪幽梦太匆匆！”故物依旧，美人作土；幽梦飘忽，深情弥笃。

此刻，我在遥远蜀地西北，站在诗仙故里，仰望你八百多年前的那一段孤绝凄美的爱情，透过“惊鸿照影”想你与可人表妹初相遇时的心悸心倾，想你贯彻终生深入骨髓的索然戚然与追悔，想你的泫然断肠，想你如孤鹤自伤，听你感叹幽梦太匆匆！

是啊，世事苍茫，人生凄凉。尽管你在爱国之路上倍受挫折，了无作为；尽管你在爱情之路上有过令人羡慕的开头，昙花一现之后，就是漫漫六十年的痛悔与凄苦！

终有一天，我一定抖落身上的征尘，去替你拂那颓墙墨迹上的尘渍与苔痕。

是的，终有这一天的。

尘征杂酒痕

衣上尘征杂酒痕，远游无处不消魂。

此身合是诗人未？细雨骑驴入剑门？

——《剑门道中遇微雨》

1

你这位连做梦都想横刀跃马、驰骋疆场、收复失地的爱国诗人，此时，正失魂落魄地与你的理想背道而驰。

你本该“驾长车踏破贺兰山缺”，去“收拾旧山河”，却冒着细雨，骑着一头瘦驴在剑南蜀道上踽踽而行！

这是你的自我揶揄，现实的调侃，还是时代的愚弄？

总之，你无力改变现实的悖逆之境，也无法让自己的心情稍稍轻松一些。因为，“靖康耻，犹未雪”；因为，总是在一个个孤独的夜晚，“铁马冰河”总会如期奔入你的梦境！

2

此时，你正行走在李白吟过、杜甫走过的剑门蜀道。即使“剑阁峥嵘而崔嵬，一夫当关，万夫莫开”，即使“惟天有设险，剑门天下壮”，你也不得不无奈地冒雨向前。

细雨打湿你的衣服，打湿你“铁马秋风大散关”的征尘，打湿斑斑驳驳的酒痕。你离战火卷起的征尘越来越远，却卷入长途跋涉的仆仆风尘，你只能借酒浇愁，以酒洗尘。

远游处处皆消魂！是啊，也包括你此次细雨入剑门吧？

你难道只该做一个诗人，只配做一个诗人吗？你是想以刀枪为笔，在“铁马冰河”的纵横驰骋中书写你驱除外敌、山河一统的豪情，吟风叹月是你骨子深处都不屑一顾的，纸上谈兵更是你所不齿！

梁启超赞你说：“谁怜爱国千行泪，说到胡尘意气平。”因为，你并不情愿仅仅只把还我河山的理想写在纸上，你并不想如此这般的躲进内地苟且偷安！

“细雨骑驴入剑门！”一个潦倒落魄的文人，正在作他一生最不情愿的远行，尽管那里自古号称“天府之国”，尽管那里锦江春水，富庶安宁！你的脚步离硝烟滚滚的战场越来越远，而你“自今尚思戍轮台”的梦想却越来越切！

3

“细雨骑驴入剑门……”你反复地吟着这个即景而生的句子，唐人那些骑驴的佳话便一一地再现：

孟浩然，骑驴踏雪寻梅；

李太白，骑驴醉游华阴；

杜工部，骑驴三十载，旅食京华春；

贾浪仙，骑驴赋诗，字斟句酌留佳话；

李长吉，骑驴觅句终惊人；

郑棨，骑驴在灞桥的风雪中诗思飞扬……

放翁，今天终于轮到你了，骑驴遇雨走剑门。这是多么地富有诗意呀！可是于你，却是莫大的无聊与莫大的悲哀！因为，你的理想在“雁门西，青海际”，你有“匹马戍梁州”的空前自信，你有“封侯在万里”的冲天豪情，你的诗情诗才当在“万里觅封侯”的战马上才能酣畅地完成旷世绝笔！

今天，你只能在颠簸的驴背上“百无聊赖以诗鸣”！

4

百无聊赖以诗鸣！

你怀才不遇，请缨无路，报国无门，壮志难酬。于是，吟诗抒怀成了你每天的必修课，“三日无诗自怪衰”。你的诗歌日记月积年累，六十年奋笔不休，成诗近万首，完成了诗歌史上前无古人的壮举！以至你的临终绝笔都还念念不忘你爱国图志的主旋律：

死去元知万事空，但悲不见九州同。
王师北定中原日，家祭无忘告乃翁。

你还写过一首《冬夜读书示子聿》：

古人学问无遗力，少壮工夫老始成。
纸上得来终觉浅，绝知此事要躬行。

都是写给儿子的。前者《示儿》，在生命即将抵达终点的时候，你仍念念不忘驱除外敌，国家统一，即使身在黄泉，要儿子烧一把纸钱，也一定要告之北定中原、九州大同的大好消息。报国无门，只得无奈感喟。后者则是教育自己的小儿子，做学问一定要脚踏实地，孜孜以求，持之以恒，方能有成。在此基础上，还要注重实践，才能获取真知灼见。除了爱国，还不忘教育孩子。你说："汝果要学诗，功夫在诗外。"实践才能出真知。特别是"纸上得来终觉浅，绝知此事要躬行"，对于治学，至今仍还有指导意义。

你"日课一诗"，"六十年间万首诗"。你最终只能以诗人的身份终老，以爱国文人的身份走进史册。

回望来路，这并不是历史对你的特别照顾。翻开中国文学史，古代有很多诗人绝不甘心把诗人身份设定为他们人生的唯一终极目标。他们更希望"宁为百夫长"，他们更希望走马边关，醉卧沙场；他们唯愿"功名只向马头取"，他们喟叹"若个书生万户侯"。

做万户侯不是他们的终极目的，他们只希望"收取关山五十州”！他们更愿意把他们的豪情壮志写满大漠雄关，他们更愿意把自己的聪明才智在马背上施展得酣畅淋漓，在凯旋的鼓点中挥洒得一览无余！

可是，历史与现实却偏偏与这些自以为有经天纬地之才、安邦济世之能的人过意不去：

孔丘走在队伍的最前面，学而优却不能仕。可是，一部《论语》树起了影响中国两千年的儒家大旗，滋养着博大精深的中国文化；一部《诗经》收录了人类童年时代的天籁心韵；

屈原向我们走来，素志难践，忧怀难寄，叩问苍天之后，把一切交还自然；

李太白向我们走来，一边梦想着大道如青天，一边浩叹行路难，一边散发狂歌于青山壮水白云间；

杜工部向我们走来，飘飘何所似，天地一沙鸥，最终把自己的理想与忧愤熄灭在一条即将散架的破船上；

你向我们走来，渴望金戈铁马图壮怀，现实却让你不得不骑着一头驴儿在细雨中远离战场，远离硝烟；

紧随其后的是辛稼轩……

这一串名字写成了一部壮阔的历史，在他们的壮歌浩歌悲歌里，报国的炽烈，济世的迫切，文人的正直……神照千秋，光耀万世！

5

《剑门蜀道中遇微雨》，这是一首爱国志士践志无路报国无门的无奈诗，这是一阕刚烈男儿衷肠难诉壮志难酬的悲怆曲！

这是1172年的冬天，在难于上青天的蜀道上，四十七岁的你在一场蒙蒙冻雨中，骑着驴儿吟下的绝唱。

近代思想家梁启超叹曰：

诗界千年靡靡风，兵魂销尽国魂空。
集中十九从军乐，亘古男儿一放翁。

放翁，梁启超的赞语为我们道出了你不朽的神采。“人间万事消磨尽，只有清香似旧时。”你的不朽诗章连同你的爱国情怀，将永远泽润着我们躁动不安的心灵，芳香着我们日渐枯涩的梦境！

田园歌者范成大

田园放歌

昼出耘田夜绩麻，村庄儿女各当家。
童孙未解供耕织，也傍桑阴学种瓜。
——《四时田园杂兴》其一

1

范成大，这是你的组诗《四时田园杂兴》诗其一。今天，这首诗的知名度远远大于你本人的名号。至少，在最近这几代人的印象里是这样的。原因在于，这首诗频繁入选小学课本（其他篇目也曾入选）。这对今天那些韭菜麦苗不分的城里孩子，也算是另一种形式的补课吧。

你的诗里，有真实的田园生活，流淌着浓郁的乡土气息。今天捧读，那些酝酿于宋朝的气息，扑面而来，干净，质朴，清新，叫人神往，令人心怡。

这不是谁都能做到的。比如王维，他是唐代田园诗的巍巍昆仑。但是，在他的诗里，大多被“空”景占领，处处是充满禅意的山水园林。而真正的田园，真正的农家生活，大多是诗中的缀饰。孟浩然的田园诗里处处弥散着失意的颓靡，落寞，以及笼罩在悲观意识里的暗淡。与王维比，少了气定神闲，少了应有的淡定和坦然。

你范成大能做到这一点，实属不易。因为，在你的人生履历表里，我们一样读到了你的很多不如意。虽然，在南宋的文人堆里，你是最为显达的。

2

往事越千年，今天读来，犹在眼前。

这是初夏，这是江南水乡，这是一幅自给自足的生活图景。笔笔写实，句句写真。

田间的杂草该除了，它们的长势抢占了庄稼的生长空间。全村老少一下子忙碌起来。天刚放亮，就下田除草。难得的凉爽，正是劳作的好时辰。一天忙活下来，晚上还得就着微弱的桐油灯搓麻线。当然，在月光下更有意思。院子里，三三两两，家长里短，不知不觉间，麻线就搓到了希望的长度。大家要是兴致高的话，再晚一点也无妨，还可超额完成当天的任务。

男女老幼，都不怠慢。在辛勤劳作的父辈带动下，农家孩子早早懂事，早早地就能替父母分担家务。他们即使是干不了重活，不会耕来不会织，但他们也不闲着。大人在地里种瓜，他们就在一旁的桑树下专注地瞅着。躲在浓密的树荫下，再毒的日头，也不会妨碍他们学习劳作。

初夏的农忙时节，整个村子都不空闲。大人辛勤，昼夜不停；小儿天真，尽享成长的快乐。

好一幅安适自在的农村生活图景。寻常景里独见匠心，真是妙手得之。

3

这样的画图，还在其他诗里延续。《四时田园杂兴》是你退居家乡后写的一组大型田园诗，春日、晚春、夏日、秋日、冬日五个部分，各十二首，共六十首。一年四季，景色分明，呈现出不同的乡村生活画图。

梅子金黄杏子肥，麦花雪白菜花稀。
日长篱落无人过，惟有蜻蜓蛱蝶飞。

——《四时田园杂兴》其二

一树树梅子金黄起来，杏子也紧跟着越长越大；荞麦花开，犹如白雪一片；油菜花走过了旺旺的势头，眼下正稀稀落落地迎接夏天的到来。梅子黄，杏子肥，麦花白，菜花稀，满眼里呈现出丰收的盛势。字里行间流溢着你的欢欣。你情不自禁，你在替村民们欢喜。

这时节，白天拉长了，太阳升高了，篱笆墙的影子越来越短，空落落的，也没人经过；只有蝴蝶和蜻蜓，绕着篱笆，在那里特有兴致地飞来飞去。

农事正忙，人们早出晚归，白天都在地里忙活，很少看到行人。特别是“唯有蜻蜓蛱蝶飞”，静中有动，动中更静，饶有兴味。

一派清静，一片安宁。没有见着农人的身影，却可以感觉到他们的劳作，他们的辛勤，看似无人胜有人。

人们不觉劳作的艰辛，是因为心中有希望，有盼头。劳作的结果，却不能让他们过上简朴的生活。

租船满载候开仓，粒粒如珠白似霜。

不惜两钟输一斛，尚赢糠核饱儿郎！

——《秋日田园杂兴》其九

你看，一路辛苦下来，到秋天，田垄没有辜负他们的辛勤付出，他们得到了应有的回报。可是，他们却没有过上应有的生活。

你看，租船上满载大米，等候官府来开仓收租；圆滚滚的稻子，像粒粒珍珠，银白，如霜似雪。村民的辛苦收成，被官府巧榨豪夺，几乎一扫而光。年幼的孩子只剩下吃粗糠的份儿了。

一幅农民血泪图，一腔悲悯怜农情。

下面这首送别诗里，我们领略到的，是别样的情怀。

南浦春来绿一川，石桥朱塔两依然。

年年送客横塘路，细雨垂杨系画船。

——《横塘》

横塘是江苏吴江的一条河。送别之际，你抬眼望去，横塘河畔，两岸春草，绿满河川。河边的石桥，以及远处的朱塔，像两位默然对视的老朋友，一直坚守着固有的姿态。

每年都在这里送客，告别。面对石桥和朱塔，只有离别之人能够读出它们持久伫立的意义、苦苦坚守的价值。此时，细雨轻飘，杨柳低垂，宛如一根根柔韧的细线，系住了即将离去的画船。

其实，再柔韧的杨柳也无法留住远离的画船。其实是你的一厢情愿。

景物依然，而人事变化，别情离意，唯石桥、朱塔知晓。因为，年年送别，年年人不同，石桥和朱塔，是最忠实的见证者。别意更兼伤情，唯诗人你体会最深。

即便送别，我们也看到了田园的影子，嗅到了村居的气息。

作为中国古代田园诗集大成者，你全面地继承了古代田园诗的优良传统，特别吸取了《诗经》里的农事诗、陶渊明以来表现农村恬静闲适生活这类诗歌的丰富营养，广泛向唐宋名家学习，形成了你的独特风格，因而，你的这类诗作成就最高。

4

范成大，你早年家境贫寒，常常为衣食奔忙，因此有“若有一廛供闭户，肯将篾舫换柴扉”这样的喟叹。

直到二十八岁，你的努力得到了回报，中进士后，仕途畅顺，没有辜负你的俸禄，为朝廷为百姓做了很多好事。

你晚年退居故乡石湖，号石湖居士。有了对农村生活的切肤之感，农民勤劳、淳朴的品质和他们生活的苦乐悲辛，在你的诗中得到了生动的再现。这是你的贡献。有赞美，有批判，你的诗因而更有分量，更有存在价值。当然，有些诗有过分美化之嫌。想想南宋小朝廷治下的战乱、离散与劫后余生的惊悸状态，当时的农村生活图景绝不会如此地接近“世外桃源”。

年年血泪

州桥南北是天街，父老年年等驾回。
忍泪失声询使者，“几时真有六军来？”

——《州桥》

1

公元1170年，宋孝宗为索取赵宋皇室陵墓所在的河南巩、洛之地，派你出使金国。金主面前，你“词气慷慨”，不卑不亢，“全节而归”，有效地维护了宋朝的威信。你在金人面前的表现朝野称道，人所共敬。你还把出使的经历写成了日记《揽辔录》，旅途艰辛，跋涉劳顿，以及与金人的唇枪舌剑，斗智斗勇，尽记其中。

特别令人敬佩的是，紧张的出使途中，你还作绝句七十二首，拳拳爱国心，痴痴报国情，盈溢诗行，动人心魄。

2

这首《州桥》即是其中一首。州桥在汴梁（今河南省开封市）宣德门和朱雀门之间，横跨汴河。你用白描手法，撷取了一个特写镜头，“敌占区”百姓盼望早日光复的迫切心情尽在其间。诗行里，澎湃着你对议和不战政策的不满。

你看到，州桥南北，天街之上，失陷区的父老乡亲们驻足，默立，痴痴地盼望王师归来。他们一看到你这个南宋小朝廷的使者，忍不住失声哭问：“几时真有六军来？”看来，“六军来”的虚假消息时时传来，一直困扰着他们，反复折磨着他们本就憔悴的身心。一回回失望在无限期地考验着他们的承受力。

丧国之悲，沦为异邦蹂躏之苦，令人痛不欲生。遗民们早也盼，晚也盼，盼啊盼，一盼就是几十年。忽见南宋使者，他们强忍眼泪，迎面即问何时才能“王师北定中原”。他们朝朝暮暮站立州桥畔，凝眸，眺望，急切之情溢于言表。

“遗民泪尽胡尘里，南望王师又一年。”（陆游《秋夜将晓出篱门迎凉有感》）弦外之音，一次又一次的热切盼望都落了空，成了影。对此，你无言以对，缄口，沉默，无声的控诉，都写进了简短的诗句。

3

一路走去，你的爱国情怀一直流淌在你的诗歌笔记里：

女僮流汗逐毡并，云在淮乡有父兄。
屠婢杀奴官不问，大书黥面罚犹轻。

——《清远店》

平地孤城寇若林，两公犹解障妖侵。
大梁襟带洪河险，谁遣神州陆地沉？

——《双庙》

做了亡国奴，亲人离散，天各一方；任人宰割，无人问津，更是家常便饭。

举头望去，孤城险危，敌寇遍野；山河险峻，却挡不住外敌的入侵。“谁遣神州陆地沉？”你悲切而问，满是无奈。

对于这次出使，你很谦虚地总结道：“许国无功浪著鞭，天教饱识汉山川。”休说“无功”，无论是出使，还是诗歌创作，你都不辱使命，不负此行。

4

你是走在徐霞客之前的大“旅行家”。

就古代大多数士大夫官宦而言，四处游历并不稀罕。写点所见所感的诗文，往往流于程式。无论是登临怀古，还是厌烦宦游，思念故土，大多应景而作。少有时代印迹，少有现实关注，少有社会思量，看不到“我”的存在价值，看不到“我”的社会角色与时代印记。

你则不然。你是一个有慧眼、有想法、有责任的诗人。即使是风景，也打上了你的印迹，打上了时代的烙痕。世间万象，生存百态，无不与现实链接，处处有心灵呼应。

你饱览山川，正是为了更好地与“许国”抱负相联系，也正是为了“许国”，你才“三方皆走万里”，亲身体验了跋涉的艰辛，亲眼目睹了“国破”的乱象，亲闻了遗民的悲恨，百姓的苦楚。

一生的漂泊，换来你内心的沉淀，淡定。那些行走的记忆，成了你永恒的财富，卸去“兼济天下”的担当，你最终选择了归去，选择了田园，选择了简朴的生活。

你说，若得自此“归田园，带月荷锄，得遂此生矣”。《四时田园杂兴》六十首诗，便是你留给南宋的祭奠，留给历史的记忆。在这一组有些“浩大”的诗阵里，我们感到，你的心并没有彻底地闲居山野，归卧乡里。

诗句自来杨万里

品阅新生

泉眼无声惜细流，树荫照水爱晴柔。
小荷才露尖尖角，早有蜻蜓立上头。

——《小池》

1

杨万里，最初走进我们记忆的，是你的这首《小池》。

这是一首写景小品，风趣，轻快，别有意趣。

你看，池边的一眼泉水好像十分珍惜、甚至有些吝啬似的，无声流淌，细细不绝。树荫映在清凉的水上，好似特喜欢这柔和的晴天。更让人欣悦的是，那一片鲜嫩的荷叶里，荷花那尖尖的角儿刚刚露出水面，喜好追风的蜻蜓就已经早早地占据了它的顶尖。

这是一个晴好的天气，你绕着小池慢步。你眼前一亮，池塘边，一眼细细的泉水默默流淌，仿佛是泉眼有意特珍惜似的，流得不紧不慢，不迅不急；一片树荫留影水上，以水为镜，借得明媚的阳光在照览自己俏丽的身姿；而更令人惊喜的，还是那小小的蜻蜓，早早地就抢占了有利的位置——刚刚超越片片荷叶的花骨朵。

此刻，你心里有说不出的高兴。

2

一个泉眼，一道细流，一池树荫，几支小小的花骨朵，再加上一只小小的蜻蜓，就是整幅小品的全部。“泉眼无声惜细流，树阴照水爱晴柔”，精致，宜人。一“惜”一“爱”，化无情为有情，给事物以生命。而“小荷才露尖尖角，早有蜻蜓立上头”，更是妙趣横生。小荷“才露”，蜻蜓“早立”，一呼一应，相依相偎。小小的池塘，有着无限的生机，无限的活力，无限的妙趣。

你“小”处着眼，寥寥几笔，化平凡为神奇，意趣盎然，形神兼备。所以王国维说：“境界有大小，不以是而分优劣。”（《人间词话》）

特别是末二句，极具生命力。现在，人们常借来形容那些初露头角的新人，他的出现立刻引来关注，立刻得到了赏识。

新生的力量，更具活力。

3

在中国文学史上，你杨万里与陆游、范成大、尤袤并称“南宋四家”“中兴四大诗人”。你写诗极勤奋，一生作诗竟达两万五千多首，现在还能见着的就有四千二百多首。这可不是一个小数目。

你早年曾是黄庭坚的头号粉丝。写诗，你从江西诗派入手，一味模拟、堆砌典故，几成痼疾。好在，你发现及时，当即焚尽旧作，转学晚唐诗，以空灵轻快的笔法矫正了江西诗派的典重艰涩。后来，你抛开前人束缚，师法自然，锐意求新，渐渐地，竟形成了自己的独特诗风，世称“诚斋体”。

你取材世间万物，以及鲜活的日常生活，并寓于丰富的理趣。故而，诗兴盎然，诗如涌泉。你自己曾风趣幽默地说：“老夫不是寻诗句，诗句自来旬老夫。”因而有两万五千多首诗的横空出世。

4

面对自然，面对日常的生活，你总有新奇的发现，总能于平常之中挖掘出鲜活生动的诗意之泉。看这首《宿新市徐公店》：

篱落疏疏一径深，树头花落未成阴。
儿童急走追黄蝶，飞入菜花无处寻。

你夜宿新市徐公店，即今天浙江省湖州市德清县的新市镇。你迷恋那里林立的酒店，痛饮，大醉，只得留宿于此。

你看见，暮春时节，稀稀疏疏的篱笆墙，一条小路沿着墙边伸向远方。路边的树上，繁闹的花儿已经谢去，新生的叶儿才刚刚吐绿，还没形成浓浓树荫的阵势。

小路上，顽童们嘻嘻哈哈地奔跑着，正追捕一只翩翩飞舞的黄蝴蝶。可是，那调皮的蝴蝶仿佛有意要跟他们逗乐似的，一眨眼，就飞到那一片金灿灿的菜花中了。黄蝴蝶借得黄菜花的掩护，孩子们再也找不到了。

又一幅意趣盎然的乡景画图。“篱落疏疏一径深，树头花落未成阴”，是顽童追蝶的美妙背景。这儿，一道稀疏的篱笆，一条幽深的小路，路边还有几棵小树，花瓣从枝头无声地飘落，嫩叶还没完全长出来呢。

一直浮现在我们眼前的，是那一群失意的孩子。

孩子，是这幅画的主角，他们的生动使自然更富于生气。再看这首《闲居初夏午睡起》其一：

梅子留酸软齿牙，芭蕉分绿与窗纱。
日长睡起无情思，闲看儿童捉柳花。

大人可以百无聊赖，儿童却永不寂寞。梅子离成熟还远着呢，孩童们就急不可耐地尝鲜了；大人们午睡起来，也许就是诗人你自己，懒洋洋地，什么也不想干，就憨痴痴地看着孩子们“捉柳花”。柳花飘飘，忽东忽西，它们的运行没有固定轨迹，毫无章法可循，逗得孩子们满院子跑。孩子们的天真也就在“捉柳花”这幅跃动不止的画面中得到了生动的呈现。

再看其二：

松阴一架半弓苔，偶欲看书又懒开。
戏掬清泉洒蕉叶，儿童误认雨声来。

儿童仍然是画中的焦点。你很闲适，慵倦，想看看书，刚一翻开书页，又兴致索然。于是，你来到泉边，手抔泉水，去浇洒芭蕉。那稀里哗啦的一阵声响，惊动了正在玩耍的孩童，他们误以为老天爷突然下起雨来了。

大人的闲散无聊，儿童的天真烂漫，相互辉映，于无聊赖之处见生机，见兴味。

经历人生变故，世事磨炼，大人们多了一份迟钝，多了一份漠然。然而，在儿童面前，你又看到了生活的鲜色，品阅了十足的村居味儿，收获了生活的旨趣，还看到了希望，看到了未来。

我们品阅了诗歌里纯厚的乡土味儿，同时还领悟到：平凡的生活里一样有鲜活的诗意存在。

再庸常平凡的生活，都有滋有味，都诗意充盈，关键在于“画中人”的眼睛，以及他有没有一颗能够及时感应、及时接纳、及时回应的心。

别样精彩

毕竟西湖六月中，风光不与四时同。

接天莲叶无穷碧，映日荷花别样红。

——《晓出净慈寺送林子方》

1

读来，真是脍炙人口，酣畅淋漓。

早晨，你一走出净慈寺，眼前一亮，天阔水旷，豁然开朗。

你看，到底是西湖六月天，比起别的季节，她的风光别有韵味，格外不同。

你看，望不尽的荷叶平铺而去，一片碧绿，一直铺到水天相连之处，大有要把蓝天也染成一片碧绿的阵势；阳光下，新开的荷花分外娇艳，格外嫣红。

西子湖，一年四季，景色各异，唯有六月，别具魅力。

面对此景，怎不惊喜？怎不陶醉？

你的惊喜，你的陶醉，连同你脍炙人口的诗句，深深地感染了今天的我们。

2

净慈寺的全名是净慈报恩光孝禅寺，与灵隐寺并称杭州西湖南北山的两大著名佛寺。

林子方中进士后，在皇帝身边担任秘书。你当时任秘书少监、太子侍读，林子方是你的上级，相处间，你把这个垂直领导发展成了好友，常常聚在一起，谈强国梦想，议抗金主张，之余，还免不了要切磋诗艺。久而久之，你俩志同道合，互为知己。

林子方被调任福州，他甚是高兴，以为自己高升了。你却不这么想，送林子方离开杭州赶赴福州时，写下了这首诗，表达了你的劝勉之意。

3

西湖美景六月天，你驻足湖畔，不胜惊喜。

如此美景，好友却要离去，深刻的眷恋在写景中得以曲折地表达。

开篇即说，西湖的六月，毕竟与四时风光不同。既然不同，那就肯定有与众不同的地方，那就值得观赏，值得留恋。

为什么呢？碧绿的莲叶，涌到天边；娇美的荷花，在骄阳的映照下，格外浓艳。大红大绿，美轮美奂。不仅置身绿海，而且还有美艳的荷花簇拥，还有明艳的阳光照耀，还有轻快的暖风吹送……还有，就是友情的呼应，诗意的映照。

景美，情深，将要远行的人，你舍得去吗？

再说了，西湖所在地，毕竟是“首都”临安，在京城做官，肯定跟别处不一样，肯定比外地好得多。

“无穷碧”“别样红”，风光大好，前途光明，为什么要急匆匆地赶去外地做官呢？

林子方并没有看懂你要留他的意思，拿着这首“好诗”去福州任职了。从此，林子方走出了你的视线，也走出了我们的视线，淹没在了历史的长河。

4

杨万里，你同时还是一位热忱的爱国者，清醒的政治家。

你一生力主抗战，始终反对屈膝议和。在你写给皇帝的那些“书”“策”中，一再痛陈国家病诟，力排投降之误。

面对中原沦丧，江山半壁，你说：“为天下国家者不能不忘于敌，天下之忧，复有大于此者乎！”你告诉世人，要于忧患中谋安国之策。“前日之勇一变而为怯，前日之锐一变而为钝。”（《千虑策·君道中》），你既反对投降议和，又批评轻易用兵，盲目冒进，倡导“守而取”（《与陈应求左相书》），要积极慎重，长远谋略，先强国，后致胜。“民者，国之命而吏之仇也。”（《千虑策·国势上》）你看重人民，同情人民。你认为，国家命运系于人民，贪官污吏只会敲骨吸髓地压榨人民，会激起人民的仇恨和反抗。为此，你提出：要节财用，薄赋敛，结民心，富民而宁邦，强国而复兴。

这些，都是你的真知灼见和进步思想。

不料，你为人刚直，孝宗贬你“直不中律”，光宗说你“也有性气”（《鹤林玉露》甲编卷四）。你多次被贬，愤而辞官赋闲。后来，朝廷又多次征召，你也不去赴任。开禧二年（1206年），韩侂胄弄权误国，你愤慨痛批，以至于忧愤而死。

你的爱国情怀，也写进了你的诗歌，写出了生活在灾难深重下人民的共同心声，一样悲情：

船离洪泽岸头沙，人到淮河意不佳。
何必桑乾方是远，中流以北即天涯！

——《初人淮河四绝句》其一

两岸舟船各背驰，波痕交涉亦难为。
只余鸥鹭无拘管，北去南来自在飞。

——《初人淮河四绝句》其三

“大江端的替人羞！金山端的替人愁！”（《雪雾晓登金山》）江山破损，南宋小朝廷却屈辱无能。你在《过扬子江》中写道：“携瓶自汲江心水，要试煎茶第一功。”表面看，似乎在说你自己亲自动手汲水煎茶的雅兴，实则写你深刻的疼痛，无限的羞愤。

“只余鸥鹭无拘管，北去南来自在飞。”面对残缺的山河，面对无能的政府，你的心不能自由飞翔，任由驰骋。

这就是你，一个爱国志士的内心独白！

源头活水朱子熹

流水不腐

半亩方塘一鉴开，天光云影共徘徊。

问渠那得清如许？为有源头活水来。

——《观书有感》其一

1

朱熹，这是你闲暇时的一首读书心得。虽写心意，却并不直白。不但不直白，而且还颇有些哲理。

你说，半亩大一方水塘像镜子一样，清澈又明亮，天光云影都被它清晰地映照出来，好像还有意不肯离去似的，在里面辗转徘徊。池塘里，水的透明度一下子就出来了，就引起了你的注意。你不禁问道：这池塘里的水为什么这样清澈呀？原来，它有一个永不枯竭的源头，一刻也不停地在为它输送着涓涓细流。

这一幅自然风光画卷，美丽得令人叫绝，再一看诗的标题，原来是读书有感，顿时，意境升华，诗境飞跃。

噫，这不正像人们读书吗？只要不断地吸取新知识，我们的心智才会开明豁达，思维才更敏锐，才会不断悟得新的道理。进一步讲，读书要追根溯源，要找到知识的源泉，才能融会贯通，才能创立新学，产生新成果。

朱熹，这首诗是你以“理语成诗”的代表作，是宋诗寓理于诗的范本。

2

朱子，这首诗一诞生，即广为传诵，一时间，全国各地出现了多处“半亩方塘”。

方塘何处呢？在福建尤溪城南郑义斋馆舍（后为南溪书院）内，又称半亩塘。你的父亲朱松曾写过一阙《蝶恋花·醉宿郑氏阁》词。其中有“清晓方塘开一镜，落花飞絮，肯向春风定，点破翠奁人未醒，余寒犹倚芭蕉劲”之句。这“半亩方塘一鉴开”与“清晓方塘开一镜”，异曲同工，看来，你的这句诗和你的血脉一样，都是从你老爷子那里“遗传”下来的，不会有人告你剽窃。

朱熹，你是刘子翚（宋代理学家）的学生，你父亲朱松也有一手好文才。许是你父亲、师父的影响，让你在对道学的学习感悟中，同时受到了文学的濡染，对文学也有了较公正的评价，于是写出了这样富于浓郁生活气息的好诗。

这“半亩方塘”原来就是书山学海，这“天光云影”是蕴藏在书中的无穷情趣，这“活水”就是指对新知的渴求，对书中情趣的新领悟。这“为有源头活水来”，就是实践出真知，从生活中来，到生活中去。

你让我们明白：要不断获得新知识，头脑才不至于僵化；对书中知识，要不断有新的参悟，心灵的感知才无比畅快明澈，才生动活泼。

写诗乃至文学创作，莫不如此，只有不断地吸取生活的养分，才能写出不朽的作品。就像莫言，高密成了他的富矿，那里有取之不竭的创作素材，他待在那里，再也不愿离开。

写这首诗时，你三十七岁。朱子，我们由此找到了你在理学、哲学、教育、文学等多个领域做出杰出贡献的活水源头。正是基于这样的认识和不断实践，你这个一代儒学大师才这样炼成。

3

《观书有感》还有个姊妹篇：

昨夜江边春水生，艨艟巨舰一毛轻。
向来枉费推移力，此日中流自在行。

你说，昨天夜晚，江里春水猛涨，与大江相比，那艘曾经还算庞大的战船现在就像羽毛一样轻。以往要花费好大的气力才能推动它，今天呢，借得陡涨的江水，就可以自由地移动了。

同样借物喻理。你以泛舟为例，让我们轻松地体会到了与学习有关的道理。因为“昨夜”大雨“春水生”，万千溪流，汇入大江，波滚浪涌，所以，本来搁浅的“艨艟巨舰”，这个时候也就轻如羽毛般浮了起来。

人的修养有一个量变到质变的过程，一旦水到渠成，一旦借得外力，自然会“此日中流自在行”，表里澄澈，无拘无束，自由自在。

人的心灵犹如一面明澈的镜子，世间万物，都会在人们的心灵投下它的影子；而心灵呢，则可以通过自己的照耀，见出万物的魅力，万物的妙处，万物的理趣。

而要守住心灵这面镜子的亮度，唯一的办法就是不断地擦拭——为我们的心灵世界不断地增加新的智慧，新的活力。

作诗也一样，灵感的勃发往往是自然的诱发与引导的结果。关键就在于，我们要借得一江春水的不竭动力，就自然会行云流水，驾驭自如。

如此，诞生这样的杰作，自在情理之中。

总是春天

胜日寻芳泗水滨，无边光景一时新。
等闲识得东风面，万紫千红总是春。

——《春日》

1

总有一个春天伴我们前行，总有一处美景属于不断寻觅的我们。

你说，在丽日和风这样的好天气，到泗水河边去寻找美景。你眼前，春光明媚，无边无际，焕然一新。谁都识得这春天的面貌，春天的美丽，只要春风吹来，百花盛开，万紫千红，到处都是春天的好景致。

这是一首咏春诗。诗一开始就说春天来了，你到泗水之滨去寻春，因而识得春天的面貌，春天的生机。

2

但是，你寻春的地点引起了我们的特别关注。恰是这泗水之滨，在宋朝南渡时，早就被金人占领，你自然不可能到那里寻春游春咏春。

其实，诗中的“泗水”暗指孔门。春秋时，孔子曾在洙、泗之间弦歌讲学，教授弟子。因此，你所说的“寻访”理所当然地就是指求圣人之道了。而这“万紫千红”，自然拿来比喻孔子学说的丰富多彩。

你将圣人之道比作了催发生机、点化万物的春风。可见，这仍是一首寓理趣于形象的哲理诗。

“万紫千红总是春。”春回大地，让你耳目一新，使你识得了东风：仿佛是一夜东风，送来了万紫千红，这不正是你要寻得的无限春光吗？

面对春天，我们总有说不尽的话题，道不完的顿悟。

你意在为我们寻得一片春光以外的胜景。

3

公元1130年，一个“圣孩”诞生了。这便是你，后来的一代大师。

你出生在一个贫寒的书香门第之家，你的父亲虽是个小官吏，却无力挽回家族颓败的走势。

福建尤溪是你的出生地，这里兵荒马乱，你的成长自然难说顺利。

据说，你诞生时，你老家的古井中“出赤虹三日”，都以为吉兆，认为你家必出圣人。还有更悬疑的，说你生下来时，右脸还生有七颗小黑痣，像北斗七星一样排列在一起，这就更令人称奇。于是，民间便据此演绎了很多关于你的故事。

出名要趁早，要获得人生的成功也一样不能松劲。果然，你十八岁中进士。但是，你的运势并没有就此延续下去。直到你辞世，此后五十年，你仅仅为官九年，在朝廷也只待了四十天。原因在于，你力主抗金，打击贪官，救济灾民。但是，时运衰乱，奸佞当道，济世理想终难遂你意志。

你转而讲学授徒，著书立说，凝毕生精力，埋头《四书》《五经》，阐释儒家经典，集儒学大成，建立了中国古代最庞大、最完整的唯心主义哲学体系，成为中国后期封建社会官方哲学的正宗。

4

秦观也写过一首《春日》：

一夕轻雷落万丝，霁光浮瓦碧参差。
有情芍药含春泪，无力蔷薇卧晓枝。

他说，昨夜里轻雷声声，带来了一夜绵绵细雨；晨光里，琉璃瓦上的浮光明暗不一；芍药多情，雨珠点点，含泪欲滴；雨露滋润过的蔷薇花，站在朝阳辉映的枝头，更是可人。秦观的《春日》描摹传神，流动着一股清新婉丽的韵味，让我们立刻想起老杜的“好雨知时节”，一夕春雷的召唤，这脉脉含情的春雨便“随风潜入夜”，便“润物细无声”，便有了第二天早晨花开四处的蓬蓬勃勃的锦官城。这芍药、这蔷薇便在晨光里搔首弄姿，娇艳逼人，犹如多情的年轻女子，泪光闪闪，情意绵绵。与杜甫笔下的春雨，隔代呼应，异曲同趣。

与你的《春日》相比，虽为同代，却旨趣相异。你更加注重“理”的阐释。秦观可以凭着好恶，由着性子，恣肆地发挥，纵情地描画；你呢，面对美景，冷眼以对，即使心底里有那么一股子涌动的潮水，你的脸面依然保持了应有的冷静。

“万紫千红总是春。”

没有哪一种色彩可以主宰春天，也没有哪一种色彩甘愿退出春天的舞台。

只有丰富的色彩，丰富的自然，丰富的存在，才是正真的春天，热闹的春天，繁茂的春天。

也没有哪一种选择是唯一的指向，没有哪一种发展是通向成功的唯一路径。

春天赠予我们万紫千红，我们回馈春天以无限生机。

朱子熹，你的回馈格外丰盈。

忠愤填膺张孝祥

长淮望断

长淮望断，关塞莽然平。征尘暗，霜风劲，悄边声。黯销凝。追想当年事，殆天数，非人力。洙泗上，弦歌地，亦膻腥。隔水毡乡，落日牛羊下，区脱纵横。看名王宵猎，骑火一川明。笳鼓悲鸣，遣人惊。

念腰间箭，匣中剑，空埃蠹，竟何成！时易失，心徒壮，岁将零。渺神京。干羽方怀远，静烽燧，且休兵。冠盖使，纷驰骛，若为情？闻道中原遗老，常南望，翠葆霓旌。使行人至此，忠愤气填膺，有泪如倾。

——《六州歌头》

1

长淮是一条不能再撤退的屈辱线。

张孝祥，你站在那里，“忠愤气填膺”，写下了这阙词，壮怀激烈，气贯长虹。

1163年，宋孝宗赵昚继位，雄心勃勃，想干一番事业，力图一改南宋孱弱的颓势。他任用主战派张浚挂帅，决定北伐抗金，收复失地。不管怎样，于文人志士来说，这是个天大的喜讯。因为，自南宋以来，虽有很多文人义士力主抗金，但都是主动请缨的个人行为，或民间自发组织。这一次，毕竟是南宋小朝廷以政府的名义发起的以收复中原为最终目的的抗金总号令，光复大行动。孝宗皇帝非常重视这次军事行动，一则自己刚刚即位，以示龙威天下，新帝图强；二则南宋一贯孱弱，举国上下，萎靡不振，急需一剂兴奋剂，一支强心针。为此，孝宗亲自检阅军队，鼓舞士气，以壮声威。

但是，并不是说有皇帝的重视，宋军上下就精诚团结，同仇敌忾，所向披靡，就能一蹴而就地夺取战争的最后胜利。局势已由不得南宋小朝廷继续苟延残喘。因为，堡垒首先从内部崩溃。北伐军内部矛盾重重，将帅不和。这样仓促出战的结果是，终以大败收场。多年积储，毁于一旦，这就是宋史上有名的“符离兵溃”。另一个可怕的后果是，致使主和派的气焰更加嚣张，他们不顾张浚等爱国将领的强烈反对，遣派使者，与金国统治者内外勾结，沆瀣一气，准备缔结和约，出卖朝廷，出卖百姓，出卖主权，彻底投降。

失败成了不可更改的定数，南宋灭亡也只是个时间早晚的问题。这时，你恰好在建康留守任上，激情满怀，郁愤四溢，写下了这阙爱国壮词。

据宋朝《朝野遗记》记载，你在建康设宴，款待张浚等爱国志士，有感于当时之势，即席命笔，作了这阙《六州歌头》。张浚读罢，竟然“罢席”而去。

这说明，你的词道出了所有在场爱国人士的共同心声，感人至深，因而有了恒久的魅力。

2

伫立江淮之岸，眼见大宋王朝仅剩下半壁江山。

你极目望远，千里广漠，野草遍地，整个南宋小朝廷已无险可凭。眼前，尽莽莽平野，屏障全无。江淮之间，征尘暗淡，霜风凄紧，边塞悄然。满眼凄凉，令你黯然伤神，沮丧不已。

想当年，靖康耻，帝被掳，宋南渡，中原沦陷，恐怕是天意运数，非人力可以扭转。

在孔门弟子求学的洙泗河边，在弦歌交响的礼乐之邦，也已膻腥一片。隔河相望，遍地是敌军的毡帐；到处都布满了金人的据点，落日余晖，照进牛羊回归的圈栏。看金兵将领，夜间出猎，他们手持火把，纵横奔突，火光照亮了整个平川。胡笳鼓角，凄厉相续，那悲壮的声音叫人胆战心寒。

想腰间弯弓，匣中宝剑，空遭虫子蛀蚀，漫受尘埃侵染，满怀壮志，何以施展？

时机易失，壮心徒健，岁近迟暮，雄心凋残。看这般境况，光复失地，希望更加渺远。

更为可悲的是，残存的朝廷正在推行礼乐，缅怀靖远，以求得边境的烽烟暂灭，敌我暂且休兵。眼巴巴地看那冠服乘车的使者，往来纷纷，奔驰匆匆，让人倍添羞愧，情何以堪。世间纷纷传说，留在中原的父老，常常盼望朝廷，盼望皇帝仪仗，彩旗蔽空，熙熙攘攘，充盈大道。结果呢，中原大地，难以收复，使得行人到此，一腔忠愤，怒气填膺，年年热泪，都只得倾洒胸前。

3

张孝祥，你的这阙《六州歌头》是南宋爱国词中的杰作。

当年，金主完颜亮举兵南来，一举突破南宋的淮河防线，直抵长江北岸。在今安徽马鞍山一带渡江时，南宋将领虞允文率水师迎面痛击，金兵大败而逃。于是，两军相持不下，金人沿江东下。完颜亮到扬州时，被部下杀害，金兵只得退回淮河流域，暂时停止进犯的步伐。

主战派代表张浚奉诏由潭州（今湖南长沙）改判建康府（今江苏南京）兼行宫留守。这阙词即是你在为建康留守张浚宴客席上的急就章。

4

宋"与金国和议成，立盟书，约以淮水中流画疆"（《宋史·高宗纪》）。江淮区域，宋金对峙，"长淮"就成了暂时的国境线。

昔日的大动脉，今日的边境线，正如杨万里《初入淮河》诗所感叹的那样："人到淮河意不佳……中流以北即天涯！"

国境线既已退缩至此，宋朝就只剩下残汤剩羹的半壁江山。你极目千里淮河，南岸一线，无坚可守，无险可凭。眼前，莽莽平野，一马平川。此时，江淮遍野，征尘散去，霜风正紧，战后景象，荒凉满眼。

这一切，都是这阙壮词奔腾而来的激流之源。

往事不堪回首，眼前不忍卒读，都是你心中难释的痛。更令人不安的是，金人南下之心不死，国势依然岌岌可危。仅一水之隔，昔日的稼穑之地，眼下已成了金人的游牧之乡。尤其是金人猎火照野，笳鼓可闻，更令人心惊魄动。眼下呢，南宋小朝廷苟安现状，忙于求和；中原百姓，年年盼望，年年失望。此情此境，更加悲壮。

你说，自己空有杀敌利器，却尘封虫蛀，只落得空无用武之地的可悲下场。你年华虚度，徒具雄心，悲恨相续。因而，你情难自禁，高声吟道："我欲乘风去，击楫誓中流。"可眼下，报国无门，所以"渺神京"，在一番番的空望中，帝都汴京，中原神州，都是那样的渺远而不可企及。

你"干羽方怀远"，借舜大修礼乐而使远方的苗族前来归顺的典故，讽刺朝廷放弃失地，安守现状。

自绍兴议和以后，南宋小朝廷每年都要派遣使者，向金人岁岁朝贺，年年纳贡。往往来来的使者，充盈道路，爱尽屈辱。那些忠直之士，则更有冒着被扣留被杀害的危险。而更多的人则是卑躬屈膝，居于下风。据岳珂《桯史》记载："……礼文之际，多可议者，而受书之仪特甚。逆亮（金主完颜亮）渝平，孝皇（宋孝宗）以奉亲之故，与雍（金世宗完颜雍）继定和好，虽易称叔侄为与国，而此仪尚因循未改，上（孝宗）常悔之。"这就是"若为情"！何以为情？令你叹息不已，痛恨不已。

这就使得"忠愤气填膺，有泪如倾"！

这就有了这阙悲恨词。

你说："闻道中原遗老，常南望，翠葆霓旌。"让我们不由得想起你的好友范成大的诗句来："州桥南北是天街，父老年年等驾回。忍泪失声询使者，几时真有六军来！"（范成大《州桥》）遗民望眼，年年如春花般繁复热烈，又岁岁随秋风而谢，而灭。所以有陆游的哀叹："遗民泪尽胡尘里，南望王师又一年！"（陆游《秋夜将晓出篱门迎凉有感》）一年一年又一年，年年收获的都是失望，都是泪痕。

中原，共同的悲恨交织，那是你们永远难释的痛。

你的痛也诱发了张浚的疼痛，听罢，酒还未化入愁肠，他即愤而“罢席”了。

我们有感于你的文字功力时，更感佩你们殷殷于怀的赤子深情。

“扫开河洛之氛祲，荡洙泗之膻腥者，未尝一日而忘胸中。”爱国的力量是强大的，爱国者永远有着奔腾不竭的生命力，永远拥有大众的支持。你的心声即百姓的共鸣。恢宏的历史画卷里，有一页专为你而写。你振奋人心的吟唱，一直都慷慨雷鸣。

杜甫的诗历来被称着“诗史”，你的词也完全可以被列为“词史”。因为，我们从中读到的，不仅是你个人的悲愁，个人的得失，个人的沉吟。外族入侵，生灵涂炭，烈士遗愿，士子悲愤。那里，更有一个民族用整整一个朝代写成的悲情史。

所以，你成了至今都还令我们景仰不已的爱国词人。

5

这里有一个值得分享的故事。

公元1127年，金灭北宋，掳走徽、钦二帝，赵构在商丘称帝，称宋高宗，建立了南宋小朝廷。

南宋小朝廷与金人对峙，打打停停，战火延绵，兵祸不断。中原百姓难以忍受，大举南迁避难。你父亲张祁也带领你们全家老小，一路辗转，移居到今天的浙江鄞县。

1132年，你出生在鄞县方广寺的僧房中，并在此地一直生活到十三岁。你的父亲仅任了个小官，你家在鄞县也没有田产。与陆游、张元干等爱国志士都出身书香门第、家境富足相比，你在贫苦中成长，在磨难中练就了坚硬的爱国傲骨。

1144年，苦于贫困的煎熬，你的父亲举家返乡。可是，并没有如愿回归故乡历阳，而是居于芜湖。芜湖位于长江之南，金人威胁较少。自唐以后，芜湖、于湖县名混淆，你没弄明原由，就自号“于湖居士”，实为芜湖。你以号明志，足见你对第二故乡芜湖的深厚情意。

你是个聪明仔，自幼资质过人，《宋史》说你“读书一过目不忘”，《宣城张氏信谱传》也说，你“幼敏悟，书再阅成诵，文章俊逸，顷刻千言，出人意表”。

1147年，你十六岁就顺利通过了乡试，走出了迈向仕途的第一步。此后，你乘势而进，二十三岁中状元。你出生“荒凉寂寞”，能够脱颖而出，不凡之处除了才华卓绝，就是英迈超群的性格。同时代的张拭说你“谈笑翰墨，如风无踪”，杨万里也赞道：“当其得意，诗酒淋漓，醉墨纵横，思飘月外。”可见，自少年时代起，你便有了潇洒倜傥的气质，英伟不羁的性格。

1154年，你参加廷试，高宗亲自将你点为第一，居秦桧孙子秦埙之上。同榜中进士的还有范成大、杨万里这些后来名声赫赫的人物。此次科考，要害命门本来掌握在秦桧手中，由于高宗干预，你才有幸中了状元。

高中状元，改变了你的一生。登上南宋政治舞台不久，你便站在了主战派一边，一则上书为岳飞鸣冤，二则在朝堂上对秦桧党羽曹泳提亲“不答”，鲜明的主战立场得罪了秦桧一党。秦桧指使党羽，诬告你的父亲杀嫂谋反，将其投入监狱，百般折磨。你也因此受牵连遭受非难。好在，没多久，秦桧便死了，你才结束了这段艰难岁月。

后来，你平步青云，升为中书舍人，为皇帝执笔代言，却遭人嫉妒，被弹劾。你回芜湖闲赋两年半，心中伤痕，暂得疗治。

其间，金人大举南下，你虽不在其位，但你的目光一刻也没有离开战局的变化。为此，你写信给一些主战的军事将领，提出你的抗金策略。你的同年进士、好友虞允文于采石矶大败金兵，迫使金主完颜亮移师扬州渡江，完颜亮最终被部下暗杀，南宋朝廷暂得相对的稳定。你听闻此事，当即作《水调歌头·闻采石矶战胜》。你高声吟道：“我欲乘风去，击楫誓中流！”拳拳爱国心，殷殷功业志，尽在其中。

之后，你赴建康，拜谒主战重臣张浚，即席作开篇所列的《六州歌头》，慷慨愤激，令张浚罢席。

再后来，你再次迈上仕途，军事连连失利，朝廷内再次响起一片议和声。你主战愿望不移，收复理想不灭，连连向孝宗奏议。不料，张浚罢黜，不久辞世。你也随即被罢免，贬任建康知府，赓即被弹劾。你的第二次政治生涯就此结束，主战派也完全失势。

你虽遭遇重重打击，却一直没有放弃主战的政治主张，并坚信，只要坚持不懈，就能收复失地，山河一统。

后来，你又做了几任地方官，岁月消磨，万事蹉跎，绝意仕途，请辞回乡。

官场沉浮，不变的是你的赤子情怀，不变的是你江山一统的宏愿。

1169年3月，你返还芜湖。7月得疾病而逝，仅三十八岁。

英年早逝！据周密《齐东野语》说：以当暑送虞雍公（虞允文），饮芜湖舟中，中暑卒。

你的死着实让人意外，连孝宗皇帝也不由得生发出用才不尽的叹息。你的好友张浚之子、著名理学家张拭更是哀痛不已，著文悼曰：

嗟呼！如君而止斯耶？其英迈豪特之气，其复可得耶？其如长江，巨河奔逸汹涌，渺然无际，而独不见其东汇溟渤之时耶？又如骅骝，绿耳追风绝尘，一日千里，而独不见其日暮锐驾之所耶？此拭所以痛之深，惜之至，而哭之悲也。

自古英才命多舛。我们也只能作此无奈的叹息。

击楫中流

雪洗虏尘静，风约楚云窗。何人为写悲壮？吹角古城楼。湖海平生豪气，关塞如今风景，剪烛看吴钩。剩喜燃犀处，骇浪与天浮。

忆当年，周与谢，富春秋。小乔初嫁，香囊未解，勋业故优游。赤壁矶头落照，淝水桥边衰草，渺渺唤人愁。我欲乘风去，击楫誓中流。

——《水调歌头·闻采石矶战胜》

1

杜甫不堪安史之乱的流离之苦，忽闻大唐的正规军打败了叛军，收复了他的老家一带，老杜欣喜若狂，作《闻官军收河南河北》，成为老杜毕生难得的快意之诗。

这一回轮到了你。听说采石矶大捷，得“快词”一阕，这就是《水调歌头·闻采石矶战胜》。心中的快意丝毫不输老杜。所不同的是，老杜是个恋家狂，久思成疾，因此毫不犹豫地就想急着赶回老家，甚至还急不可耐地画好了回家的线路图。

你呢，你的难能可贵之处就在于，书写悲情之余，更敞明了志士壮怀。

2

前面说到，绍兴三十一年（1161年）十一月，虞允文在采石矶打败金主完颜亮，迫使完颜亮改变进犯线路，到了扬州，被部下杀害。

自南宋南渡以来，这是一次难得的大捷。爱国将士，仁人志士，无不为之欢欣鼓舞。你更是情难自禁，开篇即说：“雪洗虏尘静。”大雪洗尽征尘，也暂时雪洗了一些南逃的耻辱。可惜的是，这功劳簿里所记录的竟没有一丝儿与自己有关。

你身滞楚地，却心在中原。这不能不说是你抱恨终生的憾事。所以，你紧接着说：“何人为写悲壮，吹角古城楼？”是谁在城头吹响号角，倾泻一片悲曲？“鞑靼奚家款附多，王师直入白沟河……小儒不得参戎事，剩赋新诗续雅歌”（张孝祥《辛已冬闻德音》），明知道自己不能如愿于抗金前线一试身手，却要吹响进军的号角。你“湖海平生豪气，关塞如今风景，剪烛看吴钩”，有收复失地的襟怀，更有廓清天下的豪气。无奈，你只得深夜里，一遍遍剪烛看战刀。

你记得，杜甫说过：“少年别有赠，含笑看吴钩。”（《后出塞》）李贺说过：“男儿何不带吴钩，收取关山五十州。”（《南园》）你效仿前人，其实还是想说，外敌未除，壮怀未了，猛志犹在。面对友人虞允文的卓著战功，你就只有羡慕的份儿。

友人的战功令你想起史上那些著名的水战大捷来。赤壁之战、淝水之战成就了周瑜、谢玄，采石矶大捷也同样成就了友人的功名。他们都是在春秋鼎盛、年富力强的时候建功立勋的，你的友人也一定来日方长，大有作为，能够像他们一样建立功业，彪炳千秋。眼下，外敌未除，失地未收，而真正如虞允文那样，能振臂一呼、夺取战争最后胜利的人着实不多。

于是，你精神一抖，高声吟道："我欲乘风去，击楫誓中流！"你要奔赴前线，像东晋名将祖逖那样，中流击水，激流放舟，扫清外敌，收复中原，山河一统！

你一下子跳出诗行，挺拔慷慨地站在了我们的面前。

只是，你永远也没有那样的机会。

势不与你，你永远与英雄无缘。

3

张孝祥，你是南宋著名文人，词名最大，成就最高，忧国慨敌、建功立勋的情怀无所不在。世人凭借你的词，多用"豪壮典丽"概之，可你又不局限于一种文风。尤其是你写的那些爱国之词，忠愤悲慨，世所推崇。

和你生活在同一时代的其他爱国词人一样，你的那些词，字里行间，浸透了对故国的哀思怀念，对北伐中原的讴歌颂扬，对萎靡国势的感愤悲慨。当然，还少不了寄予誓赴疆场、驱除外敌、收复河山的壮志雄心，抒写理想难践、功业未竟的遗憾。

你在《浣溪沙·荆州约马举先登城楼观》里写道："万里中原烽火北。"满是对沦陷金人铁蹄下的故土的怀念。在你的代表作《六州歌头》里，"长淮望断"，展示了绍兴和议至隆兴元年符离兵败后二十余年间的社会状况，对南宋小朝廷不修边备、不用贤才、实行屈辱求和的政策极其愤慨。最后写道：

“闻道中原遗老，常南望、翠葆霓旌；使行人到此，忠愤气填膺，有泪如倾。”难怪，当你赋罢此词，竟使张浚罢席而去。清代陈廷焯也说：“淋漓痛快，笔饱墨酣，读之令人起舞。”（《白雨斋词话》）此词影响之大，可见一斑。

你的咏怀词英姿奇气，格高调雅，为人称颂。其间，写景寄情，因事立意，其源头仍是爱国的驱使所致。如这阕《水调歌头·泛湘江》：

濯足夜滩急，晞发北风凉。吴山楚泽行徧，只欠到潇湘。买得扁舟归去，此事天公付我，六月下沧浪。蝉蜕尘埃外，蝶梦水云乡。

制荷衣，纫兰佩，把琼芳。湘妃起舞一笑，抚瑟奏清商。唤起九歌忠愤，拂拭三闾文字，还与日争光。莫遣儿辈觉，此乐未渠央。

我们知道，屈原因谗言而被放逐，往来于沅水、湘水流域，“举世皆醉我独醒”，不堪现世的挫折与孤独，投汨罗江而去。他留下了大量“与日月争光”的诗篇，激越地叩击着无数后人的心扉。初唐诗人杜审言于遭贬流放之途，面对滔滔湘江，抒写了《渡湘江》：“独怜京国人南窜，不似湘江水北流。”感慨深沉，寄予深刻，襟怀难释。

张孝祥，乾道二年（1166），你因受谗毁罢官，自桂林北归的途中，泛舟湘江，感念逝者，作此词。你匠心独运，化用《楚辞》语意，既赞美屈原的高洁情怀，又倾吐自己的怨愤不平。上阕绘“表里俱澄澈”的洞庭景色，下阕抒“肝肺皆冰雪”的高洁胸怀，这阕词被世人推为你的词中杰作。

张孝祥，你与张元干一道被称为南渡初期的“词坛双璧”。你的词上承苏轼，下开辛弃疾爱国词派的先河，成为南宋词坛豪放派的代表人物之一。

你在词史上的重要地位，也是我们时时想起你的重要原因。

悠然心会

洞庭青草，近中秋、更无一点风色。玉鉴琼田三万顷，著我扁舟一叶。素月分辉，明河共影，表里俱澄澈。悠然心会，妙处难与君说。

应念岭表经年，孤光自照，肝胆皆冰雪。短发萧骚襟袖冷，稳泛沧溟空阔。尽挹西江，细斟北斗，万象为宾客。扣舷独啸，不知今夕何夕！

——《念奴娇·过洞庭》

1

这首词大抵写于《水调歌头·泛湘江》之后。1166年，你被免去官职，从桂林北归。这年中秋，船过洞庭，皓月流空，渚水相映，景色奇丽，正是饮酒寄怀的好时辰。于是，你横楫设案，斟酒即兴，作此词。

2

你乘舟而进，在这个中秋将至、皓月凌空的晚上，正好来到洞庭湖边。青草静默，湖水澄静，没有一丝风经过的痕迹。你惊讶于满眼的月色，这是玉的世界，还是琼的原野？湖水如明镜，浩浩三万倾，一眼难以穷尽，载着你的那一叶扁舟。此刻，明月皎洁，银河灿烂，都投影在浩瀚如镜的水面，天光水色，明亮一片，澄澈一片。

你的心也明净起来，领略着万物的空明，自然的宁静，却不知，该如何道出，才能与人共享。

你不由得感慨道：感怀这一轮孤光自照的明月啊，多少年徘徊在岭海之间，胸襟仍像冰雪一样透明；而现世，光怪陆离，人生百态，昔日官场，明争暗斗，尔虞我诈，有几人能坚守红尘，心花自芳？到头来，还不是一抔黄土，一缕孤魂？活着，追求功名，不弃不舍，可是，又有几人名垂史册？你不由得叹道：人生终究虚幻，功名利禄，爱恨痴贪，终究是过眼云烟，自己又何必计较太多呢？

此刻，你泛舟于广阔浩森之苍溟，寒意袭来，直透肺腑。你仰望满天星斗，欲捧尽清澈的西江水，盛于北斗星做成的酒勺里，邀天地万象，都来做你的宾客。你尽情地拍打着船舷，独自高歌：今夕何夕？

3

今夕何夕？普天之下，古往今来，在某个特定的时刻，那些旷世孤魂，为什么都会不约而同地发出同样的问询？

当朝前辈苏东坡，大唐帝国李太白……溯流而上，源源不绝。或叩问内心，探究人生价值；或穷问苍宇，追询时空谜底；或自我迷茫，渴望及时觉醒；或雄心不死，祈求绝地反击。

张孝祥，你呢？大抵脱不了与他们相似的命运。

此刻，你驾扁舟一叶，驰驶于万顷玉镜琼田，心性怡然，物我相谐。明月孤光，映照心田，自觉肝胆如冰雪，月清人洁，物我合一。你渴望，酌西江，斟北斗，邀万象为宾客，泛沧浪，渡江月，物我同游，风光共赏。以致扣舷独啸，今夕何夕，而耽于物我两忘的美妙化境。

“悠然心会，妙处难与君说。”洞庭湖是澄澈的，你的内心也是澄澈的。物境与心境，在这一刻悠然相会，交流，神悟，悠然，自适。那该是怎样的妙境？正合了你内心的澄澈：“应念岭表经年，孤光自照，肝胆皆冰雪。”“孤光自照”，以月为伴，心宇自明。这样的心境，自适自足，既不为人所了解，也无须被他人了解。苏轼在《西江月》中写道：“中秋谁与共孤光，把盏凄然北望。”写的就是自己坦白的襟怀。你自问光明磊落，肝胆照人，恰如那三万顷玉鉴琼田，在素月之下，表里澄澈，光洁无瑕。于是，你便安稳地泛舟于浩淼的洞庭湖上，心无杂念。不但如此，还要“尽挹西江还，细斟北斗，万象为宾客”。一个被谗罢官的人，竟有如此气派，须要多少自信才能做到？

于是，抛开一切羁绊，你“扣舷独啸，不知今夕何夕！”正如苏东坡在《赤壁赋》里“扣舷而歌之”，在《念奴娇·中秋》里“起舞徘徊风露下，今夕不知何夕”！你也物我两忘，竟不知今天是什么日子。

张孝祥，你真的忘了吗？开篇不是说“近中秋”吗？

不是有意与你抬杠，是要强调天光与水色、物境与心境、昨日与今夕、自然与人心的相融与相谐，照耀与呼应，达到了词品与人品、词境与人境的玉洁冰清，和谐统一。有了这样的基础，你一路写来，豪气、奇气、逸气俱呈。

人们在评价你的这阙《念奴娇》时，常拿来和苏东坡的《水调歌头》放在一起，珠玉相较，华光自现。东坡词仿佛与明月对话，在对话中探究人生哲理；你的词将自身化为月光，化为湖水，景心合一。写法不同，角度不同，豪放的精神，逸然的气质，却非常地接近。

人生妙境，“悠然心会”。在这样一个夜晚，在明月的照耀下，沿着月光铺就的道路，于三万顷玉鉴琼田的浩阔无垠，你走向了永恒。

亦文亦武辛弃疾

少年不识愁滋味

少年不识愁滋味，爱上层楼。爱上层楼，为赋新词强说愁。

而今识尽愁滋味，欲说还休。欲说还休，却道天凉好个秋。

——《丑奴儿》

1

凡事都不会有绝对。像浪漫太白有《丁都府歌》的关注现实，《长干行》之类儿女情长的诗章，东坡先生有《江城子·记梦》的婉约一样，稼轩，你也不例外。

稼轩，你把这首《丑奴儿·书博山道中壁》一样写得温婉柔曼，读来愁绪殷殷，盈怀难释。

2

读你的这章词，不觉让人想起蒋捷的《虞美人·听雨》来：“少年听雨歌楼上，红烛昏罗帐。壮年听雨客舟中，江阔云低断雁叫西风。而今听雨僧庐下，鬓已星星也，悲欢离合总无情，一任阶前点滴到天明。”这是蒋诗人人生履历表上呈现给我们的人生经历，对那个时代的一般文人来讲，有着普遍的意义。

少年孟浪，在青春的激情支配下，享受着青春的五彩缤纷，挥霍着年轻的生命。而恰在此时，他们却故作深沉，提速成长的步率。于是，心中本无愁怨，却偏要无愁生愁，登高凭远，思绪缥缈，愁絮飘飘，把自己弄得苦大愁深的样子。

可是，当自己尝尽人生百味，历经世间万事之后，生活的重担沉沉地落到自己孱弱的肩头时，才知道生之艰辛，才知道想按自己的方式去生活之难为。沉重的压力，太多的不如意，已使自己难得爽快地笑几声，难得长长地出口气后悠然而卧，泰然而行。甚至想故作轻松一下亦是难事。于是，曾经沧海，索然寡欢，木然乏味，指东言西。春天的嫣然、欣然与盎然，秋天的丰硕、成熟与收获，在自己眼里，已成庸常的风景。一句“天凉好个秋”里竟蕴藏了说者怎样无奈的心境，青春少年是永远也无法知晓，无法体味的！我们甚至会想到那句惯用的粗俗之语。可见，人生的失败和不如意，已达无法言说的地步。

欲说还羞，只恨当时太张狂，只道当时太无知！

当时明月在，只叹人生长恨水长东，生命不可复制！

现在，虽然已经掌握了复制生命的技术，但不知能不能复制思想，复制灵魂！即使他蒋诗人生活在今天，想来，他也绝不会希望自己能被复制，因为，那毕竟不是实实在在的自己！

3

天凉好个秋，欲说还休！稼轩，就你而言，深感其中甘味。这是你多年风风火火、浮浮沉沉人生的自我总结，这是你的专利，是南宋小朝廷的特批！

蒋捷则生活在距你更晚的乱世，在南宋悲怆的余响里，一生颠沛流离，难得过几天安稳的日子。即使想舒心一点，那几乎只有在想象中完成。蒋捷之愁，是个人的，更是时代的。只是，蒋词人的奔走求索，仅是为了过好个人的小日子，与时代的进步、与国家的强盛则差之千里！

稼轩，你的情愁，则是一个甘愿抛头颅、洒热血、冲锋陷阵的志士之愁。你的愁里，有一种荡气回肠的气韵，时刻振策着自己，叫人不得有丧志之念，有低落之气。那一股荡气回肠之气，激荡了千年，那些激越亢奋的壮词，就是你传给我们的千年不绝的旋律和永难消去的回声！

4

却道天凉好个秋！无奈的稼轩，你离我们远去，你的无奈为你赢得了无尚的美誉。你的愁是那个时代的悲音，你的愁也是我们这个多灾多难的民族难以抚平的疼痛！

无奈的稼轩，你离我们远去了，可是现在，我们身边的很多人仍在“为赋新词强说愁”！——一种无法根治的幼稚病仍在我们的身边蔓延，而我们却熟视无睹！有的，甚至还乐此不疲！

醉里挑灯看剑

醉里挑灯看剑，梦回吹角连营。八百里分麾下炙，五十弦翻塞外声，沙场秋点兵。

马作的卢飞快，弓如霹雳弦惊。了却君王天下事，赢得生前身后名。可怜白发生！

——《破阵子》

1

稼轩，你绝对是一个特例。

在古代文人榜上，有你显赫的位置，与东坡携手，一个在北宋的孱弱中高唱“大江东去”，一个在南宋的烽烟中应和“千古江山”，一道把宋词推上豪放派的无限峰巅！

稼轩，你是个文人，你的理想却不仅限于此！你想如陆放翁一样去收复失地，实现山河一统。

“壮岁旌旗拥万夫，锦襜突骑渡江初。”

“想当年，金戈铁马，气吞万里如虎！”

想当年，你二十一岁便揭竿而起，聚集起两千多人投身抗金义兵，担任掌书记，扛起反金大旗，奔走在抗金一线！

想当年，你仅带五十多人，就能孤军深入强敌阵营，就可以生擒叛徒，就可以策反上万人渡江南奔！

要知道，此时，你才二十二岁！

稼轩，你是一个不甘于只在纸上谈兵、只在字里行间指点江山、只用平仄顿挫抒写壮志豪情的人！中国文人大多有纸上谈兵的毛病，这样的诗文也足可编几册可观的集子。其中还不乏气冲霄汉、气吞山河的传世篇章，不乏文韬武略、经天纬地的精彩设计。读这些诗文，我们肯定会为作者的怀才不遇愤愤不平，肯定会指责那个朝代只会糟糠待贤臣，不会重贤用能！可是，如果真把这些擅于在纸上纵横驰骋的人弃了秃笔、拿了刀枪赶上战场，他们又会埋怨朝廷不会惜才，拿他们这些手无缚鸡之力的文弱书生去当炮灰！一句话，他们大多属口是心非，大多只是发发心中积郁太久的怨气而已，大多不会像疾病缠身垂垂老矣的李太白那样拿了三尺厉剑就要去长途从军，大多只是借题发挥或者为了引起皇帝老儿的注意而侥幸地走走终南捷径！

稼轩，你当是这类文人的楷模，不只是那个时代的精英，也是我们民族长河中搏风击浪的精英！单就这一点，我们就该以你为范，集体向你学习，虔诚向你致敬。

2

多少回，你醉眼朦胧，独自挑亮灯盏，将闲置的宝剑一遍又一遍地擦拭；多少次，你又在睡梦中，回到了鼓角相连的座座军营！大碗喝酒，大块吃肉，豪气相倾，信心倍增。秋天的沙场上，军号声声，鼓点阵阵，将士们神采飞扬，意气高昂，骑着高壮的战马准备出征。那豪情，那斗志，仿佛要一举歼灭来犯之敌。

战马的卢一般飞快，将士们引箭而发，弓弦惊鸣如霹雳。强敌纷纷落马，贼寇顷刻间溃不成军。战场上，旌旗猎猎，迎风翻卷，凯歌遏云，欢声动地。将士们身经百战，终于收复失地，赢得山河统一；将士们终于功业盖世，名垂青史。

可是，这一切都已经不可能了，你现在早已是银丝满头，雪染双鬓！

英雄啊，你最大的悲哀莫过于没有用武之地！不是没有，是别人不愿意给你！你只能眼睁睁地看着强敌肆虐，山河破碎！你只能眼睁睁地等着悲秋的来临！

英雄啊——

出师不能，闲了英雄，老了壮心，常使英雄泪满襟！

强敌未除，外耻未雪，壮志难践，老也不甘心！

3

这是一个赋闲英雄酒醉梦醒之后的心声！音韵铿锵，誓言铮铮。只可惜，面对沦陷的国土，面对中原的血腥，面对故土亲人在金人铁蹄下无助又无望的呻吟，辛词人，你只能空怀壮志，徒发豪情；辛词人，你只能无奈又无望地颓然长叹一声："可怜白发生！"一切的赳赳雄心，一切的昂昂壮志，最终消弥于闲居生活的一潭庸常的死水！

"醉里挑灯看剑"与"把吴钩看了，栏杆拍遍"异曲同工，都是你这个无奈之人的无奈之举，都是你这个无奈之人知音难觅、心愿难了、壮志难酬时的无奈之为。宝刀也好，长剑也罢，它们的功能绝不只为做一件腰间的佩饰。一个真正英雄的腰身，佩剑带刀，绝不只为博取一两句英雄的赞语。又尤其是在外敌蹂躏、山河沦丧之时。

剑被闲置的命运一如它的拥有者的命运一般，再锋利的剑刃也只能闲卧窘迫逼仄的剑鞘，再锋利的剑刃也只能沦为英雄手中的一件伤心恸魄之物，受伤的是英雄自己。当它摆在英雄的案头时，它锋芒毕露，让英雄伤痕累累，难以痊愈！

英雄在剑刃的雪光逼视下，一遍遍地反复追问自己的责任；英雄在剑刃的寒光拷问下，一天天地老去！梦中之境亦英雄的现实之愿，梦中之境离你越来越远；你的伤痛也就愈来愈盛！

想当年，"沙场秋点兵"那阵势，就让我们的辛英雄重温了无数遍，连天的号角犹在耳边，雄壮的军乐响在帐前。可是，壮心不已的英雄却正在赋闲。正是"雕弓挂壁无用，照影落青苔。"（《水调歌头》）"不念英雄江左老，有之可以尊中国。"（《满江红》）

"马作的卢飞快，弓如霹雳弦惊。"却只能是英雄一次次反复叨念后的梦幻之境，英雄空有雄心，英雄抵挡不了时光的利刃，英雄在酒醉与梦幻中磨砺自己的雄心时，英雄一天天地老去，"追往事，叹今吾，春风不染白髭须"（《鹧鸪天》），英雄无用武之地是英雄最致命的悲哀，类似于猛虎落平川，类似于蛟龙困涸泽！

稼轩，日月已鉴丹心，江河长吟壮怀！

稼轩，在我们的心里，你就是那个"马作的卢飞快，弓如霹雳弦惊"的英雄："八百里分麾下炙，五十弦翻塞外声，沙场秋点兵！"

4

关于这阕词，还有一段盛传不衰的佳话——"鹅湖之会"。

你闲居上饶附近的"带湖新居"时，自筑别墅，别墅边有泉水奔流，直入附近的瓢形潭，于是你名此泉为瓢泉。附近还有一座风景殊异的山，名曰鹅湖。鹅湖山下有鹅湖寺，还有"鹅湖山下稻粱肥"吧，想来，那定是你的常游之地。

在宋孝宗淳熙十五年（1188）的冬天，有一位慕名而来的拜访者，这就是你这章词题目中写到的陈同甫陈亮。你二人志同道合，惺惺相惜，游瓢泉，赏鹅湖，开怀畅饮，好不逍遥；谈世事，说志趣，一晃就是十余日。哪有不散的筵席？虽是不舍，同甫却是不得不归去。别后，你也特想念同甫，于是赋《贺新郎》词以寄怀。庚即，同甫和之。之后，两人你来我往，用同一词牌反复唱和，互致心迹。

你仍不解瘾，意兴犹浓，于是又写了这阕豪迈雄强的《破阵子》。这阕名副其实的"壮词"就壮怀激烈地回荡在古今英雄的耳畔，激励着他们冲锋陷阵，历九死而不悔，历万劫仍犹勇!

只可惜，你苦心孤旨写就的“万字平戎策”，却不得不想“换得东家种树书有用奔命”。种树书虽然也需要呕心沥血地付出，可时世需要的是你铁血男儿的复国良策！而现实，是我们不愿再提及的残酷，却有幸促成了这一阕千古不灭的英雄悲怆曲的问世与传世!

千古兴亡多少事

何处望神州？满眼风光北固楼。千古兴亡多少事？悠悠，不尽长江滚滚流。

年少万兜鍪，坐断东南战未休。天下英雄谁敌手？曹刘，生子当如孙仲谋。

——《南乡子》

1

千古江河，流水汤汤，浪涛声声，淘尽了多少过往的英雄，又催生了无数新的英雄!

京口（镇江）北固山下，长江滚滚，雪浪飞涌，荡去了多少历史的烟尘。于今，外族的狼烟又汹涌而来，不甘于寂寞的英雄绝不会熟视无睹。于是，你登上了“满眼风光北固楼”，历史的烽烟一幕幕地在眼前上演，代代英雄皆拍马横刀疾驰而去，留下多少供人缅怀、令人羡慕的千秋佳话、万古芳名！可是自己，空有报国志，却无报国路。“不尽长江滚滚流”的惆怅与幽恨扑面而来，化着你辛词人的一声长叹：“千古兴亡多少事”“总被雨打风吹去！”

2

这一年，你在镇江知府任上，时年六十六岁！自许英雄不老，却只能独登危楼，靠追缅过往的英雄聊以自慰，消磨闲暇寂寞的时光！

而最令你羡慕的，恐怕要数三国时的三位枭雄了！三足鼎立，互为敌手，能在那样壮阔恢宏的时代一展身手，当然是英雄的万幸了。而雄踞一方，坐镇江南的孙仲谋，让你羡慕得要死，佩服得叹为观止：“生子当如孙仲谋！”此话虽为曹操之语，你毫不犹豫地拿过来，此身已矣，只有寄无限希望于未知的将来了。

稼轩，你早已超过了“为赋新词强说愁”、爱上层楼、更上层楼的年龄，现如今是不想说愁却郁愁满怀，欲想遣愁却愁恨不休！在你看来，古今多少事，岂能在一阵笑谈之后就可付之东流？若能如此，词人心头怎会有化不了、解不开、挥不去的——

愁！

3

愁，自有它疯长的沃土，奔流的源头！

稼轩，你在栏杆拍遍之后，仍无人领会你的登临之意。于是，白发丛生，不堪回首。于是，欲倩红袖酥手，替你这个失意英雄擦泪拭目。然世事苍凉，众里相寻，千番相顾，蓦然回首之间，你欣然欲见的那人，却依然是灯火阑珊之处的一抹孤独的幻影，用以安慰你疲惫的眼睛，期盼的心！

4

辛词人，在你悲愁之余，把满怀的悲愤直指苟安求和、屈辱妥协的南宋政府，冷嘲热讽也好，指桑骂槐也罢，我们的南宋小朝廷如扶不起的刘阿斗，缺乏阳刚的血性，缺乏收复失地一统山河的锐气。

“渡江天马南来，几人真是经纶手？”（《水龙吟》）南宋君臣，都是些碌碌无为的平庸之辈，找不到几个能够安邦定国的高手！

“长安父老，新亭风景，可怜依旧。夷甫诸人，神州陆沉，几曾回首？”（《水龙吟》）以西晋清谈误国的王夷甫的典故，讽南宋统治集团内主和派的腐朽无能。

“追亡事，今不见，但山川满目沾衣。”（《木兰花慢》）人心盼归，却懦夫误国。

“问渠侬：神州毕竟，几番离合？汗血盐车无人顾，千里空收骏骨。”（《贺新郎》）叹汉代萧何月夜追韩信那样的惜才重才的历史不会在南宋重演，真正能经邦济世的人才也会如用汗血宝马去拖笨重的盐车一般，真正的英雄千里之外投奔而来，最终却化为一堆枯骨！

“剩水残山无态度”（《摸鱼儿》），“世上儿曹多蓄缩，冻芋旁堆秋瓞”（《念奴娇》），小朝廷萎靡胆怯，不思进取。

愁，充盈胸怀，才大难为世用。

愁，充盈天地，故土难收！

我们在你的“英雄之词”里领略你的豪言壮语时，也为你浓重的郁闷之怀与喷薄的悲凉之气而窒息，而惊悸！

“生子当如孙仲谋！”南宋小朝廷的昏君懦臣们，不知他们作何感想？

事实证明，稼轩，你的愤激与讽刺对于这个苟安一隅的小朝廷来说，是无济于事的！走向灭亡，是他们别无选择的道路！

众里寻他千百度

东风夜放花千树，更吹落，星如雨。宝马雕车香满路。凤箫声动，玉壶光转，一夜鱼龙舞。

蛾儿雪柳黄金缕，笑语盈盈暗香去。众里寻他千百度，蓦然回首，那人却在，灯火阑珊处。

——《青玉案》

1

临安小朝廷很快就未好伤疤先忘痛了，靖康之耻雪未有期，就龟缩在江南的富丽之乡找乐了！说是宋朝江山气数将尽时最后的狂欢也好，说是对残宋王朝的风雨飘摇、寿终正寝的祭歌也罢，我们的辛英雄、辛大词人在临安任职的这年，元夕仍然被小朝廷内的主和帮安乐派们鼓捣得热闹异常，分外奢华！

气数将尽的南宋小朝廷在挥霍着仅存的一点儿国力！说是残宋王朝落日般的最后余辉，一点儿为过。瞬间的灿烂炫目之后，便是彻底的湮灭。

2

元夕是古代的一个盛大的节日，盛大到会引起惟我独尊的一国之君的重视，盛大到连皇帝老儿也耐不得寂寞，要在最显眼的位置与治下的庶民百姓一起观灯赏焰，以显示百姓康乐，天下太平。

元夕这天，官宦权贵，商户巨贾，平民布衣，一次难得的同欢共乐的盛会。

在元夕的灯火焰影里，发生了很多流传不绝的绮丽故事。这是一个巨大的舞台，除了当朝皇帝老儿亲自出马，来炫耀在他统治下的歌舞升平和他的仁爱亲民外，显宦贵胄们，则可以借机亮一亮他们富可敌国的家底，手可遮天的权力；而一般的平头百姓，则只有饱饱眼福、解解眼馋的份儿了！

当然，在元夕佳节的流光溢彩中，少不了穿红披翠、粘花著锦的队伍——她们将储备了一年的好心情要尽情地施放在这一夜，做了一年的玫瑰梦甚至是维系终身幸福的豪赌都押在了这一夜。不过，她们仍很矜持，她们的表演是有所保留的，单凭她们是不会有所作为的。

当然，在这支庞大的队伍中还少不了另一个主角。否则，再精心的准备也不会上演精彩的故事，再热闹的场景也会令那些热血沸腾之人心灰意冷！这就是那些欲有所作为的哥儿公子、风流才子。总之，帅哥们是不会坐视这绝佳的机会，不愿随了灯火的黯然灭尽而让自己的满怀希望满腔激情也随之化为灰烬。他们才是这场盛大演出的真正的主角，他们左右着故事的精彩程度，掌控着故事的精彩指数。

3

辛才子，你就是这年元宵之夜的一个期望值最高、最辛苦、最有收获的主角，其他的哥们就只有羡慕的份了！

说元夕是古代男女的情人节，相信你辛才子，还有文坛大腕欧阳翁们是不会反对的。欧翁不见去年元夕人就狠狠地伤感了一回，一个大老爷们，泪水竟将身上的青衫打湿。好在，他在伤感、惋惜、暗自落泪之余还没有忘了要把他在情人节上的不幸遭遇写入《生查子》这篇著名的日记，让千秋万代的帅哥靓妹们分享情人节的欢乐之余，不要忘了吸取他的教训——有花堪折直须折，莫待无花徒伤悲！

辛才子，你的情遇则可写成经典的影视剧！

4

又是一度元宵节，又是一个火树银花不夜日。

东风拂面彻夜吹，那五彩缤纷、千姿百态的花灯呀，已挂满千树万树，犹如东风吹落了满天的星星。此时，流光溢彩，彩影迷离。那高俊的宝马，那馨香的彩辇，来来往往，川流不息。凤箫声起动京华，元夕的热闹逐浪高。天上月移斗转，地上鱼龙彻夜地舞个不停。

一个个盛装的女子，云鬓雾鬟，碎步轻盈。她们谈笑风生，她们左顾右盼，她们眉目传情，她们是上帝在这一夜集体放逐的一群群精灵，她们走过的路上花团锦簇，香风徐徐。

可是，我们的辛才子，或者你设想的某个帅公子，一脸迷茫，苦苦追寻，始终不见可心如意的人。千百次的努力换回千百次的失落，千百次的呼唤换回千百次的无奈，沦为这热浪掀天、鼓乐动地的热闹场景中最不幸的人。在你心灰意冷、近乎绝望的偶然回首之间，你眼前突然一亮——那不正是自己要找的人吗？或许是上天的旨意、前世的缘定，或许是对苦苦追寻、永不言弃者的赏赐，或许是心有灵犀、心灵感应，皇天不负有心人，她也正站在灯火阑珊之处朝这边顾盼不已！

残灯暗影里的她笑得格外灿烂。

残灯暗影里的她是那样的分外耀眼。

她让所有自恃明艳的灯火在这一刻都黯然失色！

——踏破铁靴无觅处，得来全不费工夫！可是，没有那千百次的努力，怎会有蓦然回首的惊喜？怎会有灯火阑珊处的那人？怎会知道那人的珍贵，那人的特立独行？

5

写这首词时，你正在临安为官，此时大约三十岁光景，正是英风胜概正当年。辛才子，你借元夕的灿烂灯火到街上去饱饱眼福，赶这场香艳满街、炫彩遍地的盛会，去制造一次美妙的艳遇，遭遇一次美丽的邂逅，完成一段天赐的奇遇！

如果仅作这样的推测，委实有些小看我们的爱国英雄。那灯火阑珊处的“香草美人”也许正是你苦苦寻找的知己——与你志同道合的主战之士或者是支持你的知音，也许就是站在一旁冷眼旁观、不与世俗同流、不与奸权合污的你自己！稼轩，你已经尽力了！

经过了千百次找寻、千百次筛选的那人，在你不经意的一次回眸中，完成了一次天造地设、经久不灭的奇遇！

“那人”不为火树银花所动，不趋香车宝马之俗，不为丽人丛丛而妒，不为笑语盈盈所迷，“那人”正是你“千百度”苦苦追寻的“意中人”，“那人”正是足以让你倾情相与、意乱情迷的佳人！“那人”就是你的芳梦、你的所求！正是“金风玉露一相逢，便胜却人间无数”！

不是所有的付出都有相应的回报，不是所有的追寻都会如此幸运。稼轩，你当知足了！

6

一个昌盛的朝代或者又换来了一个丰硕之年，如此张灯结彩，如此大放烟火，如此大肆铺排，也许无可诟诽。可是，偏偏是国耻未雪、江山欲倾、气数将尽的南宋小朝廷如此铺张，如此奢靡，如此忘乎所以！

火树银花，通宵达旦，玉勒凋鞍，宝马香辇，游人如织，街道充塞，更加之箫吹笛奏，社舞喧喧……整个临安热闹非凡！此时，有谁还能记起靖康之耻，还有谁惦记着收复河山？

“灯火阑珊处”的“那人”，不慕繁华，不趋流俗，自甘寂寞，自处幽独，耐得冷落，安于淡泊！只有“那人”清醒着，只有“那人”知道浮华的背后有什么，麻木的结果会是什么？王国维是个眼光独到的人，他从“蓦然回首”的瞬间，看出了隐藏在“灯火阑珊”背后更深刻更高远的意境，抽出来教训懵懂无知、还自以为是的后人！

当我们偶然回首，“那人”仍然还站在历史的风云际会之处，傲对千年的孤独！

7

稼轩，你给南宋阴霾密布的天空绽出了一片朝晖，一片晴明，一片温暖。

稼轩，你给孱弱委琐的南宋朝廷注入了一剂强心针，一剂兴奋剂，一剂滋补品。

可惜，稼轩，你被包括皇帝在内的众多对手折腾得身心疲惫，用遥遥无期的时间去消磨你的锐气！直到你“白发空垂三千丈”，然后对月叹息说：“被白发欺人奈何？”

岂止是白发欺你！白发欺你倒也认了，因为再了不起的人都敌不过岁月的利刃。只是你咽不下这口窝囊气！

8

不管你年轻时有多么风光，有多少异性知己追随，多年以后，当你穷困潦倒、一事无成的时候，当你风烛残年、垂垂老矣的时候，蓦然回首之间，你曾经心仪并视着心肝宝贝的、你曾经爱得死去活来唯她不二的“那人”是否依然在灯火阑珊之处微笑着等你?

稼轩，你把这个问题抛给了今天的我们，我们是否能够毫不犹豫地回答呢？抛开别的猜想，这是一个纯粹关乎男女之间的问题。

有些东西正离我们渐渐地远去，不是它们有意要抛弃我们，而是我们要残忍地舍弃它们。有意还是无意，兼而有之。

风流难驻

千古江山，英雄无觅，孙仲谋处。舞榭歌台，风流总被，雨打风吹去。斜阳草树，寻常巷陌，人道寄奴曾住。想当年，金戈铁马，气吞万里如虎。

元嘉草草，封狼居胥，赢得仓皇北顾。四十三年，望中犹记，烽火扬州路。可堪回首，佛狸祠下，一片神鸦社鼓。凭谁问：廉颇老矣，尚能饭否？

——《永遇乐》

1

“举头西北望浮云，倚天万里须长剑。”稼轩，写这两句词的时候，你尽管离京口（镇江）北固亭还很远，可是，用来表达你当时的境况却很恰切。

此刻，你正站在京口北固亭上，举目西北而望，故乡杳邈，欲归无路亦无期，不禁忧涛飞涌，感慨万千，遂有此传诵千古的名篇。此时是宋宁宗开禧元年（1205），你已经六十六岁，任镇江知府。

此前，韩侂胄为宰相，把持朝廷大权，表面上积极筹备北伐，实则想借此机会巩固自己的势力。韩宰相为了获取更多人的支持，你成了他的一块重磅砝码，同时也成了他强权扩势的重要筹码。1203年起用了赋闲多年的你，并委以职务。

驱除外敌，收复失地，是你一生不变的愿望，于是，你欣然应允。可是，事情并未朝着你的愿景发展，韩宰相是个急功近利的冒失鬼。北伐，仅是为了给他自己尽快赢得最大的实惠，赢得更强的实力，以不断加固自己的根基。你以为，北伐是大事，必须慎重，必须准备充分。但是，你的意见并未引起韩宰相的重视。后来，你即使被调任到现在没有兵权的职位，你仍一丝不苟地搜集金人的情报，仍马不停蹄地做着北伐的准备。

今天，你再一次登上北固山，眼前景色如画，江声浩荡，壮景千里，你不禁心潮澎湃，壮词如涌……

2

还是那千古不易的如画江山吗？可是，如今又到哪儿去寻找那气吞山河、雄踞江南像孙仲谋那样的英雄呢？

当年繁华的楼台、华美的亭榭哪里去了？

那些功业显赫、芳名远扬的英雄哪里去了？

多年的风吹雨打，漫长的历史风云变幻，到如今都已烟消云散，湮灭殆尽。可是，再风光华美的，再刚强坚固的，都经不起时间的检验！

眼前，斜晖脉脉，斜光映照，草树如烟，街巷纵横，人们都在相互传说，这里曾是南朝宋武帝刘裕居住过的地方，也早没了印迹。想当年，他统率大军，北伐中原，驰骋疆场，横刀纵马，势如猛虎，气贯长虹。

可是，时过景迁，到了元嘉年间，刘裕的儿子宋文帝草率出兵轻启战端，树碑刻石，铭功勒字，梦想着像汉朝枭雄霍去病一样大获全胜，建功铸名。结果是，丢盔弃甲，仓惶逃遁。历史让我们无上光荣无比骄傲，同时又让我们引以为戒，要时刻铭记它留给我们的沉痛教训。

自你渡江南未，一晃四十三年时光匆匆飞逝，举目眺望，那戎马倥偬的岁月，那兴兵抗金的战事历历如在眼前！最是那扬州的劫难，是你心中最深的疼痛。

往事不堪回首，可是现在，当年那些曾经遭受过劫难，发生过激战的地方，一些苟且偏安的人正敲着锣、打着鼓向神祈福。乌鸦的嘶鸣、不祥鸟的盘旋丝毫没有唤起他们内心深处的劫悲大痛！

现在，又有谁来关注你呢？又有谁像当年探问廉颇那样探问你呢？

将军，你虽然老了，但身体是否依然强壮？饭量是否还像从前一样？

潜台词是：六十多岁的人了，你是否还像当年一样神勇？

3

将军，四十多年的岁月风蚀，你由一个年轻的抗金义士成长为信念如磐石的抗金英雄。如今，你已银髯飘胸。

四十年壮怀激烈，四十年望中犹叹！

四十年沉浮升迁，四十年赤心不变！

想当年，你刚刚投奔南宋那阵子，即为朝廷上《美芹十论》和《九议》，提出你的北伐方案。可是，在主和派主导的南宋小朝廷，你的平戎之策无人重视，悲愤之余，吟出了“却将万字平戎策，换得东家种树书”！

你也做过几任地方官，但距你实现一统山河的宏愿相去甚远。后来，你的“英雄之词”让主和派们听得有些不耐烦了。于是，在你壮年壮怀正当年的四十三岁那年，干脆让你彻底休息，二十年被弃置不理！

现在，已六十四岁高龄的你，虽然豪情不减，豪迈地吟出了“廉颇老矣，尚能饭否”的壮语，但毕竟岁月欺人。在此之前的四十年里，蹉跎岁月，丧失了很多收复失地、一统河山的绝佳机会！

直到你六十八岁赍志而殁时，爱国之黄钟大吕是你一直弹奏的最强音。无论你身居何处，无论你处境如何艰危，你始终高扬起炫人眼目的爱国大旗——

“正目断，关河路绝。我最怜君中宵舞，道男儿到死心如铁，看试手，补大裂！”（《贺新郎》）你有挽国运于既倒的空前自信。

“袖里珍奇光五色，他年要补天西北。”（《满江红》）“他年整顿乾坤事了。”（《水龙吟》）你总是豪情不减，寄希望于未来。

“起望衣冠神州路，白日销残战骨。叹夷甫诸人清绝！夜半狂歌悲风起，听铮铮阵马檐间铁，南共北，正分裂。”（《贺新郎》）时时忧心戚戚，刻刻关注着金人铁蹄下人民的生死，始终不能忘记自己肩上所承担的责任！

……

稼轩，没有人让你如此忧叹悲戚，没有人强加于你必须担当起民族复兴的大任！可是，命运注定，你此生不可能寂寞地来，又寂寞地去！英雄之所以成其为英雄，就在于他们都如你一般，在民族最需要的时候，在生死存亡的紧要关头，都会自觉地站出来，冲锋陷阵，九死不渝！

4

当你以六十六岁高龄登上北固亭时，你振臂一吟，竟成千古绝唱——这是你四十多年抗金之路上，壮志未酬、壮行未践、壮心不死的总爆发！

我们只可虔诚地阅读，细心地体悟。然后，默默地想一想，我们自己的肩头到底应该承担多重的社会责任，我们应该以什么样的方式去奠祭我们这些民族精英？

当然，有一个年轻后生不惧你的威名与盛名，曾当面大胆向你这阕千古绝唱提出他的置疑。

相传，你写下这阕英雄之词后甚是得意，专门宴请了几个客人到家中，让歌女演唱，诚恳地请来客提意见。一连问了几遍，客人只是拣好的词儿往你的脸上贴金；说问题，就敷衍了事地搪塞几句，并无实质性的东西。当时，抗金大英雄岳飞之孙岳珂也在座，岳珂年纪最轻，自不敢贸然造次。但他见你征求意见的态度诚笃，就大胆地说：“我是晚辈，年纪最小，如果你一定要像范文正那样，不惜用千金重赏求人改《严陵祠》一字，那我这个不才的晚辈就有一点点不成熟的意见。”你大喜，催其快说。岳珂说：“这首词里用的典故太多了点。”你听后大悦，对座中客人说：“这正是我的老毛病！”于是，你把自己关在屋子里恶改了一个多月，才改成了我们现在读到的这个样子。今天，没有一点文史知识的人读来尚有些困难，可见当初用典之多。难怪有人要说你有“吊书袋”的毛病了。

从这个传说中，我们又见你吟诗填词态度的严谨认真，一如你几十年坚持抗金不变的信心与决心！

一年以后，一生穷困潦倒、已五十多岁的姜白石在杭州读了你的这阕《永遇乐》，慕其名，感其志，遂依你的原韵和一阕：“使君心在，苍崖绿嶂，苦被北门留住”，“楼外冥冥，江皋隐隐，认得西征路”！足见，你的抗金壮志与义举，赢得了当时众多正义之士的拥戴和感佩！

英雄已矣，留下一阕阕“英雄之词”让千秋万代的我们吟咏不已！在英雄的豪迈之声里，我们心存感佩而壮怀遄飞！

英雄也流泪

楚天千里清秋，水随天去秋无际。遥岑远目，献愁供恨，玉簪螺髻。落日楼头，断鸿声里，江南游子。把吴钩看了，阑干拍遍，无人会，登临意。

休说鲈鱼堪脍，尽西风，季鹰归未？求田问舍，怕应羞见，刘郎才气。可惜流年，忧愁风雨，树犹如此！倩何人、唤取红巾翠袖，揾英雄泪！

——《水龙吟》

1

时间：宋孝宗乾道五年，即公元1169年秋天。

地点：六朝故都，今南京市的赏心亭。

人物：曾经意气风发、现在身心俱瘁的抗金勇士——辛弃疾，辛稼轩。

事件：报国无路、壮志难伸的辛弃疾登上南京的赏心亭，对景怀古，以赋壮词，抒写自己英雄失意的痛彻之苦。

背景：辛弃疾江阳任满离职，漫游吴楚。大约在乾道三年春，辛弃疾悄悄潜入金国打探敌情，秋天回到南宋，来到建康（今南京），登上赏心亭，眺望远方，回想自己自金国南归以来的情形，距自己恢复中原、实现山河一统的志向越来越远。慨然而歌，一口气吟下这阕名传千秋、振聋发聩的《水龙吟》，实在不虚“器大者声必阔，志高者意必远”的高度评价。

2

楚地，天地空阔，秋来俊爽。江水浩浩向天际奔去，更增添了秋色的分量。

你举目张望，遥远处，山岭竦峙，有如丽人插着玉簪的发髻，仿佛在向你诉说她的蒙羞与愁怨。你这流落江南的游子，在日薄西山、夕照高楼的时刻，在失群孤雁的哀鸣声中，登上这暮色四合的高亭，恨绪滔滔，愁怀滚滚。

你拔出宝刀看了又看，你把身前的栏杆拍了又拍，可是，又有谁能领会你此时的情怀，明了你此时登临的用意呢？

落日余辉，孤鸿哀鸣，独词人你郁愁难排！

不要说鲈鱼正可以烹制品味吗？秋风又起，大雁尚有机会回归故乡，而你的家乡却远在金人统治下，自己即使想回返乡里也没有机会，只能当个流落他乡魂系故里的游子。你也想学许汜之辈，在困难危急之际、生死存亡之秋去买田置屋！可叹，流年飞驰，就连树木也无法抵抗秋风苦雨，更何况是长年在愁涛忧浪拍打下的自己？唉，又怎好去请青楼女子为你这个落难的英雄拭目擦泪！

3

落难的英雄是孤独寂寞的，落泪的英雄是无可奈何的，以至于竟想去请风月女子替自己红袖揩泪，笑颜润目。

因为你看见日落西山，你就想到江河日下的南宋朝廷；

因为你看见秋山如髻，你就想到那是她在倾诉心中的忧愤；

因为你看见北雁南归，你就想到自己有家难回，想到金人铁蹄贱踏下的父老乡亲；

因为你看见孤鸿独飞，听见哀鸿独鸣，你就想到自己这个留落江南的游子，就想到自己的收复之策无人理会、无人支持，就想到自己的华年难挽、壮志难伸……

——万夫皆睡，庸夫皆醉，惟你独醒！

把吴钩看尽，栏杆拍遍，这是一个不甘寂寞的心灵，这是一个志向高远者的无奈之举。你把一腔赤子之情涂遍了远山近水，你把满怀愁怨遣作裂石断玉之词。

秋风秋雨愁杀人！时光销蚀着你的青春芳华，时势消磨着你的英雄斗志，你的孤独也达到了极至。

于是，你想让秦楼楚馆的红袖酥手抚平你内心深处的创伤，你想用她们的巧笑媚颜麻醉你孤独的灵魂。可是，你又绝不甘心自我的沉沦！

“男儿何不带吴钩，收取关山五十州。”连李贺那样骨瘦如柴的文弱诗人都想到沙场催马杀敌，建功立勋。

“读书误我四十年，几回醉把栏干拍。”一个苦读四书五经四十年的书呆子都常有壮志难酬的吁唏独语，都有拍遍栏杆的难言苦楚，何况你是一个想挽国势于既亡的英雄？

你心雄万夫，你却敌不过苟安者的嫉言妒语；

你心比天高，你却敌不过闲置的孤独；

你壮怀远翥，你却不得不在岁月的风尘中漂泊流离！

你是一个英雄，你不得不独自承担民族危亡的大苦大痛；你是一介武夫，你不得不无奈地看着利剑闲卧腰际；你是一个文人，你的文字就是要为民族呼、为志士鼓，你一刻也没有忘记自己肩上应该担当的千钧重任，你一刻也没有忘记一个正直文人的无价良知！

4

赏心亭，伤心地。英雄心，无人赏。

赏心亭，凄凉地。赤子情，虽身在江湖，却情系金瓯。

稼轩，难怪你有永难消解的忧愁！

倩何人，唤取红巾翠袖，揾英雄泪！一个无奈英雄的千古悲怆曲在这里无奈的奏响。

之后，你又再一次登上赏心亭，吊古伤今，感慨不已，遂填《念奴娇》词：“我来吊古，上危楼赢得，闲愁万斛。虎踞龙盘何处是？只有兴亡满目。”壮士心，报国志，“长日唯消棋局”！

“千古兴亡，百年悲笑，一时登临”，万千思绪，皆奔来心底。用你自己的话说，正是：“易水萧萧西风冷……正壮士悲歌未彻……谁共我，醉明月！”“有谁知，鬓虽霜，心未死！”

此恨岂是一两盘棋局可以消去？岂是一两个红尘女子几个搔首弄姿、矫情作态就可以化却？

山深闻鹧鸪

郁孤台下清江水，中间多少行人泪！西北望长安，可怜无数山。

青山遮不住，毕竟东流去。江晚正愁余，山深闻鹧鸪。

——《菩萨蛮》

1

众所周知，稼轩，你是一位英气铮铮、豪气干云、顶天立地的山东汉子。二十岁那年，你便放弃在金人帐内为官的机会，毅然决然地投身抗金义军。二十三岁时率领义军南归，以再图抗金复兴大计。可是，时势难抗，南宋小朝廷偏偏不给你这样的机会！

辛词人，宋孝宗淳熙三年（1176），郁郁不得志的你一路风尘仆仆，打马携从而来，赶任江西提点刑狱，主管司法，兼管军政，虽然与军队有点关系，却与举兵抗金毫不相干。稼轩，你路经造口郁孤台，登台北望，抚今追昔，慷慨生悲，于是题此词于造口壁上。

2

稼轩，你何以登台愤而题词，这还有一段发生在四十多年前不堪回首的往事。

宋高宗建炎三年（1129），金兵分两路大举南侵，一路杀来，直奔建康、临建，猛追高宗；金兵从湖北大冶进攻江西，偷袭南昌，在南避战乱的隆裕太后之后紧咬不放。隆裕太后如惊弓之鸟，后由洪州（今南昌）沿赣江南奔，仓促逃至造口，弃舟登岸，又狼狈地逃到虔州（今赣州）。金兵追至造口，虽然没有追上隆裕太后，但一路上烧杀抢掠，沿途百姓生灵涂炭，哀号遍野。

稼轩，你登台览景，追怀这段历史，痛感南宋江山危如累卵，毁在旦夕，而金人依然虎视眈眈，亡国之耻依然未雪，将悲愤之怀化为悲凉慨然之词，倾之笔端，于造口壁上一挥而就，完成了这阕永恒不绝的悲音。

3

你站在赣州的郁孤台上，光这高台的名字就足以让你心碎，它正应了你郁闷而孤苦的处境。

在这满目创痍的郁孤台下，清清的赣江之水怆然郁然而慨然地奔流而去。这涌荡不息的江水里，流注了多少像你这般郁勃失意、迹滞异乡的志士之血呢？流注了多少流离失所、无家可归者的涩泪呢？

你仰望西北，故都长安不可见，中间阻隔了无数重层层叠叠的苍茫青山，那连绵不断的座座青山里，你的故园河山正遭受着金人铁蹄的肆意践踏，无数同胞还在铁蹄下悲苦无助地呻吟。

但是，这郁郁苍苍的莽莽青山，却无力挡住青江之水的一意东去，它的浩荡声势足以唤起战火里纵横奔突者的空前斗志。

残阳如血，乱云飞渡，苍山如染，对景追昔，你不禁忧涛喷涌，愁怀激荡。可是，又有什么法子呢？烈士垂暮，志士失途，你只能在这暮霭沉沉的时刻，独自倾听那鹧鸪鸟从深山更深处传来的声声悲诉！

4

这是志士的悲怆歌，这是英雄的末路曲！

一个一生只为收复失地、重振河山的英雄，却只能怅望故园，愁对江山，无奈地倾听山鸟的悲吟，将自己陷入无以复加的悲愁之中。

你是一个热血喷涌的英雄，随时都可以跃马横刀地杀向战场。可是，你敌不过时势的阻挠，你无力改变命运的捉弄。你原本指望“看试手，补天裂”，却不得不强忍南北分裂，故土离乱，乡人离丧：“起望衣冠神州路，白日消残战骨。叹夷甫诸人清绝！夜半狂歌背风起，听铮铮阵马檐间铁，南共北，正分裂。”你只能眼睁睁地忍看着这一切！

英雄最大的幸事在于：在最需要他出现的时候，他能够挺身而出，利剑出鞘，痛快淋漓地杀出一条血路，杀出一片清明，杀出一条通向胜利的大道。即使他最后悲壮地倒下了，笑卧沙场也是他最大的自豪！

英雄最大的不幸在于：在最需要他的时候，本该果决出击的时候，他被缚住了手脚。而强敌悍虏就在他的眼皮底下烧杀抢掠，无恶不作；正义被践踏，弱小被残暴。即使他能郁郁终老，他也会怆然长啸，摧眉沉吟。

你，稼轩，在暮色苍茫之中只能无奈地倾听鹧鸪的悲鸣——你的不幸已经不可逆转。你只能听着鸟鸣回忆过去——此时，你彻底失望的悲情充盈胸怀，一如眼前奔流不息的滔滔江水。

还好，你还能用惯于写儿女柔情的《菩萨蛮》词调来写乱世悲音，苍茫而又沉郁，实乃大家手笔，信笔挥去，就是一片撼天动地的悲鸣。难怪梁启超评说："如此大声镗鞳，未曾有也。"

未曾有也，即是独步古今！未曾有也，即是一个难以逾越的高度！

5

清江东流，一如你吐之不尽的悲愁。

鹧鸪哀鸣，一如你郁结于心的忧恨。

青山还在，一直在讲述着你的悲烈人生。

你的英雄梦，最终熄灭在南宋小朝廷的苟且偷安与自甘屈辱里，化着一阕清江壮歌，在郁孤台下日夜地奔流，不息地悲吟……

疏影暗香姜白石

燕雁无心

燕雁无心，太湖西畔随云去。数峰精苦，商略黄昏雨。

第四桥边，拟共天随住。今何许？凭阑怀古，残柳参差舞。

——《点绛唇》

1

姜白石，你一生未仕，终身漫游，是个真正落魄江湖的文人。因而，你在得山水之乐、敷衍度日、潦倒蹉跎时，始终没有忘记自己是个风雅文人，漫不经心地就把诗词、音乐、书法都经营得异常卓越，以至于连同时代的范成大、杨万里、辛弃疾这样的文学大腕都称赏不已。

白石，尽管在你之前，亦有人自度曲以赋新词，但都不及你的造诣之卓然特立，影响之绵远流长。今存你的自度曲词仅十七首，数目虽然有点可怜，但已足矣——据说，你自度的那些曲子，今天已成了国际音乐界解读的热点。

一个终身生活在战火纷飞年代、萍踪不定、四海为家、终日为生计奔波的“流行歌手”——写诗度曲填词——能达到如此成就，着实不易！

2

白石，你虽纵横江湖，放情山水，但因你生活的时代、时势所至，使你这个有着正义感的文人不得不将自己亲眼目睹的苍凉衰败之景写入自己的清虚空渺之词，在为生存所累的间隙完成了那个时代的写真集，给我们留下了许多猜读的线索与玩味的实录。

这章《点绛唇》即是如此，姜词人，你在吟咏山川之眼前景时，就非常及时、恰到好处地融入了你的吊古伤今之感！

3

燕地的征雁又从你的头顶飞过，虽然不停地变换着阵式，但你仍坚定地相信，它们是无忧无虑的。它们从容地掠过太湖的西畔，它们自信地穿过零乱的阴云，它们又向更远的天际飞去。它们飞去了，它们未曾带走一丝儿云彩，它们无意招惹你这个落魄之人。可是，你心里却一点也不踏实，它们的远去让你怅然若失！

无限失落的姜词人，你抬起迷蒙的望眼，太湖边上的那一座座峭拔的山峰，是那样的孤峻冷清，在云缠雾绕之间，仿佛一群窈窕女子在那里窃窃私语，仿佛在讨论今天的黄昏会不会下雨。

今天的黄昏会不会下雨并未影响你姜词人游赏的雅兴，你还打算到第四桥边去走走，机缘凑巧的话，看能不能和那潇洒的天随子结伴同往。可如今，他又在哪里呢？

可如今，他又在哪里呢？你不由得独自斜倚栏杆，怀古伤今。人间世事皆如烟云，而眼前，只见残柳参差，在寒冷的风中飘拂不止，飘拂成永恒的风景，也飘拂成你心中挥之不去的惆怅！

再宽阔的胸怀，也难融释你浪迹天涯的悲凉！

再阔大的气度，也难消解你眼前的世事苍凉！

4

姜词人，你巧妙地将心中愁寄寓于眼前景，由眼前景遥想到已逝的古人，哀感无穷，化着眼前的征雁，徘徊的阴云，低语的清峰，苍茫的烟波，招摇的残柳。你心中的块垒，“似乎被他说着了，又似乎不曾，很觉得渺茫”！

姜白石，你用如此“清虚”之景，亦正是为了写自己追缅的那位前朝逸士，追慕他已逝的飘逸与放任。

“天随”者谁？晚唐诗人陆龟蒙也，号天随子。据《唐才子传》说，当时，陆前辈是一位隐居江湖的高人，曾在淞江一带（姜词人正经过的地方）纵扁舟一苇，挂篷席一叶，自备书本、茶灶、钓具、鼓棹等器物，放游茫茫三万六千顷浩淼太湖，身游自然，心融天地，于水天一色之际，直入空明！

姜白石，你好生羡慕，只可惜江山易代、时不待你！你打算同这位前辈高人结为芳邻、结伴而游的想法，恐怕只有凭借你丰富的想象才能完成了！

难怪你凭栏怀古，眼前只见残柳参差舞，剩水阴霾笼。位卑未敢忘国忧！此时，你是在为山河沦丧而悲呢，还是在为朝廷懦弱而伤？无心而过的雁阵让你实实在在地伤了一回！

难怪你还要继续远游，打算和陆前辈一样，将人生的壮游坚持到底，在这个战火纷飞、国将不国的年头，心安理得地做一个名副其实的江湖文人！

事实也是如此，姜词人，你的词受到了同代词人以及千年后的我们的激情追捧！张辑、卢祖皋、史达祖、吴文英、蒋捷、周密等一大帮文人就是在你的旗帜辉映下成长起来的一代大家！

姜白石，你的贡献是杰出的，你的词就是最好的证明！令现在的诗人艳羡不已，梦想着能踩着你的韵律，走进你清虚渺远的意境。

难赋深情

淮左名都，竹西佳处，解鞍少驻初程。过春风十里，尽荞麦青青。自胡马窥江去后，废池乔木，犹厌言兵。渐黄昏，清角吹寒，都在空城。

杜郎俊赏，算而今重到须惊。纵豆蔻词工，青楼梦好，难赋深情。二十四桥仍在，波心荡、冷月无声。念桥边红药，年年知为谁生？

——《扬州慢》

1

扬州，经隋唐的经营，唐宋文人的青睐与追捧，早打磨得风华特立，雅韵独具。

扬州自古繁华，杨柳堆烟，云水流韵。朱帘翠幕里，吴浓软语，说不完的浓艳，道不尽的香腻。文人唱和，才子流连，说不完的风雅，道不尽的风流。

连一贯以“弃轩冕”“卧松云”著称的前辈诗人孟浩然，高洁清雅之余也未能免俗。一耐不住寂寞，就在烟花三月的佳日，不顾高仰他的晚辈诗人李太白的盛情挽留，也赶趟儿似的独自奔去赶风雅名士的扬州之会。

李白的怅然自不必说，惟见长江天际流的凝望与礼送里，自然有无限的失落——扬州，商贾权贵烧金销魂的天堂，才子佳人挥霍才情与激情的乐园，千百年来，一直都在演绎着一场场豪奢的竞赛！

扬州的魅力与魔力在杜牧的身上体现得更是淋漓尽致，几达无以复加的地步。十年一觉，扬州似梦，赢得了青楼薄幸名！小杜有这样的时间和机遇，有这样的财力与才力，更有唐朝这样不可复得与复制的大环境！这也是一直以来他津津乐道、炫耀不疲的资本。当然，这也是杜诗人青楼梦醒，蓦然回望自己的来路时，才有蹉跎岁月、一事无成的自我调侃。但这早已让他的后辈文士们羡慕得要死、梦寐得要死！黯然伤神者自不必说，单是情不自禁地赋诗填词以表胸臆的，用前赴后继来形容他们，一点也不为过。

姜白石，你便是其中的一位。在你的众多词里，化用了小杜的很多风流名句！当然，你不必担心小杜会责怪你的抄袭或窃取，也不必担心他会找你剽窃的茬子，向你讨要版费。即使有什么麻烦，也还有赶在你前面的人顶着。

2

也许是前辈文人的华彩铺垫，也许是你姜词人对扬州的偏爱，你以自己的拿手绝艺为扬州自度曲。据记载，这阕《扬州慢》在你的自制曲中排列第一。事实上，其艺术价值也是毫不相让的。

写这阕词时，你正值风华正茂的二十二岁，风流倜傥，踌躇满志，英气飞扬，这些自不必说了，单是这阕词，竟成千古佳话，为你赢得了千古美誉。

扬州，在你的词里独秀，你的词亦随了扬州的风华不衰而名著千秋！

3

这缘于你与扬州有着割不断理还乱的情丝绾结，同你的众多前辈文人一样，扬州成了你生活与创作的一部分。你亦同众多的前辈一样，让风雅扬州永远活在你们的丽词秀句中，活在我们不竭的吟咏中，活在我们常新的遐想里，活成一种永恒的人文风景。

淳熙丙申至日，予过维扬，夜雪初霁，荠麦弥望。入其城，则四顾萧条，寒水自碧。暮色渐起，戍角悲吟，予怀怆然，感慨今昔，因自度此曲。千岩老人以为有黍离之悲也。

这是你在这阕自度曲前的小序，这里有一些不得不说的背景。

1129年至1164年，金兵屡次南侵。扬州成了金人铁蹄多次践踏之地。特别是1161年，金主完颜亮亲率金兵攻占扬州，他说："朕不久入浙，誓不返国！"并雄心勃勃、野心昂昂地改瓜洲望江亭为"不归亭"。

万国东书久混同，江南何尚隔华封。
援兵百万西湖上，立马吴山第一峰。

这是完颜氏于“不归亭”的赋诗，雄心与野心兼备，匪情与豪情并举！完颜氏终于如愿以偿——羸弱、苟且、无能加无耻的南宋小朝廷给了他这样的机会！天有不测风云，完颜氏距他的野心实现仅一步之遥时，他的同党却容不得他独享胜利果实。久经沙场、屡历险危的他绝没有料到，他会倒在自己人的刀剑之下。当完颜亮饮恨而去之后，扬州成了金兵大肆劫掠、大施暴行的豪奢竞技场，金人的野性在这里得到了最充分无遗的张扬、最蛮横无情的宣泄。在金兵撤退的过程中，这里的繁华已被洗劫一空。扬州几成瓦砾，元气难复！

这就是“自胡马窥江去后”的现实。

这个现实是胡马肆掠十六年以后的1176年，你经过维扬时所看到的实景！对金人的暴行，你为我们作了最真实的笔录。十六年的时光，还没有让这座饱受重创的城市恢复元气！姜词人，你不禁怆然而慨，愤如烈焰，才如涌泉，遂有此《扬州慢》不同凡响的精彩亮相。令自号为千岩老人的南宋著名诗人萧德藻捧读后欣然叹道：有黍离之悲——知我心者谓我心忧，不知我者谓我何求——这一种不能言说的忧伤与哀愁，更是一种不能遏止的悲愤与伤痛！

白石，你写扬州，全在你妙手的剪裁之工——当然，事实亦不允许你为这座满目疮痍的城市作违心的粉饰。所以，近千年时光，仍未能抚平我们心中的疼痛，仍未能治愈那一场洗劫的创伤。蛰伏在历史深处的它时时会窜出来撞痛我们的心房。

4

风光姝丽的扬州，风华绝代的扬州，早已写入你的记忆，早已有“扬一益二”的嘉谓美誉，在唐诗中达到了空前的鼎盛！

“春风荡城郭，满耳是笙歌。”这是姚合眼里的扬州，叫人敌不过她的诱惑，不得不梦绕魂牵。

“十里长街市井连，月明桥上望神仙。人生只合扬州死，禅智山光好墓田。”这是张祜眼里心里的扬州，足令人以死相托。

于是，有人踌躇满志、豪气干云地“腰缠十万贯，骑鹤下扬州”！图的就是一个爽性，贪的就是一个快活

可是眼前，一片荒芜，几成废墟。即使是春风十里，也难见昔日的鲜花著锦，风雅流韵。即使春风十里，到处也是野草蔓生，满目疮痍。那些废弃的池塘，潭水死寂，波澜不惊；满城的乔木，繁华谢尽，默然不语，仍在无言地控诉那早已远去的战争的罪恶。

夕阳西下，黄昏迫近，苍凉的暮色中传来阵阵清冷的号角，响彻了整座空城。劫后的扬州更加萧条凄清，让人心悸，叫人窒息！

杜郎才俊，如果他此时重游扬州的话，他也一定会惊讶战争的残酷，也一定会惊讶今日扬州的面目全非，也一定会哑然失语，再也吟不出豆蔻词工、青楼梦好这样的妙词丽语——昔日的绮丽风月今已烟消云散。唐人诗中反复吟咏的“二十四桥”依然还在，可是早已褪去了往日的风采。江中波光荡漾，月光清冷，只有那映在水中的参差倒影在不停地晃动，仿佛在无言地述说着这座城市的沧桑。

想那廿四桥边的芍药，年年为谁而生，为谁而茂，为谁而红呢？一声哀叹，是你送给这座城市的见面礼，令今天的我们亦要为那寂寞而开又寂寞而谢的芍药花顿生怜意——年年惨红年年败，年年无人赏！

“二十四桥仍在，波心荡，冷月无声！”凄艳冷绝成千年

不凋的风景，深深地楔入我们对南宋劫后余生的扬州的记忆，也成了那座城市无法抹去的悲歌与无法更改的历史。

5

姜白石，你的这阕自度曲《扬州慢》是那一段历史的另一种表达，是你初出词坛时唱给那个时代的肺腑之臆，初风之声。

你作为一个久沉贫民、潦倒终身的民间歌手，在南宋末年词坛的大比拼中，占有了重要的一席之地，以你为领袖，形成了一支人数皇皇、作品熠熠的姜派队伍！八百多年后的现代粉丝余光中倾心等待的那人，希望她踏着婉约的节拍，“从姜白石的词里，有韵地”走来，在雨中。

香压千枝

旧时月色，算几番照我，梅花吹笛，唤起玉人，不管清寒与攀摘。何逊而今渐老，都忘却春风词笔，但怪得竹外疏花，香冷入瑶席。

江国，正寂寂，叹寄与路遥，夜雪初积，翠樽易泣，红萼无言耿相忆，长记曾携手处，千枝压，西湖寒碧，又片片吹尽也，几时见得。

——《暗香》

1

关于你的这阕自度曲《暗香》，有一段不得不说的文坛佳话，伴随这段佳话，还有一个香艳无比的尾声，为你这个一生困蹇、怀才不遇的乱世才子的生命增添了一丝喜气，为你的晦涩人生增添了一些亮色。

南宋光宗绍熙二年（1191）冬，你也许还有点受宠若惊，能得到前辈诗人、政坛宿将范成大的邀请，去赴你们的苏州之会。这年，你三十六岁，范成大六十五岁。你本该壮岁赋壮词，一派壮丽，浑然天成。然而，现实总爱同你们这些才高八斗、横绝九州的才子作对，偏偏不给你施展才华的机会，偏偏要把你们放逐到社会的最低层，让多舛的生活去消磨你们的锐气，让穷困潦倒去检验你们的生存能力。

好在，上天在把一大堆苦难扔给你们的时候，还顺便给了你们一技之能！姜白石，你即是如此。虽然一路风尘，流离一生，甚至寄人篱下，但你把填词的技艺却发挥到了极至。因而赢得了同代词人的尊重与怜悯。你与范成大的相会便是其中最让人羡慕的华彩乐段，一直香在后辈文人的口齿之间。

2

姜白石，你在范大诗人的盛情款待下，衣食无忧地竟也住了一个多月，大有点乐不思归的意思。但是，眼看着除夕将至，不管你愿不愿意，你的归期已经迫近。

这天，瑞雪初积，红梅吐蕊，正是赏梅咏梅的绝佳机会。范大诗人兴致盎然，设宴观赏，并请你一定要自度新曲，且必须以咏梅为题。你见此情景，雅兴倍增，在美酒、美景与美意的共同作用下，便催生了这两阕咏梅新词——《暗香》和《疏影》。从此，中华词库中也便新增了两个华美的词牌，新增了两曲典雅乐谱，新增了两方绝代美璧！

公元1191年冬天的苏州，华章著锦，妙事天成。故事到此还没有结束，还有一个艳绝撩人的续集。

3

范大诗人手捧你的新作，沉吟再三，喜不自禁，立即让家中的歌女、乐工加班加点地排演——因为华美的词章是那个时代最为风靡的流行音乐，只有经人演唱与演绎之后，才能赢得更多人的赏识与传唱。

恰范大诗人有一位芳名小红的歌女，歌喉婉转，眉目传情，最得词中妙味，竟将这两章新词演绎得淋漓尽致，也赢得了你的好生欢喜。

当你在除夕前欲回湖州之时，我们的范大诗人便玉成了这段美事，将歌女小红赠与你，你也毫不推辞，笑而纳之。于是，两人便一路唱和应对，好不妍美，好不惬意。当载着你们这对幸福新人的小船经过江苏吴江的垂虹桥时，我们的姜词人，你再也按捺不住心中的喜悦，即兴吟诗一首，这便是我们今天还能时时复习的《过垂虹》：

自作新词韵最娇，小红低唱我吹箫。
曲终过尽松陵路，回首烟波十四桥。

这是对你自制完两阕传世名篇之后的最佳馈赠，给你这个困顿落魄文人的晦暗人生燃了一盏烛影摇红的明灯，增了一段红袖添香的艳情！

虽然，于你而言，这样的机会太少，这样的幸福时光太短。但是，这是你姜白石一生的得意之笔，以两章新词便赢得了红颜佳人的携手同归，便赢得了男奏女唱的和美，便成为代代文人用来香口暖心的佳事！

这段佳话与这两章妙词就缘起于南宋末期两个著名文人的一次著名的约会。今天，有很多反反复复叙述、津津有味粉饰古代宫帏的影视作品层出不穷，却无人问津这一段千秋佳话，这是当今文化的悲剧。你等文豪如泉下有知，亦当笑我们今人的浅薄与庸俗。

4

有梅花相对，有梅香暗袭，有雪光相照，有笛声造境，有美人相伴，有美酒助兴，为什么月色偏偏是旧时模样呢？

在你姜词人的心里，从未停歇的书剑飘零，俨然远逝的恍惚记忆，周遭际遇的人情冷暖……这些生活片断，如蒙太奇般闪逝而去，妙语佳韵便泉涌而来……

5

朦胧、凄清、冷俊、迷离的月光呀，你照过我多少回了呢？你见证过几回，有美人在梅花边把玉笛而吹奏呢？

月色溶溶，梅香飘飘，笛声悠悠，美人翩翩。

美人款款而来，她不顾雪夜的凄寒，她不管攀摘的艰难，她为我摘来了开得最艳、笑得最灿的那一枝。

叹只叹，我今不如昔，年华已逝，早没了往日春风骀荡般的流畅文笔，没有了往日朝晖满天般的灿烂辞采。但是，竹林外疏疏落落的几枝梅花，竟将冷清的幽香在我们不经意的时候散入华丽的宴席，散入我早已冰凉的心里。

此刻，江南水乡，正一片静寂，这样的意绪也笼罩着我此刻的心境，想折几枝俏丽的红梅聊寄相思。可是，山横水阻，风雪凄迷，我又难以寄与你。手捧这翠绿的酒杯，无言以对，怆然而泣。我与梅悄然以对，心领神会，让我不由得想起昔日与美人踏雪寻梅的往事：那千树万树的寒梅红艳艳，香灿灿，铺天盖地，竟迫使西湖的碧波也消瘦了许多。

此刻，眼前的梅花又片片谢去，随了纷飞的雪片，舞着漫天弥地的凄艳与绝美，何时，我又才能再见寒梅的幽丽？何日，我又才能重见一直行走在记忆深处的丽人？

6

白石，你词中的境象，像是往日留存心底的片断，又像是你心底的自我造像用以安慰你那颗孤苦冷寂的心。

朦胧，渺远，迷离，不可捉摸，难以亲近，像隔着一层层薄薄的纱，我们只可站在你为我们圈定的地方了望，猜想，却万不可轻易地让我们靠近。

孤高的白石，清空的白石，骚雅的白石，在层层的铺垫铺张铺叠中走向了你理想的致境！

7

姜白石，你激情飞涌，一口气吟完这阕《暗香》，还意犹未尽，于是，又有了姊妹篇《疏影》：

苔枝缀玉，有翠禽小小，枝上同宿。客里相逢，篱角黄昏，无言自倚修竹。昭君不惯胡沙远，但暗忆、江南江北。想佩环月夜归来，化作此花幽独。

犹记深宫旧事，那人正睡里，飞近蛾绿。莫似春风，不管盈盈，早与安排金屋。还教一片随波去，又却怨玉龙哀曲。等恁时、重觅幽香，已入小窗横幅。

你连用典故，飞珠溅玉，妙境叠起。曼妙的美人在词间翩跹而舞，撩人心神。最终，梅花落尽，唯疏枝映窗，倩影印心，幽香氤氲，说不尽的风雅富丽，道不完的妙韵风神，与《暗香》合璧，成为绝世的珠联妙配！

白石，你没有辜负林逋的绝笔与绝璧："疏影横斜水清浅，暗香浮动月黄昏。"你以自己的方式将和靖先生的意境演绎得灿若天机云锦，演绎得让老眼昏花的范大诗人欣喜不已，演绎得让红颜小红心甘情愿跟随困顿的你去过贫困但却诗意弥漫的日子，演绎得让我们这些后代文人钦羡不止，遐思（甚至瞎思）不止！

姜白石，你这一趟苏州之行收获不菲，不仅自制新词传世，而且还携得美人同归。姜白石，你无愧于范大诗人的殷殷盛情。

8

白石，住在你记忆深处的丽人到底是谁呢？为什么会反复出现并曼舞于你的这两阕词里？

当你捧着自度曲《扬州慢》去拜访千岩老人萧德藻，萧老诗人读罢《扬州慢》后，当即夸奖说有"黍离之悲"，爱你的度曲填词之才，竟欣然将自己的侄女嫁与你。料想这场包办婚姻并未给你带来多少幸福，在你现存的八十四阕词里并无关于这段婚姻的只言片语，而你对一个萍水相逢的歌女却寄予了你缥渺的期幻、暧昧的情思："京洛风流绝代人，因何风絮落溪津。笼鞋浅出鸦头袜，知是缥缈身。红乍笑，绿长颦；与谁同度可惜春。鸳鸯独宿何曾惯，化作西楼一缕云。"这缕飘浮不定的轻云便常在你的梦幻中飘来浮去，惹得你横生出许多莫名的愁绪。当然，在你姜词人的情感写真里，最著名、最有影响力、最让人容易生出许多遐想的，还是《过垂虹》赢得美人归的那段浪漫的情感经历。可是，这事出现在《暗香》《疏影》之后。

也许，梦想成真这样不可能兑现的美好期许还真的得到了回应，让梦想之花真切地开在了你姜词人灰暗人生的现实里。

那到底是谁会有如此魅力，令你姜词人在宾朋满座的时刻不能自已，在你的新词中盛妆出场呢？翻读你的情感日记，从你的《琵琶仙》里寻到了一点蛛丝马迹："双桨来时，有人似，旧曲桃根桃叶。"据说，这桃叶是大书法家王献之的妾，桃根则是桃叶的妹妹。也许，这一对姊妹花就是那在《暗香》《疏影》中穿来穿去、婆娑不止的曼妙女子。相传，你在二十二到三十二岁之间，浪迹江淮，曾在合肥有一段令你终身难忘的艳遇，料想她们当是寄身青楼的风尘女子。以你姜词人的才力也许能暂短地赢得她的芳心，但若以你的财力，要维系这段情遇，却是难以长久的。因为，比起柳三变来，你的实力毕竟要逊色一筹。

也许正是这少有的几次情感体验，才给了你如此深刻的记忆，才令你视若珍宝，一直深藏在记忆的深处，在你潦倒不堪或者欣喜而歌的时候，记忆中的那些曾令你销魂的魅影就情不自禁地从幕后走到了前台，在你的词中、梦中舞蹈不止。为此，你还专门写词来记你的绯梦："肥水东流无尽期，当初不合种相思。梦中未比丹青见，暗里忽惊山鸟啼。春未绿，鬓先丝。人间别久不成悲，谁教岁岁红莲夜，两处沉吟各自知。"

这也印证了你的“少年情事老来悲”！

姜白石，你的心迹坦露无遗，这是你四十岁时除夕之夜的一场绯梦后的抒怀：“人间久别不成悲”，“两处沉吟各自知”！人生的沧桑，人世的苍凉，惟你自得其中滋味。

暗香犹在，疏影犹媚，缘于近千年前的那一场诗意芬芳的约会，源于那一场经久不灭的瑞雪，源于你动人心魄的人生智慧！

江湖羁客叶绍翁

生机难禁

应怜屐齿印苍苔，小扣柴扉久不开。

满园春色关不住，一枝红杏出墙来。

——《游园不值》

1

这是发生在千年前的一次突然造访。没有预约，所以也未能如愿面晤，没能如愿畅游。

未能如愿，并不等于说就白跑了一趟，就一无所获。

叶绍翁，从你的这首诗里，我们感知到了你获得的意外惊喜。

那一刻，春色的固执、张扬，乃至肆无忌惮，令你瞬间顿悟。你从大自然那里获得的启示远远胜过如愿游园的过程体验。

2

这天早晨，你推开书斋的窗扉，窗外春花烂漫，春色无限。你想，朋友家的花园该是春意盎然、春色满园了吧？于是，你打算到朋友的花园寻春去。

来到朋友的院外，你轻叩柴扉，叩了好一阵子，也不见主人出来。主人大概不在家吧，也可能是爱惜地上的青苔，担心被游人踩坏，所以紧闭院门，概不接客吧。

一扇小小的柴门，关得了游人，怎关得住满园勃发的春色？这不，一枝开得正旺的红杏，早已突破院墙的禁闭，放肆恣纵地探出墙来。

3

春天绝不辜负爱春之人，尽管你没能如愿游园。没有成游，却胜于成游。

春天的美色是禁不了、关不住的，春天的盛势是遮不住、挡不了的。她会突破一切禁忌，冲破一切阻碍，把无限生机的旗帜插满每一个角落。

春色渴望展示，渴望走进大千世界，渴望普天下人都能如期共瞻。而企图囚禁春色的举动又是多么的愚妄，多么的徒劳无益。

料想，园子的主人绝无独享春色的意思。如果他没有欣赏春色的雅兴，没有高洁的德行，他哪里还有那一份兴致、那一份耐心去苦心经营满园的景致？想来，那满园的春色正是对他辛勤付出的盛情馈赠。

你游园不值，却并未扫兴而回，空手而归。相反，你获得了意外的顿悟：春天的魅力在于活力无限，天涯毕至；新事物的力量锐不可当，会冲破一切阻力，突破层层障碍，脱颖而出，一往无前。

你的意外所得还告诉我们：对于一个热爱春天的人，春天也绝不会辜负他对生活的期待，对未来的向往，生活同样会赠以相应的回报。只要你行动了，坚持了。

有了这样的顿悟，你的这首诗也获得了新的生命，因而流传不绝。

你虽然仅看到了一枝春色，但你收获的却是整个春天。本来扫兴的造访却成就了一次惊艳的奇遇，成了一次不朽的精神之旅，给我们留下了如此深刻的感悟！

因此，你的这首诗走入了小学课本，愿所有小朋友读这首诗时，他们天真的小脸蛋上都洋溢着无限的春意，他们的心里都有明媚春光的照耀。

4

现在，红杏出墙有了新的寓意。那一枝出墙的红杏，早已不是春天的使者，盛春的天使。如果真在我们身边出现了“红杏出墙”那档子事，就当是墙外的魅力所致，就当是别处的精彩吸引，就当是一片孽生的异景。

当你没有能力守住并独享旺盛的春色时，春色又岂甘寂寞地谢去？在浮躁如今的社会，这档子事早已成寻常的风景。

有如此别喻，绍翁，这是你写这首诗时未曾料到的。

江湖羁客

萧萧梧叶送寒声，江上秋风动客情。

知有儿童挑促织，夜深篱落一灯明。

——《夜书所见》

1

身为羁客，你总在路上。那一夜走进你的诗行，绝不是没有来由的偶然入驻。

已是深秋时节，秋风萧萧，梧叶飘飘，寒意阵阵。你清楚地知道，这一阵强劲的秋风之后，赶来的就是严酷的冬天。

羁旅在外，你不禁思念起家乡来，想尽快回到那熟悉的村庄。家人，乡亲，你们该不至于像自己这样，忍受着寒冷的秋风。

忽然，你抬头望去，只见远处的篱笆下闪着点点灯火。如此寒夜，是谁还无睡意？是谁还在黑夜里点灯前行？料想是孩子们正在忙着捉蟋蟀吧。只有他们才有这般兴致，只有他们在这样的夜晚依然还无忧无虑。

这图景令你倍感亲切，也许，这正是你童年生活的翻版或者重演。

2

那一夜，秋风扫落叶，长天送酷寒，你突然想起了故乡，想起了童年。

是秋风的力量把你的思念吹回了故乡，是深秋的寒意使你倍加想念亲人。

寂寞难以驱除，思念又难以平复，窗外的点点灯火照亮了寒夜，照亮了你回家的路。沿着这条路，你回到了童年的无忧岁月；沿着这条路，你想起了天真无邪的童趣。

孤独被照亮，寂寞被驱散。在你生活跌入暗淡的时刻，又被生活的火花点燃，发热发光。

3

回忆温馨，现实却冷酷惨淡。这是所有南宋文人的共同体验。

当现实把你送上漂泊不定的旅途，是命运的不济，更是现实的残酷。试想，一个朝代沦为战乱，沦为动荡，沦为苟安，在它治下的草民百姓还会有好日子可过，还有安稳的时光可享?

这时，你的羁旅愁怨成了难以根治的通病，好在，仍有点点火光，照亮了你黑夜般的眼睛，还有温馨记忆能够在这个关键时刻温暖人心。

你的哀，偏安一隅的小皇帝听不到；他的耳际，汹涌着滚滚不息的亡国之音。

田家苦吟

抱儿更送田头饭，画鬓浓调灶额烟。

争信春风红袖女，绿杨庭院正秋千。

——《咏田家》

1

一样的天，一样的地，一样的春天，却有着两种截然不同的生活。

为什么？这是为什么？

叶绍翁，你在心底里连连追问。

为什么？农家妇女得整天照料孩子，同时还必须把做好的饭菜送到地里？她们一样渴望美丽，她们也想刻意地打扮打扮自己。可是，她们既没有买化妆品的银两，也没有精心描画的时间。她们只得利用做饭的间隙，把灶火的烟灰调来，画画自己的眉，染染自己的鬓。

她们怎么能相信富贵人家的妇女，怎么想象得出这些人过着怎样奢华的生活？此刻，那些富贵人家的女人，她们正在杨柳轻笼的院子里快快活活地打着秋千呢！

2

你把农家妇女同富贵人家的女子对举：前者勤劳、节俭、忠厚，她们一样向往能过上美好的生活，一样有美的追求；后者不劳而获，却过着花天酒地般的奢侈生活。前者整天忙碌不堪，却没钱买来最便宜的化妆品，只得用烟熏火燎的灰烬去描眉画鬓；后者成天游手好闲，却在浓荫垂地的院子里无忧无虑地摆弄秋千。

这就是社会的不平，有人锦衣玉食，有人衣不蔽体；有人富可敌国，有人家徒四壁……这巨大的反差，触目惊心；这残酷的现实，更叫人愤恨不平。

今天，这种反差还在延续，甚至急剧拉大，大有前所未有之势。关键是，有的人，奢靡成性，为富不仁，轻易地就突破了道德的底线，随意地就踏碎了公众的诚信。突破法律，泯灭人性，以至于戾气横行，暴行肆虐。我们的那些自诩为公仆的人，那些口口声声为人民谋福利的人，是不是应该读一读这首《咏田家》呢？是不是该切切实实地把目光投向天下苍生、遍地草民呢？是不是该实实在在地消除不公、铲除邪恶呢？

和谐的生活图景绝不仅存在于画家的创意、诗人的歌吟。否则，那就是新版的画饼充饥。

叶绍翁，你的《咏田家》一共写了三首，另外两首是：

织篱为界编红槿，排石成桥接断塍。
野老生涯差省事，一间茅屋两池菱。

田因水坏秧重插，家为蚕忙户紧关。
黄犊归来莎草阔，绿桑采尽竹梯闲。

红槿织篱，垒石架桥，补插秧苗……写的满是农人的勤劳和艰辛。晚唐诗人聂夷中也写过《咏田家》，不妨对照一读：

二月卖新丝，五月粜新谷。
医得眼前疮，剜却心头肉。
我愿君王心，化作光明烛。
不照绮罗筵，只照逃亡屋。

形象生动的比喻和鲜明强烈的对比并用，愤怒地控诉了形形色色的高利贷给唐末农民带来的深重灾难。这首诗又名《伤田家》，聂诗人对广大农民的深深同情尽在其中。再看这首《田家》诗：

父耕原上田，子劚山下荒。
六月禾未秀，官家已修仓。

读了这首“田家”诗，我们不仅知晓了农人劳作的艰辛，还知晓了他们为什么那么贫穷、官家为什么那么富有的根源所在。

叶绍翁，其实，你也早知如此，只是不愿再次如此直白地说出原因。

其实，哪一个朝代都不会绝对地公平，只是，我们应极力想办法尽可能地缩小差距，消减不平。

3

叶绍翁，你是江湖派诗人，以七言绝句最佳，尤以《游园不值》最为有名。

叶绍翁，其实你本应姓李。到你这会儿，家境衰贫，你家实在无力将你抚养成人，没办法，交给叶家领养。你仅做过几年小官，因而仕途并无建树。你长期隐居西湖之滨，一直过着清贫的生活。从这点有限的线索，我们知晓了你为什么一直把关注的目光锁定在农人草根的原因！

奇秀清逸史达祖

误天涯芳信

过春社了，度帘幕中间，去年尘冷。差池欲住，试入旧巢相并。还相雕梁藻井，又软语商量不定。飘然快拂花梢，翠尾分开红影。

芳径，芹泥雨润，爱贴地争飞，竞夸轻俊。红楼归晚，看足柳昏花暝。应自栖香正稳，便忘了天涯芳信。愁损翠黛双蛾，日日画阑独凭。

——《双双燕》

1

史达祖，这是你的一阙自创曲，本身就吸人眼球。

你擅长咏物词，在你的咏物词里，这阙《双双燕》又被世人推之为最。一路读来，当然没有理由轻易地翻过这一页。

你的咏物词细腻工巧，妥帖轻圆，同时代的姜夔盛赞说："奇秀清逸，有李长吉（李贺）之韵。"能得到同样填词度曲都特别出众的同行的如此赞誉，可见你笔下的功夫了得。你的词闻名当世，后人把你与姜夔拿到一起并称"姜史"，绝不是有意要抬举你，刻意要往你脸上贴金。

你的这阕《双双燕》，历时千年，依然魅力如初。

2

春分时节，天气和暖，万卉争妍，大自然无比惊艳。

这时，北归的燕子又在楼阁的帘幕间穿来穿去，屋梁上落满了陈年的灰尘，让刚刚回归的燕子不免生出了冷清落寞之感。它们展开羽翼，欲飞又止，试着钻进旧日的巢穴，双栖并宿。它们又好奇地张望那雕梁藻井，亲亲昵昵，呢呢喃喃，似在商量不停。它们最终作出了决定，倏然间，飘然而起，掠过花枝，掠过丛林，如剪的翠尾剪开了红色的花影，留下一道闪光的魅影，甜蜜的轨迹。

这时节，风调雨顺，芳香弥漫的小径上，春泥湿润。燕子们快活极了，特欢喜地贴地争飞，你追我赶，好像在比赛谁更俊俏，谁更轻盈。它们快乐地忙碌着，一直到很晚才回到红楼。它们看够了红花绿草，看够了细雨垂柳，才高高兴兴地在自家的窝里安眠。它们只顾自己忙碌，自己快活，自己安眠，却忘了一个天涯游子曾托付它们捎回的信函。

这可愁坏了闺中被相思折磨苦了的佳人，害得她天天独凭画栏，望眼欲穿。

3

在这个美丽的春天，有亲昵的爱恋，有甜蜜的相守。是那一双轻灵的燕子，赋予这个春天以无限的生机，无限的魅力。是它们点着了这个春天无限燎原的诗意，点着了人们美好的向往，无尽的相思。

可是，正是因为它们对爱的期予，因爱陶醉，正是它们急于构筑爱巢，急于畅饮爱的甘醇，它们竟忘记了那个浪游天涯者的重托。它们竟不知道，在自己甜蜜恩爱、出双入对的时候，还有一双焦渴的眼睛在关注着它们，还有一颗万般憔悴的心因它们的浓浓爱意而更加憔悴！

燕子的双飞双栖，更见深居红楼中人的孤单落寞。

所以，正是这物我两照的强烈对比，我们在分享春天的乐事时，更感受到了孤独者的冷落凄清。那一对爱意浓浓的燕子留给我们欢乐的同时，也令我们心生悲怜——为一切渴望在春天里享有甜蜜却又不得不远隔天涯倍受煎熬的有情人！

这阙咏物词是不是还有别的寄托，我们已没有兴致再追根寻底。

4

春天来了，春天又去。

燕子来了，燕子又会带着它们的子女再次离去。

可是，你的青春去了还会再来吗？你深恋的那人去了还会再回来吗？

春天可以给人无边美色，无边艳丽，无边希冀。可是，当又一个春天繁花凋尽，留给人的时光又还有多少呢？

燕子可以给我们带来欢乐，捎来喜气，在无边的春色里划下了一道道闪亮的丽影，无意之中，它们却伤害了幽闭闺中的那人，让她的满怀希望化为泡影，让她埋藏心底的愿景化为灰烬。

史达祖，你从春来春去的轮回中看到了世间的悲欣，从燕归燕去的往返中看到了生命的艰辛与回馈，你从有情人远隔天涯的残酷现实看到了生存的坎坷、坚守的悲情！

因此，当春天来临，当燕子回归，我们当放下重负，挣脱羁绊，真正地走进春天，走进自然。即使你眼下正形只影单，他远在天边。因为，不管你们身在何处，在你们的眼前，都已是一片蓬蓬勃勃的春之绚烂，春之明艳。

这就是春天，绝无偏私的春天。爱情亦然。不管你俩身在何处，都一样有爱的照耀，情的滋润。只是，你们要暂时忍受别离之苦。或许，这就是爱的魅力。

恨落红流处

做冷欺花，将烟困柳，千里偷催春暮。尽日冥迷，愁里欲飞还住。惊粉重、蝶宿西园，喜泥润、燕归南浦。最妨它，佳约风流，钿车不到杜陵路。

沉沉江上望极，还被春潮晚急，难寻官渡。隐约遥峰，和泪谢娘眉妩。临断岸，新绿生时，是落红、带愁流处。记当日、门掩梨花，剪灯深夜语。

——《绮罗香》

1

史达祖，你在这首词里借春雨抒发怀人之情，走的还是咏物抒怀的路线。词里，处处写雨却不见雨字，让人处处可以感受到春雨的意象，春雨的酣畅。这正是人们所说的“不着一字，尽得风流”的至高境界。

2

这一天，春雨挟着丝丝冷气，不期袭来，似在欺凌那些早开的花朵。

雾气升腾，烟缕弥漫，困绕着那些垂拂的柳条；烟雨千里，暗暗地催促着春天一步步走向迟暮。整日里昏暗迷蒙，像满腹的忧愁，想要飘飞，忽又停住。蝴蝶吃惊地感到，自己的翅膀格外地湿重，在西园里栖息，等待再次起飞的时候。春燕格外地繁忙，飞来飞去，欢喜地啄取湿润的春泥筑巢安家。最无奈的，还是那泥泞的道路，妨碍了风流男女的约会，害得他们的那些华丽车辆都不能如期赶到杜陵路去显摆一回。

极目眺望，江面上烟雾沉沉。春潮在涨，春汛正急，令那些急于赶路的人难以找到官家的渡口。远山迷蒙，全都隐隐约约，时隐时现，好似佳人淑女含情的媚眼，秀美的眉峰。临近处，残断的河岸，水波渐涨，新绿迷眼，水面上漂着片片落红，带着幽愁，一路东去。

记得当日，正是因为有你，我怕风吹梨花才掩起院门；也正是因为有你，我才和那位佳人相聚西窗，剪灯夜语，秉烛谈心。

3

真是一场及时雨，虽然误了别人的好事佳期，却成全了雨中人、词中客的幽会夜语。

春雨来袭，既令人恼，又叫人喜。

恼的是怕她寒意威逼，过早地摧折了盛开的花们。还有更恼人的，她漫漫密密，一直下个不停，弄得满路泥泞，弄得有情人误了佳期，坏了好事。

春潮渐涨，春水迅疾，带走了落花，带走了春天的红紫芳菲。使人别愁泛滥，离恨滔滔。远处，青山隐隐，烟霭袅袅。放眼望去，那些山，那些岭，似美眉的眼，美眉的眉，既耐看，又可心入意。

好在，还有甜蜜的事儿留存心底，这个时候，可以拿出来慰藉春愁，消减烦忧。

喜的是燕子，春雨滋润，春泥温软，正好筑巢养育小宝贝。

好个“雨打梨花深闭门”（李重元《忆王孙》），都是有意设置的“陷阱”，真实的意图还在于：“何当共剪西窗烛，却话巴山夜雨时。”（李商隐《夜雨寄北》）你的用心没有白费，终赢得“剪灯深夜语”，款款深情，浓浓爱意，都在这春夜雨中有了精彩的演绎。

而故事的结局，却叫人爱恨难释。因为，所有这一切的美好，都已成为过去！

4

旧时文人有借香草美人抒写心志的传统。开山鼻祖应追至老祖宗屈原，一路下来，不胜枚举。

到你史达祖这里，这阙词有不有如此寄意，实难确认。纵观你一生，你畅游词里世界，咏物抒情，寄予身世之感，抒写不遇之愤，一切皆有可能。

你一生都未及第，早年寄人篱下，做过幕僚。韩侂胄把持朝中重权时，你是他最信得过的跟班，专门负责撰拟文书。韩侂胄失权去势后，你因此受到牵连，受黥刑（脸上刺字），最后死于贫困。宋宁宗时，你曾出使金人，目睹了沦陷区百姓的生存惨状，写了个北行词系列，寄予了你锥心刺骨的家国之恨。

这样看来，你一生都不得志。再来看你写的那些咏物词，我们就不难理解那些美景背后隐藏的深刻寄意了。姜夔称你的词“奇秀清逸，有李长吉(李贺)之韵”。南渡名将张浚的曾孙张镃，也是南宋的一位知名词人，他在《题梅溪（史达祖的号）词》里说：“辞情俱到。织绡泉底，去尘眼中。妥帖轻圆，特其余事，至于夺苕艳于春景，起悲音于商素，有瓌奇警迈清新闲婉之长，而无（佚）荡污淫之失。端可以分镳清真（周邦彦）、平睨方回（贺铸）。而纷纷三变（柳永）行辈，几不足比数。”从他对你的评赞看，你的词已经成了南宋词的标识。

如果说柳永专于写景，还比较笼统，周邦彦就进了一步，更具体了一些。到了你这里，就更加深入细致，摹写物象，“奇秀清逸”，出神入化。比如这阙吟咏春雨的《绮罗香》，“临断岸新绿生时，是落红带愁流处”“惊粉重蝶宿西园，喜泥润燕归南浦”，俱是形神毕肖之句。全词未提及春雨一字，所有物象又都在春雨里展露身姿，上演神韵；也没有一字涉及到个人感情，而所有物象又都寄予了个人沉浮的悲辛遭际。另一阕咏物词《东风第一枝·春雪》也是如此：

巧沁兰心，偷黏草甲，东风欲障新暖。谩凝碧瓦难留，信知暮寒犹浅。行天入镜，做弄出、轻松纤软。料故园、不卷重帘，误了乍来双燕。

青未了，柳回白眼，红欲断，杏开素面。旧游忆着山阴，后盟遂妨上苑。熏炉重熨，便放慢、春衫针线。恐凤靴挑菜归来，万一灞桥相见。

全词写雪而不著一个“雪”字，却俱见雪的精神，雪的风骨。所以，后人把你的这两阙词誉为“咏物双璧”。

有时，你又把人当作物象来写，《风流子》中就有这样的句子：“恰是怨深腮赤，愁重声迟。怅东风巷陌，草迷春恨，软尘庭户，花误幽期。”“遣人怨，乱云天一角，弱水路三千。”“还因秀句，意流江外；便随轻梦，身堕愁边。”人物两照，悲情四溢。再看《临江仙》，今昔对比，物中见人，难堪此景：“倦客如今老矣，旧时不奈春何。几曾湖上不经过？……向来萧鼓地，犹见柳婆娑。”你在“物”的世界里自由穿行，徜徉，不著痕迹，却风流俱得，难怪有南宋词标识的崇高美誉。

当然，表现最佳的，还是你那阙著名的《双双燕》，“拟人格”的巧妙运用，物人辉映，你的内心所感，全都倾注在了所咏之物，因而盛名久著。

坚守江湖赵师秀

人生如弈

黄梅时节家家雨，春旱池塘处处蛙。
有约不来过夜半，闲敲棋子落灯花。

——《约客》

1

赵师秀，你这位宋代宗室之后，被誉为“永嘉四灵”之一者，在这首《约客》中“灵”光四溢，除了为诗的才情外，更显现出你在国破山河易、积弱积贫年月里的一怀文人的“闲情”！

不知你是不屑于与宗室成员合污共耻，还是志趣所至？

2

不知是为了给自己确立治理江山的目标，还是前有盛唐，大宋就自称“隆宋”。可是，自北宋的创建之初到南宋的半壁江山，一直气韵不昌，没有几天好光景可以彰显赵氏江山的强盛与兴隆。抛开西夏的频繁袭扰、金人的铁蹄践踏不说，单是赵氏王朝的统治者，上至皇帝，下至文臣武将，都集体阳痿。要不就是安于现状，不思进取，贪恋眼前的安逸。要不就是缺乏钙质。被西夏的长年奔袭，拖得北宋王朝精疲力竭，元气大伤；被金人的一阵冲突，就没了主张，就再也直不起腰身，就再也没了底气。其精神的集体缺钙导致整个朝廷、整个朝代的萎琐与衰靡，留给一代代后人去凭吊，去叹息。

赵师秀，像你这样的皇家宗室之人，不去好好地思考如何光复失地，如何振兴宋室，偏偏偷得闲情，躲在乡间野村，过你清静的日子。不知是你对宗室成员治理江山的能力失去了信心，还是忒厌恶宗室内部或者仕场的尔虞我诈，乌烟瘴气！

总之，在赵氏江山摇摇欲坠的时候，你更乐于远远地躲进民间，在方寸棋盘间展示你的运筹帷幄之能，你更乐于在雨声蛙鸣中打发你的闲适人生！

3

因而，《约客》这首诗的主旨也好，意境也罢，我们都可以用一个“闲”字以蔽之，以概之。

黄梅时节，亦正是梅雨季节，农闲季节。对于农人来说，可以得到体力的修整，精神的补给，以便以更充沛的精力施展到即将来临的收获季节。

家家雨，家家都笼罩在茫茫迷迷的雨雾中，家家都听着不紧不慢的雨声打发休闲的时光，只是各有各的招。雨声消解着他们的疲劳，雨声是最好的安神曲。他们伴着脆脆的雨声期冀秋天的收获，他们枕着绵绵的雨声入梦，他们就着沥沥的雨声规划未来的生活！

站在窗前，透过竹帘，随意望去，青草掩映着池塘，蛙声此起彼伏，不知疲倦地传递着一种被雨声滋润得丰盈四溢的讯息，他们心里不由自主地涌出辛稼轩“稻花香里说丰年”的诗句，一种新稻的芳香充盈他们的心际，充盈他们的憧憬！

赵师秀，你亦如此，不以宋室宗亲自居，你把自己打磨得比农人还要农人。你更欣赏这氛围，更懂得如何享受这难得的清静和清境！相约的那个家伙来与不来都没关系，都不会影响你的雅兴。半夜了，“闲敲棋子落灯花”不也一样让人自适！

4

“闲敲棋子落灯花”，把灯再挑亮一点吧，赵诗人。

既然你选择了这样的生活，你就别去责怪“有约”的那人来还是不来！来，是一境；不来，也是一境！人为自己而活着，想来，你体悟得最深，也践行得最彻底！

可是现在，我们千方百计地营造这样的氛围，却始终无法抹去作秀的痕迹！

对这一份清闲的坚守，成就了你的诗歌“江湖派”。“闲敲棋子落灯花”，令现代的我们羡慕得要死！

因而，大家你追我赶，纷纷透支闲情。

因而，大家集体休闲，据说可以拉动经济，据说还可以催升GDP。

好在，赵诗人不懂这些，只顾自己乐得安逸；宋朝的皇帝老儿不懂这些，没有号召他的子民集体休息。要不，宋朝肯定不会坚持三百二十年要死不活的光景。

人生如棋，既可以散淡地对待，于清风夜雨中消磨时光；也可以慎重地应对，于纷纷攘攘中耗尽心力。

赵师秀，你选择了前者，于是，你远离了权力争斗，远离了皇室杀伐。这样一个雨夜，这样一局对弈，没有对手，只有心闲意适地静听风雨，品阅蛙鸣。

秋风欺人

数日秋风欺病夫，尽吹黄叶下庭芜。

林疏放得遥山出，又被云遮一半无。

——《数日》

1

这是秋天，于一个离弃现世的人，心中少不了失落，萧瑟，以及悲凉。

当然，这也不是你赵师秀一人独得的“报应”或者殊遇。

面对秋意来袭，屈原说：“袅袅兮秋风，洞庭波兮木叶下。”（《九歌·湘夫人》）他一眼望去，满目萧然，楚天皆悲。宋玉说：“悲哉秋之为气也，萧瑟兮草木摇落而变衰。”（《九辩》）所有的生机都难以抵挡肃杀的秋之气，还扼杀了诗人内心的活力。老杜说：“无边落木萧萧下。”（《登高》）一切念想和期盼都被滚滚而来的秋风摧折，心意已绝。你的这首秋之诗，虽不落窠臼，也难绝秋的浸染。

2

这几天，你身体有恙，连秋风也好像故意跟你作对似的，加足了奔向严冬的马力，把一片片黄叶吹折到庭院里。叶落林疏，一抬头，就可以看见远处的群山，云遮雾绕，时隐时现。

“数日秋风欺病夫。”其实，秋风来了，不管你是否愿意，也不管你是平头百姓，还是官宦皇亲，她都要准点到达，而且决无偏私。秋风的责任就是要在这一刻检验一切弱势，生理，心理，自然与社会，都在此列。同代诗人颜延之在《秋胡》中也说：“寝兴日已寒，白露生庭芜。”

秋风如期来临，它只是在履行自己的职责。

“又被云遮一半无。”好景不长，好心情也不长，总有失望的阴影在你凝望的时候爬上了山头，入侵了心底。壮美的秋色里，美好的东西总是半遮半掩，总不让人痛快淋漓地一览无余。

毕竟，秋风过后，严冬跟进。

3

你为南宋“永嘉四灵”之一。你（号灵秀）与翁卷（字灵舒）、徐玑（字灵渊）、徐照（字灵晖）四人的号或者字中都有个“灵”字，籍贯又都是浙江永嘉（今温州），你们四人的诗歌风格、生平际遇都有相似之处，因而就有了“永嘉四灵”的称号。

你们一生都不如意，或当过小官，或终身未仕，都处沉浮不定，都难以掌控自己的命运，都有满肚子的愤懑不平。因此，诗歌方面，你们以贾岛、姚合为楷模，苦心雕琢，锤炼字句，书写凄清冷漠的心境，表达淡泊高逸的情怀。

你虽在“永嘉四灵”中排行第四，但是，你的影响力超越了他们，地位最为突出，实际是“名冠四灵”。你还公开打出了宗法晚唐和“姚贾诗法”的旗帜，团结并影响了一大批江湖诗人，打破了当时江西诗派生硬晦涩的统治局面。你去世后，刘克庄写了首《悼师秀》：“夺到斯人处，词林亦可悲。世间空有字，天下便无诗。”有些夸张，却写出了你开启“江湖派”一代诗风的领袖地位。

文名久著刘克庄

报国欲死无路

北望神州路，试平章这场公事，怎生分付？记得太行兵百万，曾入宗爷驾驭。今把作握蛇骑虎。君去京东豪杰喜，想投戈、下拜真吾父。谈笑里，定齐鲁。

两河萧瑟惟狐兔，问当年祖生去后，有人来否？多少新亭挥泪客，谁梦中原块土？称事业须由人做。应笑书生心胆怯，向车中闭置如新妇。空目送，塞鸿去。

——《贺新郎·送陈子华填真州》

1

刘克庄，这是你的一阕临别赠言。

公元1227年，宋理宗宝庆三年，你还是个小小的建阳知县，你的朋友陈子华赴任真州，顺道与你话别。真州地处长江北岸，紧靠抗金前线。你借题发挥，有了这阙壮怀激烈之词，热切期盼朋友此番前去，能够替你实现收复失地、光复河山之志。

2

你们抬头眺望那通往中原的道路，小心翼翼地议论着这一场国家大事：有何安排？有何良策？

你说，还记得吗，一直活跃在太行山、收复失地的忠义之军有上百万，他们曾经集结在抗金英雄宗泽的旗帜下，唯马首是瞻，向金人发起了一轮又一轮的收复之战。现在呢，却把他们看作是毒蛇猛虎。你这一次上任，山东一带的各路英雄豪杰一定欢天喜地，他们会拿起武器奔你而来，接受你的领导，并把你当着他们的慈父一般。如此一来，你可以乘势而进，从容镇静地平定齐鲁大地了。

自金人洗劫河南河北一带之后，举目萧条，到处是山狐野兔。请问，当年祖逖渡江伐北以后，还有后来人吗？回顾历史，当年他宴饮新亭，挥洒热泪，慷慨陈词。今天还有多少这样的英雄豪杰？还有多少人在梦中时时挂念着中原失地？说到底，抗金大业，必须有人来做。这样看来，应该笑那些心惊胆怯的读书人，只能像害羞的新媳妇一样躲进轿子。

抬望眼，举目远送，朋友大雁一样向北方的边塞飞去。

朋友远去，留下了孤独的你，失落的你，英雄无用武之地的你！

3

金人入侵，山河破碎，朝廷苟且，遗民血泪，是南宋文人志士心中永远的痛。但凡有一点良知的人，他的心一刻也不会安息；有一点功业心的人，他的梦里始终上演着铁马冰河的精气神。

因此，面对即将赴任的朋友，你劈头就问：收复失地，可有良策？铁马关山，可有足够的底气，可否积极地应对？

这时，你想起了宗泽。北宋倾覆，他揭竿而起，河北山西各地义军，蜂拥而来，集结在他的麾下，高擎光复旗帜，高奏抗金序曲，金人呼他为爷爷，不敢冒然进犯。高宗求和，竟使宗泽忧愤成疾，含恨而死。金人乘机南侵，此后，抗金成了少数人的梦幻，议和成了朝廷主导下的主流态势。老百姓要联合一切可以联合的力量光复失地，小朝廷却要逆民心而为，苟延残喘，偏安一隅。

此刻，你的友人陈子华赴任真州，你满怀期待，期望他能延续宗泽的策略，坚持走宗泽的道路，做一个受百姓欢迎、豪杰爱戴的抗金官员。你深知，得民心者得天下。因此希望他“谈笑里，定齐鲁”；希望他“少年心事当拿云”“少年自负凌云笔”，有必胜的信心就有不俗的收获。这是你的临别赠言，这也是你一直未能践行的心愿。

“两河萧瑟惟狐兔”，面对国势，每况愈下，偷安半壁、苟且残延的南宋统治者激起了你的愤慨。这时，你想起了东晋的爱国将领祖逖。晋元帝时，祖逖领兵北伐，船到长江中流，望着滚滚东逝水，感慨万千；山河破碎、百姓涂炭的惨景犹在他的眼前；艰难的处境，壮志难伸的愤懑，涌荡心间。于是，他敲着船桨，朗声发誓道：“祖逖不能清中原而复济者，有如大江！”那意思是说，不扫清中原，不收复失地，自己就再也不渡江回来！后来，他果然打败了侵略者，赢得了战争的最后胜利。

于是，你对友人说：“称事业须由人做。”朋友像鸿雁一样向北而去，正是施展抱负的好时机，而自己则是“报国欲死无战场”，只得空叹息。你隐藏于心的疼痛难以言表。为了表达你的殷殷心曲，你连用了“宗爷驾驭”“握蛇骑虎”“新亭挥泪客”“向车中闭置如新妇”等一系列典故，生动形象而极具感染力，令朋友为之鼓舞，令后人为之振奋。

此词意气风发，气势超迈。杨慎在《词品》里评价这阕词说：“壮语亦可起懦。”连懦夫都能雄起，何况是一个朝廷命官？

4

你在一阕《玉楼春》里，也写过寄赠题材：

年年跃马长安市。客舍似家家似寄。青钱换酒日无何，红烛呼庐宵不寐。

易挑锦妇机中字。难得玉人心下事。男儿西北有神州，莫滴水西桥畔。

这阕词还有个小标题《戏林推》。林推何人？据说是你的一个同乡哥们。

你开篇便说，我的乡兄呀，你过得好不风流快活，每年，我都看见你纵马长安（实是临安，今天的杭州），整天在酒楼妓馆里极尽骄奢，尽情找乐，倒像是住在家里一般；你很少回家，反倒把家当成了旅店客栈；你身上的钱白天全用来喝酒，而不干正事，晚上呢，又泡在妓院里，寻欢作乐，通宵达旦。

最后，你苦口婆心地对他说：乡友呀，我要真诚地奉劝你一句，这样下去可不好；其实，最值得珍惜的，还是你那在家苦苦相守的妻子，千万不要辜负了她的真情；妻子对你的真挚情意，犹如苏氏的锦织回文诗那样明确肯定；而那些风尘女子，虽然很美丽，虽然很风情，都有着妖精狐媚的魅力，都是演出来的；你可真的读懂了她们的心事？作为乡友，我要奉劝你，一个真正的男子汉，就别在歌楼酒馆虚掷光阴，就应该远离风尘，就应该心怀梦想，就应该去收复失地。

好个同乡，走马国都，纵横京城，天天领着官饷俸禄，整年都泡在酒馆青楼；白日纵酒，夜晚豪赌，以酒楼妓院为家，家却反倒成了旅店，隔三差五才回去一次。自己在外风流快活，哪管妻子在家为他坚守贞操。错把虚情假意当真情，空把岁月蹉跎。

你摊上这样一个同乡，甚是羞愧，只得以词赠言，苦口劝勉。“男儿西北有神州，莫滴水西桥畔。”要斩断孽情，回归本真。驱除金人，光复中原，那才是男子汉应该的作为。多少铁血男儿、多少爱国志士都期求能有一次这样的机会。杨炎正说：“忽醒然，成感慨，望神州。可怜报国无路，空白一分头。”（《水调歌头》）一觉醒来，已是白发垂暮。戴复古说：“浪说胸吞云梦，直把气吞残虏，西北望神州。”（《水调歌头》）有梦，却始终是梦；待梦醒时分，能做的仍只有“西北望神州”，无奈怅然一生。

你要求自己特严，对待乡友，词谐意庄，语重心长。你还在另一阙《菩萨蛮》里对他说：“小鬟解事高烧烛，群花围绕樗蒲局，道是五陵儿，风骚满肚皮。玉鞭鞭玉马，戏走章台下。笑杀灞桥翁，骑驴风雪中。”既见林推官的劣性已病入膏肓，又见你对乡友的诚挚。

林推有你这样的诤友，真是幸运！

5

刘克庄，看来你对《贺新郎》词调甚为得心应手，一气之下，用这个词牌写了很多优秀作品。这阕《贺新郎·九日》同样是豪气四溢：

湛湛长空黑，更那堪、斜风细雨，乱愁如织。老眼平生空四海，赖有高楼百尺。看浩荡、千崖秋色。白发书生神州泪，尽凄凉不向牛山滴。追往事，去无迹。

少年自负凌云笔，到而今有时华落尽，满怀萧瑟。常恨世人新意少，爱说南朝狂客。把破帽年年拈出。若对黄花孤负酒，怕黄花也笑人岑寂。鸿去北，日西匿。

重阳登高，秋高气爽，本该心旷神怡，意兴奔腾。不料，你登高一望，满眼里山河破碎，狐兔遍野，狂风斜雨，如乱愁飘飞，密密如织。看千崖万壑，秋色浩荡，不禁“白发书生神州泪”！

今昔对比，你不禁叹道：“少年自负凌云笔。到而今、春华落尽，满怀萧瑟。”少年时，豪情迸发，才气飞扬，下笔千言，立马可就。到如今，年华尽，豪气去，却了无作为，也仅是个百无一用的“白发书生”！

你嘲笑世人少有新意，借用“孟嘉落帽”的典故，说你并不想效法古人，去追慕虚华无为的名士风度，对“时事只今堪痛哭”的现状既忧心如焚又无能为力。值此佳节，只好对花饮酒，聊以自慰。只可惜，昨日黄花，凋谢在即，生命即将走到终点，却壮志未酬，只得无奈借酒浇愁。人生的况味，凄凉的情调，无以言说。在你眼前，“鸿并去，日西匿”，广漠天际，悲鸿哀鸣，落日西沉，长夜将至，而你，孤苦一人，只得独对苍凉。

再看下面这阕《贺新郎·席上闻歌有感》，你以歌女自况，借歌女之口发怀才不遇之感。歌女洁身自好，喻你坚守节操，不肯同流合污。

妾出于微贱。少年时、朱弦弹绝，玉笙吹遍。粗识《国风·关雎》乱，羞学流莺百啭。总不涉、闺情春怨。谁向西邻公子说，要珠鞍、迎入梨花院。身未动，意先懒。

主家十二楼连苑。那人人、靓妆按曲，绣帘初卷。道是华堂箫管唱，笑杀街坊拍衮。回首望、侯门天远。我有平生《离鸾操》，颇哀而不愠微而婉。聊一奏，更三叹。

在南宋奸佞当道、党争激烈那会儿，刘克庄，你一生四次遭受迫害，被罢去官职。但是，你始终怀抱爱国爱民的理想，心中装着一个收复失地的兴国梦。即便奸佞当道，你依然苦苦地坚守正义。

在这阙词里，你通篇采用“哀而不愠微而婉”的比兴手法，委婉含曲地道出了你的心志，你的节操。

词中歌女，她出身微贱，却不慕浮华，不同流俗。不仅弹遍各种弦管，还能领略《国风》的雅正之声，她还旗帜鲜明地说，绝不学轻滑流转的淫丽之音。说自己即使身在风尘，依然坚守高洁。透过高卷的绣帘，她看到，富家公子豢养的宠妓们浓妆盛服，正在高堂华屋里吹拉弹唱。本以为她们唱的是高雅之音，谁知道，却是俗不可耐的街头俚曲。她“回首望侯门天远”，在这回首一望里，已与那粗俗之地相隔“天远”。

她独个儿表白：“我有平生《离鸾操》。”远离俚俗，独守高雅。只得“聊一奏，更三叹”，曲高和寡，其心可鉴，又有谁人能赏？

怀才不遇，谁人能赏？这也是你的哀叹！

你的《贺新郎·端午》词悼古怀人，写心中怨愤：

深院榴花吐。画帘开、綀衣纨扇，午风清暑。儿女纷纷夸结束，新样钗符艾虎。早已有游人观渡。老大逢场慵作戏，任陌头、年少争旗鼓，溪雨急，浪花舞。

灵均标致高如许。忆生平、既纫兰佩，更怀椒醑。谁信骚魂千载后，波底垂涎角黍，又说是、蛟馋龙怒。把似而今醒到了，料当年、醉死差无苦。聊一笑、吊千古。

你说，深深的庭院里，石榴花开得正艳，火得正旺。彩帘敞开，你穿着粗麻衣，手摇丝绢小扇。中午了，一阵清风吹散暑气，送来清凉。这时，小青年们纷纷跑出来，炫耀自己的节日靓装。他们头上插着钗头彩符，身上戴着艾草扎成的老虎，争先恐后地跑到渡口，挤着挨着地争看赛龙舟。

你说，你年纪大了，不愿再去凑热闹，就站得远远的，冷眼旁观。任凭那些年轻人摇旗擂鼓呐喊，江面上，浪花翻卷，龙舟飞渡。而你，独自站在他们之外，站在热闹之外，喧嚣之外。

你想，屈原的精神千古永存，屈原的风致万世流传；他生平爱戴芳草，胸襟如清醇美酒，怀抱甘甜。谁相信呢？千载之后，他在江底的灵魂还会把米粽垂涎？还说什么，是怕蛟龙发怒才把粽子扔进江中给它解馋。可叹，这些传说多么荒诞。假如屈原一直活到今天，倒不如与世同醉死在当年，反而省去许多苦恼，除去多少烦怨。想到这里，你便乘兴作此词，聊得一笑，凭吊那千古含冤的屈原。

你这个热血男儿，渴望进取，渴望有所斩获。但是，南宋小朝廷不思振作，苟且偷安，你只得长歌当哭。

这几阕《贺新郎》里，萦回着一个主旋律：壮志难伸，年华已去，此生无为。因而你怨恨满怀，忧愤难除。

“报国欲死无战场！”可惜可叹。“鸿并去，日西匿。”南宋小朝廷的苍茫暮色里，只留下你孑然独立的身影。

无奈时光虚掷

金甲雕戈，记当日、辕门初立。磨盾鼻、一挥千纸，龙蛇犹湿。铁马晓嘶营壁冷，楼船夜渡风涛急。有谁怜，猿臂故将军，无功级。

平戎策，从军什，零落尽，慵收拾。把茶经香传，时时温习。生怕客谈榆塞事，且教儿诵《花间集》。叹臣之壮也不如人，今何及。

——《满江红》

1

你在这阕词的自注中说："夜雨凉甚，忽动从戎之兴。"这就是其诞生的原由。

"忽动从戎之兴！"其实，你"从戎"之愿从未远去。只是那一夜冷雨，那一夜无眠，更加深了你的无奈之感。

你为何突发从戎奇想呢？原来，你曾因"江湖诗案"被贬官，到1233年，宋师北上，期求收复河南。你听到这个消息，正闲置在家。你从军抗金的念头死灰复燃，这一夜，烧了个正着，烧了个彻夜无眠。

2

每一个人都有一个斩不断的过去。大多时候又充满绯色，极尽浪漫。因而，当华年远去，曾经的壮怀激烈，往昔的风流蕴藉，都成了聊度余生的香茗饵料。

你看，“金甲雕戈……辕门初立”，“当日”是何等的威风。你信心满满，初立辕门，那一脸威武，那一份神气，那一怀展望，活现眼前。你年仅二十三岁就做了军中文书，那时才华横溢之态，壮志凌云之状，可想而知。你说：“一挥千纸，龙蛇犹湿。”你文思奔涌，笔走龙蛇，顷刻间，倚马千言，满纸烟霞。什么是“年少自负凌云笔”，在这里找到了最生动直接的诠释。

“铁马晓嘶营壁冷，楼船夜渡风涛急。”让我们想起了陆游的诗句：“楼船夜雪瓜洲渡，铁马秋风大散关。”一样的壮阔场面，一样的激烈情怀，一样的戎马情结，都换来了同样的结局——“无功级”！

想当年，你是何等的踌躇满志；看而今，“有谁怜”，只得独饮怨愤的苦酒。

无路请缨，愤郁塞胸，悲凉满怀，酒一喝，心中的很多不平就一股脑儿地跑了出来。

“平戎策，从军什，零落尽，慵收拾。”那些收复失地的抗敌方略，那些记录军旅生活的诗篇，你无心收拾，任其四处散落。你只能靠焚香煮茗打发时光。让我们想起辛弃疾《鹧鸪天》中的名句来：“却将万字平戎策，换得东家种树书。”都是英雄被闲置时的无奈之举。

3

英雄的遭遇总相似，而爱国用世的情怀在他们身上从未离去。所以，“叹臣之壮也不如人，今何及！”满腹牢骚，一腔愤激。

所以，有时候你要借梦怀友，借梦抒怀。下面这阙《沁园春·梦孚若》写得极其明白：

何处相逢？登宝钗楼，访铜雀台。唤厨人斫就，东溟鲸脍；圉人呈罢，西极龙媒。天下英雄，使君与操，馀子谁堪共酒杯？车千乘，载燕南赵北，剑客奇才。

饮酣画鼓如雷，谁信被晨鸡轻唤回。叹年光过尽，功名未立；书生老去，机会方来。使李将军，遇高皇帝，万户侯何足道哉！披衣起，但凄凉感旧，慷慨生哀。

方孚若是你的同乡，又是志同道合的朋友。他在韩侂胄伐金兵败以后，曾奉命出使金国，谈判媾和条件，驳回了金人的苛刻要求，《宋史》本传记载说："自春至秋，使金三往返，以口舌折强敌。"金人用囚禁或杀害来威胁他，他始终不屈，置生死于度外。

这样的乡友当然值得怀念。

这场梦你做得意气飞扬。

梦中，你与方孚若欣喜相逢，同游"宝钗楼""铜雀台"，吃的是东海大鱼切成的"鲸脍"，骑的是产自西北的骏马"龙媒"。你们像刘备、曹操一样，都是英雄豪杰，网罗了全天下的"剑客奇才"。

这正是你梦寐以求的图景，正是你想要的理想生活。梦中，你身居要职，大展宏图。梦中，你过了一把飞黄腾达的干瘾。

梦终究是要醒的。梦醒了以后的现实就更觉残酷："年光过尽，功名未立；书生老去，机会方来。"你只得无奈地叹息，但还未到绝望地悲鸣。你的梦想依然在，于危难时刻，你幻想能像李广那样建功立业。

南宋走到你这会儿，早已是日薄西山。你一生经历了孝宗、光宗、宁宗、理宗、度宗五朝，先后被罢官四次，仕途波折可见一斑。挚友西去，统一大业更难实现。所以，怀才不遇之感，黍离哀痛之情，就成了你诗词的主旋律。

梦醒之间，悲喜两重天。而这悲与喜的源头，就在于是否能够报国用世。一个志向高远者一旦失去了机会，“拳拳君国”“志在有为”的气概，就只有在诗词间奔腾，弥漫。铮铮铁骨，昂昂斗志，就只有在煮茶焚香之间无奈地消磨，直到彻底地朽去。

4

除了爱国之志萦怀，就是独爱梅花的情结难了。

刘克庄，你还在做建阳县令时，写过一首《落梅》诗：

一片能教一断肠，可堪平砌更堆墙。
飘如迁客来过岭，坠似骚人去赴湘。
乱点莓苔多莫数，偶沾衣袖久犹香。
东风谬掌花权柄，却忌孤高不主张。

梅花的品格与遭遇里，处处有你的影子，你的心迹。

因为这句“东风谬掌花权柄，却忌孤高不主张”，有人告了你的御状，说你“讪谤”朝政，你因此被贬官十年。这就是文学史上著名的“江湖诗祸”，或曰“落梅诗案”。

你为此愤然不平，多次在诗词中抒怀明志。你在《病后访梅九绝》其一中说：“幸然不识桃和柳，却被梅花累十年。”赋闲十年，绝不是个可以轻意忽视的小数目。美好年华，壮怀岁月，都在无奈的虚度中远去。你又在《贺新郎·宋庵访梅》

一词中说："老子平生无他过，为梅花受取风流罪。"愤懑之情，难以止息，不可遏止。十年后，你还在《病后访梅》中写道："梦得因桃却左迁，长源为柳忤当权。幸然不识桃并柳，也被梅花累十年。"铮铮傲骨，嶙峋气节，尽在其中。有了这样的品格与风骨，在南宋激烈的党争中，在一次次无情的打击下，你才没有被击倒，你才始终笑傲风云，进退自如。

因"落梅诗案"，你与梅花结下了不解之缘。"若非一番寒彻骨，哪得梅花扑鼻香。"有了这样刻骨铭心的经历，你一生竟然写了一百二十三首咏梅诗，八阕咏梅词，不经意间，你成了中国文人中咏梅最多的诗人。

国家不幸诗家幸，南宋的苦难一刻也没消停。尽管你官至尚书，却荆棘满途，一路挫折。一路折腾下来，你就成了南宋后期的"一代文宗"。时人说你"言诗者宗焉，言文者宗焉，言四六者宗焉"，真是个"全能冠军"，连宋理宗都夸你"文名久著，史学尤精"。

放浪江湖吴文英

伤怀苔生

听风听雨过清明。愁草瘗花铭。楼前绿暗分携路，一丝柳、一寸柔情。料峭春寒中酒，交加晓梦啼莺。

西园日日扫林亭。依旧赏新晴。黄蜂频扑秋千索，有当时、纤手香凝。惆怅双鸳不到，幽阶一夜苔生。

——《风入松》

1

吴文英（字梦窗），位于吴地的西园一定是你的伤心地。你曾与红粉佳人在此风月相伴，鱼水承欢，过了一段风光月霁的好日子。但是，好花难长开，好景总不长相随。你也一样，与她在此上演了难分难舍的别离曲。

西园因此令你梦萦魂绕，因此在你的词中频频“现身”。

“听风听雨过清明”，貌似一句不经意的简单陈述，实则是你这个伤心人生存状态的生动呈现。看似随意，实则用心极深——在绵密不断的风雨声中，一个伤心人是如何走过繁华富丽的春天，又是如何挨到豪雨滂沱的夏天？这是个值得深思的问题，这也是你的现实处境。

2

这一场凄风苦雨送走了花团锦簇、百媚生妍的春天。

此刻，风狂雨斜，你独自听着窗外那一片无边无际的声响，独自寂寞，喃喃自语：清明来了，清明又来了。满地落花堆积，满怀红粉泪痕。你掩埋好心底里那一片凄艳艳的落花，满怀忧愁地想为她们写一篇《葬花铭》。

楼前，你与她依依惜别的地方，如今早已是浓密绿荫一片。在你眼里，每一缕柳丝都记录着你们的欢娱，你们的情意，你们的缠绵。春寒料峭，你独自喝着闷酒，想借一夜幽梦与佳人重逢。不料，却被啼莺唤醒，梦里好事未成。

西园的亭台，西园的树木，你每天都派人去打扫得干干净净，同往日一样，你每天都要来这里欣赏美景。蜜蜂嗡嗡，频频扑向她荡过的秋千。你想，那坚韧的绳索上也许还残留着她纤手握过的芳香。往日景，往日情，历历在目，刻刻在心。你是多么惆怅，多么伤心，她在哪里，总没信音。

你看见，幽寂的空阶上，一夜间长满了苔藓，触目惊心的青青一片。

3

唐代的诗僧皎然写过一首同题乐府诗，我们从你的诗中看到了皎然的影子。皎然说："何人此时不得意，意苦弦悲闻客堂。"吴文英，此刻，你的处境也大抵如此。

寒食连着清明，外面又刮着风下着雨，其境凄清，其情堪悲。

白天，风雨吹折，落花满地，不忍见。晚上，风声雨声，一夜不断，一夜无眠。你愁肠百结，于是，你想效仿庾信，为那些被风雨摧折的花草们写一篇悼念文章。伤花伤草伤春，为她们垂泪，为她们愁绪横生。实则是因她而起，因而有“一丝柳，一寸柔情”，因而祈求梦里相会，不料“晓梦啼莺”，有情人却被无情鸟唤醒。让我们不禁想起唐代金昌绪的《春怨》来：“打起黄莺儿，莫教枝上啼。啼时惊妾梦，不得到辽西。”你在梦里相会的愿望总也做不成。无奈，啼莺不给你机会，在你梦做到最紧要的时刻被它紧急叫停。

风雨急，年华去，佳人远离，你“日日扫林亭”，以待佳人归。睹物思人，伤别梦不成，感人至深。睹物伤怀，伊人不再来，以至于“幽阶一夜苔生”！如果她在，这步步阶梯又怎会生出这萋萋苍苔？

此词伤时忆旧，哀婉悱恻，难怪有人说你是“词中李商隐”。读此词，凄切满目，怨愁满怀，叫人惘然而难以自持。再看下面这阙《高阳台》：

宫粉雕痕，仙云堕影，无人野水荒湾。古石埋香，金沙锁骨连环。南楼不恨吹横笛，恨晓风、千里关山。半飘零，庭上黄昏，月冷阑干。

寿阳空理愁鸾。问谁调玉髓，暗补香瘢？细雨归鸿，孤山无限春寒。离魂难倩招清些，梦缟衣、解佩溪边。最愁人，啼鸟晴明，叶底青圆。

从词题看是写“落梅”，其实还是睹物怀人。

吴文英，你在苏州时曾纳一妾，遣去后，在杭州又纳一妾，不幸故去。联系你的这些经历看这阕词，从那些看似不相关联的文字里，我们感受到了脉络贯通的感情潜流，从不同的时空层面，渲染了隐秘的情事、深藏的词旨。“南楼不恨吹横笛，恨晓风、千里关山。”言在花，意在人。“离魂难倩招清些，梦缟衣、解佩溪边。”往日情事已远，此情难以了断。最后一韵说，最让人惆怅不已的是，那长满青圆绿叶的梅树上，小鸟在不住地啼叫，仿佛在对你说，世事变迁，岁月沧桑，情难断，恨难释，思难了。

“孤山无限春寒。”即使行走在繁花满眼、天气和暖的春光里，你感受到的依然是刺骨透心的寒。

难堪离别

何处合成愁？离人心上秋。纵芭蕉不雨也飕飕。都道晚凉天气好；有明月、怕登楼。

年事梦中休，花空烟水流。燕辞归、客尚淹留。垂柳不萦裙带住，谩长是、系行舟。

——《多唐令》

1

仍是羁旅怀人，却与李商隐式的迷惘与哀愁相交织不同。此词不委曲，不雕饰，自然浑成，语浅意深。

面对这阕近乎天籁的词，人们对它的评价却不尽相同。晚清著名词家陈廷焯对中国古典诗词的韵味体会颇深，他一贯推崇你的词，却认为这是一首“下乘之作”。相反，“宋末四大家”之一、创作了中国最早的词论专著《词源》的大家、一贯贬抑你词作的张炎，却偏偏认为这是一阕“上乘之作”而极力推崇。

你是浙江宁波人，曾受知于丞相吴潜，往来于苏杭之间。和姜夔一样，你一生都没做过官，过的是依附高官的清客生活，偶尔替主子做点文墨事务，生活自然不会尽如你意。也就是说，你的身份是既非处江湖之远的迁客，又非居庙堂之高的权臣，非官又非隐。你行走江湖，往来官宦，事无定务，居无定所，脱不了“放浪”二字。这样的生活境况，要说如意实在难，你自然就难以写出喜气洋溢的文字。

这阕词写的就是你飘泊生涯中的失意情怀。

2

不妨先来看看这阕词的内容，再做判断。

你说，这个“愁”是怎样合成的呢？是在离别之人的“心”上加了一个恼人的“秋”字。离别，已让人难以忍受，偏偏秋天赶来了，你正好和瑟缩肃杀的秋撞到一起。撞得懵懵懂懂，撞得晕头转向，岂不是雪上加霜？

所以有下面的哀景。昨夜一夜秋雨潇潇，已经愁煞人了，好在，到今朝，雨停了。可是，偏偏又秋风瑟瑟，就连那一丛丛一簇簇的芭蕉叶，也不堪秋风的袭击，发出凄寒的飕飕声，真叫人揪心。别人都说，晚凉天晴，晴空如洗，正是登楼赏月的好光景，可你却害怕登上高楼，怕那月光下的清景，更令你滋生无尽的忧愁。

恼人的秋总让人回想起往昔岁月的种种情事，如锦年华，就像是悠悠梦境，就像是花飞花谢，就像是滚滚烟波向东奔流，一去不回。那离去的燕子在秋风袭来的时候，早已飞回温暖的南方，而你这个常年漂泊在外的游子依然还滞留异乡。

更让人伤怀的是，那丝丝垂柳也不能挽留住你迷恋的佳人，却牢牢地拴住了你的行舟，不能与她同行。

3

“何处合成愁？离人心上秋。”巧用拼字法，一问一答，将离别与悲秋扣结在一起，似信手拈来，却是深思巧构，自成妙趣。

紧接着，你就为我们描绘离人之秋，抒写离人之愁。秋风的奔突，芭蕉的鸣叫，都是在极力渲染你郁结于心的深愁。恰好秋高气爽，明月当楼，正该登高望远、览阅品鉴，正该心旷神怡、妙意无限，而你却“怕登楼”。“花空烟水流”，正是年光过尽，往事如梦啊。燕子归去了，佳人远去了，而你独留，恰是“离人心上秋”！即使那丝丝垂柳，也无力将她留住。伊人已去，你却独留，无赖独对悲秋。

可叹，别恨悠悠，意绪纷纷，难了此愁。

此为你词中别调，“清空”之境，别有旨趣。

吴梦窗，在南宋词人中，你留存下来的词作数量进入了前三甲，大多是应酬赠答、哀时伤世、忆旧悼亡之作，“深得清真之妙”。清人特别慷慨，对你评价甚高，拿你跟辛弃疾、周邦彦、王沂孙放在一起，并列为“两宋词坛四大家”。晚清词人况周颐在《蕙风词语》卷二中还说：“梦窗密处，能令无数丽字，一一生动飞舞，如万花为春。”你的词如此艳丽生辉，怎不叫人沉醉？

你还创造了一项纪录。这就是你长达二百四十字的自度曲《莺啼序》，是词史上最长的词调：

残寒正欺病酒，掩沈香绣户。燕来晚、飞入西城，似说春事迟暮。画船载、清明过却，晴烟冉冉吴宫树。念羁情、游荡随风，化为轻絮。

十载西湖，傍柳系马，趁娇尘软雾。溯红渐、招入仙溪，锦儿偷寄幽素。倚银屏、春宽梦窄，断红湿、歌纨金缕。暝堤空，轻把斜阳，总还鸥鹭。

幽兰旋老，杜若还生，水乡尚寄旅。别后访、六桥无信，事往花委，瘗玉埋香，几番风雨。长波妒盼，遥山羞黛，渔灯分影春江宿，记当时、短楫桃根渡。青楼仿佛，临分败壁题诗，泪墨惨淡尘土。

危亭望极，草色天涯，叹鬓侵半苎。暗点检：离痕欢唾，尚染鲛绡，亸凤迷归，破鸾慵舞。殷勤待写，书中长恨，蓝霞辽海沈过雁，漫相思、弹入哀筝柱。伤心千里江南，怨曲重招，断魂在否？

据夏承焘《吴梦窗系年》载：“梦窗在苏州曾纳一妾，后遭遣去。在杭州亦纳一妾，后则亡殁。集中怀人诸作，其时夏秋，其地苏州者，殆皆忆苏州遣妾；其时春，其地杭州者，则悼杭州亡妾。”道出了这阕“壮词”的来由。

恋人亡故，而你依然在路上，独自伤春，不免又想起十年前与她艳遇的那一刻。“春宽梦窄”，情何以堪，别后情事，如一帧帧蒙太奇，时空转换，浮现联翩。思绪在经历一番穿越时空的艰难跋涉之后，回到你寄居的水乡，寻访故人故地的那些足迹、线索一一地呈现出来。相思总是难免的，相思也是难慰难解的。思绪在过去与现在、故人与眼前之间反复穿越，完全是现代“意识流”手法的超前运用，为的就是这三个字：情难了！满篇流淌的是李商隐式的迷惘与哀愁！哪像现代人的思念，是彻头彻尾的快餐，想了也就想了，一个电话，一则短信，一段视频，一会儿就风平浪止、雨过天晴。所以，现在难有刻骨铭心、肝肠寸断的相思，就更难有惊心动魄、催人泪下的文字。

梦窗，此词所写是美人迟暮、伤春伤别之情，是你一生情事的总结。我们从中领略到的，其实还有漂泊之哀，身世之叹。

梦窗，你的这一段情一直延续到晚年：“伤心千里江南，怨曲重招，断魂在否？”

千里江南，繁花绿树，村郭楼台，锦绣不断，于你，却总是伤心地。

4

时间是无情的，我们在你的词中体会得特别深刻。

它转瞬间就把现在变成了过去，把美好的相聚变成了蚀心的别离。顷刻间，烂漫的春天去了，可心的人儿去了，美好的年华也去了。于是，留下遍地落红让人不忍卒读，留下满心的思念别恨无法收拾，留下孤寂残存的年华让你慢慢地走向生命的终极。所以才留下了那么多撼人心魄的诗文，令一茬茬后人也陪着你伤神。

它转瞬即去的时刻，又为我们留下了千古不灭的东西。高山大川，流水磐石，还有那些根深蒂固地生长于字里行间的珍贵情意，让我们体验短暂悲情的时刻，又享受到了生命的永恒魅力。短暂成就了永恒，永恒照亮了时间前行的路径，提升了生命的价值。

所以，古往今来，那么多的悲情士子，痴情女子，总要把离别之恨写了又写，把相思之情吟了又吟。为的，就是要在时间行进的路上，留下无数别样的风景，别样的人生，别样的魅力。

何况，你还是个出了名的“江湖游士”，离别更是常态常事。

吴文英，你的词也不例外。我们一路走来，在那个“春宽梦窄”的时刻，一抬头，就与“困蹳”的你不期而遇。

浩然正气文天祥

丹心留史

辛苦遭逢起一经，干戈寥落四周星。
山河破碎风飘絮，身世浮沉雨打萍。
惶恐滩头说惶恐，零丁洋里叹零丁。
人生自古谁无死？留取丹心照汗青。

——《过零丁洋》

1

文天祥，这是你代表作中最有名的一首。

1278年冬天，你在广东海丰兵败被俘。当时，元军的元帅、汉奸张弘范带兵追击南宋皇帝赵昺至崖山，强迫你随船前往。次年正月间，张弘范又逼你写信，招降在崖山坚持抗战的南宋将领张世杰。你都一一拒绝。过零丁洋时，你写下了这首动天地、泣鬼神的伟大爱国诗篇。

“山河破碎”“身世浮沉”，你坚强不屈的意志犹在，为国捐躯的决心不改。

全诗“格调沉郁悲壮，浩然正气贯长虹”，今天读来，依然能感受到撼人心魄的力量。因而，这首诗被誉为“一首永垂千古的述志诗”。

2

大概是1256年，你参加考试，高中状元，从读书成名，到救亡报国，直至兵败被俘，一路走来，所历艰辛，历历在目。

你说，由于自己熟读经书，顺利通过了科举考试，被朝廷选拔入仕做官，支撑着南宋残局，艰辛备尝。后来，你奉命出征，在频繁的抗元战斗中，已经度过了四年血雨腥风的岁月。

尽管如此，山河破碎，大宋国势危亡，一如风中狂舞的柳絮一般，再无回天之力。自己呢？一生坎坷，也如雨中的浮萍，漂泊无根，时起时沉，无法主宰自己的命运。

回想过去，惶恐滩惨败，家破人亡的悲哀让你至今依然惶恐不安。过零丁洋时又身陷元虏，可叹自己孤苦零丁，再无援军，力不从心。王朝的命运已难挽回，自己的壮志更是难以践行。

话又说回来，自古以来，谁又能永远不死呢？死后，但愿自己的赤胆忠心能光耀史册，照亮未来。

3

文天祥，“起一经”说的当然是你精通经书，通过科考，年仅二十岁就高中状元，出来做官。这是你“辛苦遭逢”的源头。若是欣逢盛世，那是何等的荣光。可是，你偏偏生在这国势岌岌可危的乱世，你完全可以选择逃避，或者遁世。但是，你偏偏不畏时局，依然要扛起这副攸关天下、事关百姓的担子。

于是，“干戈寥落”，铁马冰河，浴血奋战，悲辛四年，依然无法扭转败局。

于是，国势已去，如狂风摧折残败的柳絮；老母被俘，妻妾被囚，大儿丧亡，自己也如无根的浮萍，任其漂泊无依。

于是，有了惶恐滩头的艰难抗战，有了零丁洋的孤立无援，你才身陷敌营。面对山河破碎，不堪收拾；面对敌人威逼利诱，理想报负更难实现。

大厦将倾，你无力挽回；国家将灭，你壮志未酬。心中的痛，内心的恨，喷薄而出，奔腾而来，化作了英雄气概，化成了千古绝唱："人生自古谁无死？留取丹心照汗青。"

文天祥，王朝的忠心，个人的节气，这一刻被你牢牢地熔铸在一起，壮怀激烈，英气干云，鼓舞了无数的后来人。

这是一曲用鲜血和生命谱就的人生赞歌，这是一阕用忠诚和节义谱写的民族壮歌，光耀史册，永励后人。

四年后，你坚贞不屈，英勇就义。你用行动完成了人生的绝唱！你的死，使"山河顿即改色，日月为之韬光"。

江山回首

乾坤能大，算蛟龙、原不是池中物。风雨牢愁无着处，那更寒蛩四壁。横槊题诗，登楼作赋，万事空中雪。江流如此，方来还有英杰。

堪笑一叶飘零，重来淮水，正是应凉风新发。镜里朱颜都变尽，只有丹心难灭。去去龙沙，向江山回首。青山如发。故人应念，杜鹃枝上残月。

——《酹江月·和友<驿中言别>》

1

文天祥，你的词风遥接辛弃疾、陆游，是爱国悲壮词的绝唱。

词牌《酹江月》是《念奴娇》的别名。因东坡词《念奴娇·赤壁怀古》有“一樽还酹江月”句而得此名。

公元1278年，你在五岭坡（今广东海丰）被捕。第二年四月押往燕京，与你同被押往的，还有你的同乡好友邓光荐。由广东至金陵，两个月里，你俩同甘苦，共患难，互有诗词唱和。在金陵停留两月后，同乡因病重就医，未能伴你一同北上。临别之际，邓光荐用东坡《念奴娇·赤壁怀古》韵作《念奴娇·驿中言别》为你送行。读罢此词，依邓词原韵，你和了这阕《酹江月》，以酬答乡友深情。

你们都很清楚，此番别后，绝对难有再见之日。你悲情难抑，一气唱罢，遂成绝唱。

2

你说，风云际会，天地之大，蛟龙腾飞，岂是一个小小水池能够容纳得了的？乡友呀，希望你早早地摆脱牢笼，再干一番大事业吧。

可是眼下，民族遭受浩劫，正生灵涂炭，金瓯破残。长夜难以使人入眠，又寒虫鸣噪处处，叫人愁肠百结，忧愤难遣。朋友，你还记得曹操横槊赋诗的气概吗？可现在，却只得像王粲一样雄图难展。如今，我所有的努力都归于失败。可是，大江依然奔腾到海，我的抗敌复国的心愿也必定后有来者。

回想自己整个飘零的经历，实在可笑。上次被抓，渡过淮水，自己还是满头黑发，当时怎想得到现在的白发苍苍？怎会想到，还会再次被俘，再渡淮水？你不见，淮水之上凉风突起，一切都已改变，不变的，只有自己的一腔报国赤子情。

此番别过，定将殉国。但是，杜鹃啼血，精魂不散，自己一定要飞越千山，飞回故园，高立残枝，于三更夜月，倾吐自己依然不改的报国心声。

3

“乾坤能大”，可是，破碎的山河无力收拾，被禁锢的人身无力挣脱。尽管你也认定，自己绝非“池中物”。

你身陷牢笼，风雨沉浮，辗转迁徙，情怀沉痛，难释心头重负。民族浩劫，江山易手，更令你长夜难眠，愁肠百结。池中蛟龙腾跃，大江横槊赋诗，这些峥嵘岁月，这些壮岁意气，尽管一切都成了过去，但是，你依然不甘心，你坚信，定有来人以继。尽管你朱颜已改，白发满头，但是，赤子之心不改，报国情怀未变，铮铮铁骨依旧。

你心里明白，此番北去，绝难有一线生机。因此，你视死如归，坦然以对。你说，自己即使尸抛荒野，也要魂飞故里，也要杜鹃一般，夜夜啼血，吐尽衷肠！你在《金陵驿》一诗中也已表明此意：“从今别后江南路，化作杜鹃带血归。”你还曾说：“为子死孝，为臣死忠，死又何妨！”（《沁园春·题潮州双忠庙》）死又何妨，关键看为何而死。

宋朝的遗民词，其哀莫过于此，其壮难有与之相匹。“镜里朱颜都变尽，只有丹心难灭。”即使华年已去，即使身陷敌手，一切外在境况都已彻底改变，不变的是你的干云豪气，是你的壮志雄心，是你的民族气节。

这“镜里朱颜都变尽，只有丹心难灭”，再一次回应了你的“人生自古谁无死，留取丹心照汗青”，其心日月可鉴，其志天地共知！

宋朝以一败涂地收场，但是，在词史上，却是以高亢入云的尾声强力收结：张元干、辛弃疾、张孝祥、陆游，还有你，文天祥！

4

文天祥，分别之际，你还写了一阕《酹江月·驿中言别友》，当是上一阙词的姊妹篇：

水天空阔，恨东风不惜世间英物。蜀鸟吴花残照里，忍见荒城颓壁。铜雀春情，金人秋泪，此恨凭谁雪。堂堂剑气，斗牛空认奇杰。

那信江海余生，南行万里，属扁舟齐发。正为鸥盟留醉眼，细看涛生云灭。睨柱吞嬴，回旗走懿，千古冲冠发。伴人无寐，秦淮应是孤月。

——《酹江月》

面对水天相连的长江，你真恨老天不肯帮忙，竟被元军打败了。其实，山河的险峻从来都不是固守疆土的唯一依凭。

“水天空阔，恨东风不惜世间英物”，最令人遗憾的是，你虽为英杰，却得不到上天的眷顾。长江险要，能拒曹操的百万雄兵，你恨它为何挡不住金人南侵。正是天意不解人愿，英雄无力回天。

你说，春天来了，杜鹃鸟不住地哀啼，夕阳正为那些惨淡的花朵送葬，你怎忍心去看被元军摧毁了的南京城？故国残阳，暮云横飞，那该是怎样凄美的景象？

一想到自己的姐妹、珍贵的文物被敌人掳掠一空，连自己竟也成了俘虏，再重整旗鼓，谈何容易。你真还不知道谁能替他们报仇雪恨。江山易主，人民遭劫，那该是怎样锥心刺骨的疼痛？

你万般痛悔，可惜自己那把宝剑，它还以为自己是个豪杰、是杀敌利器呢。宝剑是力量的象征，可惜它已落入敌手，自己辜负了它的锋芒、它的锐利，留下的就只有无限的惋惜。

你回想不久以前，为了抗击元军，曾经摆脱敌人，坐着小船，到南方高举起抗元大旗。后来虽然被俘，但自己决心要像蔺相如痛斥秦王、诸葛亮吓退司马懿那样，锐意不减，气节不改，誓要与敌人斗争到底。

一想起这些，你就难以入睡。抬眼望去，四周是那么的寂静，只有秦淮河上的一轮孤月，在默默地陪伴着自己。此地一别，都将形只影单，独对凄绝！

你借用典故告诉友人，无论怎样，自己绝不屈服，绝不变节。

这一阕悲壮词，描写了你一段悲壮的抗金史。两首词前呼后应，共同将你这个民族英雄最后岁月里的心路历程展现无遗。

“天地有正气”，这正气来自于你强大内心忠义节气的长期储备，来自于你救国于危、舍身赴死的凛然自如。当你把一个朝代的大任都置于自己的肩头时，你就不知道什么叫畏惧，你就知道最后时刻自己该怎样彻底地交付。1283年1月9日，你在大都柴市（今北京交道口南大街）慷慨就义，这年，你四十八岁。临刑时刻，你写下了这首绝笔诗：

昔年单舸走维扬，万死逃生辅宋皇。
天地不容兴社稷，邦家无主失忠良。

神归嵩岳风雷变，气哇烟云草树荒。
南望九原何处是，尘沙黯澹路茫茫。
衣冠七载混毡裘，憔悴形容似楚囚。
龙驭两宫崖岭月，貔貅万灶海门秋。
天荒地老英雄丧，国破家亡事业休。
惟有一腔忠烈气，碧空常共暮云愁。

“惟有一腔忠烈气，碧空常共暮云愁。”留给后人的，除了怀念，膜拜，敬意，还应有自醒，自强，自励。

每一个朝代的灭亡，总会有誓死的忠臣站出来，用行动，甚至整个生命捍卫那个朝代，坚守他的忠诚。这就是他存在的全部意义。

你的存在更是如此。历史的长河里，民族的进程中，文天祥，绝对是一个撼人心魄的名字！

樱桃进士蒋捷

流光易老

一片春愁待酒浇。江上舟摇，楼上帘招。秋娘渡与泰娘桥，风又飘飘，雨又萧萧。

何日归家洗客袍？银字笙调，心字香烧。流光容易把人抛，红了樱桃，绿了芭蕉。

——《一剪梅·舟过吴江》

1

蒋捷，你生于官宦世家，早年，过了一段无忧无虑的“官二代”兼“富二代”的优裕生活。不料，幸福如浮云，总是太过匆匆。你还没有足够地享有前辈造就的富裕时，父母相继去世，你的风光岁月就此完结。

那年月，南宋小朝廷风雨飘摇，危机四伏。元兵南侵，兵荒马乱，战火连连，草根百姓，难有宁日。你离丧交加，被迫加入到了声势浩大的逃难队伍，四处奔波，难有终结之日，落脚之处。

一天，你所在的难民队伍一路奔来，逃到吴江，连绵大雨，河水猛涨，逃难的航船无法继续颠簸起航。滞留时日，你寂寞难耐，便来到附近的一座酒楼借酒浇愁。忽然，几声吴地方言立刻勾起了你的思乡之情。

于是，在一番乡思的酝酿发酵之后，便有了这阕《一剪梅》。

2

漂泊路上，又见春天。

还是去年的舟船，你在吴江上没有目的地飘摇，羁旅之愁充盈满怀。你看见，河岸边酒旗招摇，店老板正殷勤地招揽客人。你忍不住想借酒浇愁，与吴侬软语有了这一次的不期而遇。难说艳遇，总说乡愁萦绕，总是别恨悠悠。

赶路，赶路，尽快赶到目的地吧。你一再催促船夫向前驶去。刚才还是秋娘渡，转眼又到了泰娘桥，眼前美景一幕换了一幕，你却怎么也打不起精神，怎么也无心欣赏。此刻，“风又飘飘，雨又萧萧”，眼前的处境实在令人烦恼。

因为，目的地在哪里？哪一天才能回家洗清扑满征尘的客袍？什么时候才能结束这奔波劳顿的生活呢？哪一天才能和家人热热闹闹地团聚呢？才能和佳人娇妻调弄镶有银字的笙，才能点燃熏炉里的心形檀香，才能浅吟低唱，尽情无忧地享受这恩爱幸福的时光呢？

春光易逝，时光易老，流离的人呀，都被飞快的岁月抛弃了。就像那变幻的季节，刚刚才樱桃红了，紧接着芭蕉又绿了。你只得无奈地说：春去了，夏来到。

时光易逝，就在这红与绿飞快的流转中，春天渐行渐远了。

3

在这一个春天里，你颠沛流离，惶惑不安。美丽的春景被你一一忽略。永无终结的离散岁月延续着你的苦难，你的困顿，你的愁怨。倦途起归思，在所难免。这也是这阕词诞生的因缘。

吴江即滨临太湖东岸的吴江县，你漂泊的轨迹在这里留下了伤感的刻痕。

“一片春愁待酒浇。”但是，羁旅匆匆，容不得你停下漂泊的脚步。因而，你心中的愁怨越酿越浓。不管怎样，春天一样准点来临，春天照样美丽，沿途的美景依然秀色宜人，两岸的酒幡在风雨中依然不厌其烦地招揽着过往的倦客。你不敢懈怠，不敢稍作停留，“江上舟摇”，风雨兼程，于是穿过“秋娘渡与泰娘桥，风又飘飘，雨又萧萧”，这一路而来，风阻挠，雨阻挠，何日是归期，何时踏归程？这是你一路都在找寻的答案。一路行来，却始终是个未知数。

所以，你急不可耐地说：“何日归家洗客袍？银字笙调，心字香烧。”急切地想回到久别的家，想见到久别的人，想过久违的旧时生活。洗尽征尘，焚香，调笙，陪伴佳人，还原往日安定宁静的日子。

而这一切，仅是你的一厢情愿。因为归期无期。更因为“流光容易把人抛”，岁月匆匆，在樱桃与芭蕉的红绿变换之间，时光去了，年华也跟着去了。

而漂泊的日子，不知什么时候结束；安定的生活，也不知什么时候才能如愿而来。

面对流光，面对困境，你只得喃喃自语：红了樱桃，又绿了芭蕉。

蒋捷，你这“樱桃进士”的美名正来源于此。名号很鲜艳，人生特暗淡。

4

春天去了，夏天来到。

我们知道了你的“春愁”所在，乃是倦游思归而不得归，春光美好而易逝。

这倦游不就是离乱，不就是逃难吗？这易逝的春光不就是美好的岁月、可贵的年华吗？这安定的生活不就是终结战乱、亲人团圆吗？不就是驱除外虏、长治久安吗？

而这一天，又要等到什么时候呢？

春深似海，愁深似海。明艳的春光照不进你积郁重重的心海。

季节转换、情意流转之间，你完成了一阕漂泊者的无奈心曲。不禁令我们想起你的另一阕《虞美人·梳楼》来：

丝丝杨柳丝丝雨，春在溟蒙处。楼儿忒小不藏愁，几度和云飞去觅归舟。

天怜客子乡关远，借与花消遣。海棠红近绿阑干，才卷朱帘却又晚风寒。

这仍是一阕写羁旅他乡、心境凄迷的无奈心曲。字字锤炼，句句精巧，平淡中见真情堆叠。

还是在春天。在你眼里，杨柳丝丝，细雨绵绵，整个春天都迷蒙一片，飘渺一片。

“楼儿忒小不藏愁。”楼小难藏深愁，你的心呢？同样揣不住，掖不着。你说：美妙的春景被烟云遮蔽。心中的期盼呢？照不进明艳的光亮。“几度和云飞去觅归舟。”漂泊久了，倦了，想回家了。多少次，几回回，“觅归舟”而不得。对故乡的执着与痴迷，在这苦苦的寻觅之间见思归之情切。

于是，你只好“天怜客子乡关远，借与花消遣”。就在这一“怜”一“借”之间，显现你愁郁难消之苦。海棠临栏，红绿相映，就在这红绿触目之处，你的心境更加暗淡。因为，羁旅已久，春光又去，韶华已远。更何况，“才卷朱帘却又晚风寒”，时令转换，年华流逝，都不可逆转，动乱的时局更令人心寒。

再看这阕《梅花引·荆溪阻雪》，时光走到了冬天，而发生在春天里的故事，却在你的心底反复，辗转，流连：

白鸥问我泊孤舟，是身留，是心留？心若留时，何事锁眉头？风拍小帘灯晕舞，对闲影，冷清清，忆旧游。

旧游旧游今在否？花外楼，柳下舟。梦也梦也，梦不到，寒水空流。漠漠黄云，湿透木棉裘。都道无人愁似我，今夜雪，有梅花，似我愁。

你驾着小船，顺着荆溪而去，途中遇雪，夜泊溪畔。此刻，水边，白鸥栖落，它们默然地望着你，好似在问：被风雪阻滞，不得已在此暂时停泊？还是甘愿留守于此？又为何紧锁眉头？

夜风来袭，舱帘掀起，吹得舱内灯火明灭。你只得以自己的身影为伴，不由自主地想起与老友欢聚、悠游的情景来。

一同游玩的老朋友，此刻，你们又在哪里呢？那时，高楼外，春色盎然。你们携手漫步，锦簇花拥，叫人流连。湖中，绿波荡漾；岸边，柳荫下，彩舟青幌，好不快意。往日的点点滴滴，片片刻刻，都在这一刻重现。梦啊，梦啊，让你在梦中与故友重逢。可是，梦中依然难寻。而眼前，寒水默默，独自流去；漫天飞雪，阴云密布。你任飞雪覆身，棉衣湿透。都说，没有哪个人的忧愁有你这般深沉。今夜，雪中梅花，一身银裹，忧愁如你，难解难释。

依然是离乱之愁，清冷的画面中，严酷的冬景与明艳的春光相辉映，深深的忧愁与热烈的回忆交织，缠绕，争斗，反复争夺你的思忆空间。你的愁苦，如一阕曼妙的随想曲，弥漫于野，萦回于心，婉转往复，经久不息。

人生流程

少年听雨歌楼上，红烛昏罗帐。壮年听雨客舟中，江阔云低断雁叫西风。

而今听雨僧庐下，鬓已星星也。悲欢离合总无情，一任阶前点滴到天明。

——《虞美人·听雨》

1

当现实走进诗词，你整个生命的流程就凝成了这三幅经典不灭的图景。

人生的三个时期，三个情景，如三幅图画，呈现出人生的三种境况，三种心境。颠沛流离、辗转悲辛是其主旋律，苍茫烟雨是其大背景。

人生不过如此，欢欣悲愁都在风雨中上演，又都是转眼即去的烟云。不管你怎样努力，最终落得个凄然的结局。

2

“少年听雨歌楼上。”那是何等的快意！

青春作伴，红烛摇影，轻纱罗帐里，莺语呢喃，激情四溢，有说不尽的浪漫，道不完的风情。那真是青春懵懂，岁月流火。

窗外，夜雨绵绵，淅淅沥沥，是青春的欢鸣，是生命的伴奏。雨声中，你热血沸腾，挥霍激情，尽享青春的欢娱。雨声，是诗意的伴奏，是助涨激情澎湃的兴奋剂。如果说你内心隐隐闪过了几丝“愁”绪的话，那一定是“少年不识愁滋味”，借得雨声强说“愁”。

青春太过仓促，还没来得及尽情享用，这一页就很快翻了过去，人生就走到了下一个片段——中年。

“壮年听雨客舟中。”本该壮怀激烈，大展宏图，却在风雨中一路漂泊，一路蹉跎。

南宋咸淳十年，公元1274年，你高中进士，可叹，还没来得及施展才华，南宋王朝便宣告灭亡。一心想为南宋王朝效力而重整山河的你，扔掉那顶没用的进士帽，不得不败兴而去，江湖成了你的不归路。

每一个人都有一个不一样的江湖。你呢？

此刻，你屹立船头，凄然四顾：江水渺渺，江面茫茫，西风潇潇，暮云低垂，一只离群的孤雁，在大江之上，在云水之间，凄婉地鸣叫。

雨天浩阔，前路迷茫，生命无寄。奋争，拼搏，换来一场空前的失落。青春不再，壮志未酬，舟外的雨声深深地触动了你的灵魂。那雨声，似无望挣扎的哀歌，似峥嵘岁月的祭曲。

雨声中，梦碎了，心也碎了。但是，不管你愿不愿意，这艘无望之舟仍要固执地载着你驶向生命的下一个航程。

“而今听雨僧庐下。”白了少年头，死了壮烈心。现在，你怀抱的残梦也消匿了影迹，你寄居在太湖的一方孤岛，死守着那一片同样孤独的竹林。从此，你便贴上了“竹山”的标记。你恪守气节，坚守傲骨。元朝的诏书可以撼山动地，却没有叩开你那一扇简陋的柴门。“悲欢离合总无情”吗？怕是世态消磨了你的情志，摧毁了你的激情。抑或，仍是一种坚守，要守住亦然作古的宋朝，还有自己的忠义和节操。

此刻，僧庐外，夜雨凄凄，点点滴滴，弥漫于幽幽竹林，弥漫于沉沉夜色，弥漫于你生命的这一个流程。你血已凝，心已死，任滴答雨声，彻夜到天明。

“一任阶前点滴到天明。”彻夜的雨声，无法唤醒你的激情，无法振奋你的斗志。僧庐，青灯，古卷，木鱼，屋后那一片孤寂的竹林，成了你生命的全部。

3

词到此戛然而止，生命却还在没有意义地延续。

人生三帧小照，生命整个流程；江山改了姓氏，世态跌进炎凉，生命燃成了死灰。少年，壮年，暮年；罗帐，舟中，僧庐；风流，飘零，孤冷，贯穿了一场豪阔的雨。岁月已逝，绯梦破碎，山河易主，都在这潇潇不歇的雨声中完成。人生的嬗变暗合了时代的更迭，时代的更迭改变了人生的轨迹。人生三部曲，亦即时代衰亡史。你，是见证人，更是亲历者。

“一任点滴到天明。”冷漠，决绝，既说不上悲，也说不出痛，人生的无奈被点点滴滴的雨声催化到了极致。

生命的苍白与漠然里，我们读到了一个时代的凋落。

雨声，哀曲，幽幽沉沉地弥漫在我们的耳畔，一直都未离去。

4

蒋捷，时代巨变，都能在你的词里找到相应的影子。“待把旧家风景，写成闲话。”（《女冠子》）你于落寞愁苦中寄寓感伤故国的深情。

“飞莺纵有风吹转，奈旧家苑已成秋”（《高阳台》），“星月一天云万壑，览茫茫宇宙知何处”（《贺新郎》），“梦也梦也，梦不到，寒水空流”（《梅花引》），都写进了山河易色、无处容身的哀境。下面这阕《少年游》与《虞美人·听雨》一样，借自身命运写国破家亡之痛：

枫林红透晚烟青，客思满鸥汀。二十年来，无家种竹，犹借竹为名。

春风未了秋风到，老去万缘轻。只把平生，闲吟闲咏，谱作棹歌声。

表面闲适、淡漠，实写内心的隐痛。“二十年来，无家种竹，犹借竹为名。”亡国二十年，你“种竹”保节，寄托遗民心事，因国破家亡只得“借竹为名”。“春风未了秋风到，老去万缘轻。”季节迅速地变换，余下的，只有内心的淡漠和麻木。无可奈何，“只把平生，闲吟闲咏，谱作棹歌声。”吟花赏月，填词作歌，交与渔夫唱去，自己落得个清闲。

竹山，你的词之所以情调凄清，源于个人的离乱，故国的覆没。飘泊流浪的凄凉感受，饥寒交迫的生存困境，惨淡衰落的社会图景，尽在其中。

竹山，在那一场从未停歇的时代风雨中，你交付了生命的全部。我们可以竭尽全力地改变生命进程中的某一个细节，却无法改变生命的整个流程，以及伴随生命的那些个时代的风雨。

竹山，这都是命。一如你生活的那个朝代。